En 2018, Harlequin fête ses 40 ans !

Chère lectrice,

Comme vous le savez peut-être, 2018 est une année très importante pour les éditions Harlequin qui célèbrent leur quarantième anniversaire. Quarante années placées sous le signe de l'amour, de l'évasion et du rêve… Mais surtout quarante années extraordinaires passées à vos côtés ! Azur, Blanche, Passions, Black Rose, Les Historiques, Victoria mais aussi HQN, &H et bien d'autres encore : autant de collections que vous avez vues naître, grandir et évoluer, avec un seul objectif pour toutes – vous offrir chaque mois le meilleur de la romance. Alors merci à vous, chère lectrice, pour votre fidélité. Merci de vivre cette formidable aventure avec nous. Les plus belles histoires d'amour sont éternelles, et la nôtre ne fait que commencer…

40 ANS

Un cœur à prendre

*

Un mariage à l'essai

*

Le secret d'un milliardaire

À PROPOS DE L'AUTEUR

Leanne Banks est l'auteur de plus de soixante romans, récompensés par de nombreux prix. Romancière talentueuse, ses histoires ont su séduire des milliers de lecteurs, par la force de ses personnages toujours attachants, et par l'émotion et l'optimisme qui s'en dégagent.

LEANNE BANKS

Un cœur à prendre

INTÉGRALE
DES HOMMES D'EXCEPTION

Traduction française de
GAËL REAU

SAGAS

HARLEQUIN

Collection : SAGAS

Titre original :
EXPECTING THE BOSS'S BABY

Ce roman a déjà été publié en 2007.

HARPERCOLLINS FRANCE
83-85, boulevard Vincent-Auriol, 75646 PARIS CEDEX 13
Service Lectrices — Tél. : 01 45 82 47 47

www.harlequin.fr

ISBN 978-2-2803-9034-7 — ISSN 2426-993X

Prologue

Michael Hawkins vida son verre. Ce soir, attablés chez O'Malley, lui, Dylan Barrow et Justin Langdon, désormais unis dans la prospérité comme ils l'avaient été longtemps dans la pauvreté, célébraient leurs retrouvailles.

Le matin, ils avaient assisté à la grande réunion du Foyer Granger, qui rassemblait tous les anciens pensionnaires et ceux nouvellement arrivés. Le directeur s'était fendu d'un discours, rappelant que l'origine sociale n'est pas un destin, que l'on peut toujours tirer le meilleur parti de soi. Pour illustrer son propos et ses encouragements, il les avait cités, eux, le trio en or, les présentant comme les plus grosses *success story* de toute l'histoire de Granger, les érigeant en modèles pour les gosses récemment accueillis au foyer.

Etre cité en modèle, Michael n'aimait pas ça. Ni lui, ni Justin, ni Dylan n'étaient des êtres exceptionnels, après tout ; ils avaient juste eu de la chance. Ils s'étaient trouvés au bon moment au bon endroit. Et leur succès, aussi énorme que fulgurant, les laissait tous trois un peu… perplexes.

En fait, ils valaient des millions… mais ne savaient pas trop quoi faire de tout cet argent si brutalement tombé dans leur poche.

— Félicitations, mon vieux Dylan ! déclara Justin en levant son verre. J'aurais bien voulu voir ta tête lorsque tu as appris que ton père naturel n'était autre que le célèbre Archibald

Remington, actionnaire principal d'une société pharmaceutique de renommée internationale ! Une sacrée surprise…

Dylan acquiesça. Une lueur cynique passa fugitivement dans ses yeux sombres. Du trio, songea Michael, Dylan était celui à qui la fortune, toute nouvelle encore, seyait le mieux. Pour ceux qui le connaissaient depuis peu, du moins. Car, en fait, Dylan savait surtout donner le change. Il présentait bien et usait sans effort de la sophistication élégante et satisfaite des gens nés dans l'opulence. Et pourtant… Pourtant, sous le vernis, pour qui savait discerner, on voyait les aspérités, stigmates d'une enfance douloureuse.

Cette enfance douloureuse, ils l'avaient eue tous trois en partage. Ils s'étaient rencontrés et liés d'amitié au Foyer Granger, une maison d'accueil pour gosses dans leur genre, laissés-pour-compte, abandonnés ou orphelins.

— Mon père était surtout un salaud, persifla Dylan en vidant d'un trait son verre de scotch. Probablement pris de remords, il a reconnu sa paternité sur son lit de mort. Bon, d'accord… il m'a laissé une véritable fortune, et un siège au conseil d'administration. Mais aussi une fratrie d'enfants Remington légitimes horrifiés par le scandale de mon existence ! Un bâtard au conseil, vous vous rendez compte !

Michael ne pouvait guère blâmer Dylan pour son amertume. Pas un gamin de Granger ne sortait indemne de l'absence ou de la démission d'un père… Lui-même était bien placé pour le savoir. Justin aussi, du reste. C'était un lien de plus entre eux.

Mais l'heure était à la célébration. Alors, par habitude et par souci de gaieté, Michael refoula résolument ses souvenirs.

— Et toi, Justin, comment as-tu fêté ta réussite ? demanda-t-il.

Justin était parti du bas de l'échelle, lui. Il avait construit sa fortune sou par sou. Résultat : aujourd'hui, Langdon n'achetait aucune action à moins de mille dollars l'unité.

En dépit de cela, Justin conservait son regard un peu mélancolique

— Fêté ?… Je ne me souviens pas de l'avoir fêtée. Il faut dire que pendant des années j'ai ramé, ramé ! J'arrivais à peine à joindre les deux bouts et je vivais dans un trou à rat ! Au premier million, je n'ai même pas réagi. Au second million, j'ai déménagé dans un quartier moins dangereux que celui où j'étais. Rien de plus… Et toi, vieux ? Comment as-tu marqué le coup lorsque ta Start-Up a été cotée en bourse et que tu t'es retrouvé milliardaire ?

Aux dires du directeur de Granger, Michael était une sorte de génie informatique qui s'était lancé dans le business Internet. La presse relayait cette image en racontant que la fortune lui était venue du jour au lendemain… En une nuit, quoi !

Evidemment, cela ne s'était pas passé comme ça. Pas de magie ni de miracle dans l'affaire. Si Michael avait réussi, c'est qu'il avait travaillé dur et en mode non-stop avant de toucher au but. Puis la chance avait frappé à sa porte et il l'avait saisie.

— J'ai fêté ça, répondit-il à son ami, en m'accordant ma première vraie nuit de sommeil depuis des lustres ! Huit heures d'affilée ! Un luxe !

Dylan secoua la tête et fit tourner son verre vide dans la lumière.

— Moi qui croyais que l'argent réglait tous les problèmes… je ne vous trouve pas très gais !

— On va dire qu'il en règle certains, rétorqua Justin, seulement certains.

— On va dire aussi que l'argent ne suffit pas, conclut Dylan. Franchement, tu n'as pas l'impression d'être… comment dire ? Un imposteur ? Tu sais, quand notre vieux directeur nous présentait comme des exemples, des modèles… Je me sentais en porte à faux, lorsqu'il insistait sur notre rôle.

Michael hocha la tête. Il ressentait exactement la même insatisfaction, le même vide que Dylan. Certes la fortune lui avait souri, lui apportant le confort dont il avait jusque-là manqué. Seulement, la fortune lui avait aussi attiré une publicité dont il se serait passé, beaucoup d'impôts à payer et, surtout, la sensation qu'il s'éloignait du but. De son accomplissement personnel. De lui-même.

Bizarre…

— Moi, pour le bien que me fait mon argent, je pourrais aussi aller tout jouer à Las Vegas ! s'exclama-t-il sans joie.

Justin faillit s'étouffer avec sa bière.

— Je te demande pardon ? Tu y vas peut-être un peu fort, non ?

Dylan secoua la tête.

— Au contraire ! s'écria-t-il. Voilà une excellente idée ! On devrait aller flamber. Alors, Las Vegas ou Atlantic City !

Justin considéra ses deux compagnons comme s'ils venaient de perdre subitement la raison.

— Vous avez trop bu ou quoi ?

— Ecoute, Michael a raison. Autant le reconnaître, on est tous arrivés à un moment de notre vie où aligner des zéros ne nous amuse plus et ne suffit plus à nous faire nous lever le matin ! L'adrénaline n'est pas au rendez-vous. Tu veux que je te dise le plus excitant que j'ai trouvé à faire ces derniers temps ?

— Vas-y…

— C'est d'acheter une immense maison et une voiture à ma mère… A part ça, si je ne m'abuse, poursuivit-il, aucun de nous n'est marié ou n'a de famille proche qui puisse profiter de nos précieux deniers ?

— Ne parle pas de mariage ! lança Justin, narquois. Le mariage est le plus efficace aspirateur à fortune que je connaisse ! Je préfère encore tout jouer à Las Vegas !

Michael éclata de rire. Lui non plus ne se sentait aucune affinité avec le grand M !

Peut-être, tout de même, pour des motifs différents. Disons que, dans sa vie, il n'y avait pas de place pour l'émotion ou le sentiment, songea-t-il. Redoutable en affaires, il ne faisait confiance qu'au travail et aux compétences. Le cœur réservait trop de déceptions, de mauvaises surprises. Michael préférait ne pas l'écouter battre.

Cela dit, Justin n'avait pas tort en leur soulignant que, tout de même, flamber leur réussite à la roulette n'était peut-être pas la meilleure façon de dépenser leur argent — qu'il ait été ou non durement gagné.

Soudain, une autre idée lui vint. Une idée pas mal du tout.

— Et si nous abandonnions l'idée du casino pour devenir… philanthrope ? suggéra-t-il.

Le silence se fit. Dylan et Justin braquèrent toute leur attention sur lui.

— Développe, répondit Dylan.

— Oui, précise, ajouta Justin.

Et Michael vit briller dans leurs yeux l'étincelle d'excitation qu'il attendait.

— Aucun de nous n'a oublié, reprit-il, que nous rêvions de rencontrer un bienfaiteur, une bonne fée, un oncle d'Amérique, quand nous mangions de la vache enragée… Nous pourrions être l'oncle d'Amérique de quelqu'un, maintenant que nous en avons les moyens.

Durant quelques secondes, Dylan considéra gravement la question. Puis son visage s'éclaira d'un sourire matois.

— Certes ! D'autant que, à nous trois, en unissant intelligemment nos forces, nous pourrions accomplir de grandes choses. Ce serait génial !

— Minute ! s'exclama Justin, soucieux de ne pas voir s'emballer ses amis. Qu'entends-tu par « en unissant nos forces » ? Tu parles d'argent ?

— Hé ! Serais-tu devenu radin, mon vieux Justin ?

— Franchement, ce n'est pas la question… Seulement, j'ai mangé des haricots en conserve pendant des années et je ne veux surtout pas que ça recommence, désolé.

Michael s'accouda sur la table.

— Mon projet a l'avantage d'être déductible des impôts. Ça te parle ?

Justin sourit.

— Ça parlera à mon percepteur, cet ignoble requin !

— Alors, voilà, je m'explique… Nous pourrions créer une sorte de cercle, de club. Un club de milliardaires philanthropes… Dans l'anonymat le plus complet, bien évidemment.

— Je verrais plutôt une fondation, objecta Justin.

— Va pour la Fondation, conclut Michael. Dylan, tu tentes l'aventure ? s'enquit-il, soudain ragaillardi.

Bon sang ! Il y avait bien longtemps qu'un projet ne l'avait excité à ce point. Pas depuis qu'il avait monté C.G., son entreprise d'informatique, et engagé la plus parfaite des collaboratrices en la personne de Kate Adams.

Kate Adams était probablement la seule femme sur cette planète à laquelle il accordât une confiance aveugle. Et s'il avait été un autre — un type différent, capable de sentiments —, leurs relations auraient pu déborder le cadre des affaires et évoluer vers…

Mais il n'était pas question de cela.

Une fois pourtant, se souvint-il, mal à l'aise, il avait bien failli se laisser prendre au jeu.

Une seule fois.

Grâce au ciel, dès le lendemain matin il s'était magistralement ressaisi.

C'était avec Kate Adams.

Dylan hocha la tête et ramena Michael au sujet qui les occupait en lançant :

— Tu peux compter sur moi, Michael.

D'un geste il montra au serveur les verres vides.

— Champagne, s'il vous plaît !

Michael et Dylan se tournèrent vers Justin.

— OK, les gars, je me joins à vous ! fit ce dernier. Mais…

— Mais… ?

— Sachez que si je dois de nouveau recourir aux conserves, je vous traîne devant les tribunaux !

— L'affaire est conclue, donc ! déclara solennellement Michael.

Et il ajouta en levant sa coupe :

— Buvons à la très secrète et très généreuse Fondation des Trois Hommes en Or !

Comme il vidait son verre, il se laissa griser par une décharge d'adrénaline jubilatoire. Enfin, la vie allait redevenir belle.

Si aucune maudite émotion ne venait la compliquer, bien sûr.

1

Kate Adams examinait à la dérobée l'homme qui hantait ses pensées depuis bientôt trois ans. Bien que Michael lui ait plu immédiatement, elle se défendait d'avoir succombé au coup de foudre. Au fil du temps, l'attraction première s'était muée en un sentiment plus profond, pensait-elle. Amour ? Non. Plutôt une amitié trouble, une sorte de complicité tendre. Doublée, il est vrai, d'une attirance physique des plus puissantes.

Michael Hawkins s'appuya nonchalamment contre la table d'architecte qui lui servait de bureau. Une fois encore Kate fut frappée par l'éclat fascinant du regard topaze de son boss.

Depuis qu'elle travaillait pour lui, Kate était comme galvanisée par sa brillante intelligence. Stimulée intellectuellement comme jamais auparavant, elle ne pouvait donner que le meilleur d'elle-même.

De longues heures de labeur commun avaient « conditionné » Kate à la présence de Michael, à sa voix légèrement voilée, à ses intonations si particulières quand d'aventure il la félicitait du travail accompli. Et sans qu'elle en ait eu conscience Michael Hawkins était devenu sa drogue quotidienne.

Plus d'une fois une expression fugitive dans le regard de son patron lui avait laissé penser qu'elle ne lui était peut-être pas complètement indifférente.

Des mois durant, Kate avait espéré sinon une déclaration, du moins un signe… Et voilà que quelques semaines auparavant le miracle s'était produit. Du moins l'avait-elle cru.

Au souvenir trop vivace de cette soirée aussi mémorable que catastrophique, Kate s'empourpra. Comme si l'aventure s'était déroulée la veille.

Epuisés par un projet urgent qu'ils venaient de boucler, Michael et Kate s'apprêtaient à fermer boutique quand le téléphone avait sonné. Impératif. Michael avait décroché à contrecœur. C'était la confirmation d'un important contrat avec une société prestigieuse de la côte Ouest. Enthousiasmé par l'excellente nouvelle il avait sorti un magnum de champagne du réfrigérateur, insistant pour fêter immédiatement l'heureux événement.

C'était alors que tout avait commencé. En débouchant maldroitement la bouteille, Michael avait accidentellement éclaboussé Kate d'une mousse pétillante et glacée. La jeune femme avait crié de surprise, Michael s'était excusé de sa maladresse et précipité pour tenter d'éponger les dégâts. Finalement tous deux avaient éclaté de rire devant l'allure pitoyable de Kate, avant de porter un toast.

Une coupe, puis une autre… Ils étaient heureux… légers… A peine conscients des dangers du désir qui montait en eux et brillait dans le regard de Michael. Kate avait baissé la garde.

Son chemisier mouillé, transparent, qui se plaquait sur elle, était une provocation à l'étreinte. Et Michael ne s'était jamais caché d'être un homme qui aimait les femmes.

Entre deux rires, leurs regards s'étaient soudain enchaînés. Kate avait eu le choc de la soirée. Une sorte de fascination l'avait rendue muette. Il lui avait semblé, dans cet instant de grâce, que son rêve intime, secret, profond, se réalisait. Il y avait si longtemps qu'elle nourrissait l'espoir d'attirer l'attention de Michael, de le voir la regarder comme une femme et pas seulement comme une collaboratrice !

Et soudain, il avait murmuré :

— Je ne peux m'empêcher de me demander quel goût a le champagne sur ta bouche.

Le souffle court, Kate s'était sentie au bord du gouffre, à la merci de Michael. Son cœur battait si fort qu'elle avait l'impression qu'on pouvait l'entendre bien au-delà de l'immeuble, désert à cette heure tardive. Peu lui importait !

— Tu devrais peut-être… essayer, avait-elle alors suggéré audacieusement.

Michael s'était penché. Sa bouche s'était longuement attardée, douce, si douce, mais aussi suffisamment insistante pour étouffer toute tentative de dérobade.

Puis le chemisier humide de champagne avait glissé au sol. Le reste des vêtements avait rapidement suivi.

Sous les caresses de Michael, Kate s'était embrasée comme une torche. Il avait des mains expertes, habiles, incroyablement sensuelles, qu'elle sentait courir partout sur sa peau pour y semer tour à tour frissons et étincelles…

De cette nuit, elle gardait le souvenir ébloui d'une passion sans cesse renouvelée, toujours exacerbée, assouvie, comblée, puis de nouveau ardente et affamée…

Alors, séduite, conquise, enivrée, Kate avait espéré davantage : que Michael Hawkins lui fasse une place dans son cœur, sinon dans sa vie.

Histoire de ne pas être devenue une parfaite secrétaire, facile et peu farouche qui plus est.

Hélas…

Hélas, dès le lendemain matin le rêve s'était évanoui, comme se seraient éventées autant de bulles de champagne.

Après s'être profusément excusé d'avoir abusé de la situation et mis en danger leur relation professionnelle, Michael lui avait tendu un dossier urgent. Devant la mine embarrassée et l'air si froid de l'homme redevenu son boss, Kate avait compris qu'il n'y avait même pas lieu de discuter. Ni de nourrir des rancœurs.

Tout simplement, la vie ordinaire reprenait son cours.

Mais il était bien difficile, pour elle, de chasser le fantasme que, tout de même, peut-être, un jour, les choses s'arrangeraient, que Michael la regarderait de nouveau comme une femme à séduire, et, qui sait ? A aimer…

D'autant qu'elle avait, les concernant tous deux, quelque chose de très important à lui dire.

De très, très important.

En attendant, aujourd'hui, elle se sentait drôlement tendue ! Appliquant à la lettre les conseils de son professeur de yoga, Kate prit une profonde inspiration. Le temps était venu de parler. Parce que, de toute façon, le moment vraiment propice, elle le savait, ne viendrait jamais.

Elle se leva et, d'une allure décidée, s'approcha de Michael.

Une feuille de papier à la main, Michael, tout à son rôle de patron de C.G. Informatique, concentré sur sa tâche, ne lui accorda qu'un coup d'œil distrait.

— Puisque tu es là j'aimerais que tu enquêtes sur ce foyer pour Jeunes Mères Célibataires, lui lança-t-il. Le fonctionnement, les subventions, leurs besoins…

… Mères célibataires… Mères célibataires… Kate entendit résonner dans sa tête les mots de Michael. Abasourdie, incapable de proférer un son, elle resta figée sur place. Mon Dieu, était-il au courant ? Mais comment… ? Qui… ?

— Sois discrète, c'est un service que l'on m'a demandé, ajouta-t-il de cette voix troublante qui lui rappela immédiatement la nuit torride passée dans ses bras.

Cette soirée inoubliable et merveilleuse où, de tout son corps, il lui avait prouvé l'intensité de son désir.

La gorge sèche, Kate parla avec la plus grande peine.

— Un service… pour une amie ? s'enquit-elle d'une voix si vacillante qu'elle en fut surprise.

Michael, lui, ne sembla rien noter d'anormal. Il haussa ses larges épaules.

— Oui, il s'agit d'une œuvre de bienfaisance.

Kate saisit la feuille de papier.

— Je veux bien leur téléphoner mais… Enfin… Ecoute, Michael, j'ai l'intention de partir.

— Déjà ? s'étonna Michael, consultant brièvement sa

montre-bracelet. Il est à peine 10 heures ! Tu ne te sens pas bien ?

C'était maintenant ou jamais… Kate rassembla son courage et releva le menton d'un mouvement décidé.

— Non, je ne me sens pas bien, en effet. Je suis incapable de continuer comme ça.

— Continuer quoi ?

— A travailler pour toi, comme si de rien n'était. Depuis l'autre soir, je suis trop mal à l'aise.

— Ah, c'est donc ça… ! Désolé, Kate, mais je m'en suis excusé dès le lendemain. Nous n'allons tout de même pas ruiner une parfaite collaboration à cause d'un moment de folie ? Tu es la meilleure assistante que j'aie jamais eue… La seule personne avec qui je puisse travailler efficacement et en confiance.

Kate savait pertinemment que, avant de l'engager, Michael avait essuyé sept échecs. Aussi, en d'autres circonstances, cette reconnaissance professionnelle lui serait allée droit au cœur.

— Je n'y peux rien : je suis amoureuse de toi, avoua-t-elle d'une voix tremblante.

Le regard sombre qu'il lui lança contribua à lui compliquer la tâche. Il devenait si pénible de passer aux aveux, dans un tel climat de condescendance. Michael semblait banaliser ce qui s'était passé, alors que, pour elle, un drame intime était en train de se jouer. Bref, ils n'étaient plus sur la même longueur d'ondes…

Néanmoins déterminée à en finir, elle poursuivit plus fermement.

— Je sais ce que tu penses : que je n'ai qu'à me ressaisir, comme toi, me raisonner. Je ne peux pas. Tu me plais. En tant qu'homme. Le patron, je m'en moque !

— Arrête ça ! s'écria-t-il, soudain cassant et les yeux pleins d'éclairs. Tu n'as rien à gagner à t'attacher à quelqu'un dans mon genre. Je ne suis pas un sentimental, tu devrais le savoir ! Un : je ne crois pas en l'amour conjugal… Deux : je ne crois pas en l'amour tout court. A mon avis, émotions et sentiments sont des états éphémères et trompeurs. Tu aurais plus de chance en misant toutes tes économies à Las Vegas qu'en tablant sur quelque chose d'aussi capricieux que le cœur ou l'âme humaine. Y compris et surtout les miens ! Ne compte pas sur moi, Kate. Pas de relation de ce genre entre nous, je t'en prie. Je pensais pourtant avoir été clair…

Kate, soudain prise de nausées, se retint à la table. A coup sûr, comme souvent ces derniers jours, elle allait être malade. Saisie de panique, elle fit demi-tour et se précipita vers les toilettes.

— Kate ? Que se passe-t-il ? s'exclama Michael.

Et il lui emboîta le pas.

Comme il la talonnait, elle accéléra l'allure. Juste à temps…

… pour entrer dans la cabine et s'enfermer.

La crise passée, ignorant les coups de poing répétés de Michael qui martelait la porte, Kate alla jusqu'au lavabo et s'aspergea le visage.

— Kate, sois raisonnable ! Tu t'en remettras, ce n'était qu'une faiblesse mutuelle, une passade !

Postée devant le miroir, Kate avait la pénible impression de s'être conduite comme la dernière des idiotes. Une idiote humiliée, honteuse, et…

… Enceinte, maintenant, par-dessus le marché ! Un instant, pour s'éclaircir l'esprit avec des pensées positives, elle s'efforça d'imaginer ce miracle de vie en train de germer dans son ventre. C'était beau, tout de même ! Le fruit de sa passion, de *leur* passion.

Elle sentit sa gorge se serrer, mais elle refoula ses larmes. Plus tard, peut-être, elle pourrait s'abandonner à son chagrin.

Un coup d'œil dans la glace lui renvoya l'image d'un visage désolé, douloureux, bien différent de celui de la jeune femme aux yeux pétillants et au tempérament énergique que ses amis appréciaient tant. Aujourd'hui, elle ne se ressemblait pas. Elle était pitoyable.

« Ma vieille, songea-t-elle alors, il va falloir assumer. »

Et elle décida de s'armer de courage.

— Je démissionne…, annonça-t-elle calmement en débloquant enfin la porte.

Le teint de Michael vira au gris.

— Quoi ? Tu vas quitter un boulot que tu adores et où tu excelles à cause d'une histoire de… ?

— Ne sois pas vulgaire, coupa-t-elle.

Puis elle ajouta pour elle-même : « Je ne pars pas parce que nous avons couché ensemble, mon cher patron, mais parce que j'attends bébé de toi. »

Elle aurait dû lui dire la vérité — hélas, elle ne se sentait plus capable de lui assener la nouvelle de sa future paternité. A un autre moment, peut-être, quand elle aurait recouvré la maîtrise de ses émotions. Pour l'heure, il valait mieux qu'elle rentre chez elle et se calme.

— Ça ne peut plus durer, Michael, j'ai vraiment besoin de faire une pause. Une longue pause.

Sur ce, elle tourna les talons et regagna vivement son bureau.

— Tu es complètement ridicule, conclut Michael en la rattrapant. Tu oublieras, je te dis !… Bon, est-ce qu'une augmentation t'aiderait à passer le cap ?

Elle pivota vivement, toutes griffes dehors, comme une chatte en colère.

— Tu veux m'acheter ? Pour qui me prends-tu ?

— D'accord, d'accord, c'était maladroit, admit-il en se passant nerveusement la main dans les cheveux. Pour te remotiver, je peux envisager de te donner la responsabilité complète d'un projet…

« Une merveilleuse consolation ! » songea-t-elle, néanmoins déterminée à ne pas fléchir.

— Non. Je veux seulement mettre de la distance entre toi et moi.

— Mais enfin ! fit-il, visiblement à bout de patience. Il y a bien quelque chose qui pourrait te faire changer d'avis !

Plus humiliée que jamais par les moyens qu'évoquait Michael pour la retenir, Kate eut quelque peine à trouver ses mots.

— Vois-tu, Michael, j'ai toujours pensé que ceux qui te surnomment l'Homme de Fer exagéraient et j'imaginais que sous ton apparente indifférence à tout se cachait un peu d'humanité. C'est d'ailleurs la raison pour laquelle je suis restée à C.G. Eh bien, manifestement, je me suis trompée sur ton compte ! Tu es un homme de fer : tu n'as pas de cœur.

Elle le fixa droit dans les yeux, avant de porter le coup de grâce.

— Mais c'est fini, Michael Hawkins. Je ne veux plus organiser tes journées, te rappeler l'heure des repas, bref je refuse de te servir d'agenda vocal. Et j'abandonne définitivement l'espoir de te conquérir ou de t'attendrir. Je renonce à tout, le job et l'homme.

— Tu sembles oublier que tu es sous contrat. Tu me dois deux semaines de préavis ! déclara-t-il sèchement.

C'était de bonne guerre… Néanmoins, Kate ressentit très profondément la dureté du ton et du propos. Bien sûr, elle avait suffisamment fréquenté le personnage pour le savoir implacable en affaires, mais jamais encore il n'avait agi de la sorte avec elle.

Soudain saisie de tremblements, elle n'eut plus qu'une idée : fuir. Et ce avant de s'effondrer en présence de Michael. Tout à l'heure, lorsqu'elle serait seule, elle se laisserait aller.

Avant de revenir prendre ici ses effets personnels et de fermer définitivement la porte sur ses dossiers et ses illusions.

— Au revoir, Michael. Pour le préavis… Tu n'as qu'à rogner sur mon dernier salaire.

Elle attrapa son sac par la bandoulière et quitta la pièce avec la pénible impression que Michael la fusillait du regard.

Du reste, c'était le cas.

Abasourdi, Michael écouta s'éloigner dans le corridor les pas de Kate.

Bon sang ! Que s'était-il passé ? Où était l'erreur ?

Il avait pourtant soigneusement mis les choses au point le lendemain de leur nuit de folie ! Et réussi, du moins l'avait-il cru jusqu'à présent, à resituer leur relation sur un plan strictement professionnel !

Soit, sexuellement, Kate l'attirait terriblement.

Avec sa chevelure sombre et soyeuse tombant en masse sur ses épaules, sa bouche pulpeuse… Et ce sourire à la fois timide et mutin qui aurait éveillé la curiosité de n'importe quel homme. Sans oublier cette façon de se mouvoir avec une sensualité toute féline ! C'était le genre de femme qui ranimait l'instinct de conquérant chez tout individu de sexe masculin.

N'empêche. Kate Adams était avant tout sa collaboratrice.

Prioritairement.

Du temps où il travaillait comme une brute pour monter sa société, Michael s'était souvent privé de nourriture et de sommeil… Alors, aujourd'hui, il se sentait tout aussi capable de dominer ses appétits sexuels si ceux-ci mettaient en danger son job et son business.

Bref, il était prêt à apprécier Kate pour ses qualités intellectuelles, rien d'autre. Elle s'était montrée la personne la plus forte, la plus fiable qu'il lui ait été donné de rencontrer durant ces trois dernières années et elle était restée fidèle à l'entreprise. Michael avait une confiance aveugle en elle. Ce qui n'était pas rien, venant de lui, que la vie avait trahi de bonne heure.

Il soupira de rage. Le parfum de la jeune femme flottait encore dans la pièce, un mélange doux et sucré, terriblement érotique, pensa-t-il. Et bien qu'elle fût absente, il sentit monter en lui un désir impérieux pour Kate.

Bon sang ! A croire qu'elle n'était pas consciente de la place qu'elle occupait à C.G. ! Et aussi dans l'esprit de son patron ! s'étonna-t-il tout en faisant les cent pas.

Et voilà qu'elle partait ?

Elle avait l'air si farouche, si triste… Le souvenir de ce visage poussait Michael à s'interroger sur les motivations profondes de sa collaboratrice, d'ailleurs. Enfin ! Kate Adams n'était ni impulsive, ni irrationnelle, ni hystérique ! En revanche, elle l'avait habitué à beaucoup de sincérité — et, justement, Michael avait la désagréable impression qu'elle avait été particulièrement sincère dans ses propos, tout à l'heure.

Oui, Kate avait bel et bien exprimé le souhait de quitter la société. De le laisser tomber !

Il venait de perdre sa meilleure collaboratrice…

Et aussi, autant en convenir, une amie.

La sonnerie du téléphone du bureau de Kate le fit sursauter tant il était absorbé dans ses réflexions. Machinalement, il décrocha.

— Hawkins à l'appareil, dit-il d'une voix absente.

— Michael ? Comment se fait-il que ce soit toi qui répondes ?

Michael reconnut la voix joviale de Jay Payne, son directeur du personnel.

— Tu tombes à pic, Jay. Il faut que tu me recrutes dare-dare une secrétaire de direction.

Un long silence accueillit sa demande.

— Et Kate Adams ?

— Elle nous quitte.

— En vacances ?

— Non.

— Congé sabbatique ?

— Non plus.

— Malade ?

— Non, s'écria Michael, exaspéré. Elle vient de me jeter sa démission au visage ! Si tu voyais la tête qu'elle a ! Je ne comprends pas ce qui se passe…

— Comme ça ! Elle part sans raison ?

— Oui. Comme ça, dit-il en claquant des doigts.

— Elle nous doit deux semaines de préavis et quelques explications, je te le souligne… Dis-moi, un de tes concurrents te l'aurait-il soufflée ? Je sais qu'on l'a souvent sollicitée…

Michael fronça les sourcils, envisageant à contrecœur la

possibilité d'une trahison. Il n'avait pas pensé à une défection de Kate au profit d'une autre société.

— Ecoute, Jay, dit-il, laissons-nous à tous le temps de réfléchir. Dépose une demande d'arrêt maladie pour Kate et trouve-moi une intérimaire. Je voudrais également la liste des boîtes susceptibles de l'avoir engagée derrière mon dos.

— Quel profil, la nouvelle ?

— Le clone de Kate.

« Mission impossible », conclut Michael pour lui-même. Puis il coupa la communication et jura tout son soûl.

Deux semaines plus tard, Michael n'était toujours pas remis de la désertion de Kate Adams. L'image de sa collaboratrice flottait dans son esprit, même en ce moment, alors qu'il discutait avec ses deux copains de Granger, chez O'Malley.

— Où en es-tu de ton enquête sur ce foyer pour Jeunes Mères Célibataires ? s'enquit Dylan. Justin s'occupe d'un programme d'activités extra-scolaires pour adolescents en difficulté, quant à moi, j'ai choisi de sponsoriser la recherche médicale.

— Hou là ! C'est ce qu'il y a de plus coûteux ! s'inquiéta Justin, alarmé pour ses deniers.

— Arrête, Justin ! Si tu continues, les gens vont dire que tu as des oursins dans les poches !

— Qu'on dise ce qu'on veut ! Je m'en moque. La seule chose qui m'importe, c'est de ne plus jamais être fauché. Fini, les conserves, je vous l'ai dit !

— Dis-moi, Michael, remarqua alors Dylan, le front soucieux, tu n'as pas l'air en forme… Des problèmes ?

— Et comment ! Je viens de perdre ma meilleure collaboratrice.

Dylan grimaça.

— Désolé. Pas un malheur, j'espère… ?

Michael secoua la tête.

— Non, elle n'est pas morte…, précisa-t-il, se demandant

pourquoi il avait pourtant l'impression d'être en deuil. Elle a démissionné. Sans crier gare. Au moment, justement, où j'allais lui confier l'enquête en question.

Dylan haussa les sourcils.

— Est-elle particulièrement instable ?

— Absolument pas.

— Peut-être lui a-t-on fait une de ces offres qu'on ne peut refuser ?

— Non plus, j'ai vérifié.

Dylan fit signe au serveur.

— Moi, je pense que toutes les femmes sont instables. Par nature. Je n'ai pas encore rencontré de femme qui ne soit victime de ses hormones, tu sais, des trucs comme le syndrome prémenstruel ou une grossesse…

Michael ne partageait pas forcément le point de vue un peu macho et expéditif de son ami, néanmoins il sursauta. SPM ? Peut-être, après tout !

En tout cas, certainement pas une grossesse ! se dit-il vaguement inquiet.

Quoique…

Une nuit… Une seule. Une merveilleuse nuit de sexe, de celles qui marquent… Quatre fois au moins, et chaque fois plus d'audace, plus de volupté. Pas de préservatif… L'idée ne les en avait même pas effleurés ! Lui, il n'avait voulu qu'une chose, se perdre en Kate, étancher une soif qui le tenaillait depuis trois longues années. Et elle, elle s'était littéralement, merveilleusement abandonnée.

Michael sentit la sueur lui venir au front. Et dire que jusqu'à ce jour il n'avait jamais pensé faire un enfant !

— Allô… Ici la planète Terre ! Michael, tu me reçois ? demanda Dylan en tapotant sur le comptoir.

Malgré son sourire, son regard témoignait d'une réelle sollicitude.

— On peut en parler, si tu le souhaites…

Michael secoua la tête.

— Ne te fais pas de souci pour moi. Je vais m'occuper

personnellement du projet d'aide aux Jeunes Mères Célibataires. La Fondation ne souffrira pas de la défection de Kate. Salut, les gars, à un de ces jours ! ajouta-t-il se levant.

— Tu ne bois pas ta bière ? s'enquit Justin, devenu comme allergique au moindre gaspillage.

— Merci, ce sera pour une autre fois. Je t'offre mon verre.

— Le mien me suffit largement, protesta Justin.

Dylan haussa les épaules.

— Laisse tomber, on trouvera bien un amateur !

Justin soupira.

— Tous les deux vous êtes vraiment paniers percés ! On dirait que c'est vous, les héritiers ! Vous connaissez pourtant la valeur du labeur et de l'argent !

— Hé ! Ce n'est qu'un verre de bière. Tu verras, bientôt je te ferai signer un très gros chèque de participation à la Fondation des Trois Hommes en Or. Là, tu pourras légitimement transpirer à grosses gouttes !

Malgré ses soucis, Michael ne put s'empêcher de sourire devant l'expression atterrée de leur copain Justin.

— Ne fais pas comme si on t'arrachait le cœur, je suis sûr que tu as trop d'argent, il va falloir t'alléger un peu ! Allez, je file. A plus !

A peine eut-il quitté le bar O'Malley que des pensées moroses ramenèrent Michael vers Kate et son mystère. Se pouvait-il qu'elle fût enceinte ? Il eut beau considérer la question sous tous les angles, en arrivant chez lui, il n'était pas plus avancé.

De retour dans son vaste appartement désert, il ne se donna même pas la peine d'allumer. L'obscurité convenait parfaitement à son humeur sombre. Une grossesse ! se répéta-t-il pour la centième fois. Certes, une grossesse était dans l'ordre des possibilités ! Mais chaque fois qu'il en évoquait l'éventualité, c'était comme s'il recevait un coup dans l'estomac.

Se bagarrant contre un bouton de chemise récalcitrant, il jura entre ses dents. Comment avait-il pu être aussi négligent pour prendre le risque d'engendrer un innocent ? Un gosse qui viendrait au monde privé de famille tout comme lui l'avait été !

A cette différence près, corrigea-t-il aussitôt, qu'à l'inverse de sa propre mère, Kate Adams n'était ni illettrée ni malade…

N'empêche ! Elle était trop jeune, célibataire et vulnérable malgré ses grands airs… ! Elle ne pourrait pas assumer correctement un petit être dépendant d'elle pour tout !

Une image floue de sa propre maman sur son lit de mort lui revint fugitivement à la mémoire. Et comme, aux yeux de Michael, les souvenirs étaient le plus souvent un dangereux poison pour le moral, il avait, très jeune, pris l'habitude de les refouler. Ce qu'il fit sur l'instant.

« Dormir… Voilà ce dont j'ai besoin… », se dit-il.

Le sommeil tardait à venir.

Des heures durant, Michael arpenta son appartement, naviguant de pièce en pièce, allumant et éteignant le téléviseur, incapable de rester en place.

Finalement, au point du jour, il sombra dans un lourd sommeil troublé de cauchemars. Les souvenirs refoulés refirent alors implacablement surface. Et il se retrouva transporté à l'année de ses six ans…

… — Ta maman est morte, mon petit, annonça l'assistante sociale en tapotant sa petite main glacée.

Michael se mit à trembler de tous ses membres.

— As-tu de la famille quelque part ?

Incapable de proférer un son, il secoua la tête.

— Ne t'inquiète pas, mon bonhomme, on va te trouver quelqu'un qui prendra bien soin de toi.

Un terrible sentiment d'impuissance et d'abandon le saisit à la gorge. Une sensation d'étouffement telle qu'il s'arracha des bras de l'assistante sociale.

— Michael !

Malgré les appels de la brave femme, Michael s'enfuit à toutes jambes… courant à perdre haleine…

Sa main heurta un objet dur… Un bruit de verre brisé…

S'éveillant en sursaut, Michael tâtonna vainement à la recherche de l'interrupteur. Se souvenant du boîtier de secours rangé dans le tiroir de la table de nuit, il finit par obtenir un peu de clarté. La lampe de chevet gisait au sol, en morceaux…

Se redressant contre l'oreiller, Michael s'assit, le cœur battant la chamade, en nage comme s'il venait de courir un marathon.

A son corps défendant, les images de son enfance continuèrent d'affluer. Sa vie durant il avait eu l'impression d'être reçu partout comme un visiteur indésirable et, à trois reprises, pour des raisons obscures on l'avait changé de famille d'accueil.

Finalement, trop âgé pour l'adoption, il avait atterri à Granger, foyer pour jeunes garçons et adolescents en mal de famille. Ce genre d'endroit était peu propice à l'éclosion de liens affectifs, mais Michael y avait fait sa place et s'était réfugié dans le rêve. La nuit venue, dans une chambrée de six, un jeune garçon avait tout loisir d'inventer le futur…

Il s'était alors projeté un avenir radieux d'homme responsable de sa vie et maître de sa destinée, comblé de richesses et de pouvoir.

Mais jamais, au grand jamais, il n'avait envisagé de fonder une famille !

La sonnerie réveilla Kate à 6 heures, l'heure habituelle ! D'un geste las, elle fit taire l'engin qui lui vrillait les oreilles comme un DJ trop matinal. Doucement, elle ouvrit les yeux et se cala, pas vraiment prête à planifier une nouvelle journée de travail.

Jusqu'à ce qu'elle se rappelle, émergeant des brumes de la nuit, que c'en était fini, pour elle, d'aller au bureau chaque matin.

Elle n'était pas encore accoutumée au changement. Et l'idée de se retrouver sans ressources ne la quittait pas, alimentant ses angoisses. Dieu merci, un confortable portefeuille d'actions lui permettait de voir venir…

Sa respiration reprit un cours normal. Néanmoins, dans son cerveau encore engourdi, les pensées se pressaient, discordantes et désordonnées. Une sorte de disque rayé et infernal. Le souvenir de son récent et désastreux entretien avec Michael s'imposa une fois de plus. A chaque évocation de la scène, elle se sentait complètement désemparée et tentait de se persuader que les sentiments qu'elle nourrissait à l'égard de son patron n'avaient rien à voir avec l'amour.

Et que c'était réciproque.

D'ailleurs, elle avait maintenant d'autres priorités que l'amour et la passion : le bébé, par exemple !

Pour la centième fois au moins elle se força à réfléchir dans l'espoir de trouver la formule magique pour annoncer la nouvelle à ses parents. Kate avait été ce qu'ils appelaient un bébé-miracle. Née sur le tard, d'une maman quadragénaire, elle se savait la dépositaire de tous les espoirs.

Elle grimaça à l'idée de l'évanouissement probable de sa mère et du regard peiné de son père… Il lui fallait absolument gagner du temps ! Comme elle aurait voulu être plus vieille d'une année ! Le séjour des Adams à Branson lui accordait quelque répit mais cela ne durerait pas toujours…

Ecartant momentanément ses soucis familiaux, Kate se leva, fermement décidée à ne pas se laisser abattre.

A peine avait-elle achevé son petit déjeuner, tartines accompagnées de thé, qu'elle entendit sonner à la porte. Le voisin ? s'interrogea-t-elle en tournant la clé.

Le choc fut à la mesure de la surprise.

Il ne s'agissait pas du voisin.

Ni du facteur.

Ni d'un quelconque livreur.

C'était Michael Hawkins en personne, multimillionnaire, patron célébré et admiré d'une Start-Up devenue un produit boursier, son boss, son amant, son amour, hélas.

Le cœur de Kate accéléra la cadence. L'expression maussade de Michael contrastait singulièrement avec l'atmosphère printanière et fleurie qui embaumait la terrasse de la maisonnette. De toute évidence Michael avait passé une nuit exécrable, conclut Kate en le dévisageant. Et pourtant... Malgré de profonds cernes sous les yeux, il émanait de lui une aura de force indestructible.

C'était d'ailleurs un des traits qui avaient séduit Kate lors de leur première rencontre. Le message était clair : l'homme pouvait tomber, mais il se relèverait toujours...

Sans mot dire Michael examina pensivement Kate debout sur le seuil. Et soudain, sans préalable :

— Es-tu enceinte ?

Kate, le souffle coupé, eut l'impression d'avoir été heurtée par un train à grande vitesse. La question posée d'une voix glaciale réclamait une réponse immédiate. Et sans détour.

Kate ouvrit la bouche mais aucun son n'en sortit. Prise d'une envie folle de claquer la porte et de prendre la fuite, elle leva la main. Elle allait lui administrer la gifle la plus magistrale, la plus méritée de toute son existence ! Mais, Michael, la devançant, lui saisit le poignet. Puis il glissa le pied dans l'entrebâillement afin que Kate ne puisse fermer la porte.

— Es-tu enceinte ? Oui ou non ?

Michael était beaucoup trop près de Kate, à son gré, et elle ne put s'empêcher de respirer son parfum. L'effet fut immédiat. Son corps s'amollit tout comme lors de cette nuit ardente. Elle ne put que s'incliner.

— Oui, avoua-t-elle dans un souffle.

— Alors, toi et moi devons avoir une conversation sérieuse, annonça calmement Michael, tentant de l'écarter pour entrer.

Proche de la panique, Kate croisa les bras sur sa poitrine et ne céda pas un pouce de terrain.

— Je n'en vois pas la nécessité.

Michael haussa un sourcil interrogateur.

— Nous nous sommes tout dit sur le sujet lors de notre dernier entretien, expliqua-t-elle. Tu as très clairement déclaré que tu ferais un mauvais père et un piètre mari. Tu t'en souviens ? Et surtout que je ne devais pas compter sur toi.

— Je n'avais pas en main toutes les données du problème.

— Et la connaissance des « données du problème », comme tu dis, suffirait-elle à te transformer en père modèle ou mari parfait ? J'en doute…

Le regard de Michael se durcit.

— Je ne suis sans doute pas capable de faire grand-chose pour cet enfant, en effet, répondit-il, mais du moins suis-je à même de t'aider financièrement. Je peux également lui donner mon nom.

— Comment cela ?

— Je vais t'épouser, déclara-t-il avec autant d'émotion qu'il en aurait eue pour acheter quelques actions.

S'interdisant toute surprise, Kate poursuivit.

— Voyons, dit-elle, si je saisis le fond de ta pensée : tu ne te sens pas de taille à être père, mais tu crois que le mariage peut faire cela à ta place.

— En un sens.

— Matériellement, sans aucun doute. Mais un enfant a besoin d'autre chose que de dollars pour se développer et se construire harmonieusement. Sécurité affective, instruction, rire, complicité, tu connais ? Les parents sont la preuve vivante que l'amour existe, aux yeux d'un enfant ! Et toi, tu n'y crois même pas ! Pourquoi t'épouserais-je ? Tu ne m'aimes pas…

Kate s'interrompit brusquement, le regard fixé quelque part derrière Michael. Elle venait de voir quelque chose. Quelque chose d'assez contrariant.

— Oh non ! Pas ça… ! s'exclama-t-elle comme elle apercevait la caravane de son père, négociant le tournant de l'allée. Michael, pars vite… Nous reprendrons cette conversation une autre fois !

— Pourquoi pas maintenant ?

— Ce sont mes parents. Ils arrivent. Michael, ils ne sont pas au courant.

— Tu ne le leur as pas annoncé ?

— Bien sûr que non !

— Qu'attends-tu pour les prévenir ?

— Un délai de trois ou quatre ans me paraît tout à fait convenable, répondit-elle avec sarcasme. Ils sont fragiles, Michael. Maman a eu quelques petits soucis cardiaques. Je ne veux pas la troubler. Il faut absolument que tu t'en ailles.

— Impossible, ils viennent de bloquer la sortie.

En effet, au même instant…

— Katie, chérie… ! appela Mme Adams qui remontait vivement l'allée. Nous venons passer la journée avec toi ! Comment vas-tu, mon poussin ? Je te trouve un peu pâlotte, ajouta-t-elle comme elle approchait.

Kate sentit son estomac se nouer, signe annonciateur des nausées maintenant familières. Elle dut mentir.

— Je me porte comme un charme, maman ! Et ça me fait bien plaisir de vous voir tous les deux. Je vous croyais à Branson !

Tom Adams qui les avait rejoints serra affectueusement sa fille dans ses bras.

— Tu connais ta mère ! Elle a besoin de vérifier par elle-même que tout va bien pour sa petite chérie… A qui ai-je l'honneur ? poursuivit-il, se tournant jovialement vers Michael.

A cet instant précis, Kate fit un vœu : celui de posséder une baguette magique.

Pour transformer Michael Hawkins en courant d'air !

2

— Papa, je te présente mon patron, M. Hawkins. Comme je prends quelques jours de congé, il est venu régler avec moi des détails concernant un projet en cours. D'ailleurs, nous en avions terminé et Michael allait justement s'en aller.

— Nous ne voulons pas vous chasser, cher monsieur, déclara Mme Adams. Kate nous a envoyé un article de presse très élogieux à propos de C.G. Votre parcours est impressionnant, jeune homme, et je ne m'étonne plus que ma fille adore travailler avec vous !

— Merci. Il faut reconnaître que Kate a largement contribué au succès de l'entreprise. C'est une collaboratrice hors pair. Irremplaçable, à dire vrai.

« … En tant qu'assistante, et seulement en tant qu'assistante », précisa Michael pour lui-même.

— Je reconnais bien là notre petite fille, fit Tom Adams qui se rengorgeait déjà dans un élan de fierté toute paternelle.

Le cœur de Kate se serra à l'idée de la peine qu'éprouverait bientôt son père, quand il la saurait enceinte hors mariage. Et bien qu'elle fût adulte et indépendante, la simple pensée de blesser ses parents lui était intolérable. Soudain un étourdissement lui brouilla la vue ; la nervosité allait la rendre malade.

— Installez-vous tous dans le salon, je reviens dans une minute, parvint-elle à dire avant de s'échapper vers la salle de bains.

Une fois la vague de nausées passée, assise sur un tabouret métallique à proximité du lavabo, Kate se reposa quelques instants comme elle en avait désormais l'habitude, le temps de reprendre ses esprits. Puis elle s'aspergea le visage, inspira et expira trois fois profondément.

Kate perdait rarement le contrôle mais à ce moment précis, entre cette humiliante demande en mariage et la rencontre inopportune de Michael et des parents, la coupe débordait !

Michael passa la tête par l'entrebâillement de la porte.

— Que fais-tu encore ici, Michael ? lui dit-elle d'une voix mourante. Je te croyais parti…

Il avança d'un pas, emplissant immédiatement l'espace de sa haute taille et de son extraordinaire présence.

— Ça t'arrive souvent ?

— Quoi donc ?

— De t'évanouir.

— Je ne me suis pas évanouie, protesta-t-elle, agacée de se sentir en état d'infériorité dès qu'elle se trouvait à proximité de Michael. C'est justement pour éviter de m'évanouir que je me suis réfugiée ici. A présent, je dois retourner dans le salon, sans quoi mes parents…

— A mon humble avis ta mère soupçonne déjà quelque chose. Elle te trouve pâlichonne, m'a-t-elle redit.

Kate se prit la tête entre les mains.

— Oh non ! gémit-elle. Comme d'habitude, il est impossible de lui cacher quoi que ce soit ! J'ai toujours pensé qu'elle avait un sixième sens pour tout ce qui me concerne… Mais il est hors de question de mentionner ma grossesse, Michael : ils seraient horriblement déçus.

— Tu devras bien la leur apprendre un jour…, fit-il avec un haussement d'épaules qui trahissait son incompréhension totale de la logique féminine.

— « Un jour » ne signifie pas aujourd'hui !

— Et si tu étais honorablement mariée ?

« Mariée, oui… », songea Kate, consciente que sa mère

attendait l'événement depuis le jour de sa naissance ou presque ! Mais pas dans ces conditions !

Pas non plus dans les conditions dictées par sa mère, d'ailleurs. Si elle l'avait laissée faire, sa chère maman aurait passé son temps à favoriser une alliance entre sa fille et l'un de ces jeunes gens très convenables du voisinage. Un médecin ou un dentiste, par exemple. Elle se serait débrouillée pour loger le couple à deux pas de chez elle, dans la même rue si possible… Espérant la naissance d'une belle couvée…

Kate secoua la tête.

— Je refuse d'aggraver mes erreurs en me jetant dans un mariage dont je devine les développements à plus ou moins long terme.

— Tes erreurs ?

— Comme de faire l'amour… sans précaution, acheva-t-elle. Michael, maintenant, il faut vraiment que tu partes.

Il lui saisit le bras.

— Kate…

Elle se dégagea brusquement.

— Michael, je n'y comprends plus rien. Voilà deux mois que tu me boudes et ne m'accordes même pas un regard. Que signifie ce revirement d'attitude ?

— Les circonstances ont changé.

« Tout dépend de ce que tu entends par là », songea-t-elle en se remémorant la manière dont il avait ruiné ses espoirs quelques semaines auparavant.

— Kate, de toutes les personnes que je fréquente, tu es celle qui me connaît le mieux…

— Et alors ?

— Alors, tu es bien placée pour savoir que j'obtiens toujours ce que je veux, déclara-t-il froidement.

Kate eut l'impression désagréable d'être transpercée par le regard de Michael. Trop familière avec ce ton sans appel, témoin d'une détermination implacable, Kate fut effondrée. Jusqu'à ce jour il n'avait été question que de travail. Mais cette fois elle était concernée à titre personnel. Pas seulement elle, mais aussi le bébé. Surtout le bébé.

Des pas résonnèrent dans le couloir. Saisie de panique à l'idée d'être surprise par sa mère, Kate se leva et sortit en toute hâte, entraînant Michael dans son sillage.

— Maman, Michael s'en va et souhaite vous saluer, papa et toi. Crois-tu que vous pourriez déplacer votre caravane qui bloque le passage, afin qu'il sorte sa voiture ?

Kate jeta un bref coup d'œil en direction de Michael : l'image même du fauve guettant sa proie…

— J'ai été ravi de vous rencontrer, madame Adams, dit-il malgré tout, jouant le jeu de Kate. Et j'espère que nos chemins se croiseront de nouveau. A bientôt, Kate, ajouta-t-il d'un ton lourd de sous-entendus. Profite bien de tes vacances.

— J'ai l'impression que ce jeune homme a un faible pour toi, ma chérie ! déclara Betty Adams.

Michael venait à peine de tourner les talons.

— Il te dévorait des yeux… C'est sûrement un excellent parti !

Kate soupira et se garda bien d'énumérer les mille et une raisons pour lesquelles Michael Hawkins ne pouvait en aucun cas être considéré comme un « excellent parti ». Ni même comme un parti tout court.

— Maman… Tu dis ça de tous les garçons qui s'approchent de moi. En fait, tu as grand-hâte de me caser et de te débarrasser de ta fille, n'est-ce pas ? acheva-t-elle malicieusement.

N'empêche, elle avait le cœur lourd.

Assis dans sa Lexus, vitres baissées, Michael savourait la fraîcheur du soir. Il s'était posté à quelques mètres de l'allée de Kate et attendait patiemment le départ des parents Adams.

Consultant la montre de bord, il décida d'accorder cinq minutes de répit à Kate avant de sonner à sa porte.

En dépit de sa réputation d'homme froid et inabordable, Michael avait été bouleversé par l'annonce de la grossesse de Kate. Un petit être allait venir au monde… Un instinct incompréhensible lui soufflait de le prendre sous sa protection.

Toute l'amertume d'une jeunesse douloureuse lui remonta à la mémoire. Jamais il ne laisserait un petit de son sang vivre un cauchemar similaire à ce qu'il avait vécu. Le plus étonnant était que cet instinct protecteur s'étendait également à la mère ! L'idée de la savoir seule dans l'épreuve lui était intolérable.

Persuadé de son bon droit, Michael décida de ne pas quitter le duplex de Kate sans une promesse de mariage. Il consulta de nouveau l'heure et fit marche arrière dans l'allée. Saisissant un dossier posé sur le siège passager, il sortit du véhicule et se dirigea d'un pas décidé vers la porte de Kate. Un matou tacheté noir et blanc vint se frotter contre ses jambes.

Kate ne tarda pas à ouvrir. Les yeux rouges. Comme si elle avait pleuré.

— Je ne t'attendais pas.

« Aujourd'hui ou demain, je serai là, jusqu'à ce que tu dises oui », pensa-t-il. Et, dans le même temps, il se surprit à souhaiter voir renaître un sourire sur ce visage chiffonné.

— Je passais dans le coin, et j'ai vu que tes parents étaient repartis. Je peux entrer ?

Sans un geste pour l'inviter ou l'écarter, Kate resta muette. Les bras croisés.

— Tu pleures… Parle-moi…

Pour se donner une contenance, Kate saisit le chat dans ses bras. Elle haussa les épaules.

— Je me sens tellement ridicule de m'être fourrée dans un tel pétrin…

— Nous sommes deux, je te signale ! D'ailleurs, si je suis revenu, c'est parce que nous n'avons pas terminé notre conversation ce matin.

— Bien sûr que si.

— Non. La seule solution à notre problème, c'est le mariage.

— Michael, comment peux-tu être aussi expéditif ! Et

bourgeois ! On ne « répare » plus, de nos jours ! Les femmes prennent leurs responsabilités et les assument ! Beaucoup choisissent d'être mères célibataires.

— C'est vraiment ce que tu souhaites pour cet enfant ?

— Non. Mais…

— C'est ce que je pensais. Donc, nous devons nous marier.

— Je ne suis pas d'accord. Et ne m'as-tu pas expliqué ta répulsion vis-à-vis de tout engagement ?

Michael fronça les sourcils. Sur ce point Kate avait raison. Sur le principe, il n'avait pas changé d'un iota.

— A l'époque, je n'avais pas tous les éléments en main, répliqua-t-il tout de même avec l'impression d'avancer toujours le même argument. Pourquoi m'as-tu caché ta grossesse ? Quand tu m'as jeté ta démission à la figure, tu le savais déjà, n'est-ce pas ?

— Oui. Et même, j'envisageais de t'en parler. Puis j'ai renoncé, tout simplement pour éviter ce qui arrive aujourd'hui. Que tu décides de m'épouser pour régulariser une situation embarrassante.

Michael serra les dents. Dieu qu'il avait été plus aisé de discuter avec Kate, du temps où ils ne parlaient que travail et qu'elle était sa collaboratrice, seulement sa collaboratrice ! Aujourd'hui, il s'adressait à sa maîtresse et à la mère de son enfant — une femme qu'il ne maîtrisait absolument pas.

— Des tas de gens se marient pour des motifs bigrement moins importants. Je persiste et signe : le bien-être et le bonheur de ce petit exigent que nous en passions par là. Bon sang ! Un enfant de ma chair ne naîtra pas socialement handicapé, pauvre et mal aimé ! Des gamins dans ce cas, j'en ai connu ! Beaucoup trop. Nous devons régler cette question aujourd'hui.

Kate l'examina avec curiosité.

— A propos de gamins comme toi… tu ne m'as jamais parlé de ta famille.

Michael hésita.

— Je n'ai personne. Mon père s'est évanoui dans la nature dès le début de la grossesse de maman. Et j'avais six ans quand elle morte. Après quelques expériences malheureuses dans des foyers d'accueil on a fini par me caser à Granger jusqu'à ma majorité. Voilà le tableau complet de ma vie. Crois-moi sur parole, je sais ce que c'est que de grandir sans père ni mère. Toi, en revanche, tu ne peux pas comprendre ça !

Déposant le matou sur le sol, Kate s'effaça pour laisser entrer Michael. L'atmosphère semblait se détendre un peu, la discussion s'ouvrir…

— Quel genre d'arrangement as-tu en tête ? s'enquit-elle, radoucie.

Michael lui tendit des feuillets couverts de colonnes et de chiffres des plus rébarbatifs.

— Qu'est-ce que c'est ?

— L'état de ma fortune. J'ai demandé au comptable d'en établir une sorte de… résumé.

Quoi ! Cela recommençait ? Sans y jeter un regard, une lueur de colère dans les yeux, Kate lança les documents sur la table basse.

Michael, blessé dans son amour-propre, céda à son tour à l'agacement et lui saisit le bras.

— Essaie de me comprendre, Kate. Je peux et je veux vous prendre en charge tous les deux. Il faut bien que tu te rendes compte par toi-même que je suis de bonne foi !

Tout au fond de son cœur, en effet, Kate savait les intentions de Michael excellentes, et elle comprenait parfaitement à quel point il était vital pour lui d'assumer ses responsabilités vis-à-vis d'elle et du bébé.

Mais ce qui l'irritait et l'angoissait, c'était la maladresse du procédé. Comme on était loin de la demande en mariage romantique que lui avait maintes fois racontée sa mère !

— Bon. Si je te comprends bien, il s'agit d'un accord financier, d'un mariage blanc, en échange de quoi j'élève et j'éduque l'enfant ? Est-ce cela ?

— Ce n'est pas aussi simple. J'entends que vous viviez sous mon toit.

— Sous… Pourquoi ? Tu n'es pas amoureux de moi.

Michael la détailla complaisamment et, dans ce regard, Kate put lire sans erreur possible l'expression d'un désir qu'elle avait déjà connu.

— Si je ne suis pas sentimental, je n'en suis pas moins homme. Je t'ai voulue dès le premier jour où tu es entrée dans mon bureau. Et quasiment chaque nuit je rêvais de toi, du grain de ta peau, de ton parfum. Je m'imaginais en toi, tiède et accueillante. Mais tu m'étais trop précieuse en qualité d'assistante pour que je risque de te perdre en devenant ton amant.

— Et maintenant ?

— Comme je ne suis plus ton patron, je dirais que nous sommes à armes égales. Deux adultes responsables, physiquement attirés l'un vers l'autre. Liés de toute façon par ce bébé à venir.

Déstabilisée autant qu'intimement troublée, Kate s'obligea à résister.

— C'est une conception typiquement masculine. Machiste, même. Le côté protecteur, l'argent, le sexe… En outre, je ne te connais pour ainsi dire pas — sur le plan personnel, j'entends. Comment veux-tu que j'envisage de t'épouser ?

— Te rappelles-tu le genre de relations que nous avions avant cette fameuse nuit ?

Elle hocha la tête en signe d'assentiment, se souvenant que, en dépit de l'attraction physique inavouée et inavouable, il y avait eu des rires, une forte connivence qui s'était épanouie dans une atmosphère sereine.

— C'était plutôt joyeux.

— Nous étions amis. Du moins je le croyais. Nous pourrions retrouver cette sorte de complicité, n'est-ce pas ?

Consciente qu'il ne parlait pas d'amour, Kate se sentit en proie à des sentiments contradictoires. A la fois ravie et dépitée, elle ne savait plus trop quelle conduite adopter.

— Je ne sais pas, Michael, je dois y réfléchir. Tout ça va trop vite pour moi !

— Ne m'as-tu pas avoué être amoureuse de moi ? Il y a une quinzaine de jours à peine…

— C'était avant que tu ne m'exposes ta conception des relations hommes-femmes.

— Voilà ! Tu apportes de l'eau à mon moulin ! Tu es esclave de tes émotions et tu as déjà changé…

— Il serait plus juste de reprendre tes propres termes : je n'avais pas en main toutes les données du problème. Je *croyais* te connaître. Entretemps, je t'ai découvert.

— Je ne crois pas qu'on puisse jamais se targuer de connaître quelqu'un.

Michael lui prit la main gauche, caressant songeusement l'annulaire — le doigt qui accueille l'alliance.

— Nous devons nous marier au plus vite.

Il attira Kate contre lui pour mieux la convaincre.

— C'est une bonne décision. A plus d'un titre.

Il se pencha vers sa bouche qu'il prit doucement mais fermement en un baiser qui éveilla immédiatement en elle le désir fou de prolonger leur étreinte. Elle sentit qu'il glissait les doigts dans sa chevelure et frissonna de plaisir. Tout en lui témoignait d'une nature ardente, passionnée mais néanmoins parfaitement maîtrisée.

Puis il passa une jambe entre les siennes et Kate ne put ignorer les intentions de son compagnon.

Elle se souvint de la facilité avec laquelle elle s'était abandonnée, la première et unique fois…

Et ce fut comme le déclic du retour à la lucidité. Vivement elle recula, bien qu'elle fût en feu.

— Pas maintenant… je te prie, soupira-t-elle à regret, le regard rivé sur l'échancrure de la chemise ouverte, sur le torse puissant dont elle gardait le souvenir au bout de ses doigts.

Michael accentua la pression de ses hanches contre celles de Kate qui ferma les yeux, prête à défaillir.

— Non, Michael, ce n'est pas le moment.

Elle l'entendit soupirer. Un soupir exaspéré qu'elle

connaissait trop bien pour l'avoir maintes fois entendu. Dans le cadre du travail.

— Je ne te savais pas aussi entêtée, lui reprocha-t-il sèchement.

Kate affronta son regard.

— Circonstances différentes.

— Comment cela ?

— Tu étais mon patron… et tu ne l'es plus.

Il hocha la tête.

— Parfait, ça marche dans les deux sens.

— Ce qui signifie ?

— Que nous sommes libérés de notre devoir de réserve. Toi, tu n'es plus « chasse interdite », si tu me permets cette expression machiste.

Il porta la main de Kate à ses lèvres et l'effleura d'un baiser.

— Nous aurons l'occasion d'en reparler très prochainement.

De la fenêtre de son petit duplex, le cœur battant, Kate regarda s'éloigner la haute silhouette de Michael Hawkins. Une fois encore il lui évoqua un félin.

Alors, exténuée, comme si elle venait d'affronter un fauve, justement, Kate appuya le front contre la vitre. Pas une seconde, elle n'avait imaginé qu'il reviendrait à la charge… ni qu'il déploierait autant d'énergie pour sa vie privée que dans sa vie professionnelle.

Au souvenir du regard dominateur de Michael, le regard de quelqu'un qui n'accepte pas la défaite, son cœur se serra. Elle n'était plus qu'un tourbillon d'émotions où l'espoir le disputait à la déprime.

Son regard las tomba sur les feuillets oubliés sur la petite table du salon ; elle grimaça de dégoût. Cet homme était un phénomène de contradictions. Pragmatique et organisé, il lui avait proposé de la protéger et de l'épouser. Pas de l'aimer. Comme elle aurait apprécié une demande plus classique, pourtant !

Peut-être pas aussi cocasse que celle de son cher papa : un genou en terre, au beau milieu d'un salon de thé ! Mais tout de même…

Elle s'imagina racontant la scène à leur futur enfant : « Oui, certains garçons se déclarent avec des mots tendres et offrent une bague de fiançailles, mais ton papa, lui, m'a apporté son bilan financier. »

Et Kate donna un coup de pied rageur dans ledit bilan transformé en boulette pour le plus grand plaisir du chat.

Par précaution — au cas où Michael effectuerait une autre visite surprise —, Kate quitta sa maison de bonne heure le lendemain matin. Elle avait donné rendez-vous à sa meilleure amie Donna dans un jardin public du centre-ville.

L'amitié des deux jeunes filles datait de leur première année d'informatique au collège de Virginia Tech. D'allure juvénile, Donna avait un visage rond et poupin, aux yeux pétillant de malice. C'était une jeune personne intelligente et sérieuse, toujours de bon conseil.

— Comment as-tu fait pour t'échapper du bureau ? s'enquit-elle en choisissant une petite table à proximité de la pièce d'eau. Si je ne m'abuse tu es plutôt du genre à consacrer ta pause-déjeuner à peaufiner quelque projet en compagnie de Michael le-tout-puissant !

— J'ai démissionné.

Donna écarquilla ses grands yeux bleus.

— Tu me fais marcher ?

— Non. En fait je suis enceinte.

Et Kate narra à une Donna confondue l'histoire qui venait de bouleverser son existence.

— Un bilan financier… Que contient-il ?

Kate lui jeta un regard en biais.

— Je ne l'ai pas lu. A dire vrai je n'en ai pas besoin pour savoir que le compte bancaire de Michael n'est pas dans le rouge ! Tu vois, ce qui me tracasse c'est de me marier sans espoir d'être aimée un jour.

D'une chiquenaude elle envoya un croûton de pain aux canards qui mendiaient bruyamment leur pitance auprès des habitués.

Donna grimaça puis haussa les épaules.

— Tu as déjà de la veine qu'il veuille bien assumer ses responsabilités ! Si je comprends bien, son blocage affectif remonte à la petite enfance… Ce n'est peut-être pas définitif. Mais j'admets ta déception. Rien à voir avec le mariage de tes parents…

— Ce qui me soucie également, c'est son ignorance de la vie et des relations familiales. Comment jouera-t-il son rôle de modèle ?

— Tu le vois quotidiennement depuis trois ans et tu dois bien avoir une petite idée sur la question.

— C'est un des aspects du problème. Je ne le connais guère que sur le plan professionnel. Ce n'est pas un homme qui se livre aisément. Donna, je suis complètement désemparée !

— Est-ce qu'il te met la pression ?

— C'est un euphémisme.

Donna posa affectueusement sa main sur celle de son amie.

— Tu peux toujours émigrer en France ! Paris me semble être un choix judicieux.

A l'évocation de leur blague d'étudiantes, Kate éclata de rire. Un fantasme de départ vers la France avait été leur leitmotiv en période de déprime.

— Un bon conseil, ma chérie, poursuivit Donna, redevenue sérieuse. Ne t'amourache pas de lui avant qu'il ne soit à tes pieds !

Kate rougit.

— Mais je l'aime déjà !

— Aimer… Aimer… Appelle ça comme tu veux : flirt, sexe — mais oublie l'amour ! Ma mère passe son temps à me seriner que dans un couple réussi l'homme doit être plus épris que la femme. En conclusion, épouse-le et arrange-toi pour qu'il devienne fou de toi.

— Super… Merci du conseil ! Il faudrait un miracle.

3

— Michael, je t'en prie, cesse de me parler finances, je sens que je vais finir par avoir la nausée.

Hawkins lui lança un clin d'œil moqueur mais, soucieux de ne pas la contrarier de nouveau, il repoussa la pile de dossiers encombrant la table basse.

Pour sa part, Kate supportait de moins en moins la tendance qu'avait Michael de la couver comme si elle était une plante rare. Il leur faudrait bien trouver un moyen terme s'ils devaient concrétiser ce projet de mariage. A moins que Michael ne se lasse de jouer les maris attentionnés.

Au fur et à mesure que s'effeuillaient les pages du calendrier, Kate devenait si nerveuse qu'elle en perdait le sommeil. L'idée de se marier par devoir la perturbait plus profondément qu'elle ne l'aurait cru au début. Et la nuit, seule dans son lit, alors qu'elle n'entendait que les battements de son propre cœur, Kate ne cessait de remettre en questions le bien-fondé de sa décision. Jetant un coup d'œil vers Michael, elle fit silencieusement le vœu que ce fût le bon choix.

— Excuse-moi, mais j'ai d'autres soucis que tes arrangements financiers qui, j'en suis persuadée, sont parfaits.

— Quels soucis ? interrogea-t-il, soudain alarmé.

— Où allons-nous habiter ? Comment allons-nous organiser notre existence commune ? La cérémonie du mariage ?

expliqua-t-elle, sachant pertinemment qu'elle ne dévoilait là qu'une infime partie de ses inquiétudes.

D'un geste brusque, il éluda les problèmes.

— Simple comme bonjour. Tu peux d'ores et déjà te mettre en quête d'une maison à ton goût. Nous nous comporterons comme nous l'avons toujours fait. Quant à la cérémonie, il suffira d'acheter la licence, de passer à l'hôpital pour les prises de sang obligatoires et de prendre rendez-vous avec un magistrat. En trois jours l'affaire sera réglée.

Kate refoula un soupir. Une seule des propositions de Michael l'intéressait : la recherche de la maison… Car il devenait chaque jour de plus en plus évident qu'ils auraient à inventer un nouveau style de relation !

— D'accord, je veux bien prospecter le marché immobilier, mais j'aimerais bien que tu me donnes un aperçu de tes goûts en la matière. En ce qui concerne le second point, je tiens néanmoins à te préciser que nous ne pourrons certainement pas fonctionner comme nous l'avons toujours fait !

— Pour quel motif ?

— La donne est différente, tu n'es plus mon patron.

— Question de vocabulaire… Il me faudra négocier au lieu de t'imposer mes décisions !

— Si tu le dis… A propos, je vais avoir besoin d'un service qui n'a rien à voir avec les cotations en bourse et autres placements chers à ton cœur.

— Tes désirs sont des ordres !

— Voilà… Je voudrais que tu te charges de prévenir ma mère de nos projets de mariage, en évitant, bien évidemment, d'évoquer l'existence de BB.

— Mais, bon sang, quand te décideras-tu à le leur annoncer ?

— Plus tard. Le plus tard possible, songea-t-elle, angoissée à la perspective du chagrin de Betty. A chaque jour suffit sa peine. Puis-je compter sur toi ?

— Sans problème ! Je trouve tes parents adorables. Rien à voir avec ces requins du monde des affaires que je dois affronter quasi quotidiennement dans le cadre de mon travail !

*
* *

Ce même soir, quand Michael revint au rapport, une magnifique Corvette ancienne garée dans l'allée lui bloquait le passage. Kate recevait-elle des amis ?

Pressé de satisfaire sa curiosité, il sonna. Kate ouvrit immédiatement, la mine embarrassée.

— Trent Cavoli est ici, chuchota-t-elle, quelque peu gênée.

Michael reconnut immédiatement le nom du concurrent qui, maintes fois mais sans succès, avait tenté de lui enlever les meilleurs éléments de son personnel.

— Qu'est-ce qu'il fabrique chez toi ?

— Je l'ignore, il vient d'arriver. Il me rend visite assez régulièrement, soit pour me proposer un poste, soit tout simplement pour m'inviter à dîner.

— Tu es déjà sortie avec lui ? s'enquit Michael sèchement.

— Deux ou trois fois. En fait, il s'intéresse beaucoup plus aux secrets de C.G. qu'à ma petite personne. Tout comme toi, c'est un obsédé du travail.

Agacé, Michael la suivit dans le salon. Kate avait peut-être raison mais la réputation de coureur de jupons de Trent n'était plus à faire. Et si jamais il avait su que Cavoli tournait autour de Kate, il se serait chargé de le remettre à sa place… Dans l'intérêt de l'entreprise, bien évidemment.

Serrant à contrecœur la main tendue, il se demanda jusqu'à quel point Kate pouvait se laisser impressionner par l'élégance toute superficielle du personnage. De l'esbrouffe.

A la vue de Michael, Trent arbora un air profondément surpris et faussement ravi.

— Michael Hawkins ! s'exclama-t-il. Je n'imaginais pas une seconde vous rencontrer ici. Comment vont les affaires ?

— Plutôt bien…, répondit-il froidement. Je ne vous comptais pas au nombre des familiers de Kate.

Trent se fendit d'un sourire digne d'une publicité pour dentifrice.

— Mon vieux, vous ne pouvez pas me le reprocher. Kate

est belle, intelligente et, si mes renseignements sont exacts, elle ne travaille plus chez C.G. Quoi de plus normal que de lui offrir un poste à sa mesure, et plus… si affinités !

Insensible au charme latin de Trent, Michael résista difficilement à une furieuse envie de briser quelques dents à cet individu suffisant et trop antipathique. D'un bras, il entoura les épaules de Kate.

— Pas de veine, Trent, Kate et moi sommes fiancés.

Le visage de Cavoli se rembrunit.

— Bigre ! Et moi qui pensais que vous ne l'appréciiez pas à sa juste valeur… Félicitations, et tous mes vœux de bonheur.

— Merci, répondit poliment Kate, qui essaya de compenser l'hostilité trop évidente de Michael.

— Vu les circonstances, ajouta Trent en se levant, il me semble naturel de vous laisser…

Il salua d'un signe de tête et, sans se départir de son sourire, se dirigea vers la porte. Et là, sur le seuil, s'adressant à Kate qui l'avait accompagné :

— Katie, si vous changez d'avis, faites-moi signe et je viendrai immédiatement me jeter à vos pieds.

A peine la porte refermée sur le visiteur, Michael laissa échapper un mouvement d'humeur.

— Quel mufle ! Pourquoi ne m'as-tu pas dit qu'il te poursuivait de ses assiduités ?

Kate haussa les épaules.

— Il n'y avait aucun péril en la demeure.

— Si jamais ce type te harcèle de nouveau…

D'un geste elle en repoussa l'éventualité.

— A mon avis, il ne reviendra pas de sitôt. Réfléchis un instant. Dès que ma grossesse sera visible, je perdrai tout intérêt à ses yeux. Parlons plutôt de ta mission.

Elle le gratifia d'un regard inquisiteur et Michael se sentit démasqué.

— Mon pauvre Michael, tu as l'air vanné ! Rude journée ?

La mine angélique de Kate, sa voix trop douce ne trompèrent pas Michael. La traîtresse l'avait sciemment envoyé dans la fosse aux lions.

— Comme convenu j'ai rendu visite à ta mère.

— Oh ! Comment s'est passée l'entrevue ? demanda-t-elle innocemment.

En une enjambée, il la rejoignit.

— A ton avis ?

Elle se mordilla la lèvre.

— Je ne peux qu'imaginer.

Lui soulevant le menton, il l'obligea à le fixer droit dans les yeux.

— La prochaine fois que je rachète une société ou que je tente une fusion, je prends ta mère dans mon équipe de négociateurs.

— Quelle a été ton expression ? Un jeu d'enfant… Simple comme bonjour…, rétorqua Kate en riant.

— Kate, pourquoi ne m'as-tu pas mis en garde ?

— Tu avais l'air si sûr de toi… Dis-moi, êtes-vous tombés d'accord sur une date pour la cérémonie ? Connaissant ma mère et son tempérament perfectionniste, je dirais que ce sera pour l'an prochain.

— De six mois nous avons transigé à deux semaines, ma chère ! Tu ne comptais pas là-dessus pour repousser l'échéance, par hasard ?

Kate se glissa hors de sa portée.

— Pas vraiment.

— Je préfère ça ! J'en aurais été terriblement peiné, ajouta-t-il malicieusement.

— Je vais te croire ! Rien ne saurait te toucher si l'on en croit ta réputation d'homme de fer, Michael Hawkins.

— Bravo. Il est bon que tu saches à quoi t'en tenir à mon sujet. Et, pour ta gouverne, rien ni personne ne me persuadera de ne pas t'épouser.

Saisi d'une impulsion soudaine, il l'attira contre lui, effleurant rapidement ses lèvres. Zut ! Il l'avait bien mérité !

— Ainsi ce n'était pas une tentative désespérée pour reculer l'échéance ? Qu'est-ce que c'était alors ? Une épreuve initiatique ?

Kate avait grand-peine à détacher son regard de la bouche de Michael.

— Non, dit-elle, tentant de reprendre le contrôle. Ce n'était pas une épreuve.

— Alors quoi ?

— J'ai pensé qu'il valait mieux que tu découvres le style de ta future belle-famille, avant qu'il ne soit trop tard, ajouta-t-elle avec ce battement des cils dont elle avait le secret et qu'il trouvait terriblement excitant.

Et Michael se remémora immédiatement toutes les fois où cette mimique adorable et involontaire lui avait donné une envie folle de lui faire l'amour… au beau milieu d'une séance de travail.

— As-tu imaginé une seule seconde que l'obstination de ta mère aurait pu me décourager ?

— Non. Je sais qu'il y a peu de choses qui puissent te faire abandonner un projet, une fois que tu as pris ta décision.

Une lueur de désir passa dans le regard de Kate. C'en fut trop pour Michael encore sous le choc de son après-midi en compagnie de Mme Adams.

L'image de Trent s'évanouit… Grisé du parfum de Kate, il glissa les doigts dans les boucles soyeuses, puis attira le visage de la jeune femme contre le sien. S'empara délicatement de sa bouche.

Elle avait le goût sucré du fruit défendu…

Ce baiser ne fit qu'exacerber la faim qu'il avait de son corps. Mordillant ses lèvres, il savoura sa bouche comme il l'aurait voulu faire de chaque parcelle de son corps. Il glissa la main le long des hanches de la jeune femme, releva la jupe stricte, et remonta lentement le long des cuisses fuselées et douces.

Là, emprisonnant ses fesses, il la plaqua fermement contre lui. Et chaloupa sensuellement.

— Que fais-tu ?

— L'amour, ma chérie. Chaque fois que je repense à notre nuit, notre unique nuit… Mon Dieu que c'était bon !

Il écarta la dentelle, entre la douceur des cuisses, caressa la toison, les plis tendres de la chair. Mais Kate le repoussa. Doucement, certes, mais tout de même.

— Tu vas trop vite…

— Ecoute, ce n'est pas notre première fois !

— Je sais. Mais c'était avant.

— Avant quoi ?

— Avant que je ne découvre ton sentiment vis-à-vis de l'amour et des femmes.

Elle soupira.

— De toute manière, tu ne peux pas comprendre.

Michael la serra contre lui, bien décidé à prolonger leur étreinte.

— Mike, je te le répète : ça va trop vite. Il y a trop de déséquilibres. Un jour je suis ton bras droit, le lendemain ta maîtresse d'un soir, puis ta fiancée, la mère de ton enfant, peut-être bientôt ta femme… J'ai besoin de me retrouver. J'ai l'impression de vivre dans un monde parallèle.

Michael examina attentivement le beau visage levé vers lui et y lut toute la gamme des émotions contradictoires qui la tourmentaient. Que Kate était complexe, mystérieuse et diablement excitante ! Sérieusement, il commençait à craindre que, en qualité d'épouse, elle ne devienne nettement plus difficile à vivre que la parfaite collaboratrice soumise et efficace des années passées…

Le désir fulgurant, le besoin de la posséder devenait intolérable, en ce moment. Il parvint néanmoins à se dominer. OK ! D'ici à une quinzaine tout serait différent. Parce qu'ils seraient mari et femme.

*
* *

Kate salua le jour par le rituel passage au-dessus du lavabo de la salle de bains.

Suivi d'une non moins rituelle crise de nausée.

Le malaise passé, elle se bassina les tempes, souhaitant ardemment passer au plus vite au stade suivant de sa grossesse. Elle tapota son ventre si plat qu'elle aurait encore pu croire que ce bébé n'était que le fruit de son imagination… Mais les nausées se chargeaient quotidiennement de lui rappeler la réalité.

A y bien penser, cette nuit unique dans les bras de Michael aurait pu n'être qu'un rêve. En revanche, la date du mariage semblait approcher à la vitesse d'un TGV. La vie quotidienne virait au cauchemar. Pour couronner le tout, sa mère ne cessait de l'importuner pour lui narrer par le menu la progression de ses efforts dans l'organisation du grand jour.

En sortant de la salle de bains, Kate faillit heurter Michael.

— Toi ? Depuis quand es-tu là ?

— Assez longtemps pour comprendre que tu es malade.

Elle secoua ses boucles.

— Rien de grave. Juste des nausées. C'est normal.

— Ta gynéco ne peut-elle te soulager ?

Elle secoua de nouveau la tête.

— Il est hors de question que j'ingurgite des médicaments qui pourraient être nocifs pour BB. On ne sait jamais !

— BB… Quel drôle de surnom, ces initiales… Bref, ces nausées, c'est vraiment fréquent ?

— C'est mon nouveau réveille-matin ! déclara-t-elle en souriant.

— Tu en as pour neuf mois ?

— Non, au pire deux mois, peut-être beaucoup moins. Ce n'est rien. Mais puisque tu es là, veux-tu partager mon petit déjeuner ?

— Quatre semaines… C'est bien trop long. Je te trouve une petite mine ! Tu devrais peut-être consulter de nouveau ?

— Je t'assure que ce n'est pas nécessaire.

Kate ouvrit un placard et en sortit un paquet de céréales à demi vide.

— Au fait, comment es-tu entré ? Je n'ai pas oublié de tourner la clé, hier soir… Pourquoi n'as-tu pas téléphoné ? Tu aurais même pu utiliser la sonnette… Tu sais ce petit bouton rond…

— Je l'ai fait mais tu n'as pas entendu, alors j'ai crocheté ta serrure.

Elle suivit son regard : il examinait ce qu'elle allait manger… Réprobateur.

— Des crackers, un soda et un flacon de vitamines… Qu'est-ce que c'est que ça ?

— Mon petit-déj, dit-elle en s'asseyant et commençant à grignoter un biscuit.

— Ce n'est pas un repas convenable pour une future mère. Tu devrais prendre des œufs, des laitages, des fruits…

— Ecoute, mon seul but, à cette heure-ci, c'est d'avaler quelque chose qui accepte de rester dans mon estomac.

Elle changea brutalement de sujet.

— Au fait, qu'est-ce qui me vaut une visite si matinale ?

— Hier soir, j'ai oublié de te donner quelque chose.

— Pas une nouvelle version de ton bilan financier, j'espère ?

— Non, non.

Il sortit de sa poche un écrin portant l'adresse d'un bijoutier renommé.

— Il faudra peut-être l'ajuster à ta taille.

En proie à des sentiments mitigés, Kate contemplait silencieusement la boîte. En l'ouvrant, elle devenait très officiellement la fiancée de Michael Hawkins. Ce simulacre lui donnait la nausée !

— Alors… Ouvre-le, s'impatienta Michael.

Kate sentit sa gorge se nouer. Michael s'agaça.

— Ça ne mord pas, pour l'amour du ciel ! Bon, je vais le faire, dit-il, joignant le geste à la parole.

Ce fut un éblouissement…

Kate ne put retenir un cri émerveillé à la vue du diamant étincelant de tous ses feux. Quelle beauté… Quel extraordinaire bijou que cette pierre d'une taille exceptionnelle qui semblait s'être tout naturellement nichée dans son écrin de satin bleu nuit.

— Il est magnifique, murmura-t-elle.

Elle leva les yeux vers Michael.

— Pourquoi ? Pourquoi un si beau diamant ?

— Il est à la mesure du plaisir pris, ajouta-t-il d'un air entendu.

Le visage de Kate s'empourpra. Comment oublier à quel point Michael avait été un amant extraordinaire ? Un mélange de force et de raffinement incomparable.

— Ne rougis pas, Kate.

— J'essaie.

— Comment le trouves-tu ?

— Comme je te l'ai dit : magnifique. Et énorme. Peut-être trop impressionnant, d'ailleurs.

— Il en existe de plus gros.

— Oui, je sais, j'ai pu admirer le Hope lors d'une exposition. Mais j'ai l'impression qu'il l'était à peine plus que celui-ci.

— Allons, passe-le à ton doigt.

Mais Kate ôta brusquement sa main.

— Non.

— Pourquoi ? s'étonna-t-il sèchement.

— Il est vraiment trop gros. Excuse-moi, j'apprécie beaucoup, mais je ne me sens pas à l'aise. Ce n'est pas moi !

D'un geste, Michael fit pivoter le tabouret de manière à se trouver nez à nez avec elle.

— Qu'est-ce qui ne va pas, cette fois ? maugréa-t-il.

— Je n'ai pas l'habitude de porter une chose pareille.

Kate regarda tour à tour le bijou et Michael.

— Je ne suis pas certaine… Il faudrait quelque chose de moins ostentatoire, qui ne crie pas : « C'est moi l'épouse de ce monsieur immensément riche. » J'entends rester moi-même… Accepter cette bague serait une sorte d'imposture.

Michael compta mentalement jusqu'à dix. Cette femme

l'exaspérait. Après tout, si elle ne voulait pas porter une bague de fiançailles, il n'y avait pas lieu d'insister. D'ailleurs, pourquoi donc tenait-il tant à ce qu'elle porte ce diamant ? Il ne représentait rien ! Leur mariage n'était qu'un arrangement, un mariage de convenance !

Ce soir-là, Michael ne rendit pas visite à Kate. Néanmoins, devenu incapable de se passer de leur rendez-vous quotidien, il lui téléphona longuement. A sa grande surprise, ils partagèrent quelque chose qui ressemblait, mais oui, à de l'intimité.

Quelque peu déprimé et surtout dépité de l'accueil fait à son somptueux cadeau, il avait passé la journée à travailler. Aussi, le soir venu, à peine au lit, avait-il sombré dans un sommeil lourd.

Soudain la sonnerie du téléphone déchira le silence. Michael se réveilla en sursaut. Un instant, il eut quelque peine à se repérer, ses cauchemars le retenant dans un monde inconnu et dangereux. Il se frotta les yeux, grogna et jeta un coup d'œil sur le réveil aux chiffres lumineux. Il saisit l'appareil et décrocha, puis s'éclaircit la gorge afin d'être audible.

— Allô !

— Michael ?

La voix tremblante ressemblait à celle de Kate.

— Kate ?

— Oui. Excuse-moi de te déranger, je voulais appeler Donna, mais elle est partie en voyage.

Une crainte irraisonnée l'envahit.

— Cesse de t'excuser, dis-moi ce qui t'arrive.

— J'ai besoin qu'on me ramène à la maison. Ma voiture n'est pas là…

— Bon sang ! Où es-tu ?

— Il y a eu une fuite de gaz, et les voisins…

— Où es-tu ? hurla-t-il, cherchant son jean parmi les vêtements épars sur le sol.

— A l'hôpital, au centre-ville… Peux-tu venir me chercher ? implora-t-elle d'une voix brisée.

Alors, un sentiment inconnu étreignit Michael. Un mélange d'inquiétude, de douceur. Et surtout, il éprouva l'impérieuse nécessité de voir Kate, de la serrer contre lui.

4

Michael s'habilla à la hâte et fila vers l'hôpital dans le plus profond mépris des limitations de vitesse.

A peine eut-il franchi la porte réservée aux urgences que Kate se jeta toute tremblante dans ses bras.

Peu habitué aux démonstrations d'affection, il en resta muet de surprise. C'était une sensation tellement nouvelle ! Agréable de surcroît.

Kate se blottit contre lui et il en profita pour plonger avec délectation son visage dans la masse de cheveux bouclés. Une forte odeur de fumée le fit reculer.

— Qu'est-il arrivé ?

— Un début d'incendie chez les voisins, dit-elle, s'agrippant à sa chemise comme une noyée. Nous avons été intoxiqués par les émanations.

— Toi aussi ? interrogea-t-il, alarmé.

— Très légèrement mais on m'a donné de l'oxygène. Comme j'ai eu peur pour BB !

— Que dit le médecin ? Il faudrait peut-être prendre rendez-vous avec ta gynéco ?

— Ne t'inquiète pas, tout va bien. BB n'a pas souffert.

Michael poussa un soupir de soulagement.

— Pourquoi ne m'as-tu pas appelé tout de suite ? lui reprocha-t-il sévèrement.

— Tout s'est passé si vite ! Dès l'arrivée des ambulances

nous avons été pris en charge. A l'hôpital j'ai bien tenté de joindre Donna, mais elle est en voyage d'affaires.

— Donna… mais pas moi ?

— Je ne voulais pas te déranger car je sais que tu croules sous le travail et que le soir tu es exténué.

Michael resserra son étreinte.

— Pour l'amour du ciel, Kate, je suis ton futur mari et à ce titre tu devais me prévenir.

— En principe. Mais notre relation est spéciale. Nos fiançailles ne sont pas ordinaires !

— Ma chérie, il va falloir qur tu prennes l'habitude de compter sur moi. Je ne suis pas un expert dans la vie conjugale, cependant, je suis persuadé qu'en pareil cas une épouse informe son mari.

A demi convaincue, Kate hocha la tête et détourna la conversation.

— Les pompiers ne nous ont pas encore donné le feu vert pour retourner chez nous.

— Il est hors de question que tu passes la nuit là-bas. Je t'emmène à mon appartement.

— Et Parkay… Je ne sais pas où il s'est caché !

— Qui est ce Parkay ? Je le connais ?

— Mon chat. Il ne sort que rarement et surtout pas la nuit : je dois le retrouver.

— Attends… Il est 4 heures du matin… et tu n'es pas en état de courir derrière un matou en cavale, s'exclama-t-il, abasourdi.

Mais devant la mine déconfite de Kate, il s'émut.

— J'ai une idée ! Dans un premier temps je te conduis chez moi, puis je repars à la recherche de ce cher Parkay.

Sur le chemin du retour, Michael se demanda comment il allait bien pouvoir assumer l'étrange mission dont il venait de se charger.

Arrivé chez lui, il mena Kate directement à sa chambre.

— Tu vas dormir ici.

Coupant court à toute protestation, il la guida vers le vaste lit.

— Pas de discussion ! Tu as besoin de repos. Je vais m'installer sur le canapé dès que j'aurai retrouvé ton précieux matou.

Ce fut ainsi qu'aux alentours de 5 heures du matin, Michael Hawkins, P-DG d'une multinationale, s'en fut à la chasse au chat. Bientôt une dizaine de félins amicaux se pressèrent autour de lui. Malheureusement aucun ne correspondait à la description qu'en avait faite Kate.

Négligeant les scellés et la banderole jaune interdisant l'accès à la zone sinistrée, Michael utilisa l'entrée arrière du bâtiment.

Muni de sa lampe de poche, il dut inspecter deux pièces avant de se trouver confronté à une paire d'yeux verts et menaçants, au ras du sol : c'était Parkay réfugié sous le lit de Kate.

Miaulant et crachant, toutes griffes dehors, il exprima sans équivoque son désir d'y rester jusqu'au retour de ladite maîtresse.

Néanmoins, après quelques minutes, les effluves d'une boîte de thon fraîchement ouverte lui chatouillèrent suffisamment les narines pour l'attirer hors de sa retraite.

De retour au bercail, Michael déposa le chat dans la chambre et s'en fut dans la salle de bains panser ses blessures.

Incapable de retrouver le sommeil après cette nuit mouvementée, il se mit à arpenter l'appartement, s'arrêtant devant la porte close, y collant l'oreille pour écouter la respiration de Kate endormie.

Sans bruit, il tourna la poignée et passa la tête dans l'entrebâillement. Bras croisés, dos appuyé au chambranle, il ne parvenait pas à détacher son regard de celle qui allait devenir sa femme. A l'idée qu'elle ait pu périr, il se sentit soudain terriblement désemparé.

La Kate qu'il connaissait dans le cadre de leur relation professionnelle était une femme forte et efficace. Jamais il ne l'avait vue ainsi abandonnée et vulnérable. Outre une plastique à faire damner un saint, une intelligence au-dessus de la moyenne, elle était dotée d'une vive sensibilité, d'une générosité sans faille. Très exigeante vis-à-vis d'elle-même, elle avait néanmoins des trésors d'indulgence pour les autres…

… Mais plus frappant, plus étrange encore, c'était la confiance dont elle faisait preuve à son égard.

Suffisamment pour lui confier sa vie.

Son destin.

Et la vie de leur enfant.

— Je ne te mérite pas, murmura-t-il.

Soudain, il en prenait conscience ; comme il prenait conscience que cette femme, petit à petit, lui était devenue très chère.

Ainsi, le simple fait de la voir faisait naître en lui le désir violent de la protéger, d'élever une muraille autour d'elle. Ce qui n'irait pas de soi ! Car compte tenu de la nature indépendante de Kate, il semblait bien qu'il s'attaquait là à une tâche quasiment impossible !

Un ronronnement puissant éveilla Kate le lendemain matin.

Ouvrant les yeux, elle découvrit Parkay roulé en boule sur son estomac. Un sourire aux lèvres, Kate s'étira longuement. La chambre de Michael ! Le lit de Michael !

Un rapide examen des lieux lui en révéla plus sur son propriétaire que des années de travail à ses côtés. Sommairement meublée, la pièce ressemblait à une chambre d'hôtel. Sur la table de nuit, il n'y avait que quelques crackers et une canette d'eau gazeuse. Etait-ce là un exemple des dîners solitaires de Michael Hawkins ?

Kate était reconnaissante à Michael d'avoir immédiatement répondu présent à son appel au secours… Fallait-il voir là un signe ? L'éveil de sentiments ?

Non… Pourquoi s'emballer ? Le souvenir de la profession

de foi de Michael à l'égard de l'amour était encore trop vivace pour que Kate puisse rêver…

Elle soupira et se redressa contre l'oreiller en caressant de la main l'étoffe du drap. Instinctivement, elle s'y enroula voluptueusement, s'enivrant de cette odeur masculine à la fois familière et étrangère. Oui, elle avait rêvé de partager l'existence de Michael Hawkins, son lit, son intimité…

… Mais pas dans ces conditions artificielles, pas sans réciprocité. Un mariage de convenance ! Quelle triste association… !

De nouveau, elle examina la chambre, à la recherche de quelque indice révélateur de la personnalité de son propriétaire, un livre de chevet aux pages cornées… quelques photographies…

Rien. Hélas, de toute évidence, Michael n'accordait aucune importance à son espace privé !

— Bonjour !

Kate sursauta et se retourna vivement. Michael la détaillait sans vergogne, à la manière d'un anthropologue, pensa-t-elle, se demandant depuis combien de temps il était entré.

— J'aime assez ta manière de porter ma chemise.

Kate croisa et décroisa les bras, trop consciente de sa nudité sous la fameuse chemise.

Le regard de Michael s'adoucit et Kate crut y lire une vague lueur de tendresse. Elle cligna les yeux. Un mirage, sans doute !

— Merci d'être venu à mon secours, hier soir. Et aussi de m'avoir prêté ton lit. Comment se fait-il que tu ne sois pas au bureau ?

Michael lui désigna son ordinateur portable posé sur une table dans la pièce voisine.

— J'ai préféré rester ici ce matin. Comment te sens-tu ?

— Nettement mieux qu'hier soir ! J'ai bien failli craquer… Mais maintenant, grâce à toi ça va.

— C'était la moindre des choses.

— Rien ne t'y obligeait, dit-elle, se souvenant de la façon dont il l'avait réconfortée.

Apercevant les marques de griffures qui zébraient ses poignets, elle saisit les mains de Michael.

— Mon Dieu, serait-ce Parkay le responsable ?

— Je l'ai trouvé sous ton lit d'où j'ai eu quelque peine à le déloger. Le bougre refusait énergiquement de me suivre.

— Quel ingrat !

— Une boîte de thon a eu raison de lui… Et j'ai bien failli ramener sa bande de copains à la maison.

— Populaire auprès de la gent féline ! Tu me surprendras toujours !

Elle laissa retomber ses mains.

— Depuis combien de temps occupes-tu cet appartement ?

— Environ trois ans. Pourquoi ?

— On dirait que tu t'es installé la semaine dernière ! Pas de plante verte… Pas de livres… de photos… Même pas de musique !

— Je crois bien que mon réveille-matin peut servir de radio. Quant aux plantes, je n'ai absolument pas la main verte.

— Aucun souvenir personnel ?

— Tu es la mieux placée pour savoir que l'endroit où je me sens chez moi, c'est à C.G. D'ailleurs, maintenant que je suis rassuré sur ton sort, j'y retourne. N'hésite pas à m'appeler si tu as besoin de quoi que ce soit.

Se dressant sur la pointe des pieds, elle l'embrassa légèrement sur la joue.

— Merci pour tout.

Michael lui entoura la taille et l'embrassa en retour. Sur la bouche. Profondément.

— A ce soir, ma toute douce, murmura-t-il d'une voix prometteuse en lui mordillant le lobe de l'oreille.

*
* *

Quand la porte se fut refermée, Kate s'y appuya et porta la main à ses lèvres brûlantes. Le corps en feu.

Il lui fallait à tout prix se ressaisir, penser à autre chose, trouver une occupation…

L'idée lui vint d'apporter quelques touches nouvelles et chaleureuses à l'appartement de Michael. Au moins, au retour du travail, trouverait-il un foyer plus accueillant, plus confortable et surtout moins anonyme.

Voilà qui tiendrait lieu de remerciement.

Tard dans la soirée, quand Michael tourna la clé dans la serrure, il fut accueilli par une musique douce diffusée par un lecteur de cassettes flambant neuf.

Un élégant couvert avait été dressé pour deux sur une jolie nappe décorée de bougies. Et un délicieux fumet de cuisine italienne enbaumait encore l'appartement. Ouvrant la porte du réfrigérateur d'ordinaire vide ou encombré de canettes et de surgelés, il le trouva débordant d'appétissantes victuailles.

Sur le plan de travail un somptueux plat de lasagnes fraîches semblait attendre son bon-vouloir.

Alors, desserrant sa cravate, il se mit en quête de la petite fée du logis qu'il trouva profondément endormie, un livre ouvert à la main.

Parkay ronronnant aux pieds de sa maîtresse ouvrit à peine un œil vert. Il cracha sans conviction vers le maître des lieux. Et Michael se sentit soudain honteux de n'avoir pas songé à avertir Kate de son retard…

A la fois touché par l'intention et agacé de se sentir contraint à quelque chose — lui qui protégeait tant sa chère liberté —, il regretta de n'avoir pas eu la politesse de téléphoner.

La politesse ? Non, rectifia-t-il, piteux : la délicatesse… En fait, il venait de prendre des aises de grossier personnage mais aussi de goujat égoïste.

Précautionneusement, il ferma le livre et le posa sur la table de chevet.

Dans son sommeil, Kate se retourna. Au mouvement qu'elle fit, sa chemise de nuit s'entrouvrit légèrement. La vision fugitive des seins pleins et doux ranima immédiatement le souvenir de leur nuit de passion… Le parfum de Kate, le grain velouté de sa peau, le goût de sa bouche, le désir partagé, et l'ardeur de sa réponse aux caresses les plus intimes — de tout cela il se souvenait avec une acuité qui lui donnait la fièvre.

Il se souvenait de la douceur de ses cuisses satinées, de la moiteur de sa féminité lorsque il était entré en elle…

Bon sang, comment cette femme s'y prenait-elle pour lui rappeler, sans même user de mots, qu'il était avant tout un être humain — et non pas une parfaite mécanique professionnelle ?

Elle ranimait en lui des sentiments qu'il avait appris à refouler depuis sa tendre enfance, et cela le bouleversait. Dieu qu'il aimait le spectacle de cette femme endormie ! La pensée que bientôt elle serait toute à lui lui réchauffa le cœur. Bientôt…

Au petit matin, Kate se leva avec la ferme intention de réintégrer son duplex. A quoi bon avoir passé toute une journée à essayer d'améliorer l'ordinaire de Michael ! A ajouter à la déco une touche par-ci par-là… A cuisiner pour lui…

Elle n'avait pas eu d'autre intention que de le surprendre agréablement et de lui faire plaisir… Et lui, il n'avait même pas daigné la prévenir de son retard.

Si seulement il en avait pris le temps… La déception eût été moins forte.

Alors qu'elle grignotait un cracker en s'habillant, elle se morigéna. En aucun cas elle ne devait spéculer sur l'évolution positive des sentiments de Michael à son égard. Elle n'allait pas épouser un sentimental, il avait été on ne peut plus clair sur le sujet, et imaginer le changer reviendrait à accumuler les déceptions.

Alors, Kate décida qu'il était temps de renoncer à ses rêves romantiques et de se persuader que, si elle limitait ses attentes à ce que son mari était en mesure de donner, tout irait pour le mieux dans le meilleur des mondes.

Elle poussa doucement la porte de la cuisine.

Frais et dispos, vêtu avec son élégance coutumière, Michael l'accueillit, un sourire charmeur au coin des lèvres, une cafetière fumante à la main.

— Je suis vraiment désolé d'avoir manqué ce bon dîner hier soir, dit-il.

— Ce n'était rien qu'un petit remerciement pour nous avoir hébergés, Parkay et moi.

— Un petit remerciement ? Tu veux rire ! Je suis persuadé que tu t'es donné un mal de chien. Mon réfrigérateur en est encore sous le choc ! Entends-tu comme il ronronne d'aise ? D'ordinaire je ne le remplis que de canettes et de surgelés…

Elle eut un sourire amusé.

— A mon avis, vous êtes tous les deux en état de choc ! J'espère que tu aimeras mes lasagnes. Tu peux aisément les réchauffer par petites portions au micro-ondes, ici ou au bureau. Cela dit…

Elle marqua une pause, prit une grande inspiration, et reprit.

— … Cela dit, même si j'apprécie énormément ton hospitalité il est grand temps que je regagne mes pénates. Ce matin, j'aère la maison et, dès ce soir, Parkay et moi retournons y dormir.

Mécontent de sentir la décision lui échapper, Michael fronça les sourcils.

— A mon avis tu devrais rester encore une nuit.

— J'ai téléphoné… Les résidents sont autorisés à reprendre possession des lieux.

— Reste ! Après tout dans moins de deux semaines nous serons mariés !

— Non. Dans quelques jours mes parents arrivent et ma mère va vouloir tout régenter. Crois-moi, il vaut mieux que ça se passe chez moi ! Mon Dieu… Quand je pense que je me marie bientôt… Je n'arrive pas à le croire !

— Est-ce si désagréable à envisager ?

— C'est tellement différent de ce que j'avais prévu.

— Tu n'avais pas non plus prévu une grossesse.

— Pas avant le mariage, certes ! Et surtout, pas des œuvres de mon patron…

— Au fait, comment imaginais-tu ton avenir ?

— Rien de précis… Quelques sorties avec un garçon amoureux, une cour discrète et romantique, des fiançailles heureuses…

Elle secoua la tête.

— Nous sommes complètement décalés, Michael, et nous agissons à contretemps. Te rends-tu compte que nous ne sommes jamais sortis ensemble ? Nous ignorons tout l'un de l'autre. Qu'arrivera-t-il après le mariage, si nous nous découvrons d'indépassables incompatibilités ?

Michael la prit tendrement dans ses bras.

— Cesse de te tourmenter. Tu cèdes à la panique mais au fond de ton cœur tu sais que nous prenons la bonne décision.

— Tu as peut-être raison…

— Voyons, Kate…, dit-il, cherchant vainement un argument irréfutable susceptible de la convaincre.

— Si je peux me permettre une comparaison, c'est assez semblable au processus de fusion de sociétés. Tu commences par étudier les possibilités de ton partenaire, puis tu tentes de le séduire et ensuite tu passes aux négociations. Mais nous, contre toute logique nous mettons la charrue devant les bœufs et signons le contrat sans même le lire !

Il s'interrompit, plus grave.

— Ma chérie, dit-il d'une voix lourde de sous-entendus, je connais un excellent moyen d'apaiser tes craintes.

— Lequel ? demanda Kate, qui pressentait la réponse.

— Partageons le même lit.

Elle poussa un gémissement.

— Mais c'est justement ça, l'origine de notre problème !

D'avoir couché ensemble sans rien connaître l'un de l'autre ni mesurer les conséquences de notre acte !

— En ce cas, rien de pire ne peut plus arriver…

Elle lui lança un regard perplexe.

— C'est ce que tu crois ! A ce propos, il y a un détail dont je voudrais t'entretenir.

— Quoi donc ?

— Devant mes chers parents, il serait souhaitable que tu joues les amoureux transis. Fais un effort pour donner le change… Il te suffira d'y appliquer un dixième de l'énergie et de la créativité que tu consacres à ton travail.

Puis elle tourna les talons, lui donnant ainsi l'occasion d'admirer les jolies rondeurs de ses hanches.

Michael resta quelques instants songeur, la cafetière toujours à la main, et se demandant s'il devait considérer les propos de Kate comme une insulte ou un compliment. Les deux probablement, conclut-il, versant le café brûlant dans sa tasse.

Lorsque, le soir même, incapable de résister, il se rendit de nouveau au duplex, ce fut pour trouver Kate, un tournevis à la main, juchée en équilibre instable sur un escabeau, occupée à fixer une tringle à rideaux.

En short et débardeur, encore mince, néanmoins ronde aux bons endroits, « elle est vraiment ravissante », songea Michael dont le regard s'attarda complaisamment sur les longues jambes musclées.

Jusqu'au moment où il se souvint que grossesse et escabeau n'allaient pas de pair.

— As-tu complètement perdu la tête ?

Ne l'ayant pas entendu entrer, Kate sursauta et faillit tomber.

D'un bond Michael fut près d'elle.

— Michael, ne recommence jamais ! Tu m'as fait une peur bleue !

— Mais tu es enceinte…

— Rien n'interdit aux futures mères d'utiliser une échelle.

Il est toutefois préférable que personne n'arrive brutalement par-derrière.

— Laisse-moi finir ma phrase…

— Ce n'est pas nécessaire.

— Ecoute, si tu ne le fais pas pour toi, pense à BB, insista-t-il en utilisant le surnom dont elle avait doté l'enfant à venir.

Elle réfléchit un instant, puis lui tendit le tournevis.

— OK.

Michael prit Kate dans ses bras et la déposa doucement sur le sol.

— Magnifique tournevis ! Je suis surpris.

— Pourquoi ?

— Parce que tu es une femme et que les outils…

— Abominable macho ! Je suis certaine que tu ne connais pas les trois T ? Ils sont indispensables à toute femme moderne en âge de convoler ?

— Non. Trois T ?

— Les trois trésors. Un tournevis, une perceuse et un soutien-gorge noir.

— Tu possèdes les trois ?

— Bien sûr.

Michael imagina aussitôt le numéro trois, et Kate dedans… Image difficile à repousser.

— Cette odeur de fumée persiste, dit-il pour détourner le cours indécent de ses pensées.

— Je m'y suis habituée. En arrivant j'ai branché le ventilateur puis je suis sortie me promener. Maintenant c'est supportable.

— Tu comprends que je ne veuille pas que tu dormes ici, n'est-ce pas ?

— Pas vraiment.

— Parce que s'il t'arrivait malheur, je ne me le pardonnerais pas.

— Laisse tomber ! Je ne crains rien.

— C'est ce que je pensais jusqu'à cet incident.

— Michael, si tu persistes à te montrer si gentil et attentionné, ça va m'embrouiller l'esprit.

— Sera-t-il suffisamment embrouillé pour que tu me laisses découvrir tes trésors ?

— Mes trésors ?

— Tournevis, perceuse et… soutien-gorge noir ?

5

Kate sentit le rythme de son cœur accélérer.

— Parles-tu sérieusement ?

— Oui, murmura-t-il en s'approchant. Je souhaite vraiment voir tes trois trésors. Surtout le troisième. Simple vérification… Tu es bien bonne à marier, n'est-ce pas ?

Etait-ce une sorte de flirt ? Non… Michael Hawkins n'était pas du genre à flirter.

— La perceuse est dans ma boîte à outils et tu as en main le tournevis.

— Et le soutien-gorge ?

— Dans le tiroir inférieur de ma commode, dans ma chambre…, précisa-t-elle, se demandant où allait les mener ce marivaudage.

— Accepterais-tu de le mettre pour moi ?

— Une autre fois peut-être.

Michael lui prit la main.

— Puis-je considérer ta réponse comme une promesse ?

Elle l'examina attentivement.

— Je ne te reconnais plus !

— Il est grand temps que nous effacions cette distance patron-employée. Il nous faut trouver un autre mode de fonctionnement.

— Je reconnais bien là l'informaticien. Tu as un mode d'emploi ?

— J'ai ma petite idée sur la question, dit-il, l'attirant dans ses bras.

Il s'empara de sa bouche et l'explora avec une sensualité détonante.

— Durant les trois années où nous avons travaillé côte à côte, je me suis interdit de te toucher. Ce temps-là est heureusement révolu.

Etonnée, ravie et excitée, Kate se plaqua contre lui. Solide et fort. Il l'embrassa de nouveau, cette fois plus profondément, plus ardemment, se désaltérant en elle comme s'il n'avait pas bu depuis des siècles.

— Ton parfum m'excite.

Kate sentit ses jambes se dérober. Le désir qu'il avait de son corps l'étonnait toujours. Elle agrippa ses doigts dans les cheveux de Michael et s'écarta imperceptiblement, essayant de lire en lui. La température de la pièce monta brutalement de quelques degrés. Des deux mains il la retint fermement contre son bassin, de telle sorte qu'elle ne put ignorer sa virilité exigeante.

Les sens en émoi, Kate avait grand mal à résister.

— Je ne pense pas que nous devrions…

— C'est juste une petite répétition, dit-il tout en lui effleurant délicatement le bout du sein.

Kate faillit sombrer.

— Une répétition de quoi ?

— De ce que sera notre vie conjugale.

Sa main caressa de nouveau la poitrine, évitant à dessein la pointe durcie. Kate gémit à la fois de plaisir et de frustration.

— Tu aimes ? interrogea-t-il, taquinant enfin l'extrémité sensible.

Pour toute réponse, Kate se plaqua plus encore contre lui.

— Montre-moi ce que tu aimes, ma chérie… J'ai la ferme intention de découvrir tes préférences, déclara-t-il en l'entraînant vers le canapé pour l'asseoir sur ses genoux. Toutes tes préférences.

D'une main experte il souleva le chemisier de soie et du

bout de la langue entreprit une lente exploration. Elle gémit de nouveau tout alanguie. Mais quand il commença à dégrafer le premier bouton du jean, elle posa la main sur la sienne.

— Tu vas trop vite.

— Je peux ralentir le rythme…

Elle secoua la tête, la gorge parcheminée.

— Je suis peut-être ridicule mais ce que tu m'as dit au sujet de l'amour et de la fragilité des sentiments humains lorsque j'ai démissionné a brisé quelque chose en moi. J'ai abandonné l'espoir de t'intéresser un jour.

— Que crains-tu maintenant ? Que je te laisse tomber ou bien qu'un jour je cesse de subvenir à vos besoins ? Tu sais bien que je suis un homme de parole !

Incapable de lui expliquer ses réticences, elle recula prudemment.

— Michael, j'ai besoin de temps. Je pense que nous devrions attendre.

— Soit. Je te propose un marché. Nous prendrons tout le temps nécessaire et en compensation tu m'accordes le plaisir de ta présence quotidienne. Tu viens habiter chez moi.

— Mais…

— Il n'y a pas de « mais » qui tienne… Tu prépares ton sac ou je le fais ?

— Mais enfin, pourquoi ? Je me porte comme un charme.

— C'est exactement ce que je suis venu vérifier… De deux choses l'une : ou tu viens de ton plein gré ou je te porte jusqu'à la voiture. Imagine un peu la tête des voisins ! Tu ne reviendras ici que sous la garde de tes parents.

Kate détestait toute entrave et tenait à sa liberté comme à la prunelle de ses yeux.

— Il me semblait t'avoir entendu renoncer à la relation patron-employée ! Tu sais, ordre et obéissance…

— Absolument. Je m'entraîne à mon futur rôle de mari prévenant.

Kate fut profondément agacée par le ton calme et sans appel de Michael.

— Ce style d'entraînement ne me plaît pas du tout.

— Mais, ma chère, je t'en ai proposé un autre, mais tu l'as refusé !

Justin reposa son demi de bière si brutalement qu'il en renversa la moitié sur la table.

— Tu vas quoi ?

— Je me marie dans quinze jours et vous êtes tous les deux invités.

Silencieux, Dylan examinait son ami.

— N'est-ce pas une décision quelque peu rapide ? finit-il par demander doucement.

— Pas vraiment… Je préférerais de beaucoup m'envoler pour Las Vegas dès ce soir ! Mais la maman de Kate exige le grand jeu, une cérémonie religieuse, la robe, etc.

— Mais pourquoi tant de précipitation ? interrogea Dylan qui flairait quelque mystère.

— Notre décision est prise, alors pourquoi tarder ?

— La maman de Kate… La seule Kate dont tu nous aies jamais parlé, c'est ta parfaite secrétaire.

— Elle change de statut, et va devenir Mme Hawkins.

Justin fronça les sourcils.

— Tu nous caches quelque chose. Je t'ai toujours classé dans la catégorie « célibataire endurci ». Plus que moi, si c'est possible !

— Oh ! les gars… Cessez de me prendre la tête. Je vous invite parce que je vous aime bien et que, en ce qui me concerne, vous êtes ce qui ressemble le plus à ma famille. Si ça vous fait plaisir, venez, sinon, je ne m'en formaliserai pas !

Dylan et Justin échangèrent un regard à la fois gêné et complice.

— Evidemment, nous serons à tes côtés le jour fatidique. Mais je dois être franc avec toi : tu commets une énorme erreur.

— Le mariage est une invention coûteuse et pleine d'embûches, ne put s'empêcher de renchérir Justin, dévoreuse de vitalité et ça te vide le portefeuille en un rien de temps. Ajoute à ça l'arrivée d'un gamin ou deux, et hop, la facture monte !

Justin marqua une pause, puis haussa le sourcil.

— Non ! Ne me dis pas qu'elle est…

— N'insiste pas, Justin, coupa sèchement Michael.

— D'accord, d'accord… Je me tais. Au fait, où en es-tu de cette enquête sur le foyer de Jeunes Mères Célibataires ?

— Le rapport est positif. Nous pouvons l'ajouter à la liste des établissements à soutenir.

Justin avala une gorgée de bière et se pencha vers Michael.

— Mères célibataires… Pour une coïncidence, c'est une coïncidence, n'est-ce pas ?

Michael, l'œil sombre, s'abstint de tout commentaire.

Sur le chemin du retour, Michael continua de ruminer les réflexions douces-amères de ses amis philanthropes. Ce qui fit qu'il rentra chez lui fort irrité. Ce mariage aurait lieu, que cela leur plût ou non !

— Kate…, appela-t-il en ouvrant la porte. J'ai quelque chose pour toi.

— Quoi donc ?

— Je t'ai apporté…

Michael fut interrompu par la sonnerie du téléphone. Surpris car on l'appelait rarement en dehors des heures de bureau il décrocha.

— Allô !

Il y eut un long moment de silence.

— Kate Adams ? interrogea une voix masculine.

— Je vous la passe dans un instant. Qui est à l'appareil ?

— Jeremy Ridgway. Nous étions à la fac ensemble.

Agacé, Michael passa brutalement le combiné à Kate.

— C'est un certain Jeremy Ridgway. Tu as trente secondes pour lui briser le cœur, sinon je m'en charge.

Kate écarquilla les yeux.

— Trente secondes ?

— Pas une de plus. Comment ce type a-t-il eu mon numéro ?

— Très simple. Puisque je suis retenue prisonnière dans le château de l'ogre, j'ai demandé le transfert de ma ligne.

— Plus que vingt secondes.

Kate lui lança un regard venimeux et lui tourna le dos.

— Jeremy ! Quelle bonne surprise… Tu peux le dire, ça fait un bail… C'est vrai, j'ai toujours adoré la voile…

— Dix secondes, chuchota Michael.

— Impossible… Mon partenaire préféré n'apprécierait pas. Merci tout de même. Embrasse ta sœur de ma part. Oui… A bientôt.

Après avoir raccroché, Kate se tourna vers Michael.

— Etait-ce vraiment nécessaire de me bousculer de la sorte ?

— Partenaire ! rugit Michael, dépité.

— Préféré, partenaire préféré… J'ai été prise au dépourvu. C'est le premier terme qui me soit venu à l'esprit.

Soucieux de se dominer, Michael compta mentalement jusqu'à dix. De sa vie, aucune tractation commerciale ne l'avait autant exaspéré. Mettant la main à sa poche, il sortit un écrin et l'ouvrit.

Kate resta un long moment silencieuse. Néanmoins Michael ne constata aucun signe d'horreur sur son visage. Elle prit une profonde inspiration.

— Elle est absolument sublime !

Michael lui tendit un solitaire élégamment serti de perles.

— Penses-tu pouvoir porter celle-ci ?

— Elle est fort belle, mais nous ne sommes pas pressés. Ma grossesse ne se voit pas encore.

Michael s'emporta.

— Je ne te comprends pas, il faudra bien un jour annoncer publiquement nos fiançailles et avertir tes parents de l'arrivée d'un petit-fils. Ou d'une petite-fille.

Kate soupira.

— Tu as raison… Mais je ne me sens pas prête à affronter leur déception. Ils me mettent sur un piédestal et les relations sexuelles hors mariage ne sont pas vraiment de leur goût !

Au fait, ajouta-t-elle pour changer de sujet, comment as-tu découvert ma prédilection pour les perles ?

— Tu en portais souvent au bureau.

— Je ne te savais pas attentif à mes tenues.

— Tu as devant toi un homme terriblement observateur, dit-il en lui glissant la bague au doigt. C'est la bonne taille… Tu vois, j'ai le compas dans l'œil ! Maintenant nous devons sceller notre accord par un baiser.

Joignant le geste à la parole, il l'enlaça et se pencha sur ses lèvres, se laissant griser par le mélange subtil de son parfum et de son odeur personnelle. Et il dut une fois encore lutter contre son désir de sceller leurs fiançailles de manière beaucoup plus convaincante.

Elle avait les lèvres douces et pulpeuses, pleines et savoureuses comme un fruit mûr. Déjà il ne pouvait plus s'en passer. Michael Hawkins était intoxiqué de Kate Adams.

— « Mon mari… » Je veux t'entendre prononcer le mot.

Kate se raidit et s'éloigna imperceptiblement.

— Fiancé. Chaque chose en son temps.

Si toute réticence avait le don d'exaspérer Michael, il n'en fut pas moins terriblement excité. Fiancé était tout de même préférable à partenaire, même préféré !

— Tu peux avertir ta mère que deux de mes amis viendront à notre mariage.

— Des amis ? J'ignorais que tu en avais. Je veux dire, s'excusa-t-elle, que tu es tellement absorbé par C.G. que tu n'as guère de temps à consacrer à une vie sociale.

— Oh ! notre amitié remonte à des années-lumière. Nous étions ensemble à Granger.

— J'aimerais les connaître.

— Tu les verras le jour J.

— Je préférerais les rencontrer avant la cérémonie.

— Ce doit être possible. Rien de particulier à signaler aujourd'hui ?

— Pas aujourd'hui.

— Demain ?

— Oui, j'ai rendez-vous chez la gynéco.

— Il y a un problème ?

Elle secoua la tête.

— Non. C'est une simple visite de routine. Mais je suis terriblement impatiente car il se peut que l'on puisse entendre le cœur du bébé.

— A quelle heure ton rendez-vous ?

— 14 heures au Centre Médical, la consultation du Dr Trent.

— Zut ! J'ai une réunion avec le nouveau P-DG de R & D, sur la côte Ouest.

— Ce n'est pas grave, Michael, ta présence n'est pas indispensable.

Et Kate dut prendre beaucoup sur elle pour masquer sa déception.

Ce ne fut pas chose aisée, mais Michael arriva presque à l'heure à l'hôpital. Bien qu'il eût déplacé l'horaire de la téléconférence, il faillit être en retard en raison de l'intense circulation. A 14 heures et 20 minutes précises l'infirmière l'introduisait dans la salle d'examen du Dr Trent.

Allongée sur la table, un stéthoscope sur l'estomac, Kate lui lança un regard interrogateur.

— Je te croyais sur la côte Ouest !

— C'était une téléconférence et j'ai décalé le rendez-vous.

Le Dr Trent leva les yeux.

— Je suis le Dr Trent. Vous êtes le papa, je présume ?

— Michael Hawkins.

— J'essaie de localiser le cœur du bébé, bien que ce soit peut-être un peu tôt. Ah ! Le voilà… Voulez-vous écouter ? demanda-t-elle, branchant l'amplificateur de son.

Michael saisit la main de Kate et la serra vivement. Leurs regards se croisèrent. Les yeux de la future maman étaient emplis de larmes.

— Mon Dieu, comme il bat vite ! C'est angoissant.

— Ne vous inquiétez pas, Kate, c'est parfaitement normal. Je peux d'ores et déjà vous dire qu'il n'y a qu'un bébé.

Fascinée, Kate ne se lassait pas d'écouter le cœur de son enfant. De leur enfant. Le bébé prenait maintenant une autre dimension, plus réelle.

Pour Michael, jusqu'à ce jour la seule preuve tangible de l'existence de BB avait été la séance quotidienne de nausées matinales de Kate. Le doute n'était plus permis. Désormais un petit être dépendait entièrement de lui et de Kate. Un lien commença à se tisser entre le père, la mère et l'enfant, un lien aussi fort et impalpable que le souffle de la vie à venir.

Dès qu'elle en eut terminé, le Dr Trent sortit de la salle, laissant la future maman se réajuster.

Incapable de contenir son émerveillement et son émotion, Michael enlaça Kate, lui posa la main sur l'abdomen en l'embrassant tendrement. Kate répondit avec une fougue gourmande. En proie à une intense émotion, Michael dut se rappeler qu'ils se trouvaient dans un cabinet médical pour ne pas prolonger leur étreinte plus que la décence ne le permettait.

— Michael, ce mariage pourrait se révéler être une totale catastrophe…

— Impossible.

— Comment peux-tu être aussi catégorique ?

— Parce que j'assure l'intendance du foyer et que toi, ma douce Kate, tu en seras l'âme et le cœur.

— Et s'il m'arrive malheur ?

— N'y pense même pas ! Je serai toujours là pour veiller sur toi.

Kate sourit malicieusement.

— J'ignorais que ta puissance s'étendait jusqu'aux frontières de la vie et de la mort. Si je venais à disparaître, ta fortune ne suffirait pas à assurer le bonheur de notre petit. Il te faut apprendre à faire confiance à ton cœur.

C'était exactement ce que redoutait le plus Michael Hawkins dit « Cœur-de-Pierre ».

*
* *

Le temps s'envolait trop vite au gré de Kate qui voyait s'approcher inexorablement la date fatidique. Un matin, incapable de rester inactive dans l'appartement déprimant de Michael, elle décida de visiter ce foyer pour Jeunes Mères Célibataires dont il lui avait parlé. Bien qu'elle ne fût ni adolescente ni mère célibataire, elle se sentait, du fait de sa maternité proche, particulièrement concernée par le sujet.

Installé dans une pension de famille du début du siècle, dans un quartier autrefois résidentiel de St. Albans, l'immeuble avait conservé l'empreinte de sa splendeur passée. Il évoqua pour Kate l'image d'une douce vieille dame élégante et surannée. Au bureau d'accueil trônait une adolescente enceinte et manifestement très proche du terme.

— Mme la Directrice vient de partir. Elle est à l'hôpital car une des pensionnaires va accoucher. Mais peut-être puis-je vous renseigner ?

— Ce serait très aimable à vous. Je souhaiterais des détails sur le fonctionnement de l'établissement.

— La plupart des jeunes filles qui viennent chez nous ont été rejetées par leurs familles et n'ont aucun moyen d'existence. Ici, elles bénéficient d'une assistance médicale et d'une aide psychologique. Cinq fois par semaine une monitrice leur dipense des cours de puériculture. Toutes participent à l'entretien de la maison. C'est un internat et nous sommes soumises à un couvre-feu, mais comme presque tous les futurs pères se sont évanouis dans la nature, personne n'a vraiment le cœur à aller danser !

— Et les bébés ? Que deviennent-ils ?

— Une minorité rentre dans le circuit de l'adoption. Mme Lambert, la directrice, a pour politique de nous en dissuader. Ce n'est pas facile car nous ne sommes pas assez qualifiées pour affronter le marché du travail. Mme Lambert envisage une formation informatique et bureautique. Malheureusement, entre le matériel et le salaire des enseignants, le coût en est trop élevé pour cette année.

Ravie d'échapper à l'oisiveté forcée que lui imposait sa situation de fiancée-au-foyer, Kate conclut l'interrogatoire de Tina par une visite guidée des locaux.

— En ce qui concerne les cours d'informatique, je connais quelqu'un susceptible de vous aider. Sur quel ordinateur travaillez-vous ?

Tina grimaça.

— Un seul. Et le voilà, annonça-t-elle, désignant une bécane antédiluvienne posée sur une table derrière elle.

Kate sourit.

— A peine plus jeune que la maison…

— Partant de zéro, nous ne pouvons que progresser, n'est-ce pas ?

Deux heures plus tard, de retour au centre-ville, Kate achetait deux ordinateurs, puis elle consacra le reste de l'après-midi, dans son duplex, à installer les logiciels nécessaires à son projet.

Un coup discret frappé à la porte la surprit en plein travail. A son grand étonnement, la haute silhouette de Michael s'encadra dans l'embrasure.

— Que fais-tu ici ?

— Je pourrais te renvoyer la question ! En fait, je teste les logiciels de ces deux ordinateurs dont je viens de faire l'acquisition.

Il fronça les sourcils.

— Mais tu as déjà une colonne et un portable…

Il se pencha vers le nouveau matériel.

— Le processeur n'est pas terrible, j'aurais pu te conseiller en la matière…

— Ne te moque pas de mes achats, je t'en prie. Je compte offrir Claire et Dolorès au foyer de Jeunes Mères Célibataires. J'y suis allée ce matin et leur matériel date de Mathusalem. Tu as devant toi le nouveau professeur d'informatique de ces demoiselles.

— Claire et Dolorès ! Tu m'étonneras toujours… J'avoue

ne pas comprendre cette manie que tu as d'attribuer des noms aux machines dont tu te sers.

— C'est pourtant simple. De cette façon, je ne suis pas tentée de les détruire à coups de marteau lorsqu'elles me font des misères et refusent énergiquement de fonctionner.

— Pourquoi ne les as-tu pas apportées chez moi ?

— Là encore, la réponse coule de source. Je ne me sens pas à l'aise dans ton appartement.

Michael la fusilla d'un regard noir.

— Pour quelle raison ? Il est grand, bien placé, clair…

— Vide… Nu… sans âme ! Il ne dévoile rien de son propriétaire.

— J'ignorais que ce fût une nécessité. Comme tu le sais, je ne possède aucun cliché adorable de ma merveilleuse enfance, ajouta-t-il sèchement.

Kate ressentit aussitôt un pincement au cœur à l'évocation de la jeunesse misérable de Michael. Mais il se faisait tard et la proximité physique de son « fiancé » la rendait nerveuse. L'heure n'était pas aux attendrissements.

— J'ai peine à imaginer le petit bonhomme que tu étais.

— Banal, j'imagine. Tu sais, je ne vois pas d'inconvénient à ce que tu redécores l'appartement à ton goût.

— Non, ce ne serait plus ton logement mais le mien. Il faut que tu me donnes quelques informations, tes couleurs préférées, le style que tu aimes le plus, tes goûts en matière de peinture… Ce qui te remonte le moral quand tu déprimes. Mis à part les biscuits au chocolat, ajouta-t-elle malicieusement, se souvenant comme il se jetait avidement sur ceux qu'elle apportait au bureau.

Doucement il lui prit le menton et approcha son visage du sien. Très près du sien.

— J'aime le bleu. Déteste les toiles où je ne comprends rien. Adore les larges baies vitrées. Hais les rideaux et autres draperies. Apprécierais des meubles confortables, quelques plantes increvables, et surtout ta présence…

Son regard topaze se fit câlin et prometteur.

— Ta présence… dans mon lit.

6

A l'occasion du transport de Claire et Dolorès au foyer, Kate rencontra enfin la directrice. Mme Lambert était une femme à forte personnalité qui l'accueillit chaleureusement et se déclara enchantée de la prendre comme professeur bénévole.

De retour chez Michael, et de plus en plus déprimée par l'anonymat des lieux, Kate décida de l'acquisition de quelques babioles colorées. Puis elle se lança dans toutes sortes d'activités ménagères pour éviter de trop penser à la date du mariage de plus en plus proche. Jamais de sa vie, elle ne s'était sentie aussi vulnérable et si peu maîtresse de son propre destin. Elle avait la désagréable impression d'être une petite souris entre les pattes d'un félin gourmand et rusé, pressé de la croquer.

A dire vrai, la cohabitation avec un ex-patron se révélait plus compliquée qu'elle ne l'avait imaginée. Kate connaissait bien Michael dans le cadre de son travail. Mais le voir appliquer les mêmes méthodes dans la conduite de sa vie personnelle était par trop déstabilisant. Dans le cas présent, bien qu'il ait apparemment renoncé à une certaine intimité, il ne savait ou ne voulait cacher le désir qu'il avait d'elle. Au point que Kate en perdait le sommeil.

Une nouvelle journée s'écoula, en tout point semblable aux précédentes. Alors qu'elle relisait pour la énième fois les mêmes lignes du roman en cours, Kate fut interrompue par la sonnerie du téléphone. Betty et Tom Adams annonçaient leur arrivée imminente. A peine avait-elle raccroché qu'un second appel émanant de Mme Lambert la laissa ravie et perplexe. Après tout, Michael Hawkins n'était pas aussi insensible qu'il y paraissait !

Ce même soir, sur le chemin du retour après une journée de travail éprouvante, Michael s'abandonna au délice de quelques rêveries érotiques. Kate le recevant en déshabillé transparent… Le corps de Kate… Le parfum de Kate… Comme il était frustrant de ne pouvoir étancher la soif qu'il avait d'elle ! Mais comme pratiquement il avait quasiment jeté Kate dans le mariage, l'obliger à partager son lit avant la cérémonie serait la perdre définitivement. Mieux valait s'en tenir à quelques fantasmes inoffensifs ! La situation lui rappelait un vieux film où un camion chargé de nitroglycérine dévale une route à toute allure… Michael n'aimait pas plus les situations explosives que les contradictions internes. Et il avait de plus en plus de mal à juguler ses pulsions masculines.

Dès l'entrée de l'appartement, une odeur de chocolat et de plat mitonné lui chatouilla délicieusement les narines.

— Ciel ! Je suis mort et me voici aux portes du paradis !

A la vue de Kate, il fut immédiatement sur le qui-vive. Un sourire indéchiffrable au coin des lèvres, elle l'accueillit en minijupe, sexy en diable !

Michael savait apprécier une jolie paire de jambes, aussi fut-il enchanté de pouvoir contempler à loisir celles de Kate. Longues et fuselées, les chevilles fines, le mollet arrondi et la peau satinée des cuisses qui ne lui rappelait que trop ce point secret, tout en douceur, écrin de velours qui l'avait accueilli quelques semaines auparavant. Une violente montée de désir, presque douloureuse, rappela Michael à la réalité. Il bloqua sa respiration, desserra sa cravate.

— Que me vaut cet accueil ? s'enquit-il d'un ton qu'il voulait négligent.

— Dîner d'adieu.

Son sang ne fit qu'un tour.

— Quoi ?

— Mes parents arrivent demain.

Kate le gratifia d'un sourire et Michael se détendit légèrement.

— As-tu suffisamment faim pour une blanquette ?

— J'adore, s'exclama-t-il, nettement plus concerné par le balancement des hanches de sa fiancée.

Complète satisfaction et totale frustration.

Après le repas, Michael s'installa dans le salon, rassasié et plutôt soulagé que Kate ait refusé son offre de l'aider à desservir la table. Quelques minutes plus tard, sa tâche accomplie, Kate vint le rejoindre, une étrange lueur dans les yeux.

— Je pense que je te dois un immense remerciement.

Il fronça les sourcils.

— En quel honneur ?

— De ta générosité à l'égard du foyer. Mme Lambert a téléphoné. Vingt ordinateurs, ce n'est pas rien ! Plus une donation de deux cent cinquante mille dollars…

Michael haussa les épaules.

— Qu'est-ce que j'ai à voir avec tout ça ?

— Je suis intimement persuadée que tu es le généreux donateur anonyme de ces cadeaux somptueux.

Elle chercha son regard.

— Hier, je te parle de leurs besoins en matériel informatique, et aujourd'hui, une bonne fée exauce leurs vœux…

— Il est évident que le foyer a déposé des demandes de subventions un peu partout. Bon nombre d'entreprises ont pu le sélectionnner afin de bénéficier d'un abattement fiscal.

Kate eut grand-peine à dissimuler son impatience.

— Tu ne vas pas t'en tirer comme ça, Michael Hawkins ! Et je ne peux te permettre de réduire une bonne action à une simple opération financière.

— Néanmoins je ne peux pas endosser la responsabilité de ce don, déclara péremptoirement Michael en repensant à la clause impérative du secret des Trois Hommes en Or.

Kate fronça les sourcils.

— Donc tu affirmes n'y être pour rien ?

— Je ne suis pas personnellement responsable, corrigea-t-il prudemment.

— Bien sûr ! Et si par le plus grand des hasards c'était le cas, tu n'aurais agi que par intérêt ! Quoi qu'il en soit, si tu connais le responsable, fais-lui passer le message. C'est tout de même étrange que Mme Lambert se soit adressée à toi pour exprimer sa gratitude…

Ce disant, Kate se hissa sur la pointe des pieds, pressa son corps souple contre celui de Michael et l'embrassa légèrement sur la bouche.

— Félicite le généreux donateur de ma part.

Kate entrouvrit les lèvres. Surpris et décontenancé, Michael hésita un instant. Mais Kate prit l'initiative d'un baiser tellement audacieux et prolongé que Michael fut à deux doigts de lâcher la bride au désir qui le taraudait.

Si c'était ainsi que Kate Adams remerciait la générosité, Michael était prêt à devenir le plus grand philanthrope de Saint-Albans et des environs !

Michael l'entraîna vers le canapé. Bientôt elle s'abandonnait dans ses bras, se pressant langoureusement contre lui. Ils restèrent longtemps ainsi, à mi-chemin de leurs désirs respectifs, soucieux de respecter les règles tacites qu'ils s'étaient fixées. De baisers en caresses de plus en plus intimes, ils arrivèrent à un point de non-retour quand le téléphone sonna, s'immisçant désagréablement entre eux, traversant l'atmosphère sensuelle et survoltée. Kate se dégagea légèrement des bras de Michael. Les joues écarlates, les yeux dans le vague, les lèvres en feu, les vêtements en désordre. Elle interrogea Michael du regard, manifestement incapable de prendre l'appel elle-même.

— Peux-tu t'en charger ? demanda-t-elle d'une voix rauque.

A contrecœur, Michael tendit le bras et décrocha.

— Allô ! dit-il, essayant de reprendre une contenance.

Puis il tendit le combiné à Kate.

— C'est ta mère.

La conversation, ou plus exactement le monologue de Betty Adams, fut de courte durée.

— Mes parents sont déjà là ! Et ils m'attendent devant chez moi.

A dire vrai, la demi-heure passée dans les bras de Michael avait fortement troublé Kate. Elle se dégagea, les jambes flageolantes, et tenta de remettre de l'ordre dans sa tenue vestimentaire. Au bord du malaise, elle s'agrippa au bras d'un fauteuil. Michael se précipita et la rattrapa de justesse.

— Oh… Que se passe-t-il ?

— Rien de grave. C'est l'émotion… Nous avons bien failli…

— Plus qu'une semaine, ma chérie ! Une toute petite semaine… Allons, je vais te ramener chez toi.

— Ne te donne pas cette peine, je suis parfaitement capable de conduire.

— Sois raisonnable, Kate ! Tu as déjà du mal à poser un pied devant l'autre, comment veux-tu conduire ta voiture…

Se ressaisissant, elle passa dans la salle de bains pour se rafraîchir et rassembler quelques affaires de toilette. Puis ils quittèrent l'appartement. Kate prit place sur le siège passager et ferma les yeux. Dans l'habitacle clos de la voiture, Kate était incapable d'occulter les effets du parfum sensuel et masculin de son compagnon. Faire l'amour devenait son idée fixe, son obsession. Physiquement l'affaire était simple, malheureusement elle n'avait aucun moyen de se protéger affectivement.

A peine Michael eut-il arrêté le moteur que les parents de Kate jaillirent de leur caravane et se précipitèrent à leur rencontre.

— Kate, mon trésor, je suis tellement heureuse pour toi ! Je rêve de ce mariage depuis quasiment le jour de ta naissance.

— Je sais, je sais, maman !

L'idée de tromper ses parents, même par omission, la mettait terriblement mal à l'aise. D'autant plus qu'il lui semblait quasiment impossible de donner le change une semaine durant.

Incapable de proférer un mensonge, elle se contenta de serrer très fort sa mère dans ses bras.

— Bon, je vous laisse à vos retrouvailles, déclara Michael, s'emparant de la main de Kate et la portant à ses lèvres.

— Mais non, cher Michael, restez un peu avec nous..., protesta Betty Adams.

Michael embrassa alors fougueusement sa « fiancée ».

— Non, ma petite Kate a besoin de repos.

— Michael ! Mes parents..., chuchota Kate, gênée de cette manifestation affectueuse.

— Justement... Ne m'as-tu pas dit que, devant eux, je devais me conduire en amoureux transi ?

Dans le tourbillon des journées suivantes, Kate eut peu de loisirs pour analyser ses sentiments. Mais le soir venu, seule dans son lit, elle essayait d'imaginer ce que serait sa vie après le mariage. Quel genre de relation pourraient-ils construire alors que Michael refusait toute implication sentimentale ?

A quelques jours de la cérémonie, Betty Adams se découvrit un besoin urgent de dénicher d'anciennes photos de son futur gendre.

— Tu comprends, ma chérie, ce serait trop injuste d'exposer seulement les tiennes. Je sais bien qu'il est orphelin, mais il doit tout de même exister quelques clichés de ses jeunes années...

Ce fut ainsi qu'elles se retrouvèrent un beau matin dans le hall d'entrée de Granger. L'endroit respirait la propreté triste et désinfectée. Kate imagina sans peine l'adolescent renfermé et solitaire, errant en plein hiver le long des couloirs sombres et glacés.

— Bonjour. Pouvez-vous nous renseigner, s'il vous plaît ?

Debout au pied de l'escalier monumental, une jeune femme blonde, aux remarquables yeux verts, attendit quelques secondes avant de répondre.

— Je crains que non. Tout le monde est parti déjeuner. Je ne travaille pas ici... Mais je connais bien les lieux, ajouta-t-elle en souriant. Ma mère tenait la cafétéria et j'ai grandi dans cette vaste maison.

— Nous sommes à la recherche de photographies. Vous voyez, ma fille va épouser un ancien de Granger, Michael Hawkins.

— Michael ! s'exclama la jeune femme dont le sourire s'élargit. Michael marié ! Je n'en crois pas mes oreilles ! Toutes mes félicitations !

Kate saisit la main offerte.

— Alisa Jennings. J'ai bien connu Michael. C'était un garçon très secret mais adorable.

Alisa plut immédiatement à Kate.

— Kate Adams. Et voici ma mère, Betty Adams.

— Alors vous cherchez des photos pour la réception... Voyons de ce côté. Je suis prête à parier qu'elles sont toujours rangées dans ce vieux classeur !

Quelques instants plus tard, Alisa poussa un cri triomphant.

— Et voilà ! Elles sont presque toutes en noir et blanc.

Et Kate se trouva confrontée à un adolescent mince au regard mûr. Triste. Son cœur se serra. Le garçon portait les cheveux légèrement trop longs et ses vêtements semblaient flotter sur ses épaules. Ses yeux bruns reflétaient une grande fierté.

— Dieu qu'il est sérieux, déclara Betty. Nulle part on ne le voit sourire !

Kate poursuivit son examen des portraits de Michael au fil des ans, découvrant en lui l'amorce de sa personnalité d'adulte. Le dernier cliché tranchait sur les autres. Michael devait avoir cinq ans environ. Une main avait tenté de discipliner ses mèches, aplatissant sans grand succès les épis rebelles. Dans ses habits du dimanche, le garçonnet se tenait droit et raide comme un « *i* » dans le cercle des bras protecteurs de sa maman. La femme aux yeux cernés souriait à l'objectif. Un sourire semblable à celui de son petit garçon.

Une larme roula sur la joue de Kate. Cet enfant avait tant perdu à un âge si tendre !

— Savez-vous où je pourrai en tirer quelques photocopies ?

Alisa désigna la porte d'entrée.

— D'après mes souvenirs, il y a un labo photo un peu plus bas dans la rue.

Durant la séance photocopies, Kate, absorbée dans ses pensées, entendait à peine le bavardage incessant de sa mère, bavardage principalement axé sur les détails de la cérémonie.

Quand l'employé en eut terminé, Betty voulut s'emparer de la pile de photocopies, mais Kate s'interposa.

— C'est moi qui choisirai.

— Mais…

— C'est ça ou nous n'en exposerons aucune.

Connaissant bien le caractère déterminé de Kate, Betty battit en retraite.

— Tu as la même expression que lorsque nous t'avons annoncé notre projet de nous installer à Saint-Albans ! Tu es agaçante… Ce n'est même pas la peine de discuter ! Peux-tu toutefois considérer d'exposer celle qui le représente bébé ?

— D'accord pour celle-ci, mais je choisis les autres.

Plus elle examinait les clichés et plus Kate se sentait coupable de violer ainsi l'intimité de son âme. Les photographies exposaient tout de l'homme qu'elle allait épouser, témoins muets de sa vulnérabilité et de ses faiblesses. Comme il était différent de l'image qu'il s'efforçait de présenter à son entourage actuel !

Près du haut portail de Granger, Alisa guettait leur retour.

— La secrétaire est de nouveau à son poste et il est préférable que je range moi-même discrètement les photos.

— Merci, Alisa, merci de tout cœur. Vous nous avez rendu un fier service !

— Tout le plaisir a été pour moi. En vous attendant, j'ai repensé à une anecdote qui peut vous intéresser. C'est l'histoire des cookies. Ma mère, comme je vous l'ai dit, confectionnait des biscuits au chocolat. Tellement bons qu'il n'y en avait jamais assez pour les retardataires. Or, il y avait ce gamin : Harold Grimley. Le pauvre était appareillé d'une prothèse et il arrivait toujours bon dernier pour la distribution. Cependant grâce à la générosité de Michael il a toujours eu sa part de friandises ! Sous ses dehors froids, je suis persuadée que Michael cache un cœur d'or.

De son sac, Alisa sortit une carte professionnelle.

— Tenez, Kate, je vous laisse mes coordonnées, au cas où vous auriez besoin d'autres souvenirs de Granger.

Kate regarda s'éloigner Alisa, très émue par ce qu'elle venait d'entendre. Betty laissa échapper un sanglot.

— Allons, maman… Voilà une journée fructueuse. Nous avons réussi notre mission impossible : nous avons les photos !

En dépit des véhémentes protestations de sa fille, Betty imposa une répétition de la cérémonie. Ce fut d'ailleurs à cette occasion que Kate put voir Michael autrement qu'en coup de vent.

— Tu as l'air au bout du rouleau, lui dit-il, effleurant sa bouche d'un baiser rapide.

Le cœur de Kate battit plus vite, mais elle se gourmanda. C'était pour la galerie ! songea-t-elle.

— Lasse, mais tout va bien, ne t'inquiète pas. Ces dernières journées ont été plutôt chargées, comme tu peux l'imaginer !

— Ton papa est mécontent de son futur gendre !

— Oh ! Que lui as-tu fait ?

— Je l'ai devancé et j'ai payé la facture de la petite réception prévue à l'issue de la répétition.

Kate sourit.

— Tu commences mal ta carrière de gendre modèle ! J'imagine que tu l'auras blessé dans son amour-propre masculin…

— Tout ce que je voulais, c'était protéger son porte-monnaie !

Michael balaya la salle d'un regard circulaire.

— Tiens, voilà les amis dont je t'ai parlé.

Kate jaugea rapidement les jeunes gens qui s'avançaient vers eux. Tous deux arboraient une expression assez réservée.

— Kate chérie, laisse-moi te présenter deux des plus brillants éléments de Granger. Justin Langdon et Dylan Barrow.

Kate subit sans sourciller l'examen rapide mais impitoyable des deux compagnons de son fiancé. Justin lui tendit enfin la main.

— Tous mes vœux de bonheur, mademoiselle. Michael est un excellent parti depuis qu'il est au top.

Il fallut quelques secondes à Kate pour assimiler complètement l'allusion à la limite de la grossièreté de Justin. Ce type la prenait certainement pour une croqueuse de diamants !

— Par le « top », vous entendez milliardaire, n'est-ce pas ? rétorqua-t-elle suavement.

Justin la détailla froidement.

— C'est bien l'essentiel pour une femme, n'est-ce pas, mademoiselle ?

— Tout à fait entre nous, cher monsieur Langdon, je n'épouse pas Michael pour sa fortune, mais pour son potentiel.

— Son potentiel financier ?

Kate secoua la tête.

— Absolument pas. C'est seulement une histoire de cookies. Vous ne pouvez pas comprendre, acheva-t-elle, constatant que Justin la regardait comme s'il doutait de sa santé mentale.

Et Kate ne fit rien pour le convaincre du contraire. Se tournant gracieusement vers Dylan, elle lui tendit la main.

— Je suis ravie de vous rencontrer enfin ! Vous savez, votre présence est très importante pour Michael.

Dylan l'embrassa chaleureusement sur la joue.

— Pour rien au monde nous ne manquerions le mariage de notre copain…

Et ces simples paroles prononcées du fond du cœur lui gagnèrent immédiatement l'estime de Kate.

— Au fait, l'autre jour, je me trouvais du côté de Granger et j'y ai croisé quelqu'un que vous devez connaître tous les trois : Alisa Jennings.

— Alisa ! s'exclama Dylan, une lueur brillant dans les yeux. Que fait-elle à Saint-Albans ?

— Une sorte de retour aux sources, si j'ai bien compris. Elle m'a raconté que sa maman tenait autrefois la cafétéria du foyer.

— Je me souviens parfaitement d'elle, intervint Justin. On l'appelait la-petite-fille-aux-cookies. Elle nous en apportait en cachette lorsque nous étions punis et de corvée de déneigement !

— Que faisais-tu à Granger ? interrogea doucement, Michael.

« Trop doucement », songea Kate.

— Oh ! je montrais le quartier à maman. Alisa est une fille adorable. Elle se réinstalle à Saint-Albans.

— Je la croyais fiancée à un politicard de Washington, intervint Justin, jetant un regard curieux en direction de Dylan. N'avait-elle pas un petit faible pour toi, Dylan ?

— C'est de l'histoire ancienne.

Mais Kate eut la nette impression que Dylan cachait quelque chose.

Betty Adams frappa dans ses mains.

— Tout le monde en place pour la répétition ! Kate, tu vas au fond de l'église, Michael, installez-vous devant l'autel. Où donc est Donna ?

— Je suis là, madame Adams ! Désolée, je suis en retard.

Suivant les instructions de Betty, Donna se faufila près de son amie.

— Je persiste à penser qu'il est encore temps de renoncer, chuchota-t-elle à l'oreille de Kate.

— *Vade retro satanas !*

— Es-tu bien certaine que c'est ce que tu veux ?

— Ce n'est pas une question de vouloir, mais c'est simplement la moins mauvaise solution à un problème très particulier.

— Bravo ! Quel esprit pratique ! Je me demande si les épouses successives de Barbe-Bleue ont tenu pareil raisonnement…

Kate fronça les sourcils.

— Michael peut parfois paraître dur et autoritaire mais il n'est pas du genre à trucider sa femme pour une pécadille.

Permets-moi également de te signaler qu'en qualité de témoin, tu es censée m'encourager, pas me conseiller la fuite.

— J'ai tout prévu. Après la répétition, je t'enlève et nous allons joyeusement enterrer ta vie de célibataire.

— Tu sais bien que BB m'interdit de boire.

— Alors, tu danseras tout ton soûl…

— On commence ! interrompit Betty Adams.

Voyant son père s'approcher cérémonieusement, Kate eut un pincement au cœur. Donna lui pressa affectueusement la main.

— Tu peux encore faire marche arrière…

— Viens, ma chérie, déclara tendrement Tom Adams, offrant son bras.

« Ce n'est qu'une répétition », se persuada Kate, luttant contre l'émotion qui la gagnait. Son regard croisa celui de Michael. « Nous devons absolument réussir ! Pour BB. »

— Chers fiancés…, commença le pasteur.

Mais Kate était beaucoup trop troublée par la proximité de Michael pour prêter attention à la suite. Tom Adams l'embrassa sur la joue avant de regagner sa place. Comme s'il eût senti son trouble, Michael emprisonna sa main dans la sienne.

— Quand vous aurez échangé les anneaux, vous pourrez embrasser la mariée et…

Avant même que le pasteur eût achevé sa phrase, Michael avait pris Kate dans ses bras et l'embrassait fougueusement.

— J'ai bien cru que tu allais t'évanouir, lui murmura-t-il à l'oreille. Si tu m'avais écouté, nous aurions pu éviter tout ce tralala… Nous serions allés à Las Vegas.

A peine la répétition achevée, Donna s'empressa d'enlever Kate pour l'emmener dans une boîte à la mode, aussi bruyante que fréquentée.

— Rafraîchis ma mémoire, Donna. Pourquoi sommes-nous ici ?

— Pour enterrer ta vie de jeune fille et te donner d'effroyables regrets. Tu vas me faire le plaisir de danser avec vingt-cinq types différents. Regarde comme ils sont beaux, sexy et célibataires !

— Vingt-cinq ! Mais…

Ignorant les protestations de Kate, Donna parcourut l'assistance du regard.

— Tiens, en voilà un qui devrait te faire toucher du doigt l'énorme bêtise que tu t'apprêtes à commettre. Je te présente ton cavalier n° 1.

Faisant contre mauvaise fortune bon cœur, Kate s'abandonna aux rythmes variés du DJ. Elle dansa, se trémoussa, virevolta joyeusement, passant d'un danseur à l'autre, le cœur léger et la tête vide. Mais au n° 21, sa condition de future mère se rappela à elle sous la forme d'une vision : un lit douillet… Bientôt la vision devint une obsession. Comme elle envisageait de déclarer forfait, deux bras l'enlacèrent et l'entraînèrent au milieu de la piste.

— Michael ! Que fais-tu ici ?

— Comme tu peux le constater, je veille sur ta santé. Je n'ai qu'une confiance relative en Donna, elle va finir par t'imposer une danse orientale, debout sur une table.

— Elle veut seulement me remonter le moral.

— Serait-ce une façon de me dire que la perspective de m'épouser ne te remplit pas d'allégresse ?

— Ton copain Justin imagine que je me marie uniquement par intérêt.

— L'ami Justin a des idées fixes. Il compare toujours le mariage à un aspirateur de fortunes. En voilà un que j'imagine aisément célibataire à vie. Ne prête aucune attention à ce qu'il raconte.

— Il n'y a pas si longtemps encore, tu tenais des propos similaires.

— Mes motivations ont toujours été différentes des siennes, protesta-t-il, l'entraînant dans un coin isolé et sombre.

Soulevant quelques mèches de cheveux, il embrassa Kate dans le cou et lui mordilla le lobe de l'oreille.

— A te voir, nul ne peut imaginer que tu es enceinte. L'idée d'être ici le seul à le savoir m'excite terriblement. C'est notre petit secret, acheva-t-il, prenant sa bouche, cependant que se plaquant contre Kate il commençait à onduler du bassin.

En dépit de sa fatigue, Kate répondit de tout son corps à cette danse très intime.

— Est-ce une tentative de séduction, monsieur Hawkins ?

— J'espère que ce point-là est acquis, ma chérie ! Ne trouves-tu pas ceci nettement plus excitant que cette répétition à la noix imposée par ta chère maman ?

Les pointes de seins durcies, le corps arqué, Kate gémit doucement.

— Partons, déclara alors Michael d'un ton sans réplique.

Trop lasse pour réagir, Kate se laissa entraîner vers la sortie, saluant de la main une Donna joyeusement occupée avec un blond au profil ravageur.

A peine installé dans la voiture, Michael, au lieu de mettre le moteur en marche, recula son siège et attira Kate contre lui. Le regard sombre il passa la main dans les cheveux de sa compagne.

— Que fais-tu ?

— Une mise au point. Figure-toi que je sais exactement ce qui te trotte dans la tête depuis cet après-midi…

Kate ne put réprimer un geste d'impatience. A croire que cet homme lisait en elle.

— A savoir ?

— Tu cherches toutes les raisons possibles et imaginables de ne pas m'épouser. Et tu passes au peigne fin les traits de ma personnalité qui t'inquiètent.

— Inquiéter n'est pas le mot, protesta-t-elle, vexée qu'il fût si près de la vérité.

— Mensonge. Il serait grand temps que tu me découvres quelques qualités, sans quoi, le jour J, nous n'irons peut-être pas au bout de la cérémonie.

— Quelles qualités ?

— Cherche bien. Il y en a forcément, sinon pourquoi serais-tu restée à C.G. ?

— Le salaire était des plus persuasifs.

— Il me semble me souvenir qu'il y a deux mois à peine, tu te déclarais amoureuse de moi ?

Kate, à la fois fatiguée et contrariée, resta un moment sans répondre. Elle n'avait absolument pas l'intention de se prêter à ce petit jeu de la vérité et souhaitait tout simplement garder la tête froide, ce qui n'était pas évident, assise qu'elle était sur les genoux de Michael.

Michael se renversa contre l'appuie-tête.

— OK. J'ai toute la nuit !

— Ne sois pas ridicule. Nous avons tous les deux besoin de repos. Demain la journée sera épuisante.

— En ce cas, dépêche-toi de me donner cette liste.

— C'est une idée absurde.

— Peut-être, mais, avant de m'épouser, je tiens à ce que tu me trouves dix traits de caractère positifs.

— Dix !

— Vingt, renchérit-il, l'instinct de négociateur reprenant ses droits.

— Je te signale que de ton côté tu ne m'as jamais donné une telle liste. Pour quelle raison ?

— Parce que tu as les pieds froids et moi pas, déclara-t-il avec une mauvaise foi évidente.

— Franchement, je te trouve terriblement casse-pieds. C'est le cas de le dire !

Comprenant qu'il ne céderait pas, Kate obtempéra à contrecœur.

— Soit. J'aime tes longs cils. J'adore certains de tes gestes, par exemple lorsque tu desserres ta cravate le soir en rentrant. J'apprécie ton acharnement au travail. J'ai été touchée par ta générosité à l'égard du foyer de Jeunes Mères Célibataires, et ce bien que tu la nies. J'aime et je hais quand tu me mets sur un piédestal. Et j'apprécie particulièrement ton intérêt pour BB. Les petits mots doux que tu me sussures à l'oreille me font frissonner de plaisir et lorsque tu cesses enfin de parler finances tu deviens séduisant en diable.

— Et de huit…

Plongeant son regard dans celui de Michael, Kate eut l'impression de se perdre dans le topaze de ses yeux. Plus grisant qu'une triple margarita, pensa-t-elle. Incapable de résister, elle ajouta :

— Mais ce que je préfère en toi, c'est ta fantastique et terriblement excitante…

— Oui ?

7

Le regard de Michael rappelait singulièrement celui du tigre face à une proie longuement attendue.

— Ma quoi ? insista-t-il.

— Ta fantastique et terriblement excitante... intelligence, acheva-t-elle malicieusement.

Michael pinça les lèvres.

— Ce n'est pas du tout ce que j'attendais !

— Vraiment ! Bien que je ne sois pas toujours d'accord avec toi, dès notre premier entretien j'ai été fascinée par ta tournure d'esprit.

Michael prit la main de Kate et d'une caresse sensuelle fit tourner la bague qu'il lui avait offerte, puis il entrelaça leurs doigts. Kate frissonna délicieusement.

— Il manque le n° 10, lui rappela-t-il suavement.

Kate considéra un instant la possibilité de lui avouer ce qui le rendait tellement irrésistible, mais décida de garder le précieux renseignement jusqu'à une date ultérieure.

— Le n° 10 est mon petit secret.

Michael posa sa bouche sur la sienne en un baiser qui faillit lui faire baisser la garde.

— Tu ne joues pas franc-jeu !

Elle secoua la tête.

— Désolée, monsieur, mais vous avez vous-même quelques secrets bien gardés ! Pas de n° 10.

— Ma chère petite, nous serons très prochainement unis pour le meilleur et pour le pire… et je compte bien tout connaître de toi. Mais en attendant, demain, lorsque tu avanceras vers l'autel, je souhaite que tu penses très fortement à ces fameux nos 9 et 10.

Kate sursauta au contact de la main que Michael venait de glisser négligemment sur son genou, et qui remontait délicieusement le long de la cuisse.

— Je découvrirai alors tout ce qui te fait vibrer.

Michael l'embrassa avidement pendant que très précis il continuait son exploration et s'approchait dangereusement du point le plus sensible de son anatomie.

— As-tu seulement l'idée de ce que je ressens à te tenir comme ça sur mes genoux ?

— Explique-moi…, dit-elle, se demandant si son trouble égalait le sien.

Pour toute réponse, Michael lui ferma habilement et savamment la bouche. De telle sorte que Kate eut l'impression qu'il lui faisait l'amour. De tout son corps, de tout son être… Elle désirait plus… Michael agrandit l'échancrure du chemisier et s'empara d'un sein dont il taquina la pointe durcie. De son autre main il parvint au cœur de sa féminité et Kate perdit toute notion du temps.

— Je te désire tellement que je pourrais te prendre ici maintenant, dans la voiture, déclara-t-il d'une voix rauque. Et si tu n'étais pas enceinte, c'est ce que je ferais, acheva-t-il en prolongeant sa caresse au point que Kate sentit sa vue se brouiller.

— Demain, ce sera encore mieux, ma chérie, je te le promets. Je toucherai et savourerai chaque centimètre de ce corps sublime. Demain, tu seras mienne pour la vie.

Dans la semi-obscurité de la sacristie, Michael vérifiait pour la énième fois son nœud de cravate. La petite pièce adjacente à la chapelle était sombre et sommairement meublée. Les murs étaient tapissés d'ouvrages aux titres édifiants. Une table, quelques chaises et deux prie-dieu complétaient l'ensemble. Peu religieux de nature, Michael se dirigea vers la fenêtre, savourant la paix de cette douce matinée de printemps.

Bien que très calme, il n'en éprouvait pas moins une sorte de sensation d'inconfort. Comme un léger accès de claustrophobie. Son existence solitaire ne l'avait pas préparé à la pression des jours précédents. Depuis plusieurs semaines, il s'était laissé entraîner dans un tourbillon d'activités étouffantes... et, il fallait bien l'avouer, fort ennuyeuses. Bien qu'absolument adorables, les parents de Kate avaient eu raison de sa patience. Même l'hostilité persistente de Parkay lui tapait prodigieusement sur les nerfs ! Trop de monde avait envahi son espace !

Au fil des années, Michael, bien que rompu aux difficultés de la vie collective d'un internat, avait trouvé refuge dans la solitude et l'anonymat. C'était comme un bouclier rassurant qui le confirmait dans l'impression qu'il n'avait besoin de personne pour survivre. La perspective du mariage l'inquiétait de plus en plus. Comment allait-il pouvoir négocier l'espace de liberté nécessaire à sa survie ?

La porte grinça derrière lui.

— Michael ?

Tom Adams, superbe dans son habit, parut dans l'encadrement de la porte. C'était un homme grand, légèrement corpulent, dont l'allure débonnaire était quelque peu démentie par un regard rusé et perçant.

— Tom, si vous venez me relancer au sujet de cette facture, je l'ai réglée et je ne veux même pas aborder la question.

Tom se mit à rire mais redevint vite sérieux.

— Il est d'usage qu'un père conseille son fils le jour de ses noces et, comme le vôtre n'est pas là, j'ai pensé tenir le rôle.

Le sujet était par trop douloureux et Michael ne put retenir un soupir.

— Jusqu'à présent je me suis fort bien débrouillé sans père, déclara-t-il sèchement.

— Michael, ne le prenez pas mal ! Il est des choses que

vous devez savoir avant de sauter dans l'inconnu. D'autant plus que ce saut, vous le faites en compagnie de ma fille unique et préférée ! Votre fortune m'importe peu car elle ne vous sera d'aucune aide si vous faites souffrir Kate.

— J'en prendrai grand soin. Je vous le promets.

Tom le considéra d'un air soucieux.

— Bonne chance, mon vieux ! Elle a un fichu caractère, au cas où vous ne vous en seriez pas encore rendu compte. C'est ce qu'on appelle une femme indépendante ! Mais là n'est pas mon propos. Ce que je viens vous expliquer est basique. Quand on parle mariage, on a coutume de dire que chacun des partenaires contribue pour cinquante pour cent à sa réussite. Egalité et tout le toutim ! C'est archifaux. Croyez-moi, je vis depuis longtemps avec une épouse merveilleuse, mais j'ai donné du cent cinquante pour cent…

En négociateur qu'il était, Michael répugnait à ce genre de tractation d'évidence inéquitable.

— Je ne doute pas de votre expérience, monsieur Adams, mais la règle des cinquante pour cent me convient parfaitement.

Tom lui lança un regard de pitié.

— Je sais, je sais… Cela peut vous sembler bizarre, mais je vous certifie qu'au-dessous de cent pour cent vous courez à la catastrophe. Donnez cent dix et vous serez au paradis ! Récompensé au centuple.

Un coup sec frappé à la porte interrompit l'exposé de Tom. Justin passa la tête.

— Le pasteur s'impatiente quelque peu…

Tom Adams se pencha confidentiellement vers le futur époux.

— N'oubliez pas mon conseil, jeune homme !

— Cent dix pour cent, acquiesça le jeune homme par simple politesse.

Adams secoua la tête et se dirigea vers la sortie.

— Je ne plaisante pas…

Justin considéra son ami d'un air perplexe.

— Papy n'a pas l'air épanoui. Sait-il que sa chérie a un

polichinelle dans le tiroir ? interrogea-t-il avec le franc-parler qui le caractérisait.

— Non, et ce n'est pas le moment de le lui raconter ! N'est-ce pas, Justin…

Justin soupira.

— Es-tu vraiment certain de vouloir t'engager dans cette galère ? Il est encore temps de tout annuler !

— C'est absolument hors de question.

— Réfléchis : une enquiquineuse à vie et un braillard, voilà ce que sera désormais ton quotidien !

— Dis plutôt sexe à volonté et une enfance normale pour le petit. Celle que ni toi ni moi n'avons eue.

— Je te l'accorde. J'espère néanmoins que tu as songé à établir un solide contrat devant notaire.

Le silence qui accueillit ses paroles alarma Justin au plus haut point.

— Non ? Ta négligence est impardonnable !

— Ecoute, mon vieux Justin, mon instinct me trompe rarement. J'ai confiance en Kate.

L'arrivée opportune du pasteur vint fort heureusement délivrer Michael des remontrances impitoyables de son ami.

— Si le futur marié est prêt, la cérémonie peut commencer.

Dans la pièce voisine, Betty Adams réajustait pour la dixième fois la coiffure de sa fille.

— Maman, arrête ! Mon voile est parfaitement posé.

Betty se tamponna les yeux.

— Tu es si jolie, ma petite Kate. Et j'attends ce merveilleux jour depuis ta naissance !

« Le trouverais-tu aussi merveilleux si tu savais que je suis enceinte ? »

Kate sourit.

— Maman, tu as accompli des miracles… Je te remercie de tout cœur.

D'un geste, Betty, dans un ensemble pastel très mère-de-la-mariée, éluda le compliment de Kate.

— Ce n'était pas très compliqué. L'heure est venue d'une petite conversation mère-fille.

Un moment, Kate craignit que son intuitive maman n'ait deviné les sentiments ou plus exactement l'absence de sentiments de Michael à son égard.

— Je sais que tous deux vous n'êtes plus des enfants mais mon expérience de la vie conjugale m'autorise à te dire que, pour réussir ton mariage, il va falloir que tu t'investisses beaucoup plus que tu ne l'imagines. Cinquante cinquante, c'est bon pour les hommes d'affaires. Dans le domaine du cœur, c'est du cent dix pour cent, sinon tu cours à l'échec. Un deuxième point : si jamais ton Michael te fait souffrir, il devra compter avec moi !

Kate considéra avec tendresse et une pointe d'amusement ce petit bout de femme, un mètre cinquante tout au plus, talons compris.

— A mon humble avis, il préférerait mille fois entrer dans la cage aux lions !

— Et il aurait bigrement raison…

On frappa à la porte.

— C'est l'heure, annonça Donna, de bleu vêtue et complètement surexcitée.

Une intense émotion s'empara alors de Kate. A cet instant précis, elle aurait voulu tout annuler ! Sa mère la serra fort dans ses bras avant de la pousser vers la chapelle.

— Tu peux encore enclencher la marche arrière, suggéra traîtreusement Donna.

— Sûrement pas. Je me marie aujourd'hui.

— Je sais bien que c'est ce que tu as inscrit sur ton emploi du temps, mais je me permets de te rappeler que ce n'est pas irrévocable.

D'un geste furtif, Kate caressa son ventre encore plat.

— Ce n'est pas tout à fait exact.

— Un point partout. Paris reste une solution très séduisante… Même avec un bébé.

— Donna !

— Quoi ?

— Tais-toi et prends mon bouquet.

Apercevant Tom Adams qui s'avançait vers elle, Kate sentit sa gorge se nouer.

— Bonjour, mon petit papa.

— Bonjour, ma chérie. Alors, ça y est, le grand jour est arrivé !

Devant la fierté évidente de son père, Kate ressentit encore plus cruellement ce qu'elle considérait comme une trahison. Et elle ne put s'empêcher d'évoquer le mariage de ses parents, le comparant à la comédie qu'elle était en train de jouer. Comédie nécessaire pour BB.

Déterminée, elle s'accrocha désespérément au bras paternel. Devant l'autel, son premier regard fut pour Michael. Elégant, à la fois réservé et concentré… Comme il paraissait sûr de lui ! « Peut-être courons-nous à l'échec », songea-t-elle, terrorisée. Le temps se chargerait-il de les briser ou au contraire de les unir ? L'amour serait-il un jour au rendez-vous ? Et dire qu'elle était en train de jouer sa vie sur une simple histoire de cookies au chocolat !

— Emue, ma chérie ? interrogea Tom Adams doucement.

Kate acquiesça d'un hochement de la tête.

A partir de ce moment, la cérémonie prit un tour totalement surréaliste. Kate, comme dédoublée, s'entendit promettre et jurer amour et fidélité. Puis d'une sorte de brouillard cotonneux sortit la voix du pasteur, soudain forte et claire.

— Je vous déclare mari et femme. Vous pouvez embrasser la mariée.

Michael ne s'en priva pas, prolongeant suffisamment le baiser pour que s'éveille chez la nouvelle épousée un désir difficile à satisfaire en pareil lieu.

— C'est presque terminé, murmura-t-il à son oreille.

Durant la réception qui s'ensuivit, Kate se laissa ballotter d'un invité à l'autre, féliciter et congratuler sans trêve. Telle une marionnette, elle suivait le mouvement, accrochée au bras de Michael. Devinant sa lassitude, ce dernier jouait à la perfection son rôle d'époux prévenant et épris. Il l'enleva de bonne heure pour la conduire dans le meilleur hôtel de la ville où la plus belle suite leur avait été réservée.

La porte à peine refermée, Kate se mit à trembler comme une feuille, relâchant toute la tension accumulée non seulement ce jour mais aussi les semaines précédentes. Gênée de sa faiblesse, elle glissa plus qu'elle ne s'assit dans le fauteuil le plus proche. Entre larmes et bonheur, elle restait muette et paralysée. Michael l'examina calmement, prit la mesure de la situation avant de disparaître quelques instants dans la salle de bains. Quand il reparut, il se dirigea droit vers la mariée.

— Ma pauvre chérie, tu es complètement au bout du rouleau !

Une seconde plus tard, agenouillé devant elle, il lui ôtait ses talons aiguilles.

— Debout, maintenant.

— Mais que fais-tu ?

— Obéis.

Tel un automate, Kate obtempéra. Dès qu'elle fut sur ses pieds, Michael déboutonna prestement la longue robe de mariée et la laissa tomber en corolle sur la moquette. Le jupon vint rejoindre l'amas de soie grège. Puis les bas de soie. Kate, consciente de sa semi-nudité, s'empourpra. Devançant ses protestations, il dégrafa prestement le soutien-gorge et fit glisser le slip arachnéen. Enfin, il l'emporta sous la douche. Et Kate, trop lasse pour s'en offusquer, resta debout, les yeux clos, savourant la tiédeur du jet apaisant.

Soudain consciente d'une présence, elle entrouvrit une paupière. Michael intégralement nu venait de la rejoindre. Sans mot dire elle détailla l'homme qui était maintenant son mari, le découvrant comme une première fois.

— La comédie est terminée, déclara-t-il, se penchant sur la poitrine ruisselante d'eau tiède et buvant avidement chaque gouttelette.

Kate frissonna et s'accrocha désespérément aux épaules de Michael, s'abandonnant entièrement au plaisir.

— Est-ce que ce mariage te paraît plus réel maintenant ? interrogea Michael, une demi-heure plus tard.

Tiède et humide, Kate se pelotonna contre son mari.

— Sans aucun doute.

Quand Kate s'éveilla auprès de Michael endormi, elle s'étira longuement et voluptueusement. Après leurs ablutions roboratives, il l'avait délicatement portée sur leur lit et s'était allongé à ses côtés. Tous deux recrus de fatigue avaient rapidement sombré dans le sommeil.

Voir Michael endormi était un spectacle inusité. Lui qui clamait à qui voulait l'entendre que ces heures passées à ne rien faire n'étaient que temps perdu…

« Mon mari ! » songea-t-elle, émue plus qu'elle ne l'aurait voulu. Elle s'abandonna à la contemplation des traits fermes, bien dessinés et adoucis par une rangée de cils étonnamment longs et soyeux. Suivant les courbes du corps d'athlète soucieux de sa forme, elle s'attendrit un instant sur une cicatrice enfantine. Michael battit imperceptiblement des paupières et Kate s'interrogea sur les songes de l'homme qui désormais partagerait son existence. Machinalement, elle avança la main vers lui. Comme s'il l'avait deviné, il ouvrit les yeux et lui enserra fermement le poignet.

— Que fais-tu ?

— Je te regardais seulement dormir. C'est si rare !

— Tu ne te contentais pas de regarder, dit-il, l'attirant contre lui.

— Tes cheveux… J'ai subitement eu envie d'y passer la main ! La prochaine fois, je me contenterai d'imaginer, de crainte de t'éveiller.

Il secoua la tête, les yeux rivés sur la rondeur d'un sein pointant joliment hors du drap.

— Touche tant que tu veux, ma belle.

— Tu rêvais, n'est-ce pas ? A quoi ?

— Aucun souvenir. D'ordinaire, je dors peu et rêve encore moins.

— Qui sait ? La mémoire te fait probablement défaut.

Kate avait peine à croire qu'un homme aussi imaginatif et brillant que Michael ne rêvât pas. Elle se pencha plus avant.

— Il y a une zone d'ombre en toi, Michael Hawkins, et maintenant que nous sommes mariés, je compte bien y pénétrer.

Michael détourna les yeux.

— Ne te donne pas cette peine, il n'y a rien de passionnant à découvrir. Le plus intéressant dans l'immédiat, c'est notre nuit de noces. La douche n'était qu'un prélude…

Et il le lui prouva fabuleusement.

Après une nuit d'amour torride, un brunch au champagne servi dans leur suite… et dégusté dans le plus simple appareil, ils durent à regret quitter l'hôtel.

Et ce fut ainsi que le lendemain de ses noces, Kate se retrouva vers 11 heures, seule dans l'appartement sinistre de Michael.

En dépit des améliorations apportées, coussins, colifichets, tentures et verdure, elle n'arrivait pas à se sentir « chez elle ». La quête d'un nouveau logis se révéla vite indispensable. Un « chez eux ».

Malheureusement Michael, trop pris par son entreprise, n'était jamais disponible pour les rendez-vous avec les agences immobilières. Incapable de décider seule, Kate renonça.

Livrée à elle-même, sans travail, elle essayait tant bien que mal de s'adapter à sa nouvelle existence d'épouse au foyer. Et si les nuits étaient à la hauteur de ses espérances les plus folles, les journées s'effilochaient, ennuyeuses et stériles. Plus souvent qu'à son tour, Michael ne rentrait pas dîner, omettant souvent de prévenir, bref, il avait conservé l'attitude désinvolte du patron célibataire qu'elle avait connu ! Combien de fois s'était-elle évertuée à préparer un festin pour finir par le déguster en la seule compagnie de Parkay, pelotonnée sur le canapé devant la télévision.

La porte d'entrée claqua. Machinalement, Kate vérifia la pendule. Ce soir au moins, il rentrait de bonne heure !

— Hum... Quelle bonne odeur ! Dommage que je ne puisse partager ton repas, j'ai promis aux copains de les rejoindre chez O'Malley.

— Les copains ?

— Tu sais, Justin et Dylan, ceux de Granger. En fait, j'avais rendez-vous avec eux hier soir et ça m'est complètement sorti de l'esprit. Ils vont me tuer, si je ne me montre pas ce soir...

Il effleura ses lèvres d'un baiser rapide.

— Mais le dîner ?

— Terriblement tentant, mon amour... J'y ferai honneur à mon retour.

Dépitée et déçue, Kate débarrassa la table et mit le poulet au frais. Comme elle refermait la porte du réfrigérateur, elle crut entendre une sonnerie inhabituelle. Se dirigeant au son, elle finit par découvrir l'origine : le portable oublié par Michael.

— Allô !

Un long silence s'ensuivit.

— Je me suis probablement trompé de numéro. Excusez-moi, madame.

— Peut-être pas. Je suis Kate Adams, je veux dire Hawkins, la femme de Michael, ajouta-t-elle peu familiarisée avec son nouveau statut d'épouse.

— Bill Reynolds, du service juridique. En fait, c'est assez urgent. Il faudrait que Hawkins me rappelle rapidement.

— Je le préviens immédiatement.

Inquiète du ton soucieux de son interlocuteur, Kate composa le numéro de O'Malley. Agacée de ne pas obtenir la ligne, elle saisit ses clés de voiture et décida de se rendre sur place.

Quelques secondes suffirent à Kate pour repérer les trois copains, tout au fond de la salle enfumée. Se frayant difficilement un chemin dans la foule des habitués, elle fut soudain bloquée par une sorte de mastodonte rempli de bière, à quelques pas de la table de Michael. Suffisamment longtemps pour entendre les propos de Justin.

— Je dois dire que vous aviez plutôt mauvaise mine ! Kate était blanche comme un linge, et toi, on aurait dit que tu venais de participer au marathon…

Justin se frappa le front.

— Attends, Dylan, tu ne sais pas la meilleure ! Notre ami Michael a complètement disjoncté. Il n'a même pas prévu de contrat de mariage…

Dylan considéra gravement son ami.

— As-tu perdu la tête ?

— Il m'a assuré l'avoir épousée pour le sexe, et aussi parce qu'il l'a engrossée, poursuivit Justin en ricanant.

Kate sentit ses jambes se dérober. « Sexe… engrossée… » Une violente douleur lui tordit l'estomac. Humiliée, elle resta figée sur place.

— Eh, la p'tite dame, vous prenez racine ou quoi ?

Michael tourna la tête.

— Kate ? Que fais-tu là ?

Comme elle aurait voulu se trouver à mille lieues de ce bar inhospitalier, de ces gens vulgaires… A des années-lumière de son mari…

D'un geste automatique, elle tendit le portable à Michael.

— Reynolds a téléphoné. C'est urgent.

Sans rien ajouter, elle tourna les talons et s'enfuit. Loin. Très loin. Le plus loin possible de Michael Hawkins.

8

A proximité du foyer pour Jeunes Mères Célibataires, Michael ralentit, puis poussa un soupir de soulagement. La Volkswagen de Kate était garée dans le parking. Ainsi elle était là ! Saine et sauve…

Soulagé, il se faufila dans un emplacement qui se libérait, coupa le moteur, saisit le superbe bouquet posé sur le siège du passager et sortit du véhicule dont il claqua la portière. Après avoir machinalement rajusté sa cravate, il avança d'un pas décidé vers le bâtiment central.

La veille au soir, après son départ précipité, Kate n'était pas rentrée à l'appartement, pas plus qu'elle n'était retournée dans son duplex dont elle avait gardé la clé. Ni chez Donna. Michael, fou d'inquiétude, avait failli téléphoner chez les Adams. Néanmoins, dans le souci de ne pas les inquiéter, il avait choisi de s'abstenir. Michael avait bien une petite idée des raisons de la fuite de Kate. Elle devait avoir entendu les propos pour le moins indélicats de son ami Justin chez O'Malley.

Bien que comprenant la réaction de Kate, il ne voulait pas la perdre. La question ne se posait même pas. Son unique objectif était de retrouver Kate et de la convaincre de revenir vivre avec lui.

Une femme, très jeune et très enceinte, répondit aussitôt à son coup de sonnette.

— Vous désirez ?

— Je viens chercher ma femme. Kate Hawkins.

La jeune personne hocha la tête d'un air entendu.

— Vous voulez dire, Kate Adams… Il va falloir patienter un instant, monsieur, car pour le moment, elle donne un cours d'informatique. Si vous voulez bien me suivre…

Michael emboîta le pas à la future maman, suivant un long couloir jusqu'à son extrémité. Par une porte entrouverte il aperçut enfin Kate, assise auprès d'une autre adolescente, tout aussi jeune et enceinte que son guide.

A la fois touchant et charmant, le spectacle réjouit Michael. Sobrement vêtue d'une jupe noire et d'un chemisier blanc, Kate donnait l'image même de l'efficacité. Mais, sous son air déterminé et sûr, il découvrait une Kate inconnue, vulnérable et blessée, aux yeux cernés, au sourire légèrement forcé.

— Ma petite Clara, je trouve ton idée excellente… Tu n'as plus qu'à demander leurs CV à tes camarades, entrer tout ça dans l'ordinateur et nous enverrons les fichiers par e-mail aux entreprises locales. Il se pourrait bien qu'un certain nombre d'entre elles vous fournisse des travaux de bureautique à domicile.

— Kate, un visiteur pour toi…

Kate leva les yeux et Michael fut blessé de la froideur de son regard. La convaincre ne serait pas facile ! pensa-t-il en lui tendant timidement son bouquet.

— Quelles roses magnifiques ! s'exclama Clara émerveillée, une pointe d'envie dans la voix.

— En effet, murmura Kate en déposant négligemment les fleurs sur le bureau. Tu veux m'excuser un instant, il faut que je parle avec…

Elle s'interrompit comme si elle ne pouvait se résoudre à prononcer le mot… « mon mari », acheva-t-elle encore plus bas.

Kate se tourna vers Michael.

— Allons discuter dehors.

Dans la bouche d'un homme, l'expression aurait aisément pu présager d'un règlement de comptes en bonne et due forme.

— Kate, je suis vraiment désolé et je te prie d'accepter

mes excuses, commença Michael dès qu'ils se retrouvèrent dans le couloir.

Kate sembla surprise.

— Désolé ! Pour quelle raison ?

— A cause de ce nigaud de Justin. Il n'est pas très raffiné dans sa façon de s'exprimer, mais au fond c'est un bon bougre. Il ne veut que mon bonheur. Sa misogynie est impardonnable mais…

Kate lui lança un regard sombre et croisa les bras contre sa poitrine.

— Si j'ai bien entendu, il ne faisait que répéter tes propres paroles.

Un sentiment d'impuissance envahit Michael. Décidément l'affaire se présentait mal.

— Il faut replacer ça dans le contexte. Justin m'avait cassé les pieds à quelques minutes de la cérémonie et je l'ai contré en lui énumérant des banalités un peu crues. Juste pour qu'il me lâche un peu !

— Il te cassait les pieds ?

— Oui… Il est opposé au mariage et me reproche de ne pas avoir établi de contrat devant notaire.

— Peut-être aurais-tu mieux fait de suivre ses conseils.

Michael la regarda d'un air attendri.

— Mais non ! T'épouser est ce que j'ai fait de mieux dans ma vie. Et je te connais suffisamment pour savoir que tu n'en veux pas à ma fortune. Où as-tu dormi ? Je t'ai cherchée partout, sauf chez tes parents.

— A l'hôtel. J'avais besoin de solitude pour réfléchir.

— Et alors ?

— Je ne crois pas que ça marchera entre nous.

— Et moi qui pensais que tu étais une gagnante !

Les yeux de Kate lancèrent des éclairs.

— Nous n'avons pas les mêmes valeurs. Ou pour reprendre une de tes expressions favorites, la synergie n'est pas au rendez-vous. En poussant la comparaison avec le monde des affaires, ce serait comme deux entreprises qui, pour fusionner, doivent se respecter et se compléter. Nous sommes loin du compte !

Michael sentit une coulée de transpiration lui descendre le long de l'épine dorsale. L'expression glaciale de Kate lui confirma qu'il venait de perdre la bataille.

— En ce cas, il suffit de reprendre les négociations au point zéro.

Elle lui jeta un regard amusé.

— Tu sembles oublier que je t'ai déjà vu à l'œuvre ! A chaque concession que tu acceptes, tu finis par en arracher trois à ton adversaire…

— Nous devons absolument réussir…

— Sans doute, mais, dans le cas présent, il faut être deux.

— Mais qu'attends-tu de moi, à la fin ?

— L'impossible, murmura-t-elle dans un souffle.

Kate fit quelques pas en direction de la salle d'informatique mais Michael fut plus rapide. Il lui bloqua le chemin.

— Kate… je t'en prie… Je t'en supplie…

— Michael, laisse-moi. Tu n'as aucune idée de l'humiliation que m'a infligée ton ami Justin. De la peine que j'ai eue. Moi qui essaie de tout mon cœur de te construire une existence douce et confortable. Les dîners auxquels tu ne touches même pas… J'ai vraiment essayé de créer une atmosphère, une intimité. Maintenant je sais que ton seul but, c'est du sexe régulier et la transmission de ton nom à notre enfant. Je me sens flouée.

— Je t'ai mille fois expliqué que je n'y connais rien en matière de mariage et de vie familiale. Il va falloir que tu sois plus explicite… Plus patiente !

— Mike, aucune femme n'aime demander ou expliquer. L'homme doit…

— Deviner ? Et s'il se trompe ? L'enjeu est trop important pour jouer aux devinettes.

Kate soupira.

— Franchement, je ne sais pas. Je ne sais plus.

— Alors, tu abandonnes… Au bout d'un mois…, dit-il, misant stratégiquement sur sa fierté.

Kate se redressa.

— Soit. Dîners en commun cinq soirs sur sept. Je veux que nous cherchions ensemble notre futur logement. Et même si tu n'envisages pas de me courtiser, j'aimerais que de temps à autre nous sortions, que tu me parles… J'ai besoin de te connaître mieux. Accorde-moi de te découvrir.

Jusqu'à ce dernier point, les exigences formulées par Kate semblaient tout à fait normales à Michael. Mais il était hors de question qu'il lui donne la clé de son jardin secret. « Une chose à la fois», pensa-t-il. L'important n'était-il pas de gagner du temps ?

— D'accord. Nous dînons ensemble ce soir et tu choisis le restaurant.

— Non.

Surpris, Michael fronça les sourcils.

— Pourquoi pas ?

— L'endroit sur lequel tu fixeras ton choix me dévoilera quelque chose sur toi. C'est une façon de te rencontrer sur ton propre terrain.

Aux yeux de Michael, la sélection d'un restaurant était une opération plutôt neutre et sans danger. Aussi accepta-t-il toutes les conditions de Kate sans discuter.

— Bon, rendez-vous à l'appartement à 18 h 30.

— Je ne suis pas tout à fait certaine d'être prête à revenir vivre avec toi.

— Oh ! si, tu l'es ! affirma-t-il en l'emprisonnant dans ses bras. Je ne suis peut-être pas le mari idéal, mais une chose est sûre, c'est que ma compagnie te plaît infiniment, et je suis prêt à parier que tous tes ex t'ont ennuyée à mourir.

Kate le regarda un long moment, un sourire sibyllin au coin des lèvres. Michael respira son parfum, la drogue dont il savait ne plus pouvoir se passer. Emu, il posa la main sur l'arrondi du ventre de sa femme.

— Parfait. Je t'attendrai à l'appartement ce soir.

Michael ne l'entendait plus. Le désir de lui faire l'amour s'imposa brutalement. Il se maîtrisa à grand-peine. Saisissant la main gauche de Kate où brillaient alliance et bague de fiançailles, il la porta à ses lèvres.

— A ce soir, beauté.

Debout devant le miroir de la salle de bains, Kate tentait vainement de discipliner ses boucles rebelles. Quelle folie d'avoir accepté de revenir habiter chez Michael ! Elle aurait mieux fait de rester à l'hôtel ou même de réintégrer son duplex. Michael Hawkins était vraiment difficile à vivre. « Mais il est fascinant », murmura sa petite voix intérieure. « Tais-toi ! C'est exactement pour cette raison que me voici enceinte et mariée… »

Kate tira sur l'ourlet de sa robe noire et se plaça de profil devant la glace. BB n'était pas vraiment visible… à peine un léger renflement.

Le bruit d'une porte refermée bruyamment la fit sursauter et elle lâcha son bâton de rouge à lèvres. « Mais pourquoi donc suis-je aussi nerveuse ? Soit, c'est un premier rendez-vous… Mais nous sommes mariés ! »

Rapidement elle rejoignit l'objet de ses pensées qu'elle retrouva dans la cuisine en train de décacheter le courrier. Elégant dans une veste de sport anthracite, une chemise blanche et une cravate de soie assortie, il s'interrompit un long moment pour la détailler de la tête aux pieds.

— Tu as l'air en forme.

— Oui, ça va. Où m'emmènes-tu ?

— C'est une surprise…, dit-il avec un sourire énigmatique en s'effaçant pour la laisser passer.

Durant le bref parcours jusqu'au restaurant, personne ne dit mot. Mais dès qu'il eut tourné dans le parking, Kate ne put retenir une exclamation de joie. Comment avait-il deviné ? Jamais encore elle n'était venue au « Vineyard », mais elle en rêvait depuis des mois !

— J'ignorais que tu avais tes habitudes ici ?

— A dire vrai, c'est la première fois que j'y mets les pieds.

— Comment l'as-tu découvert ?

Il hésita.

— Disons que j'ai fait un petit travail de détective.

— Mais encore ? J'ai l'impression que tu me caches quelque chose…

Michael soupira.

— Suis-je vraiment obligé de te fournir tous les détails ?

— Absolument.

— J'ai envoyé un e-mail à cinq de mes collaborateurs et à un ami en leur demandant la liste et la description de leurs trois restaurants préférés. Attends d'avoir vu l'intérieur… Tu comprendras mieux mon choix.

En effet dès qu'on les eut conduits à leur table, Kate devina les motivations de Michael. Une gigantesque fontaine lumineuse entourée de plantes exotiques occupait le centre de la pièce.

— Quelle végétation ! J'adore ces nuances de vert dans la lumière !

— Je pensais bien que ça te plairait. En tirant quelques ficelles, j'ai même obtenu une table au bord du bassin.

— Qui t'a recommandé cet endroit ?

— Dylan. Sa vie sociale est nettement plus active que la mienne et il sort avec nombre de charmantes jeunes personnes.

— On dirait que tu l'envies.

Il posa sur elle un regard possessif.

— Non. Pas le moins du monde.

De sa poche Michael sortit une poignée de menue monnaie qu'il déposa sur la nappe.

— Sacrifions à la coutume. Je parie que tu n'es pas capable de toucher ce rocher…

Malicieuse, elle prit trois piécettes.

— Quel est l'enjeu ?

— Tu décides.

Kate fronça les sourcils et réfléchit un long moment. Cet homme était vraiment étrange. Doté d'une double personnalité dont l'une se dérobait sans cesse. Mais comme elle le désirait ! Elle se savait incapable désormais de vivre sans lui.

— Je veux que tu me racontes une histoire te concernant et que je ne connaisse pas encore.

— Va pour l'anecdote personnelle, gémit Michael sur le ton de celui à qui l'on vient d'infliger une douloureuse injection.

Kate lança une pièce et manqua de quelques centimètres. Elle en sélectionna une seconde, visa et toucha le roc.

— J'ai comme l'impression que toi aussi tu as quelques secrets, dit-il, mi-figue mi-raisin.

— Au lycée, j'étais lanceur de l'équipe de « softball ». Tu as perdu. J'exige mon prix.

— Ma glace favorite, c'est…

— Le sorbet à la framboise. Je sais. Trouve autre chose.

— A l'école j'ai toujours obtenu d'excellentes notes, sans travailler.

— J'aurais pu le deviner aisément.

— Je suis sorti troisième de ma promotion.

— Si mal placé…, le taquina-t-elle.

— Quelqu'un t'a-t-il jamais dit à quel point tu es exigeante ?

— Là, c'est l'hôpital qui se moque de la charité…, rétorqua Kate, amusée, se remémorant les trois années de travail sous la férule de Michael.

Il leva les deux bras en signe de reddition.

— D'accord, d'accord. Au moment de l'adolescence, j'ai voulu apprendre la guitare, mais comme j'étais fauché j'ai dû renoncer.

— Intéressant ! Electrique ou classique ?

— Electrique.

— Alors tu voulais devenir une star du rock ? Kate adorait cette idée.

— Pas du tout…, protesta-t-il. D'accord, j'aimais beaucoup Eric Clapton. Mais enfin c'est une phase que traverse tout adolescent.

— Quel sport pratiquais-tu ?

— Le basket. A Granger. Comme je devais travailler pour gagner trois sous… Tu vois, beaucoup de petits boulots et pas assez de disponibilité pour être engagé dans une équipe sérieuse.

— Au fond, tu as toujours privilégié le travail !

— Madame est servie ! déclara Michael, soulagé de voir arriver leur commande, et de couper ainsi court à l'interrogatoire conjugal.

Et Kate s'interrogea une fois encore sur les raisons profondes qu'avait Michael de cacher son passé.

A l'issue du dîner, Michael ramena Kate à l'appartement. Au moment où elle allait appuyer sur l'interrupteur, il lui saisit la main.

— N'allume pas. Tu le sais, je ne suis pas expert en rendez-vous amoureux… Mais il y a une tradition que je ne peux ignorer.

— Laquelle ? interrogea-t-elle, le cœur battant, intimement troublée par sa voix chargée de sensualité.

— Le baiser…

Joignant le geste à la parole, il l'enlaça.

Cœur à cœur, souffle court, corps à corps, Kate ne put que s'abandonner. « Sexe à volonté… engrossée… » Soudain les propos injustes et grossiers de Justin lui revinrent à l'esprit. Elle s'écarta brutalement.

— Si tu repenses à Justin, oublie tout. Il est tout simplement maladroit.

— Comment as-tu deviné ?

— Nous sommes sur la même longueur d'ondes, toi et moi ! N'est-ce pas ?

— Pas toujours ! Il se fait tard et j'ai sommeil. C'est mon tour de dormir sur le canapé.

— Non. Nous devons dormir ensemble.

— Mais…

— Il n'y a pas de « mais ». Côte à côte si tu préfères. Je peux attendre.

— Attendre quoi ?

— Que tu me désires suffisamment pour venir à moi. Je te promets de ne pas aller plus loin que tu ne le souhaites.

Respectueux de la parole donnée, la semaine suivante, Michael accompagna Kate dans sa quête de logement. Finalement, une maison de style colonial retint leur attention. Un voisinage jeune et dynamique, deux étages, quatre chambres, un bureau, sous-sol aménagé, tout confort… Le siège de C.G. n'étant qu'à vingt minutes, la vente fut rapidement conclue.

A peine l'acte signé, Michael dut s'envoler pour la Californie. Obligée de rester à Saint-Albans du fait de sa grossesse, Kate se sentit frustrée : depuis leur mariage Michael l'avait exclue de sa vie professionnelle ! Du mieux qu'elle put elle s'occupa à aménager ce qui aurait dû être leur petit nid d'amour. Mais d'amour, Michael ne disait mot.

Chaque soir, à peine couchée, Kate enfouissait sa tête dans l'oreiller de Michael. Le simple fait de dormir à ses côtés l'avait conditionnée à sa présence, à son odeur. Michael lui manquait déjà terriblement.

Bien qu'il le lui ait déconseillé, Kate ne put résister à l'envie de le surprendre et s'en fut l'accueillir à l'aéroport. Un je-ne-sais-quoi dans son allure, son front creusé de nouvelles rides, suffirent à Kate pour comprendre que le voyage dont elle ignorait l'enjeu se soldait par un échec.

— Michael…

— Que fais-tu là ? Je t'avais dit que je prendrais un taxi…

— Je voulais seulement te faire plaisir.

Michael laissa tomber son sac et prit Kate dans ses bras, la serrant très fort contre lui. Elle eut l'impression qu'il recherchait quelque réconfort.

— Mike ? Tu as des problèmes ?

— Aucun, ma chérie.

— N'oublie pas que j'ai travaillé pour toi. Tu me caches quelque chose.

— De toute manière, ça ne te regarde pas.

Blessée, Kate se dégagea vivement. Comment osait-il lui parler sur ce ton ?

Une immense tristesse l'envahit. Michael lui échappait. Physiquement proche, certes… Mais muré dans un monde dont il lui refusait l'accès. Il aurait pu tout aussi bien être en Californie !

9

— C'est tout ce que tu as comme bagage ? interrogea Kate une fois qu'il eut refermé le coffre.

L'inquiétude dans les yeux de Kate, démentie par un sourire quelque peu forcé, eut pour effet d'exaspérer Michael. De toute manière, après l'épreuve qu'il venait de traverser en Californie, il avait les nerfs à vif.

— Je conduis, annonça-t-il tout en s'interrogeant sur la complexité de ses sentiments, perdu entre le ravissement de retrouver Kate et un besoin impératif de solitude.

— Non, aujourd'hui c'est moi le chauffeur, insista-t-elle en se glissant au volant. Il est clair que tu es exténué.

La détermination sans appel qu'il lut dans le regard de sa femme irrita Michael au plus haut point. Il ne put réprimer un mouvement d'impatience.

— Et de mauvaise humeur, par-dessus le marché ! A mon humble avis, tu n'es pas en état de conduire.

Michael haussa les épaules.

— Dans ce cas, tu peux éliminer la moitié de la population, dit-il sèchement, prenant néanmoins place à ses côtés.

Il claqua violemment la portière.

— Tu ne me le fais pas dire…

Kate glissa un disque compact dans le lecteur. Les accords familiers de la guitare d'Eric Clapton envahirent l'habitacle.

Michael ferma les yeux et, faisant contre mauvaise fortune bon cœur, tenta de se relaxer.

— Tu sais, si je n'étais pas aussi heureuse de te revoir, je te ferais une scène pour m'avoir parlé de cette façon ignoble à l'aéroport !

— Ignoble ? interrogea-t-il, hypocrite et cherchant manifestement la bagarre.

Elle lui jeta un regard en coin.

— « Ça ne te regarde pas… », expliqua-t-elle le citant.

— Parfaitement, ce ne sont pas tes affaires.

Furieuse devant tant de mauvaise foi, Kate mit le clignotant et donna un coup de volant rageur pour s'arrêter sur le parking d'une station-service.

— Ecoute-moi bien, espèce de tête de mule : je suis ta femme… Et tes soucis sont désormais les miens. Que tu le veuilles ou non. Merde à la fin !

Jamais encore Michael n'avait entendu Kate jurer. Perplexe, il la considéra un instant. Et la trouva particulièrement belle. Les joues empourprées de colère, des éclairs plein les yeux.

— Une vraie tête de mule, insista-t-elle d'une voix chargée de reproches.

— Possible, mais mon souci principal est de t'épargner toute inquiétude. Surtout dans ton état !

— Arrête tes salades, Michael. Tu me connais suffisamment pour savoir que je ne suis pas une petite fleur fragile. Même enceinte je suis capable de t'épauler dans l'adversité… Et si j'ai pu te supporter trois ans comme patron, je suis à même de comprendre tes déboires californiens. Car ça s'est mal passé, n'est-ce pas ?

— Wayland veut racheter C.G. Ils sont puissants et j'ai les mains liées.

Comme elle restait silencieuse, il éprouva le besoin de la rassurer.

— Financièrement, pas de problèmes ! Nous nous en sortirons sans peine.

D'un geste agacé elle le fit taire.

— Michael, je me fiche de ton compte en banque comme de ma première chemise. C'est pour toi que je me soucie.

Une expression d'intense stupéfaction se peignit sur le visage de Michael. Surpris par la violente réaction de Kate, il hésitait sur la conduite à tenir. Cette sollicitude apparemment sincère lui allait droit au cœur. Et c'était bon !

— Je surmonterai l'épreuve. C'est une affaire de temps et de stratégie. Mais attends-toi à ce que je campe dans mon bureau… Il me faudra des heures et des heures de travail pour trouver la parade.

— Je n'en doute pas une seconde. Tu commences demain. Cette nuit est encore à nous, déclara-t-elle en se penchant pour l'embrasser. Mike… Je suis vraiment heureuse de te revoir.

Elle posa sa main douce et fraîche sur la sienne.

— On fait la paix et on rentre à la maison ?

Durant le reste du parcours, pas un mot ne fut prononcé. Michael, les yeux clos, tentait de démêler l'écheveau complexe de ses sentiments. Sa connaissance, ses certitudes concernant Kate s'effilochaient de jour en jour. Certes, ils avaient toujours eu une relation de confiance. Mais cette fois s'y mêlait un nouvel ingrédient qu'il ne savait étiqueter. Et Michael n'aimait pas les sables mouvants. Il lui fallait pour progresser un sol ferme. Et, bien que relativement confortable, sa condition d'homme marié restait globalement insatisfaisante car tout son univers avait été chamboulé.

De retour chez eux il transporta ses bagages dans la chambre à coucher, accueilli comme d'ordinaire par les feulements et crachements d'un Parkay aussi agressif qu'au premier jour. Le chat esquissa même un simulacre de coup de patte dans sa direction. Michael se demanda si le matou jaloux abandonnerait un jour la lutte.

— Quelle est cette délicieuse odeur ? interrogea-t-il, soudain conscient d'effluves tentateurs en provenance de la cuisine.

Kate sourit.

— Eh oui… Des cookies au chocolat. Je les ai confectionnés ce matin. Qu'est-ce que je t'offre ?

— Une bière, s'il te plaît.

Exténué, Michael s'effondra sur le canapé et entreprit de décacheter le courrier qui s'était accumulé en son absence. Mais Kate vint prestement dégager la petite table pour y poser une assiette chargée d'une montagne de gâteaux parfumés. Puis elle prit place à côté de lui. Ils mangèrent et burent silencieusement. Un silence naturel et hamonieux, pensa Michael, se repaissant de la vue de Kate, admirant les boucles soyeuses de sa chevelure, sa carnation que la grossesse ne semblait pas ternir, et la bouche faite pour les baisers… Il lui sembla que des siècles s'étaient écoulés depuis la dernière fois où il lui avait fait l'amour ! Le regard de Michael glissa le long des formes pleines et émouvantes de ce corps de future maman…

— Tu as vraiment l'air enceinte maintenant !

— Merci. Je le prends pour un compliment. Tu veux toucher mon ventre ?

Et joignant le geste à la parole, elle releva prestement son chemisier. La gorge nouée, Michael avança une main timide.

— N'aie pas peur ! Avec un peu de chance, il va gigoter.

— Tu peux sentir les mouvements ?

Elle acquiesça, rayonnante de fierté.

— La première fois, ça m'a fait penser à une bulle de champagne qui se serait perdue par là ! Mais en ce qui te concerne, ce sera peut-être plus long car il est si minuscule !

L'angoisse générée par la perte éventuelle du contrôle de C.G., une vie nouvelle dont il pouvait percevoir fugitivement l'existence, rien qu'en effleurant le ventre de sa compagne… Michael avait grand-peine à s'adapter à cette dichotomie de sentiments. Tenaillé par le besoin intense de prendre Kate dans ses bras, de lui faire l'amour, Michael luttait désespérément contre lui-même. Il avait promis…

Fuyant la tentation, il se leva brutalement.

— Je suis très fatigué et ce soir je vais dormir sur le canapé.

— Pourquoi pas dans notre lit, comme d'habitude ?

A supposer qu'ils dorment côte à côte… Michael le sentait :

Kate pourrait finir par céder à ses avances. Mais, à long terme, ce serait catastrophique.

— Kate, je te désire tellement… Je te veux, dans mon lit, ce soir. Mais je tiens à respecter mon engagement. Quand tu seras prête. Alors, pour ce soir : canapé.

Kate sourit imperceptiblement.

— Va donc te préparer à te coucher. Ensuite, nous aurons une petite conversation.

Trop las pour discuter, Michael s'en fut prendre une douche. Quelques minutes plus tard, drapé dans sa serviette, il regagna sa chambre, pressé de dormir.

Assise au beau milieu du lit, les cheveux dénoués que la lueur diffuse de la lampe de chevet parait de reflets irréels, à peine couverte d'une chemise de nuit arachnéenne, Kate tapota le drap entrouvert et lui sourit. Les yeux rivés sur les aréoles sombres des seins ronds et fermes, fasciné par la courbe émouvante de son ventre porteur du plus beau cadeau, Michael s'approcha.

Kate était l'image même du fantasme le plus fou en train de se réaliser.

Elle pointa un doigt vers lui, l'invitant à la rejoindre. La serviette glissa au sol. Nu, il s'avança vers le lit.

— Tu as mentionné une « petite conversation » ? interrogea-t-il, le corps en émoi.

— Exact. Il est grand temps que nous parlions du n° 10, susurra-t-elle en dessinant le contour de son visage de sa main douce et fraîche.

Michael était maintenant prêt à vendre son âme au diable. Soit, ladite âme, pensa-t-il, ne valait pas pipette. Néanmoins c'était là toute sa richesse, à part quelques millions de dollars… Mais Kate étant Kate, cette fortune comptait pour zéro ! Il ferma les yeux pour mieux s'abandonner à la caresse de Kate.

— Le n° 10 ?

— La raison pour laquelle j'ai finalement accepté de t'épouser.

— J'y suis… Ta botte secrète ! Celle que tu as refusé de me dévoiler le jour de notre mariage ! Vas-y… j'attends.

— Cookies au chocolat.

Michael crut avoir mal entendu.

— Harold Grimley… Granger… Tu vois ?

— Pas vraiment.

— La distribution de cookies à Granger… Il y avait un certain Harold Grimley, appareillé et incapable de se frayer un chemin. Tu lui donnais ta part.

Abasourdi, il la regarda.

— Comment sais-tu ça ?

— La suite au prochain numéro. Dans l'immédiat, je vais te montrer la récompense réservée au bienfaiteur du petit Harold.

Kate se pencha vers Michael, entrouvrit la bouche et de la langue chercha la sienne. Puis, se dégageant brusquement, Kate s'allongea contre lui de manière à ce qu'il ne puisse ignorer aucun de ses mouvements… Les lèvres douces et fiévreuses épousèrent bientôt chaque centimètre de sa peau. Toujours plus bas, jusqu'au point où Michael crut exploser de désir.

— Kate…

La bouche de Kate continuait inexorablement son exploration.

Bien qu'appréciant l'intimité fulgurante de la caresse, Michael se redressa ct attira tendrement le visage de Kate vers le sien. Perplexe, elle leva les yeux vers lui.

— Tu n'aimes pas ?

— J'adore… mais, ce soir, je te veux… autrement. Comme une première fois.

Il lui prit le menton et l'embrassa longuement sur la bouche. Puis, lui ôtant sa chemise de nuit, commença à la masser, doucement et savamment. Il glissa une main entre ses jambes. Kate l'attendait. Tiède et amoureuse. Avant de s'abandonner, elle poussa un cri.

Tous deux gémirent à l'unisson.

*
* *

— Heureux ? interrogea-t-elle,

— Tu me voles ma réplique !

— Serait-ce une loi ?

— Quoi qu'il en soit, je vais essayer de retrouver ce cher Harold Grimley afin de le remercier !

Kate éclata de rire et s'imbriqua contre lui en petite cuiller. Michael sentit renaître en lui quelques étincelles de désir. Quel était donc le secret de cette femme ? Jamais aucune autre ne l'avait à ce point satisfait physiquement… Finalement, le mariage avait du bon ! Mais attention, il n'était pas question de sombrer dans une relation affective. Les sentiments humains variaient hélas trop vite.

Toute son attention concentrée sur l'éventuelle reprise de C.G. par Wayland, Michael s'était jeté à corps perdu dans la lutte. Encourageante, Kate comprenait et le soutenait du mieux qu'elle le pouvait dans son effort. Après tout C.G. était toute la vie de Michael, son unique enfant… Pour l'instant !

La nuit les réunissait. De longues nuits d'amour. S'aimant à corps perdu, ils s'appliquaient à tisser un lien qu'ils espéraient éternel.

L'été avait cédé la place à l'automne, et Kate, tel un fruit trop mûr, s'alourdissait, occupant ses loisirs à diverses tâches. Les cours d'informatique au foyer, l'aménagement de leur maison, des visites à sa mère… Michael lui manquait terriblement. Mais sagement elle essayait de se persuader que cette phase n'aurait qu'un temps. Une petite voix l'avertissait pourtant que Hawkins était avant tout marié à son travail. Un mari courant d'air, en somme !

Le Dr Stone lui ayant fixé un rendez-vous pour la première échographie, elle en prévint Michael, allant jusqu'à coller des post-it dans toute la maison !

Malheureusement, le jour venu, allongée sur la table d'examen, elle prit la mesure de sa profonde solitude. Michael avait oublié ! Toutefois, devant l'écran, toute à sa fascination, elle ne pensa plus à l'absence du père. A tel point qu'un peu plus tard dans la soirée, coincée dans les embouteillages, l'idée l'effleura que peut-être, après tout, la présence paternelle n'était pas nécessaire !

Le soir même, Michael n'étant pas rentré, elle invita au pied levé sa chère amie Donna à dîner en ville.

— Tu es sublime ! La grossesse te va à ravir ! s'exclama Donna, une légère pointe d'envie dans la voix. Je suivrais bien ton exemple… le problème étant bien sûr de trouver le père idéal !

Kate sourit.

— Calme-toi. Mon cas est particulier.

Donna fronça les sourcils.

— Tu as des ennuis ? Comment se comporte Michael-Cœur-de-Pierre ?

— Terriblement occupé par son travail.

Un garçon disposa les assiettes de salade devant elles.

— A quel point ?

— Tous les soirs, le week-end, la totale… Imagine qu'aujourd'hui il a oublié le rendez-vous de la première échographie !

— En somme, c'est un ersatz de mari…

— Le terme est fort, mais tu n'as peut-être pas complètement tort. Ceci dit, professionnellement il est vraiment mal parti !

— Attends, il y a le boulot, et il y a la famille. Le beau Michael va être papa… L'aurait-il oublié ? Combien de temps ça va durer ?

— Combien de temps quoi ?

— Ma chérie, je ne vais pas mâcher mes mots. Si ton mariage est un cauchemar, si tu dois en souffrir : dégage !

— Je ne suis pas aussi malheureuse que ça ! déclara Kate, les larmes aux yeux. Tout ce que je voudrais, c'est le voir plus souvent.

Donna saisit la main de son amie.

— Ne me dis pas que tu es « vraiment » amoureuse de lui ?

Kate resta silencieuse un long moment. Une petite voix intérieure trop familière lui soufflait : « Oui… oui… » Depuis toujours en fait, il fallait bien se l'avouer. Et chaque jour qui passait voyait croître ses sentiments à l'égard de Michael.

Donna lui lança un regard empreint de pitié.

— Ma pauvre Kate… Dans quelle galère t'es-tu embarquée !

— C'est moins grave que tu ne penses, ça va aller ! dit Kate fermement, autant pour se convaincre elle-même.

— Soyons claires, la situation est bloquée. Tu es malheureuse et la décision te revient. Combien de temps lui accordes-tu pour se mettre au diapason avec toi ?

Kate réfléchit un instant. De fait, le bonheur de Michael lui était devenu plus cher que le sien propre.

Donna scruta le visage de son amie.

— Ma pauvre petite Kate…

— Ne t'inquiète pas, Donna. Je sais ce que je fais. Nous nous en sortirons.

Plongé dans une masse imposante de dossiers, Michael Hawkins désespérait en venir à bout. Wayland, réputé pour avaler et détruire tous ceux qu'il rachetait, lui menait la vie dure… Ce n'était pas pour rien qu'on l'avait surnommé « Le Cyclone »…

Sans trêve et sans compter les heures supplémentaires, Michael, aidé par son service juridique, revoyait et analysait chaque mot du contrat, espérant protéger le personnel des agissements de Wayland. En effet, une des clauses inadmissibles aux yeux de Michael était le transfert du siège de la société en Californie.

Quelqu'un frappa à la porte. Michael fronça les sourcils, décidé à ne pas répondre. Furieux il se replongea dans ses paperasses. Néanmoins il entendit la porte s'ouvrir.

— Je suis occupé, vociféra-t-il.

Un long silence s'ensuivit.

— As-tu faim pour quelques cookies ?

Levant les yeux, il eut la surprise de se trouver nez à nez

avec Kate. Dieu que c'était bon de la voir ! Un rayon de soleil dans sa journée !

Il jeta son stylo sur le bureau et s'étira.

— Tu m'as fait peur ! J'ai cru que c'était encore un des gars du service juridique. Ils sont merveilleusement efficaces, mais aujourd'hui je ne veux même plus en voir l'ombre d'un seul !

— Tu approches du but ?

— Ne m'en parle pas... Ce sont vraiment des cookies ? demanda-t-il en désignant le sac en papier que tenait Kate.

— J'ai pensé que tu n'avais pas déjeuné...

— Exact. Et j'ai faim..., dit-il, la détaillant des pieds à la tête. Pimpante, joliment maquillée et tout de noir vêtue, Kate trouvait le moyen d'allier élégance, sophistication et grossesse.

— Enceinte, terriblement enceinte... et belle à la fois..., s'exclama Michael, ému.

— C'est pour ça que je suis ici.

— Comment ça ?

Elle lui tendit le sac de cookies.

— Regarde dedans.

Michael déroula le papier coincé au milieu des biscuits. C'était une sorte de photocopie de mauvaise qualité. Zut... L'échographie...

— Kate, je suis désolé. J'ai complètement oublié. C'était la semaine dernière, n'est-ce pas ? Je te prie de m'excuser.

— Oui.

— Pourquoi ne me l'as-tu pas rappelé ?

— Mais je l'ai fait... Il y avait des post-it plein la maison.

Etonné du calme de Kate, il scruta son visage.

— N'es-tu pas en colère contre moi ?

— A dire vrai, j'en ai été blessée. Pour être tout à fait honnête, j'ai eu une chance inouïe : j'ai vu notre bébé, en direct ! Il suçait son pouce... J'ai pu compter ses doigts, ses orteils... C'est toi le perdant. Voilà, je t'apporte cette copie : pour mémoire !

Sa voix trop douce déchira le cœur de Michael.

— Je suis vraiment navré, ma chérie.

— Cesse de t'excuser auprès de moi. C'est toi qui as manqué le meilleur.

Comme elle était devenue distante ! songea-t-il douloureusement.

— Dans ce cas pourquoi m'apporter ce papier ?

— P.M., pour mémoire… Souviens-toi que tu es plus que C.G. Il semblerait que je ne puisse t'atteindre, je ne peux pas te forcer à m'aimer… Ni même à me désirer, dans l'état où je suis.

Kate se mit à rire en passant la main sur son abdomen rebondi.

— Une véritable barrique ! Mike : au-delà de ces murs, il y a d'autres vies. La mienne, celle de BB, éventuellement la tienne, si tu t'en donnes la chance ! Fasse le ciel que tu le comprennes un jour, avant qu'il ne soit trop tard.

Michael aurait mille fois préféré une scène violente et théâtrale. Le calme de Kate l'impressionnait. Il avança la main vers elle.

— Je te désire… Tu dois le croire.

Elle secoua la tête, embarrassée.

— Non. Je suis trop grosse.

— Cesse de parler à ma place. Tu es belle, enceinte de mon bébé, et je te désire. Je te trouve terriblement sexy et, si je ne craignais de te blesser, je te prendrais sur ce bureau à la minute même.

Il l'embrassa doucement en caressant son ventre rond. Puis prit impérativement sa bouche. Kate se laissa faire… Passivement. Quand il s'écarta enfin, ce fut pour croiser un regard plein de larmes.

L'idée s'imposa à lui dans toute son horreur. Il était en train de la perdre.

10

Trois semaines plus tard, à 20 heures passées, Michael était encore au bureau, absorbé dans la lecture d'un rapport urgent. Il le sentait, l'issue des négociations approchait. Malgré son flair proverbial, il n'avait pas encore découvert le moyen de conserver suffisamment de liberté au sein de C.G. Quand la sonnerie du téléphone retentit, il ne put retenir un mouvement d'humeur et faillit ne pas répondre. Puis l'image de Kate s'imposa à lui. Imaginant le pire il décrocha. A quelques semaines du terme il n'allait tout de même pas prendre le risque de manquer la naissance de BB !

— Hawkins à l'appareil.

— Exactement là où je m'attendais à le trouver, plaisanta Kate à l'autre bout de la ligne.

Le ton primesautier arracha un sourire au visage soucieux de Michael. Depuis la récente visite de Kate au bureau, il restait entre eux comme une certaine gêne. Ce qui d'ailleurs n'avait nullement empêché Michael de lui faire l'amour, déterminé qu'il était à lui rappeler qu'elle était sienne.

— J'en ai presque terminé pour ce soir…

— Pas presque. Terminé tout court. J'ai besoin de toi à la maison. Maintenant.

— Un problème ?

— Pas vraiment. Mais je te rappelle que nous étions

convenus qu'il suffirait que je te le demande pour que tu viennes me rejoindre. Pour quelque motif que ce soit.

— Tu pourrais tout de même me donner une raison ! s'exclama Michael, suspectant une visite prématurée à la maternité.

— Tu le sauras dès ton arrivée.

Abasourdi, Michael contempla le combiné. Kate venait de lui raccrocher au nez… Plus vexé qu'inquiet, il se hâta de partir. A supposer qu'elle le fasse ainsi courir sans motif sérieux, il s'apprêtait à donner à la future maman une sérieuse leçon de savoir-vivre téléphonique !

De l'allée où il garait la voiture, il aperçut le sapin de Noël illuminé. La vue des guirlandes multicolores lui fit chaud au cœur. Comme c'était bon de se savoir attendu ! Néanmoins une petite voix intérieure revêche lui suggéra que l'heure n'était pas aux attendrissements. L'idée fugitive lui traversa l'esprit qu'en cas de faillite financière Kate ne resterait pas à ses côtés. Après tout, l'ami Justin avait peut-être raison ! songea-t-il, le moral en berne.

Comme à son habitude Michael contourna la maison et s'arrêta net. La cuisine était plongée dans l'obscurité. Son sang se glaça.

— Kate ?

« Surprise… Surprise… » Un chœur chaleureux salua son entrée cependant que la lumière jaillissait du plafonnier.

Médusé, Michael écarquilla les yeux à la vue d'une bonne dizaine de mines réjouies, amis et collègues, applaudissant à tout rompre. Il reconnut son chef du personnel accompagné de sa femme, deux employés du service juridique, Dylan et l'inséparable Justin, et enfin sa belle Kate, toute ronde et resplendissante.

Il lui fallut un bon moment pour reconnecter. Son anniversaire ! Après la mort de sa mère, plus personne n'avait songé à le lui souhaiter…

Kate s'avança, rayonnante.

— Joyeux anniversaire, Michael.

— Mais comment as-tu…

— Tu avais complètement oublié la date, n'est-ce pas ?

Justin les rejoignit.

— Salut, mon vieux ! Ta femme s'est sérieusement arrondie ! Un peu comme un ballon sur le point d'éclater…, ajouta Justin avec son tact habituel.

Michael prit Kate dans ses bras.

— A mes yeux, elle est magnifique.

Il sentit Kate se raidir et, du coin de l'œil, vit qu'elle pinçait les lèvres.

— Mon mari aura bientôt la satisfaction de bénéficier d'une réduction d'impôts. Tu te rends compte, Justin, une part supplémentaire ! Au fait, nous cherchions un prénom et nous avons pensé au tien, si c'est un garçon, bien sûr !

Le visage de Justin s'illumina.

— Vraiment !

— Absolument, et nous pensons également à toi comme parrain.

Cette fois Justin pâlit.

— Parrain ?

— Oui. Michael m'a prévenue que sur ce point tu serais peut-être moins enthousiaste. Mais je lui ai dit qu'à mon sens, tu adores les enfants, bien que tu le caches admirablement.

Justin avait l'air de quelqu'un qui vient de recevoir un coup sur la tête. La vision en était si comique que Michael avala de travers et faillit s'étouffer avec un petit-four.

Kate le regarda malicieusement.

— Justin, si tu veux m'excuser une minute, le temps que j'aille chercher un verre pour Michael…

— Parrain ! répéta Justin dès qu'elle se fut éloignée.

Il s'éclaircit la voix.

— Je ne suis certainement pas qualifié pour le job. Excuse-moi, Michael, mais je ne m'entends pas trop bien avec les gamins. En fait j'ai détesté cette période de ma vie. Tu devrais demander à Dylan.

— Demander quoi à Dylan ? s'enquit l'intéressé, se joignant à la conversation.

— Je te suggérais comme candidat parrain pour leur rejeton.

— Moi ?

— Oui, toi. J'ai déjà donné en acceptant d'être témoin au mariage. C'est ton tour.

— Pas du tout. Tout ce que ça signifie c'est que je serai témoin à ton propre mariage. Si jamais tu te décides à convoler en justes noces un jour !

Justin secoua énergiquement la tête.

— Ce n'est pas demain la veille !

— Désolée pour le retard, annonça une voix mélodieuse derrière eux.

Les trois hommes se retournèrent d'un bloc pour saluer la nouvelle arrivante. Le regard de la jeune femme blonde s'attarda un instant sur Justin. Puis elle se tourna vers Michael, la main tendue.

— Bon anniversaire, Michael.

Michael fronça les sourcils, incapable de mettre un nom sur le visage de son interlocutrice aux traits vaguement familiers.

— La petite fille aux cookies ! s'exclama soudain Justin, enchanté.

— Alisa ! Alisa Jennings, se souvint Michael avec une pointe de nostalgie. Comment diable…

Alisa s'approcha et l'embrassa chaleureusement.

— Grâce à ta charmante épouse. Nous nous sommes rencontrées quelques jours avant votre mariage et nous avons travaillé de concert pour trouver des photos de toi enfant.

— Quelles photos ? Je ne suis pas au courant.

— Les hommes ! Tu ne les as même pas remarquées… A ta propre réception de mariage !

Dylan prit Alisa dans ses bras et l'embrassa.

— La rumeur parle de tes fiançailles. Est-ce vrai ?

Le visage d'Alisa s'assombrit.

— C'est du passé.

Elle se tourna vers la superbe rousse accrochée au bras de Dylan.

— Alisa Jennings. J'adore votre robe, elle est très originale.

— Merci. Moi c'est Vanessa.

— Et toi, Justin ? J'ai entendu dire que tu transformes en dollars tout ce que tu touches !

— Oh ! c'est quelque peu exagéré, mais je me débrouille. Nous as-tu apporté des cookies ?

Alisa rit doucement.

— Je viens de distribuer les derniers, plaisanta-t-elle, montrant ses mains vides.

— Que fais-tu à Saint-Albans ? interrogea Michael.

— Je suis traductrice dans une boîte locale en train de fusionner avec une société française.

— Et ton art ? s'enquit doucement Dylan.

Elle hésita.

— C'est devenu un simple passe-temps. Il faut bien vivre !

Et Michael remarqua qu'elle évitait le regard de Dylan.

— Michael, je voudrais saluer ta femme et la remercier de son aimable invitation.

— Tu la trouveras probablement au bar en train de me concocter un cocktail.

Alisa lui sourit.

— Tu as de la chance, Kate me paraît être une fille formidable.

— Je vous accompagne, déclara Vanessa, lui emboîtant le pas.

— Quelle paire de jambes ! s'exclama Justin qui regardait sans vergogne Alisa s'éloigner. Je dois reconnaître que la gamine aux cookies est devenue un sacré morceau !

Justin donna une bourrade à Dylan.

— Vous n'avez pas un peu fricoté à Granger ?

— On avait quatorze ans ! Mais c'est vrai, nous nous sommes fréquentés à la fac.

— Ah… Ah !

— La ferme, espèce d'obsédé !

La violence du ton de la réponse surprit Michael. Il s'apprêtait à intervenir quand Alisa le héla du fond de la pièce.

— Les photos sont là, près de la desserte.

Curieux, Michael la rejoignit et se pencha sur la pile de photocopies soigneusement sélectionnées par Kate et sa mère. Des émotions et des souvenirs refoulés depuis des années refirent surface. Dieu qu'il avait été malheureux à l'époque ! Comme il avait souffert d'être ballotté d'une famille à une autre, jamais consulté sur ses envies ou désirs…

— Plutôt mignon ce gamin, murmura Kate derrière lui.

— Je suppose… Oui. Cette soirée est une belle surprise. Je t'en remercie.

— C'était le but de l'opération. Tu sais… une surprise-partie, c'est l'origine de l'expression. Que l'on y danse ou pas.

— A part ma mère, personne n'a jamais pensé à mon anniversaire ! Il est vrai que c'est très près de Noël…

— Alors, nous devons rattraper le temps perdu. Allons couper le gâteau… Réfléchis au vœu que tu vas faire !

Kate le prit par le bras et le guida vers le buffet où trônait une magnifique pièce montée décorée de bougies multicolores. Puis elle se tourna vers l'assemblée et frappa dans ses mains.

— Le grand moment est arrivé…

Et pour la première fois de son existence Michael écouta les voix chaleureuses et légèrement désaccordées de ses proches sacrifiant au rituel du chant d'anniversaire. A dire vrai, il se sentait passablement ridicule… et aussi, heureux comme un gosse. Bizarre comme une simple surprise-partie pouvait en un clin d'œil avoir raison des défenses d'un austère P-DG !

Bien plus tard dans la soirée, après le départ des invités, après qu'ils se furent couchés, Michael avait contemplé Kate endormie. Au fur et à mesure de l'avancement de la grossesse, son rythme de sommeil avait changé. Fatiguée, Kate s'endormait rapidement et n'importe où. L'envers de la médaille étant qu'elle s'éveillait fréquemment au cours de la nuit.

Soucieux de ne pas troubler son repos, Michael se leva doucement et passa dans le salon. Pour le plaisr, il ralluma les guirlandes du sapin. Le voir clignoter dans la nuit avait un côté rassurant, comme d'ailleurs tous les changements qu'avait effectués Kate dans sa vie. Attrapant la pile de photos abandonnée sur le coin du buffet, il la feuilleta de nouveau. Il les détestait ! D'un geste rageur Michael ouvrit un tiroir.

— Pourquoi les caches-tu ? interrogea doucement Kate qu'il n'avait pas entendue arriver.

Il se retourna vivement.

— C'est étonnant comme tu marches silencieusement si l'on considère ton…

— Poids ?

— Non ! J'allais dire ton « état ».

Elle s'approcha de lui, se dandinant légèrement, ce qui eut don de l'amuser mais il prit garde de n'en rien montrer.

— Allons, Mike, dis-moi pour quelle raison tu ne veux pas les regarder ?

— Elles me font revivre des moments pénibles, je ressens les mêmes émotions. A l'époque j'avais l'impression d'être en prison, désemparé, sans autonomie, sans espérance et complètement inutile. Je hais les souvenirs de ce temps-là.

— Tous ?

Il haussa les épaules.

— Quasiment.

Laissant Kate achever le rangement des photos, il ramassa machinalement une branche de gui. Kate en avait déposé partout dans la maison… Par tradition, on s'embrasse sous le gui, avait-elle expliqué.

— Regarde celle-ci ! Que vois-tu ?

— Un adolescent monté en graine, assis dans un gymnase lugubre.

— Que regarde-t-il ?

— Cette question… le panier, bien sûr !

— As-tu remarqué la concentration du regard ? Je parie que ce panier, c'est ton œuvre ?

— Exact. Et alors ?

— C'est assez extraordinaire ! Si jeune, tu possédais déjà cette détermination qui t'a porté où tu es arrivé aujourd'hui !

— Tu as probablement raison.

— Oh ! celle-ci est trop drôle !

Elle lui tendit un cliché montrant un petit bout de chou en train de présenter fièrement le certificat de la meilleure note de calcul, en classe de huitième.

— Trop dur pour un sourire, mais quelle fierté dans les yeux !

Enfin elle sortit l'unique cliché de Michael en compagnie de sa maman.

— Voilà ma préférée. Ses bras forment un cercle d'amour autour de toi.

— Elle est morte peu après, et avec elle le cercle magique supposé me protéger, dit-il avec amertume.

— C'est vrai. Il n'en reste pas moins qu'elle t'a donné ce dont tu avais besoin pour survivre et aussi de devenir ce garçon capable de partager ses cookies avec les Harold Grimley de la terre, à devenir l'homme qui offre des ordinateurs et soutient financièrement une œuvre charitable. C'est pour ça que je t'aime !

Michael sentit sa gorge se serrer. Qu'avait-il fait pour mériter une telle femme !

— Tu sembles oublier mon surnom. Cœur-de-Pierre. Je ne sais pas aimer.

— Il y a quelques mois j'ai eu le choix. J'aurais pu refuser de m'engager à tes côtés. Maintenant c'est trop tard, Michael Hawkins : je suis totalement amoureuse. Et quand je te regarde, je ne vois plus l'homme au cœur de pierre. Il me reste à souhaiter qu'un jour, tu auras suffisamment confiance en moi pour baisser la garde.

Michael la prit dans ses bras.

— Je ne te mérite pas, Kate. Mais une chose est certaine, je ne te laisserai pas me quitter.

Se souvenant de l'usage que l'on est censé faire d'une

branche de gui, il leva le bouquet au-dessus de leur tête et embrassa longuement sa femme.

Le lendemain Kate eut grand-peine à se concentrer sur le cours d'informatique qu'elle donnait à Tina, maintenant maman d'un superbe petit garçon. La pensée de Michael confronté à tant de pression professionnelle ne la quittait pas. Elle le savait extrêmement perturbé par l'éventuelle perte de contrôle de C.G., l'entreprise qu'il avait créée et qui en quelque sorte était son identité.

— Bon, Tina, nous avons assez travaillé pour ce matin. Il est grand temps de décorer le sapin.

Le visage de Tina s'éclaira d'un large sourire.

— J'ai déjà descendu l'escabeau et les guirlandes. Il me reste à apporter les boîtes de décorations. J'en ai pour dix minutes.

Après avoir recouvert l'ordinateur, Kate ouvrit la porte du grand salon adjacent où l'attendait un magnifique sapin qui embaumait toute la pièce de ses senteurs sylvestres.

Se massant machinalement les reins, elle contourna l'arbre à la recherche du meilleur angle par rapport à la baie vitrée. Puis elle s'agenouilla lourdement pour en vérifier l'assise. Au moment de se relever, BB se manifesta de quelques coups de pied bien sentis. Un sourire aux lèvres et en fredonnant « Il est né le divin enfant… », Kate entreprit de démêler les fils des guirlandes. Sa tâche accomplie et comme l'absence de Tina se prolongeait, Kate jaugea la solidité de l'escabeau. « Ça devrait aller », murmura-t-elle, consciente du mécontentement de Michael s'il venait à apprendre qu'elle jouait les équilibristes. Après tout, un petit mensonge par omission n'avait jamais fait de mal à personne ! conclut-elle en posant le pied sur le premier échelon. Quelques secondes plus tard, elle se penchait dangereusement pour accrocher l'extrémité de la guirlande au sommet du sapin.

— Non ! Madame Hawkins… c'est trop…

Le hurlement d'inquiétude de Tina prit Kate par surprise.

Elle se retourna d'un bloc, et dans le mouvement fit basculer l'escabeau. Kate tomba lourdement sur le sol.

Une douleur atroce lui traversa aussitôt l'abdomen.

— Madame Hawkins… Vous n'êtes pas blessée ?

Kate grimaça et tenta de se redresser.

— Je n'en sais rien… Je crois que…

La main bien à plat sur le plancher elle fit une autre tentative. Un liquide chaud coula le long de sa jambe.

— Mon Dieu ! Je crois que je perds les eaux…

Mais un bref regard lui suffit pour comprendre. Elle crut s'évanouir. C'était du sang.

11

Depuis des heures que durait la réunion, Michael commençait à désespérer en voir l'aboutissement, heureux ou malheureux. Les négociations étaient au point mort car la toute-puissante entreprise Wayland sous la férule du Président Stone refusait d'accorder à Michael l'autonomie qu'il souhaitait.

— C'est à prendre ou à laisser. Nous assurons le financement et un outil logistique hors pair. Il est hors de question de vous donner carte blanche, conclut Stone.

— Soit, vous y mettez des conditions, c'est de bonne guerre, mais attention, Stone, le mieux est souvent l'ennemi du bien.

Michael scruta le visage impassible de son interlocuteur, à la recherche d'un indice sur la manière de le manœuvrer. Soudain ce fut l'illumination. La clé de la négociation, c'était lui-même ! Stone le voulait, mais à sa botte.

— Assez tergiversé. Si vous voulez C.G., donnez-moi plus de pouvoir ou bien je prends ma retraite. J'en ai les moyens !

Autour de la table ovale, on eût pu entendre une mouche voler. Chacun se taisait en attente de la réaction du grand patron. Stone fronça imperceptiblement les sourcils.

— J'ai quelque peine à vous imaginer abandonnant la société que vous avez créée pour aller à la pêche.

— Primo, elle n'est plus mienne, secundo…

A ce moment la porte s'ouvrit brutalement, livrant passage à la nouvelle collaboratrice de Michael. Ce dernier la fusilla du regard car il avait donné l'ordre formel de n'interrompre la séance sous aucun prétexte.

Terrorisée, la jeune fille lui glissa un post-it et s'enfuit aussi rapidement qu'elle était entrée.

Michael pâlit, froissa le papier et se leva précipitamment.

— Désolé, messieurs. Je dois m'absenter. C'est un cas de force majeure.

Stone éructa, cramoisi d'indignation.

— Hawkins, sachez que sous ma présidence personne n'a jamais eu l'audace d'interrompre une négociation avec Wayland !

Mais Michael n'écoutait plus. Il avait déjà quitté la pièce et volait au secours de Kate.

Dix minutes plus tard, dans un crissement de pneus il garait sa voiture en double file devant l'hôpital. Un accident au foyer, disait laconiquement la note. Quel genre d'accident ? Etait-elle gravement blessée ? La pensée qu'il pût perdre Kate lui était insoutenable.

Après quelques recherches il finit par trouver une infirmière au courant de la situation.

— Oui, Mme Hawkins a bien été amenée ici inconsciente, forte hémorragie… Elle est actuellement en salle d'opération. Montez au premier étage, quelqu'un vous guidera.

« Forte hémorragie… » Michael se sentit soudain anéanti.

— Va-t-elle s'en sortir ?

— Nous faisons tout notre possible, monsieur Hawkins.

— Et le bébé ?

— Je ne peux rien vous dire de plus.

Depuis quelques mois que Michael essayait de construire une nouvelle existence en fonction de ces deux êtres, il n'avait pas vraiment envisagé l'échec. De nouveau un sentiment de vide et d'abandon qu'il croyait avoir remisé aux oubliettes l'envahissait. Comme il avait eu raison jusqu'à présent de ne compter que sur lui-même et de se méfier de toute implication sentimentale… Perdre Kate serait perdre la lumière de sa vie.

« Seigneur, faites qu'elle vive ! » murmura-t-il en se laissant glisser sur un siège de la salle d'attente. Sortant son portable il composa le numéro de Dylan et lui laissa un message sur son répondeur.

Les minutes se transformèrent en heures. Tantôt, tel un fauve en cage, il arpentait les couloirs en proie à une intense nervosité, tantôt il restait prostré, les yeux fixés sur l'enseigne « Interdit au Public ». Que de temps perdu ! En cet instant précis Michael aurait volontiers bradé sa précieuse entreprise pour passer ne serait-ce que quelques instants en compagnie de Kate. Cette femme merveilleuse l'aimait comme jamais personne ne l'avait fait auparavant. Elle avait su découvrir le meilleur de lui-même… Et dire qu'il avait refusé de s'abandonner à ce sentiment trop neuf !

L'arrivée des inséparables compagnons Dylan et Justin mit un terme à ses pensées moroses.

— Alors ? Quelles nouvelles ? Nous sommes venus dès que Dylan a écouté ton message.

Michael secoua tristement la tête.

— Les toubibs ne se prononcent pas encore. Ni pour Kate ni pour le bébé. C'est à devenir fou !

— Désolé, vieux. Est-ce qu'on peut faire quelque chose ?

— Une ligne directe avec le ciel…

Justin tapota maladroitement le dos de son ami.

— Tu as une sale mine ! Je vais te chercher un café.

— Qu'est-il arrivé ? interrogea Dylan, le front soucieux.

— Elle est tombée d'une échelle en décorant le sapin du foyer. Dylan, j'ai été tellement absorbé par mes soucis professionnels que je l'ai négligée… Il se pourrait qu'il soit trop tard… Jamais je ne me le pardonnerai. Je l'ignorais jusqu'à aujourd'hui, mais elle est le bonheur de ma vie.

Dylan saisit fermement le bras de son ami.

— Tu n'es pas le premier à qui ça arrive. Je paie encore le prix de ma stupidité. C'était à la fac ! Tu te rends compte… Probablement étais-je trop jeune ! Mais c'est une autre histoire. En tout cas, si tu as une seconde chance, crois-moi, ne la laisse pas s'envoler.

Une infirmière sortit du bloc opératoire, chargée d'un petit paquet blanc.

— Monsieur Hawkins, je vous présente votre fille.

Michael blêmit.

— Ma fille ?

— Oui. Une adorable petite fille, affirma-t-elle, lui tendant ce qui ressemblait à une couverture soigneusement pliée. Elle va très bien.

Michael se pencha sur le minuscule visage tout fripé et dut prendre sur lui pour ne pas pleurer.

— Et la maman ? Comment va ma femme ?

— Le chirurgien est encore auprès d'elle. Tout ce que je peux vous dire, c'est que le bébé n'a pas souffert de l'accident. Je vous ferai signe dès que Mme Hawkins sera en salle de réveil. Nous avons dû procéder à une césarienne.

— Va-t-elle s'en sortir ?

L'infirmière acquiesça d'un hochement de tête.

— Elle l'a échappé belle... mais il semblerait que Mme Hawkins était vraiment décidée à mettre ce trésor au monde et à rester parmi nous pour en prendre soin !

Michael leva le bébé à hauteur de ses yeux et y vit le visage miniature de sa chère Kate. Des larmes qu'il ne tenta même pas de contrôler lui coulèrent sur les joues. Des larmes à faire fondre un cœur de pierre !

Une seconde infirmière apparut dans l'entrebâillement de la porte.

— Monsieur Hawkins ? Voulez-vous voir votre femme ?

Le bébé contre son cœur, Michael s'apprêtait à suivre la jeune femme quand Justin reparut, un gobelet fumant à la main.

— Justin, Kate est sauvée ! Le bébé va bien. C'est une fille. Et te voilà parrain d'honneur !

Plantant là son vieux copain stupéfait, Michael passa dans la salle de réveil.

Dès qu'il vit Kate, son cœur cessa de battre. « Elle est trop pâle ! se dit-il de nouveau en proie à une sourde angoisse. Elle ne vivra pas ! »

— Ne restez pas trop longtemps. Mme Hawkins a perdu beaucoup de sang et elle est encore très faible.

Une voix vaguement familière lui parvenait, cotonneuse et brouillée. Kate luttait pour s'en rapprocher. Pour comprendre.

— Chérie, j'abandonne. J'ai quitté la réunion sans même donner une raison à ces requins de Wayland ! Je démissionne. Tu es trop importante à mes yeux et je ne veux plus perdre une seconde de notre vie commune !

« Je rêve ! Ce ne peut être Michael… » Kate s'agita. Une douleur aiguë lui vrilla l'abdomen.

— Kate, mon amour, je t'en supplie, réveille-toi. Ne serait-ce que pour faire connaissance avec BB…

« BB… Notre enfant… » Kate tenta d'ouvrir les yeux. Ses paupières étaient lourdes… trop lourdes… Soudain, au travers du brouillard, elle reconnut le visage de Michael. Mais pourquoi lui tendait-il une couverture ?

— Mike ?

Il se pencha vers elle.

« Là, c'est sûr, je rêve ! Michael n'est pas homme à pleurer. »

— Holà, ma belle, ne te rendors pas ! Reste avec nous. J'ai besoin de toi, ma Kate. De tout temps j'ai eu besoin de toi, avant même de te connaître, tu es celle que j'attendais sans le savoir.

Kate sentit un poids sur sa poitrine.

— Mon bébé…

Instinctivement, elle saisit la minuscule main de l'enfant et commença à compter : un, deux, trois…

— Elle est parfaite, ma chérie. Notre fille est parfaite et elle te ressemble. N'oublie jamais : j'ai besoin de vous deux.

Plongeant son regard dans celui de son mari, Kate sut qu'elle avait eu raison de lui confier son destin.

*
**

L'heure du bain était le meilleur moment de la journée. Kate embrassa la jeune Michelle-Justine Hawkins.

— Voilà une jolie petite fille qui a bien de la chance ! Son papa est super… Il t'aime tant qu'il était prêt à abandonner son entreprise pour toi !

Michelle agita ses petits pieds et fit des bulles avec sa bouche.

— Il m'a dit que je lui avais redonné son cœur d'enfant.

Kate soupira et enveloppa BB dans une serviette moelleuse et chaude.

— Tout ce que je te souhaite, mon poussin, c'est de rencontrer un homme aussi amoureux que ton papa.

— Aucun doute, elle le trouvera ! assura Michael qu'elle n'avait pas entendu arriver. C'est génétique, poursuivit-il, cette petite a de qui tenir. Elle sera douée pour l'amour.

Kate se redressa et sourit.

— Comme tu rentres de bonne heure !

Michael posa un rapide baiser sur son front et prit l'enfant dans ses bras.

— Wayland ayant finalement accepté mes conditions, j'ai nommé un directeur adjoint… Comme ça, je peux profiter de mes petites femmes.

Il baissa les yeux vers Michelle qui bâillait.

— Elle a sommeil. Je vais la coucher et je te rejoins dans le salon.

Quelques minutes plus tard, Michael enlaçait amoureusement sa femme. Kate, les yeux clos, savourait chaque seconde avec délectation, persuadée de ne jamais s'en lasser.

Le célibataire à tous crins, l'homme d'affaires froid et exigeant s'était mué en mari modèle.

— La création du poste de directeur adjoint est une excellente idée, mais la meilleure que j'aie jamais eue de toute ma carrière, expliqua-t-il, a été de te recruter, de t'épouser et de… tomber amoureux de toi !

Kate se sentit fondre de bonheur.

— Au fait, dit-elle innocemment, nous avons reçu le bulletin mensuel de Granger.

— Ah bon !

Kate ne fut nullement dupe du ton faussement négligent de Michael.

— Il paraît qu'un généreux bienfaiteur a offert dix années de cookies à la cafétéria ! Je me demande bien qui a pu avoir une idée aussi farfelue !

— Tu me poses une colle !

Kate ne pipa mot. Que Michael garde son petit secret, ils avaient tant à partager dorénavant !

— Dommage, dit-elle malicieusement, j'avais prévu une surprise pour le généreux donateur.

— Quel genre de surprise ?

— Devine.

— Il me faudrait un indice.

— Disons qu'un pur esprit ne saurait te faire cette surprise !

Michael haussa les sourcils.

— Si c'est ce à quoi je pense, n'est-ce pas un peu tôt ?

— Ma gynéco m'a donné le feu vert.

Le regard de Michael se troubla.

— Dans ce cas, il n'y a pas une minute à perdre…, dit-il en l'enlaçant tendrement. La nuit est à nous.

— La vie est à nous, mon amour.

LEANNE BANKS

Un mariage à l'essai

INTÉGRALE
DES HOMMES D'EXCEPTION

Traduction française de
FRANCINE SIRVEN

SAGAS

HARLEQUIN

Titre original :
MILLIONAIRE HUSBAND

Ce roman a déjà été publié en 2007.

1

Encore une journée.

Et encore une bonne centaine de milliers de dollars.

Justin Langdon avait de quoi se réjouir, et c'est d'un pas alerte qu'il franchit les marches de l'école élémentaire Edward St. Albans — à peine perturbé par une tenace et lancinante douleur au creux de l'estomac. Le stress, bien sûr. Le stress d'un vrai champion de la finance, comme se plaisait à l'écrire dans ses colonnes le *St. Albans Chronicle*. Oui, se dit Justin en croquant son antispasmodique préféré, quelle invention géniale que la Bourse et ses coups de dés, ses coups de génie ! Jouer avec l'argent et les actions lui avait, un jour, ouvert toute grande la voie de la fortune !

Et après tout, ce n'était que juste retour des choses ! Dieu sait qu'il en avait bavé, pour devenir ce qu'il était aujourd'hui ! Dieu sait s'il lui en avait fallu des sacrifices, de la patience et de la perspicacité…

Il se souvenait comme si c'était hier de son enfance au Foyer Granger, puis de ses jobs de manutentionnaire, d'intérimaire à la petite semaine, et des efforts fournis pour faire fructifier chaque dollar gagné. Au point de passer tout son temps libre à surveiller le marché boursier !

Une époque de vaches maigres…

Mais tout cela avait fini par payer. Payer, c'était bien le mot.

Car Justin était aujourd'hui un des hommes les plus riches de son pays, un multimillionnaire, un milliardaire, quoi.

Désormais, il était à l'abri du besoin, des privations de toutes sortes dont il conservait une si dure impression. Et surtout, il n'était plus seul. A Granger, il avait rencontré Barrow et Hawkins, de vrais copains, ses meilleurs amis, en fait ; et ils s'étaient retrouvés, à l'occasion de la réunion des Anciens de Granger. Autour d'une bière, ils s'étaient confiés, parlant de leur état d'esprit, de l'effet de la fortune sur leur vie… et leurs états d'âme.

Conclusion, aucun des trois ne se sentait tout à fait comblé par la réussite.

Il leur manquait un petit quelque chose.

Une étincelle.

De l'adrénaline.

Alors, ils s'étaient mis d'accord. Plutôt que de passer le reste de leur vie à entasser toujours plus de dollars, façon Onc' Picsou, ils allaient penser un peu aux autres.

Ainsi était née la Fondation des Hommes en Or, un club très sélect de richissimes philanthropes.

Et voilà comment Justin se retrouvait, aujourd'hui, à l'école Edward St. Albans, afin d'étudier un projet de financement au bénéfice d'un programme d'activités extrascolaires pour gosses défavorisés.

Le programme valait-il vraiment la peine d'être soutenu ? L'école souffrait-elle réellement d'un manque de fonds, qui justifie que la Fondation fasse un don ? A voir…

Et ce maudit estomac qui n'en finissait pas de le brûler… De ce côté-là, ça n'allait pas fort, ce matin.

Justin parvint enfin à la porte d'une classe d'où fusaient les cris et les rires de bambins chahuteurs. Une femme — superbe, nota-t-il au passage — à la chevelure flamboyante scandait avec les plus petits de la classe une joyeuse comptine. Amy Monroe, probablement, se dit Justin, la responsable des activités de loisir. « Très sexy », songea-t-il de nouveau, charmé par le sourire chaleureux et communicatif de l'inconnue. Et quel enthousiasme, quelle énergie elle montrait à danser, à encourager ses protégés à chanter ! Lui qui ne supportait pas le bruit, il aurait volontiers rejoint le chœur des enfants et chanté avec eux, tant il trouvait Amy Monroe convaincante. Mieux : passionnée.

Justin grimaça de nouveau. Son estomac ne le laisserait donc pas en paix, ce matin ?

— Mais entrez donc, lui lança Amy Monroe au même moment.

Puis elle se tourna de nouveau vers les enfants et se remit à chanter.

Justin s'exécuta et pénétra dans la salle sur la pointe des pieds. Il alla aussitôt s'asseoir sur une chaise, bien trop petite pour lui. Puis il porta la main à son estomac. Il souffrait à présent un vrai martyre. Ce n'était plus ce mal d'estomac banal et familier mais une torture. Le stress, aggravé par le brouhaha ambiant, sans doute… Tant pis, se dit-il résigné, pestant contre la sale manie des enfants de se complaire dans le vacarme.

Justin ne détestait pas les enfants, non, pas vraiment. Néanmoins, il savait d'expérience qu'une épouse, puis une ex-épouse et des enfants constituaient la principale source d'ennuis financiers qu'un homme doive affronter. Là encore, les mauvais souvenirs ne manquaient pas ! Il revoyait sa mère dilapidant la pension versée par son père, les fins de mois qui tournaient au cauchemar… Résultat : Justin déménageait régulièrement au Foyer Granger, où on le prenait en charge quand sa mère ne pouvait plus le faire et que son père refusait de réapprovisionner.

Alors, tout petit, Justin s'était fait un serment : jamais plus il ne pâtirait d'une telle situation.

Autrement dit : il ne se marierait pas ; il n'aurait jamais d'enfant. Fin de l'histoire.

Son attention se porta de nouveau sur Amy Monroe. Le vœu

de célibat n'empêchait pas les rendez-vous galants, n'est-ce pas ? songea-t-il en se remémorant à point nommé les conseils de son ami Michael. « Oublie donc ton ordinateur, lui avait recommandé celui-ci. Sors un peu plus ! »

— Au revoir, les enfants ! Je vous retrouve jeudi, s'exclama à cet instant Amy Monroe. Nous apprendrons la fin de notre comptine.

Aussitôt, les enfants se précipitèrent hors de la classe, frôlant Justin comme une nuée d'abeilles bourdonnantes. Et, soudain, un silence aussi intense que brutal tomba sur la pièce.

Justin prit le temps d'apprécier le calme revenu ; puis il annonça la raison de sa présence :

— Je viens rencontrer Amy Monroe, responsable des activités extrascolaires.

— C'est moi. Et vous êtes sans doute Justin Langdon ? J'ai reçu un message m'avertissant de votre venue. Sans plus d'explications, d'ailleurs… Peut-être désirez-vous inscrire votre enfant ? dit-elle, visiblement intriguée.

— Mon enfant ? Oh ! pas du tout ! Pour dire les choses en bref, je suis chargé de procéder à l'évaluation du programme d'activités que vous avez déposé auprès de la Ville. Vous semblez très inspirée par votre travail… j'aimerais en savoir un peu plus. Puis-je vous convier à dîner… ce soir, peut-être, afin que nous en parlions ?

La première réaction d'Amy fut de céder à l'envie d'accepter l'invitation. Pourtant, elle se ravisa. Comme elle préféra, alors, ignorer l'intérêt immédiat qu'avait éveillé en elle Justin Langdon. Si séduisant, si sensuel…

Mais tant pis, si cela faisait une éternité qu'elle n'avait pas dîné en tête à tête avec un homme aussi troublant. Pour elle, c'était fini, les rendez-vous. Terminé.

Elle refusa donc.

— Désolée. C'est impossible.

— Alors, demain ? suggéra Justin.

— Non plus. En fait, je crains de ne pouvoir vous consacrer aucune soirée.

— Puis-je vous demander pourquoi ? s'enquit Justin.

— Pour trois bonnes raisons. La première a cinq ans, les deux autres ont trois ans ! Mes enfants, simplement.

... Ou, plus exactement, les enfants de sa sœur, depuis l'accident où elle et son mari avaient trouvé la mort.

Justin parut surpris. Incrédule même, lui sembla-t-il.

— Trois enfants ? s'étonna-t-il. Je n'ai pas remarqué d'alliance.

— Parce que je ne suis pas mariée. Et je ne l'ai jamais été.

— Je comprends..., dit Justin, avant de se mordre la lèvre.

Car, à ce moment, son estomac se tordait comme un démon. Il en eut le souffle coupé et c'est avec difficulté qu'il demanda :

— Où puis-je m'isoler ?

— Heu... Eh bien, là, derrière vous, dit Amy en désignant une porte au fond de la salle.

Amy ne le quittait pas des yeux, plus inquiète qu'intriguée de ce rictus qui déformait à présent ses traits.

— Tout va bien ? demanda-t-elle doucement.

En guise de réponse, il gémit de douleur et, sans plus tarder, s'éloigna.

Amy se renfrogna. En général, la seule évocation de trois enfants suffisait à rebuter les hommes — elle avait l'habitude. Mais elle n'aurait jamais imaginé que cela puisse provoquer un malaise ! Justin Langdon semblait franchement pris de nausée. Pire : voilà qu'à présent il était victime d'une quinte de toux !

Tout de même, la mention de trois enfants ne pouvait pas être responsable de cette crise... Un brusque accès de panique s'empara d'Amy.

— Monsieur Langdon ? Justin ? Un problème ? s'enquit-elle en s'approchant.

Une nouvelle quinte de toux finit de l'affoler. Elle frappa avec insistance à la porte.

— Monsieur Langdon, puis-je entrer ?

Sans attendre de réponse, elle poussa la porte. Et n'en crut pas ses yeux ! Où était donc passé le séducteur, l'homme qui, quelques minutes plus tôt, l'avait tant troublée par sa prestance ? Devant elle, pâle et recroquevillé, Justin Langdon serrait les dents pour ne pas crier. Il avait l'air épuisé. Et, dans ses mains, il tenait un mouchoir taché de sang.

— Vous saignez du nez ?

— Non… la toux…

Amy prit vite une décision. Si elle ignorait de quoi ce saignement était le symptôme, elle savait par contre qu'il ne présageait rien de bon !

— J'appelle les secours, dit-elle.

Justin tenta de prendre sur lui quand la menace d'une nouvelle quinte le fit frissonner. Il consacra alors toute son énergie à contenir cette satanée toux, luttant contre le vertige qui le saisissait et le plongeait dans un épais brouillard, un peu comme dans un rêve. Puis, il se laissa guider.

Presque inconscient, il sentit le bras d'Amy le saisir fermement par la taille. Comment parvint-elle à le traîner ainsi jusqu'au parking, cela resterait un mystère. Toujours est-il qu'il se retrouva bientôt assis à côté d'elle, dans sa voiture — une Coccinelle, plus toute jeune, soit, mais un vrai bolide. Amy traversa la ville sur les chapeaux de roues, pestant au passage contre des automobilistes bien trop lents à son goût. Drôle de conduite, nota Justin.

Mais ce n'était pas sa préoccupation prioritaire, certes non ! Son estomac l'inquiétait bien davantage. La douleur devenait intolérable et Justin éprouvait maintenant le plus grand mal à respirer. Quelle honte… Quel spectacle il offrait à Amy Monroe ! Donner le change ? Non, décidément, c'était au-dessus de ses forces.

— Respirez, chuchota-t-elle.

— Plus tard, rétorqua-t-il dans une pauvre tentative pour faire de l'humour.

— Non, reprit-elle. Respirez, maintenant ! Vous êtes trop

tendu. Et cela amplifie la douleur. Respirez profondément, la douleur s'estompera.

— Je voudrais bien, articula Justin, au bord de l'asphyxie.

Et soudain, il sentit ses paupières s'alourdir. Peser comme si une main invisible et implacable voulait les clore de force. Ah, s'il avait pu se reposer un peu, quelques minutes…

— Monsieur Langdon ? Justin !

Maintenant, il ne cherchait même plus à ouvrir les yeux. La torpeur l'emportait, doucement, doucement…

— L'hôpital est tout près, reprit Amy. Tenez le coup.

Hélas, jamais Justin n'avait ressenti une telle fatigue… Il devait absolument remercier Amy pour son aide, se disait-il pourtant confusément. Il fit alors un effort surhumain pour parler. Rien… aucun mot ne franchit ses lèvres. Il était terrassé par la souffrance, vaincu par l'épuisement.

Quand la voiture stoppa, dans un crissement de frein bruyant, Justin eut vaguement conscience d'une agitation fébrile autour de lui. De loin, de très loin, des voix lui parvenaient.

— … Du sang. Il crache du sang, expliquait Amy. Je crois que l'estomac est touché.

— … Un ulcère. Vite, au bloc ! décida alors une voix masculine.

Justin essaya de se manifester. Peine perdue. Il ne parvint qu'à entrouvrir les yeux. Et son regard voilé rencontra celui d'Amy, manifestement très angoissée.

— Merci, souffla-t-il.

Aussitôt, elle posa un doigt sur sa bouche desséchée :

— Ne gaspillez pas vos forces. Respirez, je vous en prie, supplia-t-elle en lui donnant un tendre baiser sur la joue.

Maintenant, Justin était allongé sur une civière. On l'emmenait, le conduisait précipitamment à travers les couloirs de l'hôpital. De nouveau, la douleur s'intensifia. Il ferma les yeux, et sombra, une seconde fois.

— Au bloc, vite ! cria une voix féminine.

Ce fut le dernier son qu'il put capter avant de perdre totalement connaissance.

Dans le brouillard qui l'enveloppait, une vision déchira le voile : Michael et Dylan, ses plus chers amis, hochaient tristement la tête.

— Si jeune, disait Michael.

— Toute une vie passée à travailler, à courir après l'argent…, renchérissait Dylan.

— Et tout ça pour quoi ? Car il n'y est jamais arrivé, commentait Kate, l'épouse de Michael. Oh ! il manquait peu de chose en vérité, mais il ne l'a jamais été.

Arrivé à quoi ? s'interrogea Justin, du fond de son coton.

— Il s'est pourtant battu, ajoutait Dylan.

Battu pour quoi ? se demanda encore Justin.

Michael continuait :

— Je ne peux pas croire qu'il n'ait pas rédigé de testament. Mon Dieu, il se retournera dans sa tombe quand il saura ce que le gouvernement compte faire de sa fortune.

Testament !… Une terreur sans nom s'empara de Justin, impuissant. Non, il ne s'était jamais préoccupé de testament, puisqu'il avait tout le temps ! L'éternité devant lui… Un vent glacial le fit frissonner. Mort ? Donc, il était mort ?

Kate essuya une larme.

— J'espérais tant pour lui. Quel gâchis ! N'avoir jamais aimé ! C'est trop cruel, disait-elle en se blottissant dans les bras de Michael.

Bien triste oraison funèbre, songea Justin. Il vit défiler toutes les choses que, vivant, il avait remises à plus tard… Et, brutalement, il éprouva l'incroyable sensation que le vide l'engloutissait, impitoyablement.

Sa gorge se serra. Avait-il seulement vécu ? Il avait usé sa vie à accumuler des dollars, à faire fructifier sa fortune, mais qu'avait-il fait de l'essentiel ? N'avait-il pas vécu que pour lui-même, obsédé par sa sécurité financière. Seul, en fin de compte ? Seul et terriblement égoïste !

Et ses regrets n'y pourraient rien changer ; à moins…

Il envoya un message aux vivants.

« Nom d'un chien. J'ai tout gâché. Accordez-moi une seconde chance… »

Mais pourquoi donc accorderait-on une seconde chance à un homme comme lui ? Le méritait-il, au fond ? On serait bien généreux d'exaucer ses vœux, et magnanime… encore des qualités dont Justin se savait totalement démuni. Alors, il se concentra aussi fort qu'il le pouvait et se fit un serment solennel :

« Si on daigne me donner une seconde chance, je fais la promesse de vivre. De vivre vraiment. »

Mais qu'est-ce qui pesait donc si lourd sur ses paupières ? Justin aurait juré, à cet instant, qu'elles étaient scellées. Ce ne fut qu'au prix d'un immense effort qu'il parvint enfin à entrouvrir les yeux.

— Regardez ! Il se réveille ! s'exclama une voix chaleureusement familière.

— Hé, Justin ! Te revoilà parmi nous ! s'écria une deuxième voix, tout aussi chaleureuse.

Le temps d'un battement de cils, et Justin émergea du brouillard. Devant lui se tenaient Michael et Dylan.

— Quelle peur tu nous as faite ! dit Michael sans chercher à dissimuler son anxiété.

Michael… il semblait parfois à Justin que son ami avait gagné en humanité depuis son mariage, depuis la naissance de sa fille, pour être juste…

— Je sais bien que tu n'es pas très enthousiaste pour faire une donation à l'école St. Albans, plaisanta alors Dylan, mais ce n'est pas une raison pour te retrancher à l'hôpital…

Justin voulut rire mais ne réussit qu'à former un pauvre

rictus. La douleur lui transperçait littéralement le flanc. Dépité, il chuchota :

— Dylan, un peu de pitié.

— Tu as la tête de quelqu'un qui s'est fait renverser par un semi-remorque, nota son ami.

— Je te remercie, murmura Justin, un sourire forcé aux lèvres.

— Mais c'est la vérité, insista Dylan, avec le plus grand sérieux. Regarde-toi ! Tu devrais faire plus attention à toi. Je ne voudrais pas qu'il t'arrive malheur. Tu es insupportable, mais, au fond, tu as bon cœur.

— Bof…, murmura Justin en repensant à ce rêve étrange qui, peu de temps auparavant, lui avait renvoyé de lui une image peu flatteuse.

— Ne m'en veux pas, continua Dylan, la voix pleine de regrets. Je dois te quitter : j'ai un avion à prendre. Impossible d'annuler ces vacances.

— Rio ? Paris ? demanda Justin.

Sacré Dylan. Il ne tenait pas en place. Toujours par monts et par vaux. A croire qu'il fuyait quelque chose. « Lui-même, peut-être », songea Justin.

— Ni l'un ni l'autre. Les Caraïbes. Un week-end à Belize. Et si tu m'y rejoignais ? Dès que tu seras sur pied ?

— Blonde ou brune ? l'interrompit Justin.

Dylan réprima un sourire :

— Que vas-tu imaginer ? J'avais invité Alisa Jennings, mais elle m'a laissé tomber… Pour la troisième fois ce mois-ci !

— Aïe ! C'est ton ego qui doit mal le supporter !

— Je suppose que je l'ai mérité. Tant pis ! Je vais pêcher, faire un peu de plongée. Réfléchir, confia Dylan.

Il jeta alors un rapide coup d'œil à sa montre — en or, bien entendu — et s'approcha de Justin.

— Prends bien soin de toi, mon vieux. Je vois que ça va mieux, je pars plus tranquille. Je te verrai à mon retour. Salut, Michael !

Sitôt que Dylan fut sorti, Justin croisa le regard de Michael. Un regard scrutateur.

— A quoi penses-tu ?

— Je me disais qu'il semble tenir à Alisa.

— C'est vrai que je suis très étonné de ne pas le voir déjà au bras d'une autre conquête.

— Je crois que ce qui l'unit à Alisa est bien plus fort qu'il ne veut l'admettre.

— Je suis de ton avis. Mais assez parlé de Dylan. Tu parais fatigué. Je vais te laisser te reposer…

— Encore quelques minutes, supplia Justin. Je… je crois bien que j'ai failli y passer.

— Exact !

Malgré la douleur qui semblait se réveiller, Justin murmura :

— J'ai repensé à toutes ces choses que je n'ai jamais faites.

— Comme d'aller à Belize ? plaisanta Michael.

— Non ! Des choses bien plus essentielles, avoua Justin. Dis-moi, Michael, toi, où puises-tu la sérénité, maintenant ?

— C'est tout simple. De Kate et de notre bébé. Tout le reste n'est qu'accessoire. Même si toi et Dylan m'êtes chers, s'empressa-t-il d'ajouter. Kate a l'habitude de dire que l'argent fausse les rapports humains. J'ai fini par comprendre… Allez, repose-toi à présent !

Justin se rendit à peine compte du départ de son ami. La fatigue reprenait le dessus. Un moment encore, il pensa aux paroles de Michael. Vraiment, le fait d'être marié et père de famille expliquait-il une telle sérénité ? Il avait du mal à le croire…

Déjà trois semaines, songea Justin en repensant à son malaise. Tout allait bien mieux, à présent. Oh ! bien sûr, il ressentait, à cet instant, une drôle de sensation au creux de l'estomac, mais, grâce au ciel, cela ne venait pas de son ulcère. Plutôt de…

Soudain, apercevant la Coccinelle, il ralentit. Il avait fini par trouver l'adresse d'Amy Monroe. Il emprunta lentement l'allée puis coupa le moteur.

Le quartier était charmant, avec ses vieilles demeures, ses chênes centenaires et ses saules pleureurs. Ici et là, des enfants jouaient.

Justin saisit le bouquet de roses délicatement posé sur le siège avant, et sortit de sa voiture. Sans hâte, il se dirigea vers le porche et pressa la sonnette. Une petite fille sagement nattée apparut. L'enfant toisa Justin avant de s'écrier :

— Un homme devant la porte !

A ce moment, Justin vit accourir deux autres bambins qui se plantèrent là, devant lui, sans complexe. L'un deux suçait consciencieusement son pouce. Des jumeaux, nota Justin, remerciant du même coup le ciel d'être épargné par la paternité.

Amy était maintenant devant lui. Nature, décontractée. Un short dénudait superbement ses jambes galbées. Son regard, perplexe, alla de Justin au bouquet de fleurs, et retour. De toute évidence, elle ne s'attendait pas à sa visite et, un instant, Justin craignit même d'être importun. Mais Amy lui sourit. Un sourire irrésistible, bouleversant. Sincère.

— Entrez donc ! dit-elle enfin. J'ai téléphoné à l'hôpital à plusieurs reprises. Je me demandais si vous aviez survécu à ma façon de conduire ! Comment allez-vous ? Il s'agissait bien d'un ulcère ?

— Je vais beaucoup mieux, répondit Justin. Oui, c'était bien un ulcère. Je suis sous antibiothérapie.

Il était bien le seul responsable de sa mésaventure, songea-t-il. Quelle négligence ! Chacun sait pourtant qu'un simple traitement préventif protège des crises aiguës…

— Les hommes détestent aller chez le médecin, n'est-ce pas ? lança Amy, taquine, comme si elle avait lu dans ses pensées.

— Je ne fais pas exception à la règle, en effet, admit-il, penaud, en lui tendant le bouquet de roses. C'est pour vous. Vous m'avez sauvé la vie. Merci.

Des roses contre la vie… Justin avait bien conscience

que quelques fleurs étaient peu de chose, comparé à l'aide que lui avait apportée Amy. Et il comptait bien manifester sa reconnaissance autrement. D'ailleurs, il avait déjà en tête plusieurs projets.

— Il ne fallait pas, dit Amy en prenant le bouquet.

Les jumeaux s'agrippaient maintenant à ses jambes et fixaient Justin, méfiants, comme s'ils percevaient en lui un vague danger. Comme s'ils craignaient qu'il n'emmène Amy, loin d'eux. Oh ! il comprenait que les deux bambins s'accrochent ainsi à elle. Il comprenait qu'un tel mélange de dynamisme et de douceur féminine charme les petits garçons. Comme les plus grands. Oui, il comprenait que l'on soit envoûté par tant de sensualité.

— Allez, les garçons ! s'exclama-t-elle. Monsieur Langdon, laissez-moi vous présenter mes enfants. Voici Jeremy, Nick et Emily. Les enfants, regardez ces roses, comme elles sont belles. Emily, ma chérie, voudrais-tu me trouver un vase ? Sous l'évier, je crois. Et que tout le monde aille se laver les mains ! C'est bientôt l'heure du repas !

Les jumeaux se précipitèrent à l'intérieur, semble-t-il très excités par cette annonce.

— Aujourd'hui, c'est beignets de poulet, expliqua Amy à Justin, visiblement perturbé, par toute cette agitation. Ils adorent ça ! Et je tiens à ce qu'ils gardent l'appétit. Surtout après ce qui est arrivé… le décès de ma sœur et de son époux.

— Votre sœur est décédée récemment ? s'enquit Justin.

Amy confirma, d'un signe de tête. Le chagrin atténua un instant l'éclat de son regard.

— Avec son mari, oui. Un accident de la route.

— Mais alors… les petits… ce ne sont pas vos enfants ? reprit Justin, interloqué par cette nouvelle.

— Si, ce sont les miens, maintenant, rétorqua-t-elle. Et ils resteront avec moi ! N'en déplaise à l'assistante sociale qui ne semble guère apprécier mon mode de vie et trouve à redire sur mon âge.

Justin ressentit à ce moment une impression désagréable.

Le récit de ce drame le mettait mal à l'aise. Comme s'il n'était pas prêt à l'entendre. « Quelle tragédie, songea-t-il, orphelins, si jeunes… »

Il s'apprêtait à manifester sa compassion quand, telle une fusée, Emily reparut et vint s'agripper désespérément à Amy. Celle-ci se pencha vers la petite fille qui lui chuchota quelque chose au creux de l'oreille. Amy se redressa et, avec un sourire à la fois amusé et malicieux, expliqua à Justin :

— Emily voudrait savoir si vous aimeriez partager notre repas ? Mais peut-être que des beignets de poulet ne sont pas conseillés, dans votre état…

Justin ne répondit pas tout de suite, fasciné qu'il était par le regard d'Amy autant que par celui d'Emily. Les yeux de la fillette restaient empreints d'une profonde tristesse. De celle que lui aussi, probablement, avait éprouvée, enfant, lorsque sa mère l'abandonnait à l'orphelinat. Mais tout cela était bien loin ! Stocké dans un coin de sa mémoire. Sous clé.

Et puis, pour l'heure, Justin était surtout troublé par le regard d'Amy. Nulle tristesse, dans ces prunelles-là ; plutôt une lueur de provocation. Rester dîner ? se dit-il. Pourquoi pas ? Honnêtement, il en avait envie. Et les activités extrascolaires d'Edward St. Albans constituaient un alibi en or pour accepter l'invitation, sans paraître trop empressé !

— J'en serai enchanté, dit-il alors.

— Sûr ? demanda Amy.

Inutile d'en rajouter. Justin comprit que cette question en cachait d'autres. « En aurez-vous le courage ? Supporterez-vous d'affronter mes trois petits diablotins », voilà ce qu'elle voulait dire exactement — il l'aurait juré. Oui, elle le narguait, de toute évidence, le mettait à l'épreuve et au défi de surmonter ce repas de famille !

Alors, son sang ne fit qu'un tour. Il était homme à ne jamais reculer devant un défi, justement ! Peu de gens avaient sa détermination. Sa volonté farouche. Quoi qu'il lui en coûte, la difficulté, le risque et le danger le stimulaient. Cela lui avait valu une excellente scolarité et permis, par le passé, de traverser ses années de misère. Ne possédait-il pas, aujourd'hui, une fortune ?

Quelque chose chez Amy Monroe titillait en lui ce goût du challenge, cette passion de gagner. Alors, comme ça, cette femme au regard pétillant, au corps terriblement sensuel, et sa ribambelle d'enfants le défiaient ? Eh bien, lui, Justin, allait relever le gant ! Il se sentait le courage de rester.

En fait, sans qu'il sache lui-même pourquoi, il ne désirait plus, en ce moment, que relever tous les défis qu'Amy voudrait bien lui lancer !

Tous, sans exception.

2

— J'aimerais élargir le secteur des activités de loisir à d'autres écoles du quartier, expliqua Amy, tout en rattrapant, de justesse, la tasse qui venait d'échapper à Jeremy. Mon projet, ajouta-t-elle, est d'étendre ce programme à tout le pays. Mais mon vœu le plus cher serait déjà de voir mes activités inscrites au programme de toutes les écoles de l'Etat.

Elle se tut, craignant que Justin ne la trouve un peu trop ambitieuse. Cependant, sans qu'elle puisse vraiment en analyser les raisons, elle sentait confusément qu'il pouvait comprendre son rêve. Il se montra pourtant gentiment moqueur.

— Amy, Impératrice des enfants, déclama-t-il.

Derrière le ton taquin, elle décela un cynisme qui la troubla. Oui, Justin avait le comportement d'un cynique ! Un cynique, en tout cas, follement séduisant.

— Moquez-vous, répliqua-t-elle gentiment. Vous savez, je me bats depuis longtemps contre l'illettrisme et, grâce à ce programme, de nombreux enfants connaissent maintenant le bonheur de lire et d'écrire. Mais il faudrait faire plus encore !

— Que vous manque-t-il ? De l'argent ?

— Notamment ! Les professeurs intéressés par le projet ne sont pas tous disposés à faire du bénévolat. Un peu de publicité ne me ferait pas de mal. Pour dénicher un mécène ou un sponsor… Mais depuis que je suis maman, j'avoue que j'ai mis tout ceci entre parenthèses, dit-elle en posant un regard tendre sur les trois bambins.

Le petit Nick choisit ce moment pour se tortiller sur sa chaise, visiblement contrarié par ces discours de grandes personnes, interminables et sans intérêt.

— Et si tu allais prendre ton bain ? lui lança Amy.

— Euh… j'aurais bien voulu un peu de dessert, chuchota Nick, tout contrit.

— Allez, file ! Je t'en mettrai de côté. Promis.

Nick disparut, l'air rassuré.

— Il éprouve beaucoup de mal à rester en place, expliqua Amy. Dites-moi, le chocolat ne vous est pas interdit ?

— J'ai droit à tout ce qui me fait plaisir, expliqua Justin d'une voix grave, réalisant au même moment toute l'ambiguïté de sa réponse.

Elle ne releva pas, fascinée par son sourire, toujours aussi sensuel. Son regard reflétait un tel appétit de la vie… Perdue dans ses pensées, Amy se raisonna. Se laisser troubler ainsi, alors qu'elle n'était célibataire que depuis moins de six mois ? Allons, un peu de sérieux ! Elle s'éclaircit la gorge et lança :

— Parfait ! Alors, je vous offre une part de gâteau. Fait par Emily et moi-même.

Nick resurgit soudain, haletant.

— Je suis là !

— Déjà débarbouillé ? s'étonna Amy.

Silencieux, le petit garçon baissa la tête. Pris en flagrant délit de mensonge par omission !

— Allez, s'il te plaît ! Tu y retournes. Et utilise le savon, dit-elle en caressant les cheveux ébouriffés du bambin.

— Dis, monsieur, toi aussi tu t'occupes des enfants ? demanda alors Emily.

Amy, manifestement aussi curieuse que sa petite nièce, lança un regard furtif en direction de Justin.

— Non, moi, je vends des actions, précisa Justin.

— Ah ? s'étonna Amy. Et chez quel courtier ?

— Je vends par ordinateur interposé, répondit-il, désinvolte.

Amy le dévisagea. Plus intensément cette fois. Curieux ! Justin n'avait pas vraiment le profil du *trader*.

— Et que faites-vous quand les cours s'effondrent ?

— Je profite !

— Vous profitez ? répéta Amy tout en servant à son hôte une part généreuse de gâteau.

— Oui. Tout le monde brade, et moi, j'achète. En espérant bien revendre plus tard les mêmes actions… pour dix fois plus.

— J'y comprends rien, se lamenta Nick déjà revenu.

— Tu comprendras plus tard, affirma Justin. Et tu verras qu'ici tout le monde peut faire fortune à vendre du vent. A condition d'en avoir la volonté et de savoir prendre des risques.

— Comme celui d'attraper un ulcère ? ironisa Amy.

— Heu… oui, ça fait partie des risques, convint-il, amer. Mais être sans le sou ne vous met pas pour autant à l'abri d'un ulcère.

— C'est quoi un ulcère ? interrogea Emily.

— Quelque chose qui fait mal au ventre, expliqua Amy.

— Moi, quand j'ai mal au ventre, je vomis, lança Jeremy avant de lorgner avec envie sur le gâteau. Mais, en ce moment, je n'ai pas mal du tout ! ajouta-t-il. Mon ventre va même très bien.

— Mon ventre à moi va mieux que le tien, s'écria Nick.

Et les deux frères entamèrent alors une chamaillerie que leur sœur interrompit avec autorité.

— Si vos ventres ne se calment pas tout de suite, ils seront privés de gâteau.

La menace eut pour effet de faire taire immédiatement les jumeaux.

Juste une petite minute. Jusqu'à ce que quelqu'un sonne à la porte.

— J'y vais ! s'écria la fillette en s'élançant hors de la cuisine.

Amy présenta aux garçons une part de gâteau et s'interrogea tout haut :

— Qui donc cela peut-il être ?

— C'est Mme Hatcher ! hurla Emily depuis l'entrée.

Amy éprouva le plus grand mal à réprimer sa contrariété.

— Hatcher ? questionna Justin.

— L'assistante sociale. Je crois qu'elle ne m'apprécie pas beaucoup.

— Et pourquoi une assistante sociale ? Vous êtes bien la plus proche parente des enfants, non ?

— Ma sœur n'avait pas fait de testament… Oh ! tout cela est si compliqué.

Son regard se porta à ce moment sur le gâteau. Elle fronça les sourcils et murmura :

— Elle va probablement me maudire pour ce gâteau.

— Pardon ? Et pourquoi donc ? s'enquit Justin.

— Oh ! elle critique tous mes faits et gestes.

Elle s'interrompit. Le martèlement des talons de Mme Hatcher se fit plus distinct. Amy se composa un large sourire.

— Madame Hatcher, quelle bonne surprise ! Nous en étions juste au dessert. Vous vous joindrez bien à nous ?

La nouvelle venue, une femme d'un certain âge — sèche et acariâtre, estima aussitôt Justin —, jeta un regard glacial aux jumeaux. Puis, ses yeux s'attardèrent sur la table où trônait le gâteau au chocolat ;

— Du sucre, à cette heure ? C'est plutôt indigeste pour des enfants qui, d'ailleurs, devraient déjà être au lit, lança-t-elle avant de se tourner vers Amy. Et ce n'est pas très prudent de laisser Emily aller ouvrir la porte toute seule. Vous devriez le savoir.

— J'étais en train de découper…

Amy ne finit pas sa phrase. Pourquoi donc se sentait-elle toujours prise en faute, avec Mme Hatcher ? Soit, elle n'avait aucune expérience en tant que mère ; pourtant, au fond d'elle, elle savait qu'elle pouvait apporter à sa nièce et à ses neveux tout ce dont un enfant a besoin.

— Comme vous avez pu le remarquer, madame Hatcher, Emily n'ouvre jamais la porte avant de savoir à qui elle a affaire. N'entrent que les personnes qu'elle connaît. Y a-t-il autre chose que je puisse faire pour vous ? ajouta-t-elle sèchement.

— Je venais simplement vous annoncer que les services sanitaires doivent vous rendre visite. La semaine prochaine, bredouilla l'importune, de mauvaise grâce.

A cette nouvelle, Amy se détendit. « Enfin, se dit-elle, la situation se débloque. »

— Merveilleux, une nouvelle étape de franchie !

— Il en reste bien d'autres, siffla Mme Hatcher en dévisageant Justin.

— Justin Langdon, dit celui-ci en tendant la main. J'ai fait la connaissance d'Amy par le biais de son activité dans les écoles. Je suppose que vous avez entendu parler de son travail ? Fabuleux, vous ne trouvez pas ?

Amy se tourna vers lui, manifestement surprise de le voir prendre position pour elle. Il la regarda à son tour et ressentit un subtil pincement au cœur.

— Je sais parfaitement de quoi Mlle Monroe est capable, marmonna, dédaigneuse, Mme Hatcher. Vous me raccompagnez ? ajouta-t-elle enfin à l'attention d'Amy.

Celle-ci lui emboîta aussitôt le pas, pressée de voir s'en aller cet oiseau de mauvais augure.

Une fois Mme Hatcher partie, Amy s'adossa un instant à la porte. « Bizarre comme la présence d'une seule personne suffit parfois à gâcher la joie de toute une assemblée », songea-t-elle.

Pourquoi cette femme la détestait-elle ? C'est vrai, leur première rencontre avait été catastrophique.

Comme les suivantes, d'ailleurs.

Amère, voilà comment Amy qualifiait l'attitude de Mme Hatcher, amère et… frustrée. « Parce que je suis plus jeune qu'elle. Parce que je ne suis pas mariée et que toutes les possibilités restent ouvertes », se dit Amy. Du coup, tout était prétexte à critique. Et Mme Hatcher n'avait qu'une idée : lui mettre des bâtons dans les roues ! Mais elle n'avait pas le droit de s'opposer à ce qu'Amy obtienne la garde des enfants !

Amy soupira puis se décida à retourner dans la cuisine. Les

jumeaux léchaient avec délectation leurs doigts dégoulinant de chocolat. Emily, de son côté, avait dévoré toute la partie meringuée du gâteau. De vrais gloutons ! Mais ils semblaient si heureux, à cet instant. Le cœur d'Amy chavira. Que Dieu lui vienne en aide ! Elle les aimait tant, tous les trois…

— Nous lui avons réglé son affaire, lança Justin en désignant son assiette vide.

Amy rencontra à ce moment le regard de Justin. Un regard complice. Affectueux, même, lui sembla-t-il. Comme si Justin lisait dans ses pensées et cherchait à la réconforter.

— Je vois. Dites, les enfants, il est l'heure d'aller au lit.

Les trois intéressés affichèrent aussitôt une moue grognonne.

— Pourquoi la dame est de mauvaise humeur ? interrogea alors Nick.

— Elle est fâchée parce que tante Amy a frôlé son pare-brise avec la batte de base-ball, rétorqua Emily sur un ton grave.

Amy nota à ce moment sur le visage de Justin une expression de stupéfaction. Elle rougit et, doucement, chuchota :

— Je me suis excusée et… j'ai payé les réparations.

— Oui, mais elle est toujours fâchée, insista Emily.

— Elle aurait peut-être voulu du gâteau ? suggéra Jeremy. Moi, j'en voudrais bien aussi.

— Non, mon chéri, reprit Amy, pas question ! Allez, le premier couché aura droit à une histoire !

Sans plus se faire prier, les trois enfants se ruèrent d'un seul élan hors de la cuisine. Un silence pesant emplit soudain la pièce.

— Euh… Vous avez cassé le pare-brise de Mme Hatcher ?

— Eh bien, oui. Mais c'était un accident, répondit Amy en s'apprêtant à débarrasser la table. En réalité, je jouais avec les enfants dans l'allée.

— J'imagine sa réaction ! C'est étrange, cette femme me rappelle quelqu'un…

— Il ne s'agirait pas d'Attila, par hasard ? plaisanta Amy.

— Non. Elle me fait penser à une sorcière. Avec un cœur…

en acier trempé, dit Justin. Dites-moi, peut-elle réellement vous empêcher d'obtenir la garde des enfants ?

— Je ne pense pas, répondit Amy. Elle peut simplement rendre les choses plus difficiles. En fait, elle me déteste. C'est viscéral. Elle me trouve trop jeune, trop indépendante, trop… libre.

Involontairement, elle insista plus particulièrement sur ce dernier mot. Oui, elle était libre, sans attache ; et elle comptait bien le rester.

— Et vous paraissez un peu trop bien dans votre peau, ajouta Justin avec cette voix de baryton, si drôle et si troublante en même temps. Vous dégagez une joie de vivre qui doit l'agacer. Elle est tout bêtement jalouse. De votre énergie, de votre allure…

« De votre allure. Quelle agréable manière de faire un compliment », songea Amy.

— Et qu'a-t-elle donc, mon allure ?

— Un je-ne-sais-quoi qui ne peut qu'irriter la gent féminine, rétorqua Justin.

— Vous croyez que Mme Hatcher voudrait me ressembler ?

— Probable.

Amy plongea son regard dans les yeux verts de Justin. Si clairs, si pétillants. Elle aspira un bref instant à une autre vie. Depuis combien de temps n'avait-elle croisé un homme digne d'intérêt ? Elle vivait quasiment en recluse. Loin des jeux de l'amour, depuis une éternité, lui semblait-il. Oui, depuis des mois, elle ne pensait plus en femme, mais en mère. Et c'est Justin qui lui avait fait prendre conscience de cela, se dit-elle, passablement irritée. Pourquoi lui ?

« Splash ! »

Les enfants ! Ils la rappelaient à l'ordre, sans ménagement. Tous trois étaient en effet dans la salle de bains. Seuls !

Voilà, décidément, elle n'avait ni le temps ni la disponibilité pour une amourette. Tant pis, le souvenir de cette rencontre lui tiendrait compagnie, les longues soirées d'hiver.

— Merci de votre visite, Justin Langdon.

Et, sans plus de formalités, sur un coup de tête, elle l'embrassa. Non pas sur la joue, comme les règles de la bienséance l'auraient exigé, mais sur la bouche. Un baiser furtif, offert à la dérobade. Les lèvres de Justin étaient brûlantes, suaves. Sucrées par un léger parfum de chocolat. Puis, aussi vivement qu'elle s'était approchée, Amy s'écarta.

— Vous embrassez tous les hommes dont vous sauvez la vie ?

— J'ai rarement sauvé la vie de quelqu'un, répondit-elle, à présent gagnée par l'embarras. Je voulais vous remercier. D'avoir parlé à Mme Hatcher en ma faveur.

— Tante Amy ! hurlèrent les jumeaux.

— Je dois vous laisser, chuchota-t-elle en s'efforçant de mettre un peu d'ordre dans ses sentiments.

Triste et soulagée en même temps, Amy attendait confusément quelque chose. Qui ne vint pas.

— Bien… Vous retrouverez la sortie ?

Justin fit un signe de la tête et la regarda, intensément.

— Alors, bonne nuit. Et ménagez votre ulcère, dit-elle en l'abandonnant.

Elle laissa tout en plan, dans le plus grand désordre. La table, les assiettes… Elle aurait tout le temps de ranger, par la suite. Quand il serait parti.

Trois histoires, quelques chansons et une tonne de câlins plus tard, Amy ferma la porte de la chambre des enfants. Couchés, enfin endormis ! Elle inspira profondément, s'imprégna du silence qui régnait maintenant dans la maison. La nuit serait sereine.

La fatigue pesa plus lourdement sur ses épaules. « Je peux y arriver ! se dit-elle. Je peux donner à ces enfants tout ce dont ils ont besoin. »

Amy s'était toujours considérée comme une battante. Suffisamment forte pour affronter toutes les situations.

Pourtant, il y a peu encore, elle n'imaginait pas que le rôle de mère soit si éprouvant. Si exclusif.

— Cesse de te lamenter sur ton sort, grommela-t-elle, agacée par ce moment de faiblesse passagère.

Elle ne pouvait se permettre de se laisser aller. Elle était fatiguée ? Eh bien, ça passerait ! Du moins, elle l'espérait.

Elle se dirigea vers la cuisine. Allez, un peu de courage. La vaisselle ne se ferait pas toute seule ! Elle s'apprêtait déjà à assumer cette corvée, quand elle se figea, stupéfaite. Non, elle ne rêvait pas. Les assiettes, la table… la cuisine se trouvaient dans un état impeccable. Justin ! Il avait tout nettoyé avant de s'en aller.

Son cœur s'accéléra. Machinalement, elle passa la main sur la table. Ce Justin était une énigme plutôt séduisante, se dit-elle, songeuse. Et, en une autre vie, elle aurait peut-être pris le temps de résoudre l'énigme.

Mais, dans le présent, il y avait les enfants.

Justin monta nonchalamment l'escalier. Le quartier était paisible, en ce début de nuit. Comme à toutes heures de la journée, d'ailleurs. Il avait la chance d'habiter un quartier chic, sûr. Et quel silence dans l'appartement, nota-t-il en pénétrant chez lui.

Pourtant, après le vacarme et le chaos qui résonnait dans la maison d'Amy, il éprouva une sorte de malaise.

Il se renfrogna. Que se passait-il ? Il adorait vivre ici ! Ces murs n'étaient-ils pas son refuge ? Le seul endroit au monde qui lui ressemble ? Silencieux, comme lui ? Propre, ordonné ? Sans enfants qui caracolent dans tous les sens ? Qui vous dérangent à tout bout de champ ?

Quand il lui arrivait de remplir des documents administratifs, c'était avec satisfaction qu'il cochait la case « Non » à la question « Avez-vous des enfants ? ». Et il était bien déterminé à ne jamais devoir cocher un seul « Oui ». Pas question de se laisser piéger. Il en allait de sa survie.

Il pensa soudain à Amy, à sa situation. Dans quelle galère elle s'était embarquée ! Tant de responsabilités et, manifestement, si peu de moyens !

Alors, une phrase revint le titiller. « Une seconde chance... » Il fronça les sourcils. Amy et les enfants avaient-ils quelque chose à voir avec cette « seconde chance » ? Justin soupira. Il en doutait.

Il se dirigea vers le salon où trônait un ensemble hi-fi vidéo dernier cri et une impressionnante collection de DVD. Cette pièce respirait le calme, le confort. Un instant, il imagina Amy, lovée sur le cuir souple de son canapé. Langoureuse, sensuelle... Son baiser l'avait profondément troublé. Et si les trois rejetons, aussi turbulents qu'exigeants, ne s'étaient pas manifestés, peut-être Amy et lui auraient-ils pu pousser le jeu plus loin... Hélas, elle et lui vivaient dans deux mondes bien différents, avec des aspirations contradictoires.

Et définitivement incompatibles.

Il resta pensif un moment. C'était décidé. Amy Monroe lui semblait suffisamment méritante pour qu'il fasse un don consistant à l'école... Après quoi, cette histoire serait réglée. Il ne reverrait plus la belle Amy. Et n'entendrait plus parler des trois démons.

La semaine suivante, Justin se replongea dans ses activités effrénées de courtier. De temps à autre, néanmoins, l'image d'un sourire radieux venait éclairer sa journée. Il lui arrivait même, par moments, d'entendre son rire, comme dans un rêve. Et parfois... parfois, il ressentait sur sa bouche la douceur de ses lèvres.

Ce jour-là, il quitta son bureau dès la clôture du marché, direction l'école St. Albans. Le temps pressait. La Fondation des Hommes en Or allait bientôt tenir sa réunion et il comptait bien présenter son projet à ses camarades. Aussi devait-il avant cela revoir Amy et discuter encore une fois avec elle.

Il entendit sa voix bien avant d'atteindre la porte de la classe.

Amy terminait sa séance sur un joyeux refrain que les enfants reprenaient avec elle à tue-tête. Elle rayonnait littéralement. Touchante. Irrésistible.

— Au revoir, les enfants, lança-t-elle en souriant.

Elle couvait affectueusement des yeux ses protégés lorsqu'elle aperçut Justin. Elle le regarda longuement, immobile, manifestement étonnée de sa visite.

— Décidément, vous aimez les surprises, dit-elle. Rassurez-moi : votre ulcère ne s'est pas réveillé ?

— Non, tout va bien. Je suis juste venu évaluer plus finement vos besoins financiers.

— Cela signifie-t-il que… ?

— L'une de mes relations souhaiterait vous donner un coup de pouce.

— Mais ce serait fantastique ! Que diriez-vous d'un chèque en blanc ? plaisanta-t-elle avant d'ajouter, d'un ton amer, cette fois : Ou d'une assistante sociale, pour piloter le programme à ma place !

— Que se passe t-il ? Mme Hatcher vous pose encore des problèmes ?

Amy laissa échapper un long soupir.

— Evidemment…

Elle semblait découragée, aujourd'hui. Déprimée. Alors, Justin en voulut terriblement à Mme Hatcher.

— Vous avez affaire à un dragon, dit-il en s'étonnant lui-même de sa réaction. Peut-être vous faut-il un avocat, en fait.

— Je crois surtout que je devrais vieillir de dix ans et être mariée, rétorqua Amy. Vous avez ce genre de miracles en option ?

— Quoi ? s'écria-t-il, incrédule, vous accepteriez de vieillir de dix ans pour les enfants ?

— C'est une façon de parler, mais tout de même… L'amour partagé est quelque chose de précieux. Qui vous accompagne toute une vie. Cela vaut la peine d'y sacrifier dix ans de jeunesse.

Amy avait eu une enfance heureuse, songea alors Justin,

c'était évident. Un instant, il l'envia d'avoir choisi la générosité là où il avait lui-même choisi l'égoïsme pour se préserver.

Il la dévisagea. Sa « seconde chance » allait-elle passer par elle ? Cela ne lui semblait pas possible, pourtant.

3

— C'est hors de question ! marmonna Justin en poussant la porte de chez O'Malley. M'intéresser à une femme lotie de trois enfants ? Très peu pour moi !

A cette heure de la nuit, le bar comptait peu de clients. Des habitués, pour la plupart. Comme Michael et Dylan.

— Je veux bien changer, mais de là à bouleverser mon mode de vie…, ajouta-t-il à voix basse, encore sous le choc.

Car, inutile de le nier maintenant, Amy ne le laissait certes pas indifférent.

— Hé ! à qui parles-tu, Justin ? s'étonna Dylan.

— Oh ! laisse tomber ! dit-il en s'asseyant à la table de ses amis. Tu ne comprendrais pas…

— Alors ? reprit Dylan. Quelles sont tes conclusions en ce qui concerne le projet de l'école ?

— J'ai rencontré la personne qui gère les activités de loisir des écoles élémentaires. Elle est convaincante. Il faut nous montrer généreux.

— Généreux ? s'écria Michael. Justin, je n'imaginais pas qu'un tel mot puisse franchir tes lèvres ! ajouta-t-il narquois.

— Son programme vaut qu'on mise dessus. On devrait lui débusquer un mécène ou un sponsor parmi nos relations. Quelque chose dans ce genre.

— Eh bien ! s'amusa Dylan, stupéfait. Si l'on m'avait dit que tu tiendrais un tel discours… Toi qui es si méfiant dès qu'on parle d'argent… Je pensais que la générosité n'était pas ton fort. Que le profit était désormais ton credo.

Justin haussa les épaules.

— Les choses changent, commenta-t-il laconiquement.

— C'est à cause de la Bourse ? demanda Dylan, vaguement inquiet. Comment se porte le marché ?

— Bah, comme d'habitude. Des hauts et des bas, répondit Justin. Pourquoi ?

— Est-ce que tout se passe bien pour toi ? insista Michael.

— Je n'ai pas à me plaindre. Tu as besoin d'un tuyau ?

— Non. Mais… je ne sais pas. Tu sembles différent.

Justin se saisit de la chope que lui tendait Michael, avant de s'expliquer :

— A vrai dire, je commence à me lasser de faire de l'argent, d'amasser des dollars. Et de ne jamais avoir le plaisir de les dépenser.

— Fais comme moi, dans ce cas ! lança Dylan, les yeux brillants.

« Comme lui ? » se dit Justin qui savait son camarade outrageusement dépensier.

— Je ne crois pas que nous ayons la même façon de dépenser notre argent, dit-il, ironique, tout en sirotant sa bière.

— Je ne vois pas pourquoi je me priverais, rétorqua Dylan. Quand j'hériterai de la compagnie de mon cher père et de ses responsabilités, il sera bien temps de renoncer à jouer les flambeurs. Fini les sorties, la fête, les voyages…

— En somme, tu te rangeras, répliqua Michael. Peut-être avec Alisa, qui sait ?

— Ça, j'en doute, murmura Dylan, songeur.

— Mes amis, reprit Michael, un bon conseil ! Mariez-vous ! Ayez des enfants ! Voilà la clé du bonheur !

— Ce n'est pas parce que tu es heureux en ménage que nous devons nous précipiter devant le maire à notre tour, plaisanta Dylan. N'est-ce pas, Justin, mon frère célibataire ?

Justin ne répondit pas, perdu dans ses pensées. *Mariage*. Le mot résonnait dans sa tête. Il réfléchit un moment, sceptique.

En réalité, il connaissait peu d'unions qui durent. A croire qu'un mariage réussi tenait du miracle… Mais Dylan attendait son appui. Alors il répondit enfin :

— Tu as raison.

Mais son hésitation avait suffi à alerter Michael. Tandis qu'il prenait une nouvelle gorgée de bière et la dégustait en silence, il se rendit bien compte que Michael le dévisageait, cherchait je ne sais quel signe. Quoi ? Un interrogatoire en perspective ? Ah, non ! Pas maintenant. Ce n'était pas le moment. Nerveux, il murmura :

— Bon, en ce qui concerne mon projet, je n'ai rien à rajouter. A vous de parler.

— Personnellement, commença Dylan, je me suis attelé à un dossier de subventions destinées à un hôpital. Je vous tiendrai au courant. Un mot à dire, Michael ?

— Kate vous invite tous les deux pour un barbecue, ce week-end.

— Alisa sera présente ? interrogea Dylan.

— Je n'en sais rien, avoua Michael. Mais, pourquoi cette question ? Je croyais la rupture consommée…

— C'est le cas, confirma Dylan, glacial.

— Et toi ? demanda Michael en se tournant vers Justin, tu peux te libérer, ce week-end ?

— A voir… Tu sais, avec une famille, un problème est vite arrivé…

Michael marqua un temps d'arrêt. Une famille ? Quelle famille ? Décidément, Justin était bizarre aujourd'hui !

— Mais… tu n'as pas de famille ! bredouilla-t-il.

— C'est juste, dit Justin, sans donner plus de détails à Michael, interloqué. Bien, mes amis, je vous laisse. J'ai du travail. A bientôt !

Et il quitta le bar, sous l'œil perplexe de ses camarades.

*
**

Impossible de se changer les idées.

Depuis le début de la nuit, Justin visionnait DVD sur DVD pour essayer de se distraire.

Hélas, rien n'y faisait : ni l'action, ni le suspense, ni les héros virils et invincibles, ni les superbes créatures. Invariablement, ses pensées le ramenaient à Amy Monroe, au chèque qu'il pourrait signer pour la soutenir dans ses projets, aux enfants dont elle était lestée, à ses problèmes personnels... Un lavage de cerveau, voilà ce qu'il lui aurait fallu, pour échapper à l'insomnie ! Dire que son médecin lui avait prescrit de longues nuits de sommeil, afin de gérer le stress !...

Il se coucha enfin... mais ce fut pour devenir la victime d'une sorte de somnolence épouvantable, hantée par un cauchemar. Les enfants d'Amy se tenaient devant lui, pauvres petits êtres misérables et nécessiteux. Emily était comme prostrée et les jumeaux semblaient accablés de tristesse. L'horrible Mme Hatcher menait tout ce petit monde à la baguette.

Justin arriva alors, tel un héros chevaleresque, chassa cette sorcière et promit à Amy et aux enfants de les arracher à la misère.

Mais un malheur le frappa et il se sentit mourir. N'aurait-il donc pas le temps d'honorer sa promesse ? De faire en sorte qu'Amy obtienne la garde légale des enfants ?

Justin hurla dans la nuit. Il se réveilla, en sueur, le cœur battant à se rompre. Quel affreux cauchemar ! se dit-il, frissonnant de froid autant que d'angoisse. Perturbé par ce mauvais rêve, il se leva et, tel un somnambule, alla se poster devant la fenêtre pour en écarter le rideau et vérifier qu'il n'était pas mort.

Dehors, tout était en ordre.

Donc, il était vivant.

Donc, Amy et les enfants allaient bien. Oui, voilà, se répéta-t-il pour s'en persuader, tout allait bien !

Sauf que ce rêve était peut-ête prémonitoire ! Que des événements risquaient de chambouler son destin ! Il fallait donc prendre les choses en main pour que le destin ne dévide pas sa pelote comme dans son cauchemar.

— M'épouser ? Vous… parlez… sérieusement ? bredouilla Amy, en se demandant quelle mouche avait bien pu piquer Justin.

Il avait téléphoné, en début d'après-midi, manifestement surexcité. Il devait lui parler, absolument. Et il avait insisté pour la rencontrer, ce soir, dès qu'elle aurait couché les enfants. Malgré la fatigue, elle avait accepté. Justin semblait tant y tenir…

— Vous épouser, c'est cela, répéta Justin. C'est à cause de mon cauchemar, vous comprenez. Vous m'avez bien dit qu'avec un mari vous obtiendriez tout de suite la garde des enfants ? Eh bien, voilà ! Je suis candidat !

— Mais… mais il n'y a rien entre nous, chuchota Amy, interloquée par ce raisonnement.

— Je sais bien.

— Pas de sentiments, en tout cas.

— Ah, là, je vous arrête ! Je vous apprécie énormément, déclara Justin le plus sérieusement du monde.

Amy baissa les yeux. « Allons, pas de drame », se dit-elle, et elle s'efforça de plaisanter :

— « Je vous apprécie… épousez-moi ! » Quel romantisme ! Allons, Justin, vous n'êtes plus un enfant ! Pourquoi un tel coup de tête ?

— C'est difficile à expliquer, chuchota-t-il. Euh… Comment dire ? Vous n'avez jamais eu l'impression, dans votre vie, d'être chargée… euh… d'une mission ?

— Rarement, répondit-elle sans comprendre exactement où Justin voulait en venir.

Il hésitait manifestement à continuer. Il enfonça les mains dans ses poches et se mit à arpenter la pièce.

— Bien, reprit-il enfin, j'ai fait de drôles de rêves, ces derniers temps. D'abord, pendant mon séjour à l'hôpital — et j'ai compris beaucoup de choses à ce moment-là. Entre autres, que la vie est un vrai cadeau ! Je me suis alors juré, si je m'en sortais, de donner plus de sens à mon existence.

— Et ?…, l'encouragea Amy.

— La nuit dernière, un cauchemar m'a convaincu de vous épouser, avoua Justin, un peu gêné.

— Mon Dieu, vous souhaitez m'épouser à cause d'un rêve ? s'écria Amy, au bord du fou rire. Pour donner un sens à votre vie ?

— On peut dire ça ! Vous m'avez sauvé la vie, en m'emmenant à l'hôpital ; je vous renvoie l'ascenseur en vous donnant les moyens d'obtenir la garde indiscutable des enfants de votre sœur.

Il s'exprimait avec une telle foi, un tel enthousiasme, qu'Amy fut prise de doute. Après tout, peut-être sa proposition n'était-elle pas aussi farfelue qu'il y paraissait ?

Pourtant, la raison, de nouveau, s'imposa à elle :

— Dites-moi, Justin… Ne le prenez pas mal, surtout ! Euh… Vous êtes tous aussi fantasques, dans votre famille ?

— Non, répondit-il en éclatant de rire. Vous vous dites que je suis dingue, n'est-ce pas ?

— Un peu.

Justin la foudroya du regard. Avait-elle blessé son orgueil ? Dans ce cas, pour qui se prenait-il ? Il l'irritait, soudain, avec sa façon de vouloir disposer d'elle et des enfants pour, finalement, se sentir mieux dans sa peau !

— J'ignore tout de vous, reprit-elle très sérieusement.

— N'ayez pas d'inquiétude : je suis quelqu'un de bien sous tout rapport.

— Je ne sais même pas qui vous mandate pour étudier mon projet, ni si vous avez les qualifications…

— Je les ai. Quant au mandataire, il souhaite rester anonyme, je vous l'ai dit.

— Vous me racontez peut-être n'importe quoi.

— Pas le moins du monde.

D'accord, il disait la vérité, conclut Amy, convaincue par

la fermeté et la franchise de Justin. Et elle se sentit comme piégée. Elle devait néanmoins approfondir. On n'épouse pas le premier venu, tout de même !

— Les enfants coûtent cher, poursuivit-elle. Pourrez-vous les assumer ? Je ne sais même pas de quoi vous vivez. Si je vous épousais, peut-être prendrais-je le risque d'avoir une nouvelle bouche à nourrir !

— Je n'ai aucun problème d'argent, affirma-t-il avec un sourire persuasif. Vraiment aucun.

Puis il ajouta, comme à contrecœur :

— Je suis une des plus grosses fortunes de ce pays.

— Pardon ? s'exclama Amy.

— Multimillionnaire. Milliardaire, quoi.

— Vous n'en avez guère l'allure, s'étonna-t-elle, abasourdie par cette révélation.

— Et à quoi ressemble un multimillionnaire, selon vous ?

— J'avoue que je n'en sais rien, c'est vrai, chuchota-t-elle. Peu importe ! lança-t-elle alors. Revenons à notre sujet : vous êtes sûr d'avoir toute votre tête ?

— Sûr ! dit-il en lui lançant un regard étonnant de lucidité. Je vous propose le mariage parce que…

— Je sais. Parce que vous avez fait un rêve.

— Et parce que je sais que c'est l'une des meilleures choses que je puisse accomplir dans ma vie. Vous pouvez comprendre ça ?

— Je m'y efforce, déclara-t-elle, aussi sincèrement que cela lui était possible en cet instant.

— Alors, samedi, ça vous convient ?

— Samedi ? Pourquoi si vite ?

— Pourquoi plus tard ? répondit-il sans aucun émoi apparent.

— Mais, c'est dans quatre jours ! s'écria-t-elle, totalement désarçonnée.

— Absolument, fit-il, toujours aussi calme.

— Vous êtes fou. Je ne sais pas, vraiment, je ne sais pas… C'est une idée saugrenue… Je dois réfléchir. Seule.

— Pas de problème. De mon côté, j'ai pas mal de choses à

régler. Oui. Je dois me calmer. Et cesser de transpirer comme un adolescent à son premier rendez-vous.

— Vous ne me paraissez pas plus bouleversé que ça, ironisa-t-elle.

— Détrompez-vous ! Jamais je n'aurais cru faire un jour ce genre de démarche. Bien, ajouta-t-il en la regardant fixement, je vous laisse réfléchir. Mais, si vous songez à refuser, pensez à Mme Hatcher…

— Je n'arriverai jamais à raisonner, si je pense à Mme Hatcher.

— Je peux vous libérer une fois pour toutes de ce dragon, murmura-t-il comme l'on chuchote une tendre promesse.

Amy tressaillit. Cela faisait bien des années qu'on n'avait joué pour elle les chevaliers servants. Et, ma foi, la perspective d'être débarrassée de Mme Hatcher était un argument de poids !

— Donnez-moi un peu de temps, répéta-t-elle néanmoins. Je vous en prie.

— Faites-moi connaître votre date, répliqua Justin, comme on prend un rendez-vous professionnel. Je m'occuperai de tout !

Curieux, comme le ton neutre de sa voix contrastait alors avec l'éclat si charmeur de son regard. Pouvait-on se fier à des yeux comme ceux-là ?

— Bonne nuit, déclara-t-il en effleurant délicatement sa joue.

Elle tressaillit, surprise par ce contact. Et troublée, aussi. Déjà, Justin ouvrait la porte et rejoignait sa voiture.

Incapable de faire un geste, elle le regarda s'en aller, ne sachant plus que penser. Ah, elle avait plaisanté sur son besoin urgent de trouver un mari ? Pour couper l'herbe sous le pied à Mme Hatcher ! Eh bien, maintenant, elle était dépassée par les événements.

Quel personnage inattendu que ce Justin, tout de même… Ils étaient des inconnus l'un pour l'autre et voilà qu'il lui proposait de l'épouser. Sans autre forme de procès. Sans fiançailles ni préambule. Et surtout, sans manifester d'émotion… A l'évidence, quelque chose ne tournait pas rond dans sa tête !

Machinalement, Amy se frotta le front. Un tic hérité de son père, et qui resurgissait à chaque moment d'intense réflexion.

Mariée, elle ? Elle ne l'avait jamais réellement envisagé. Comme elle n'aurait jamais imaginé devoir un jour assumer la garde des enfants de sa sœur.

Doucement, elle poussa le verrou de la porte puis alla jeter un coup d'œil sur les jumeaux. Tous deux dormaient comme des anges. Jeremy suçait son pouce ; il avait repoussé sa couverture. Quant à Nicolas, il était couché sur le dos, la bouche ronde comme un o. Comme ils semblaient vulnérables, dans leur sommeil…

Amy tressaillit. Elle aussi, elle se sentait vulnérable, maintenant qu'elle avait la responsabilité de ces trois petits bouts.

Elle couvrit Jeremy. Tendrement, elle posa un baiser sur sa joue, et l'enfant, du plus profond de son sommeil, lui sourit. Puis elle quitta discrètement la chambre des garçons pour rejoindre celle d'Emily. La petite fille dormait à poings fermés, serrant tout contre elle un vieil ours en peluche. Emily, l'aînée. En âge de comprendre le drame qui était survenu et l'avait brutalement arrachée à l'insouciance de l'enfance. Elle semblait vivre dans une angoisse perpétuelle. Mais muette. Inquiète, pour ses frères et pour elle.

Amy s'agenouilla et posa la main sur le front de la fillette. Il manquait une présence masculine, dans cette maison ; un homme qui offre la sécurité, la solidité dont les enfants avaient été privés à la mort de leur papa. Malgré toute sa bonne volonté, Amy ne pouvait pas faire office de père.

Et… mais Justin ? Saurait-il être l'homme de la situation ?

Amy fronça les sourcils, soudain visitée par la menace que représentait Mme Hatcher et son intention de la séparer des enfants. Puis elle envisagea de nouveau la proposition de Justin. Elle était jeune, elle rêvait de passion, d'amour, de serments ! Certes, la vie n'avait rien à voir avec un conte de fées, mais de là à sacrifier ses jolis rêves dans le seul but d'assurer l'avenir des enfants, il y avait un pas qu'elle répugnait à franchir. Surtout avec un homme qui semblait providentiel mais dont elle ignorait jusqu'à la profession.

De nouveau, son regard se porta sur Emily. Si attendrissante. Justin Langdon, son seul recours ? C'était de la folie !

Justin avait été réveillé par la sonnerie du téléphone à 6 heures du matin ! Amy tenait absolument à le rencontrer, sitôt les enfants partis. Elle l'attendait.

Justin se gara donc, à l'heure convenue, derrière la Coccinelle et rejoignit la porte d'entrée, non sans avoir au passage trébuché sur les jouets qui encombraient l'allée. Il sonna et jeta un coup d'œil à sa montre. Il ne devait pas rater l'ouverture du marché — surtout maintenant qu'il était sur le point de prendre en charge trois enfants. Pas question de négliger les affaires. Elever des enfants coûtent cher, Amy le lui avait assez répété.

Trois enfants.

Brusquement, ce fut comme si une tenaille s'amusait avec son estomac. Ah non, ça n'allait pas recommencer, se dit-il, paniqué. Heureusement, la douleur disparut, aussi vite qu'elle était venue.

Amy le salua, un sourire forcé aux lèvres, de toute évidence sur ses gardes. Une fois dans le salon, elle l'invita à prendre place sur le canapé. Justin s'exécuta. Amy se mit alors à parcourir la pièce de long en large, comme si elle cherchait ses mots :

— Je ne sais trop comment prendre votre deman… votre offre, corrigea-t-elle.

Demande. Oui, Amy avait eu raison de se corriger. L'expression « demande en mariage » était bien trop romantique. Et, jusqu'alors, la seule politique de Justin envers le mariage consistait à éviter de s'y faire prendre. A tout prix ! Mais, aujourd'hui, les règles du jeu avaient changé.

— Que désirez-vous savoir ?

— Eh bien… où vivrions-nous ? Combien de temps resterons-nous mariés ? Aimez-vous les enfants ?

— Ils ne me dérangent pas, murmura Justin, un peu mal

à l'aise. Mais je suis rarement en leur compagnie… Quant à l'endroit où nous vivrons…

— Nous ne partirons pas d'ici, affirma-t-elle soudain. Inutile de perturber inutilement les petits.

— C'est juste, admit-il. Aurai-je droit à un petit coin… pour mon bureau ?

— Il y a la chambre d'amis. Et si nous décidons de nous mar…

Elle s'interrompit et reprit :

— Si nous parvenons à un accord, je crois que nous pourrions raisonnablement faire le point dans deux ans. Et voir, alors, si nous prolongeons… l'expérience.

Justin réfléchit quelques secondes aux termes du contrat qu'envisageait Amy.

— Cela me semble correct, dit-il enfin. Bien, je vais faire en sorte de préparer tous les papiers afin que vous et les enfants soyez définitivement à l'abri.

— Surtout pas, s'écria Amy. Si nous divorçons, vous ne me devrez rien.

— Ce serait pourtant préférable.

Elle le regarda un moment, songeuse, puis, soudain, son visage s'éclaira :

— Ah, je comprends ! C'est encore à cause de votre rêve ?

Justin accepta la remarque sans broncher. Le ton ironique employé par Amy ne le vexa pas outre mesure. Mais, plutôt, le troubla. Quel caractère ! se dit-il, séduit. Pas de doute, Amy avait dû en faire souffrir plus d'un.

— Oui, à cause de mon rêve, confirma-t-il avec un soupir. Parce que je dois donner un sens à mon existence.

— Bien, répliqua-t-elle. Alors, vous devez savoir que je suis très indépendante et que j'admets difficilement qu'on dirige ma vie.

— Je l'aurais parié, répliqua Justin. Rassurez-vous, ce n'est pas mon genre. Je ne vise qu'à vous aider à obtenir la garde des enfants de votre sœur et à vous assurer une confortable sécurité financière.

Amy lui lança à ce moment un regard bizarre. Elle souhaitait manifestement ajouter quelque chose. Mais quoi ?

— Oui ? dit-il, afin de l'encourager.

— Nous devons aborder une question essentielle.

— Je vous écoute…

— Je ne serai pas votre maîtresse, lança-t-elle sur un ton hautain et glacial.

4

Justin resta sans voix.

Non que la question de leurs relations ne se soit pas posée à lui. Au contraire ! Parfois même, paniqué à l'idée que ce mariage lui soit fatal, il songeait au corps d'Amy comme à une douce et délicieuse compensation. Du coup, l'aventure dans laquelle il allait se lancer présentait bien des attraits. Amy était belle, passionnée… Au lit, ce devait être une reine !

Mais, manifestement, elle n'était pas décidée à l'accueillir dans son lit…

Elle ne le quittait pas des yeux. A la fois sur ses gardes et curieuse de voir sa réaction. La femme sûre d'elle cachait-elle quelqu'un d'un peu fragile ?

— Pas ma maîtresse… ? marmonna-t-il en se levant.

« Attention, se rappela-t-il, ne revendique rien ! Il s'agit de vivre à ses côtés. Elle ne t'appartient pas. »

— Euh… bien, précisément… Bien entendu. Vous dormirez dans la chambre d'amis. Nous y aménagerons également votre bureau.

— Rien ne presse.

— Oui. Vous avez raison. Nous verrons cela ultérieurement. D'ailleurs, nous n'avons même pas encore décidé d'une date. Profitons de ce laps de temps pour faire connaissance. Il se peut que nous ne nous entendions pas… après tout !

Amy avait parlé avec précipitation, sans reprendre son

souffle. Un instant, elle pria pour que Justin s'indigne contre l'hypothèse qu'elle venait d'émettre, par simple goût de la provocation. Mais il ne broncha pas.

Justin était convaincu qu'Amy s'astreignait à jouer un rôle. A donner le change. Elle paraissait bien trop nerveuse pour être honnête. Oui, il en était persuadé, comme lui, elle les avait imaginés enlacés dans le même lit. Et tous ses discours et ses grands airs n'y changeraient rien ! Certains signes ne trompaient pas. Comme ses regards en douce, sa façon de bouger.

Il était fort probable qu'elle ait de très sensuelles aspirations et qu'elle se rebelle contre les élans tout naturels de l'amoureuse qui sommeillait en elle.

Il s'approcha d'elle et, tendrement, caressa sa joue :

— Vous êtes sublime, chuchota-t-il. Je vous désire… et vous me désirez.

— … Ah bon ? répliqua-t-elle avec ironie.

— Ce n'est pas être arrogant que de dire la vérité. Je vous trouve follement désirable.

Amy ne put réprimer un frisson de plaisir. Elle se reprit pourtant, avant d'ajouter :

— Comme beaucoup de femmes…

— Peut-être. Mais toutes n'ont pas votre sensualité. On sent en vous quelque chose de passionné. Une flamme à laquelle on se brûlerait volontiers.

Ne pas trembler, ne pas se laisser aller à des coquetteries de midinette. Amy n'avait à ce moment qu'une idée en tête : affecter une royale indifférence. Elle se concentra alors si fort sur l'attitude qu'elle devait adopter que… le baiser de Justin la prit littéralement de court.

Elle se laissa embrasser.

D'abord figée de surprise.

Puis fascinée.

Et, peu à peu, ce fut comme si ses lèvres s'abreuvaient à une source et cherchaient à étancher une soif, une soif… ignorée depuis des années…

Elle faillit céder davantage et se serrer plus fort contre lui.

Les battements frénétiques de son cœur l'étonnèrent. Que faisaient-ils donc ? Tout ceci était folie ! Tellement inattendu. Bouleversant.

« Non, cela ne rime à rien ! Reprends-toi, s'ordonna-t-elle. Ce mariage est un mariage de raison ! » Elle repoussa Justin, presque brutalement, et lança :

— Cela ne fait pas partie de notre contrat. Vous ne m'avez pas proposé le mariage par amour. Rappelez-vous ! Vous souhaitez donner un sens à votre vie !

— C'est juste. Mais il y a autre chose…, rétorqua-t-il, manifestement troublé.

— Peu importe ! Ne perdons pas notre objectif de vue. Ma priorité, ce sont les enfants. Je reconnais que vous ne me laissez pas totalement indifférente, protesta-t-elle, mais, de là, à partager mon lit avec vous… Non, pas question ! J'accepte le mariage pour les petits, uniquement. Quant à moi, j'ai appris depuis longtemps à ne compter sur personne. Je vis très bien toute seule !

— Comme c'est curieux, marmonna Justin. J'ai également appris cela très jeune.

Que voulait-il dire par là ? s'interrogea Amy. Que s'était-il donc passé dans son enfance ? Pourquoi cette amertume ? Un instant, elle fut tentée de lui poser clairement la question.

— En parlant de priorité, déclara-t-il, hautain, je dois vous quitter. La Bourse ouvre ses portes dans un quart d'heure… Bien, quelle date préférez-vous ?

— Je n'en sais rien encore, répliqua Amy, fâchée par ce ton impérieux. Vendredi, samedi, peut-être. Ou la semaine prochaine.

Plus tôt leur petit arrangement serait conclu, plus vite elle obtiendrait la garde des enfants. Officiellement, enfin !

— J'aimerais, si possible, ne pas perdre une journée de travail, suggéra Justin, glacial.

Amy encaissa. « Quelle demande en mariage originale ! se dit-elle. Pas de minauderies, pas de tralala… Justin a indéniablement le mérite de la franchise. Quel mufle, tout de même ! » songea-t-elle.

— Alors, décidons-nous pour samedi, rétorqua-t-elle.

Après tout, cette cohabitation n'excéderait pas deux ans. Deux années durant lesquelles les enfants de sa sœur resteraient près d'elle.

— OK pour samedi ! Je vous téléphonerai !

Déjà, il partait. Pressé par le temps, par les affaires… Amy resta là, immobile, avec la désagréable sensation d'avoir mis le doigt dans un engrenage.

Tout alla très vite ! La visite prénuptiale, la publication des bans… Amy et Justin sacrifièrent aux formalités sans perdre de temps. Puis samedi arriva, et Amy éprouva un moment de panique absolue. Que s'apprêtait-elle à faire ? Deux petits coups discrets frappés à la porte de sa chambre la distrayèrent de ses pensées. Emily se précipita et bondit sur son lit, les yeux brillant d'excitation.

— C'est notre mariage, aujourd'hui ! s'exclama la fillette, ravie.

— Oui, répondit Amy, affectant la bonne humeur.

— Tu veux que je te prépare le petit déjeuner ?

— Oh ! ma chérie, non ! Je ne pourrais rien avaler. Je suis bien trop nerveuse. Une autre fois, si tu veux ?

— D'accord. Je préparerai le petit déjeuner pour toi et Justin.

— Parfait, marmonna Amy, soudain à bout de souffle, avant de se lever. Bien, tes vêtements et ceux de tes frères sont prêts ! Dis-moi, comment veux-tu te coiffer ?

— Avec la queue-de-cheval… et un ruban !

— Allez, au travail, lança joyeusement Amy en s'emparant d'une brosse. Assieds-toi donc là !

Quelques minutes s'écoulèrent, silencieuses. Emily fixait le miroir, l'air concentré, intriguée semblait-il par le visage de sa tante.

— Est-ce que ta robe de mariée est aussi belle que celle de ma poupée ?

Amy soupira intérieurement. Sa robe de mariée ? C'était bien là le dernier de ses soucis !

— Oh non, ma chérie ! Il n'y a que les gens qui ont décidé de se marier depuis très longtemps qui portent de belles toilettes.

Une semaine ! Même pas ! Quatre jours à peine qu'elle et Justin avaient très concrètement décidé de se marier. Ridicule !

— Ah bon, dit Emily, l'air résigné. Mais alors, que vas-tu porter ?

Pour être honnête, Amy n'avait pas encore réfléchi à ce détail. Il est vrai que ses pensées étaient pour le moins confuses, ces derniers jours. Ce mariage ne faisait pas que la perturber émotionnellement. Il contrariait aussi son emploi du temps. Ainsi, pour un peu, elle se serait présentée à la mairie sans l'alliance de Justin. Heureusement, elle avait fini par dénicher un modèle, hier. Tout en or ! Elle s'était également occupée des fleurs… Ne disait-on pas qu'un mariage sans bouquet court à l'échec ? avait-elle pensé, cynique. Enfin, elle avait commandé des litres de crèmes glacées et un formidable saint-honoré. Pour les petits. Il y en aurait au moins trois de parfaitement heureux, s'était-elle dit.

— Alors… que vas-tu porter ? répéta Emily, curieuse.

— … C'est une… surprise, chuchota Amy.

— Je comprends mieux ton allusion, chez O'Malley, lança Dylan en pénétrant dans la salle des mariages.

— Oh ! répliqua Justin, j'ignorais alors si ce mariage aurait véritablement lieu.

Et il n'en revenait toujours pas de se trouver là, prêt à passer devant M. le maire. Toute la nuit, il s'était fait violence pour ne pas tout annuler. Le mariage ! Etait-ce forcément la solution ? Cela allait-il réellement donner un sens à sa vie ? Des heures durant, dans la moiteur de cette nuit étouffante, seul, il avait douté. Puis, comme par miracle, l'orage, enfin, avait éclaté.

Rafraîchissant. Purificateur. Alors, curieusement, Justin y avait vu plus clair. Oui, il devait le faire. Il devait épouser Amy !

— Je ne te comprends pas, poursuivit Dylan. Pire encore, je te désapprouve.

— Je t'en prie ! Tu es mon témoin… je me passerais volontiers de tes critiques.

— Bien, bien. Une suggestion, seulement. Et si elle ne t'épousait que pour te soutirer de l'argent quand vous vous séparerez ?

— Il n'est aucunement question d'argent entre elle et moi. Il ne s'agit que d'obtenir la garde des enfants.

Mais, déjà, Justin s'éloignait. Michael et Kate venaient en effet de faire leur entrée.

— Chapeau, dit Michael en le saluant. Qu'est-ce que c'est que ce mariage ? Pas d'église, pas de réception ?

— Trop cher, probablement, ironisa Kate.

— Non… inutile, répliqua Justin. Ce mariage est une simple formalité. Merci quand même d'être venus…

— Mon Dieu ! s'exclama soudain Kate, en écarquillant les yeux.

Amy s'avançait, l'air superbement stoïque, un petit bouquet champêtre à la main. Derrière elle trottinaient Nicolas, Jeremy et Emily, vêtue tel un angelot d'une robe fuchsia.

Le cœur de Justin accusa brusquement quelques ratés. Amy ! Elle portait une délicieuse robe à dentelles couleur crème. Mini, très mini, et moulante ; extrêmement moulante ! Elle avait ramené ses cheveux en un chignon vaporeux. Manifestement nerveuse, elle ne cessait de se mordiller les lèvres. « Amy ! ma femme », réalisa soudain Justin. Pour la première fois, sans doute.

— Quels enfants adorables ! s'extasia Kate.

— Pourquoi ne m'as-tu pas dit que… ? balbutia Michael.

— Que quoi ? répliqua Justin.

— Eh bien… elle… elle est ravissante ! Exceptionnelle ! Après tout, c'est peut-être une bonne idée, ce mariage…

« Tu n'imagines pas à quel point », songea Justin, rêveur.

Son regard venait de rencontrer celui d'Amy. Incrédule, elle le détailla, des pieds à la tête, puis, de nouveau, plongea ses yeux dans les siens. Amy, si sûre d'elle, si spontanée ! Elle avait à ce moment l'air si déconcerté… Oui, elle semblait avoir besoin de lui. Justin s'empressa de la rejoindre.

— Vous êtes superbe, chuchota-t-il en s'emparant de sa main.

— Merci… euh, vous n'êtes pas mal non plus, dit-elle en souriant.

Sa main était glaciale et, visiblement, elle éprouvait le plus grand mal à simuler, oh, non pas le bonheur — ça n'était pas dans leur contrat — mais une simple décontraction.

— Emily m'a beaucoup aidée, ajouta Amy.

— Tu es toi aussi très belle, murmura Justin en se tournant vers la fillette.

— Et les fleurs, dis, tu les aimes ?

— Beaucoup ! Elles sont presque aussi belles que toi…, murmura-t-il tendrement.

— J'aimerais bien aller aux toilettes, se lamenta alors Nicolas en se tortillant.

— Tais-toi donc, répliqua aussitôt Jeremy. On va bientôt rentrer à la maison et tante Amy a promis que nous aurions des glaces et un énorme gâteau.

— C'était le seul moyen pour qu'ils restent sages, commenta Amy. Notre contrat à nous, ajouta-t-elle de manière presque inaudible. Mais, excusez-moi, je dois m'occuper de Nicolas avant qu'une catastrophe ne survienne…

— Laissez ! Justin va s'en occuper, s'exclama Kate. Bonjour, je suis Kate Hawkins. Enchantée ! ajouta-t-elle en tendant la main à Amy. Et voici mon mari, Michael, et son ami, Dylan. Dites donc, les garçons, emmenez les enfants se désaltérer. Moi, je reste avec la mariée.

— Et pour quoi faire ? demanda Michael, intrigué.

— Accompagne donc les enfants, mon chéri, répéta Kate en lançant à son époux un regard insistant.

— Ah ? euh… oui, bien sûr, allez, les enfants, on y va !

— … Dis, s'il vous plaît, gémit à ce moment Nicolas.

— Oh ! mon petit chéri, excuse-moi ! Je viens…

A ce moment, Justin s'interposa.

— Je m'en occupe, dit-il en prenant la main du garçonnet.

— Vous croyez ? s'exclama Amy, surprise. Vous saurez vous… débrouiller ?

— Tranquillisez-vous, rétorqua Justin, l'air amusé, je crois que nous nous en sortirons…

Amy les regarda s'éloigner, sceptique.

— J'ignore pourquoi, dit-elle, mais j'ai comme l'impression que c'est bien la première fois que Justin accompagne un enfant de trois ans aux toilettes…

— Votre impression est juste… et c'est d'autant plus étonnant quand l'on connaît son horreur des enfants.

— Son horreur ? répéta Amy en se tournant vers Kate.

— Une horreur pathologique, renchérit celle-ci. Mais il semble avoir évolué… Et si nous nous occupions plutôt de vous ? Vous ne souhaitez pas rectifier votre maquillage ? Une ultime fois ?

— Bonne idée, lança Amy.

Toutes deux se dirigèrent vers les toilettes pour dames. Amy, pourtant, se fichait bien à ce moment de se repoudrer le nez. Horreur ? Que voulait dire Kate, au juste ?

— Qu'a donc Justin contre les enfants ? demanda-t-elle.

— Il les fuit ! murmura Kate. Il a toujours manifesté une aversion profonde pour le mariage et les enfants.

— Il déteste les enfants ? s'exclama Amy, soudain tétanisée par l'angoisse.

— Je n'irais pas jusque-là, reprit Kate. Tenez, il adore notre fille, Michèle… Vous le savez, Justin, Michael et Dylan ont passé leur enfance à l'orphelinat Granger pour garçons, ajouta-t-elle, et cela les a marqués, profondément. Et à vie, je suppose.

— Je l'ignorais. Je ne savais pas que Justin avait fréquenté l'orphelinat Granger.

— Eh bien, si ! Leur amitié est née là-bas.

Amy tenta de ne laisser rien transparaître de son émotion. Justin, orphelin ? Décidément, il cachait bien son jeu… Ainsi donc, voilà pourquoi il se montrait si touché par ses difficultés avec Mme Hatcher à propos de l'obtention de la garde des petits ? Trop de mauvais souvenirs. Oui, il connaissait trop ce sentiment d'abandon ressenti par un enfant arraché aux siens…

— Vous savez au moins que Justin est courtier, j'espère ? s'inquiéta Kate. Un excellent courtier !

— Oui, oui. Lorsqu'il a évoqué notre mariage, je l'ai mis en garde. En lui spécifiant bien que je ne pouvais me permettre d'assumer une bouche de plus à la maison. C'est là qu'il m'a avoué qu'il était milliardaire.

Amy rencontra alors le regard de Kate. Un regard courtois, de femme du monde, vaguement inquisiteur. Et son sourire, plutôt une sorte de rictus, compatissant, finit par l'irriter passablement.

— Je me moque de ses millions, dit-elle. J'épouse Justin pour en finir avec les tracasseries de l'administration et obtenir une fois pour toutes la garde des enfants. Et pour être parfaitement honnête, je pensais ne jamais me marier, encore moins à un homme riche. J'ai toujours milité pour l'indépendance et l'autonomie de la femme.

Kate la dévisagea. Surprise par cette déclaration, amusée par sa fougue.

— Justin ne pouvait pas mieux espérer. Vous êtes sans aucun doute la femme qu'il lui fallait.

Amy se regarda dans le miroir. De quoi donc avait-elle l'air ? Elle devait se calmer, impérativement. Dans moins d'un quart d'heure, elle serait… mariée.

— Ce mariage ne devrait pas tenir très longtemps, lâcha-t-elle dans un soupir.

— Vous savez, répliqua Kate sur un ton amical, lorsque j'ai épousé Michael, je ne donnais pas cher de notre couple.

— Et aujourd'hui ?

— Aujourd'hui, tout a changé ! Un vrai conte de fées…

Michael est un homme extraordinaire, un mari délicieux. A propos, il ne tarit pas d'éloges sur Justin. Un ami sûr, et fidèle, toujours prêt à vous épauler, à voler à votre secours… ce sont ses termes !

« Mon portrait craché », se dit Amy, non sans amertume. En fait, elle avait passé sa vie à la mettre au service des autres. Oui, elle connaissait tous les pièges et les avatars de ce type de caractère… Nerveusement, elle tenta de se recoiffer. Puis, mentalement, elle adressa à son reflet ces quelques mots : « Pour les enfants ! » Enfin, du bout des lèvres, elle dit :

— C'est le moment.

— Au fait, j'ai une idée ! lança Kate. J'avais tout prévu pour un barbecue, ce midi, à la maison. Que diriez-vous de quelques grillades en guise de repas de noce ?

— C'est-à-dire… j'ai déjà passé commande de pâtisseries, pour les enfants.

— Eh bien, apportez tout ! Comme cela, vous n'aurez pas à vous préoccuper d'un repas. Et je suis sûre que ma petite Michèle va adorer vos enfants.

— Pourquoi pas ? C'est une bonne idée, mais… mais nous en reparlerons après la cérémonie, si vous le voulez bien, proposa Amy, soudain paniquée au seul fait de prononcer ce mot.

— Ne vous en faites pas, chuchota Kate, rassurante. Cela ne prend que quelques minutes. Allez, courage, ajouta-t-elle, vous êtes absolument ravissante.

Amy lui emboîta le pas, avec la désagréable sensation de n'être à ce moment qu'un pauvre petit automate.

Déjà, elles retrouvaient le reste du groupe, rassemblé dans le hall de la mairie. Justin s'approcha.

— Prête ?

— Non.

— Je ne vous conduis pas à l'abattoir, plaisanta-t-il.

Elle sourit, essayant de s'en persuader.

— J'en suis convaincue, dit-elle. Dites-moi, tout s'est-il bien passé, avec Nicolas ?

— Aucun problème… Il s'est posté devant l'urinoir, a défait sa braguette et…

Amy dévisagea Justin, interloquée. Un si petit garçon, devant l'urinoir ?

— Justin m'a appris à faire pipi comme les grands ! s'écria à ce moment le garçonnet, avec une fierté non dissimulée.

— Oui, expliqua Justin à Amy. Des histoires de mecs !

— Euh… c'est parfait, dit-elle. Merci pour votre aide.

— Ce n'est rien… On y va ? s'enquit-il en lui prenant la main.

— Allons-y, lança Amy.

« Oui, allons-y ! Finissons-en », se dit-elle en se dirigeant résolument vers la salle des mariages.

M. le maire, un quinquagénaire visiblement sportif, d'un abord sympathique, venait de faire son entrée.

— Belle journée pour un mariage, lança-t-il à Amy avec un clin d'œil plein de malice.

Elle sourit en retour. Une belle journée, assurément. Fallait-il voir là comme un signe ? L'homme qui allait nouer sa destinée à celle de Justin parlait en connaisseur. Autant lui faire confiance…

— N'ayez crainte, poursuivit M. le maire. Je ne m'éterniserai pas. Vous pourrez ainsi rejoindre vos amis au plus vite.

Amy voulut une nouvelle fois lui répondre par un sourire. Qui ne vint pas. L'air, soudain, lui manqua. Involontairement, elle serra plus fort la main de Justin.

« Voulez-vous prendre pour époux… » Et voilà ! Ces quelques mots firent à Amy l'effet d'un couperet tranchant. Non, elle ne tiendrait pas le choc ! C'est sûr, elle allait faire une de ces satanées crises de tétanie.

A moins… à moins qu'elle ne détourne son esprit de la réalité. Alors, pour tromper le malaise qui menaçait, elle se résolut à jouer la comédie. Ce qu'elle ne faisait jamais, excepté pour les enfants. Elle se mit aussitôt en tête que M. le maire était un simple serveur. Oui, elle se trouvait dans un fast-food et commandait tout bêtement un hamburger.

Elle traduisit ainsi instinctivement le célèbre « … de lui jurer fidélité… » par un vulgaire « Désirez-vous quelques oignons, avec votre hamburger ? » Du coup, les mots lui vinrent sans aucune difficulté.

— Oui, répondit-elle.

Et le petit jeu se poursuivit ainsi, tout au long de cette litanie monotone et monocorde. Qui semblait ne vouloir jamais en finir. M. le maire allait à présent procéder à l'échange des alliances.

Tiens, l'alliance de Justin, où l'avait-elle donc cachée ? « Accrochée au bouquet, espèce de sotte », se sermonna-t-elle, presque rageusement. Les secondes lui parurent alors interminables. Impossible en effet de passer l'anneau au doigt de Justin. Amy crut un moment ne pas y parvenir, tant elle tremblait. Puis, à son tour enfin, Justin glissa à son annulaire une bague d'or blanc, incrustée d'un sublime solitaire. Mon Dieu, quelle magnifique alliance ! Quel somptueux présent ! Trop, peut-être, pour elle, plus familière des fast-foods que des joailleries…

Quelques minutes plus tard, tous deux prononçaient leurs vœux. « Voilà, une bonne chose de faite ! » Amy éprouva un immense soulagement.

— Vous pouvez embrasser la mariée, conclut à ce moment M. le maire.

Elle leva les yeux et rencontra ceux de Justin. Elle fut surprise par la sérénité que dégageait son regard. Self-control ou pure indifférence ? Avait-il, lui aussi, ressenti les mêmes bouffées de panique, les mêmes palpitations impitoyables ?

Non, probablement pas. Il était bien trop sûr de lui pour cela. Bien trop responsable de ses choix. Justin n'était pas du genre à douter, encore moins à se laisser malmener par l'angoisse, se dit-elle encore en lui rendant son baiser.

5

« Quelle journée harassante ! », songea Amy. Après la cérémonie, tous s'étaient rendus chez Michael et Kate. Les enfants s'étaient amusés comme des petits fous. Avaient littéralement dévoré. Et elle-même, il faut l'avouer, s'était sentie plus légère. De retour à la maison, les petits, bien trop excités, avaient refusé tout net de faire leur sieste. Tous trois préférant, de loin, participer à l'emménagement de Justin.

Amy s'était alors préoccupée du dîner. Oh ! rien de bien somptueux ! Un petit repas léger, sans prétention. Car il était hors de question de s'éterniser à table. Plus tard, une fois les enfants couchés, elle avait pu souffler. Enfin ! Lasse, avec le sentiment d'être dépassée par les événements, elle se laissa aller un instant, dos au mur, ferma les yeux et soupira longuement. La maison était calme, à présent. On n'entendait plus que le tic-tac de l'horloge du couloir. Et le crépitement du modem de l'ordinateur de Justin. Encore au travail. Dans son bureau !

Une fois de plus, Amy regarda l'alliance qui brillait à son doigt. Un merveilleux bijou, soit, et tellement riche de symboles, en temps normal ! Quelle comédie ! Bah, elle s'habituerait…

Désirant se reposer un peu, mais rechignant à se réfugier dans sa chambre, elle se dirigea vers le salon et se laissa tomber sur le canapé. Quelques minutes plus tard, Justin la rejoignait. Il émanait de sa silhouette, dans cette semi-obscurité, quelque chose de puissant, d'indestructible. Une force tranquille qu'elle n'avait pas soupçonnée jusqu'alors. Mais, après tout, que savait-elle de lui ? Si peu, autant dire rien. Oui, elle ignorait tout de son… mari !

— Une question, chuchota-t-il. Avec le travail que donnent les enfants, comment trouvez-vous le temps de faire autre chose ?

— En règle générale, répondit-elle, amusée par son désarroi, une femme, après sa journée de travail, compte une heure de tâches en tout genre par enfant.

— … Et un homme ? rétorqua Justin en s'approchant.

— Comptez le double ! C'est malheureux à dire, mais les hommes perdent tous leurs moyens quand il s'agit de s'occuper de leur progéniture… Ils s'agitent beaucoup et se montrent totalement inefficaces…

— D'où tenez-vous cela ?

— Oh ! n'importe quelle mère de famille vous le confirmera.

Il se tenait là, devant elle… Cet étranger, son mari. Leur premier moment d'intimité. Elle sentit son cœur s'emballer. « Non, se dit-elle en fermant les yeux, je ne dois pas me laisser troubler. Vite, parler d'autre chose… »

— Je me demandais… Est-ce que le fait d'être orphelin a pesé dans votre décision ?

— Ah ! Je vois que Kate est passée par là…

— Rassurez-vous ! Cela a été sa seule indiscrétion… Vous ne souhaitez pas me répondre ?

— Il est possible que cela m'ait influencé… mais ce n'est pas ce qui m'a décidé !

— C'est vrai, j'oubliais, s'exclama Amy. Vous avez fait un rêve…

Justin s'approcha, visiblement irrité par son ironie, et empoigna sa cheville.

— Cessez donc vos sarcasmes, ordonna-t-il.

— Oui… euh, vous voulez bien retirer votre main ?

— Bien, répliqua-t-il sans la lâcher, puisque nous allons cohabiter, il faudrait mettre plusieurs choses au clair.

— Quelles choses ? chuchota-t-elle, distraite par cette main qui à présent l'effleurait à peine.

— Par exemple… Je n'aime pas cet air narquois que vous affichez à propos de notre… arrangement.

— Je n'ai pas cherché à être insultante. Après tout, les rêves sont fort respectables…

— J'ai dit que plusieurs… éléments m'ont décidé à vous proposer le mariage, rétorqua-t-il, grinçant.

— Je vous en prie ! Nous n'allons pas couper les cheveux en quatre ! S'il vous plaît, auriez-vous l'obligeance de me lâcher ?

— Quand vous me prendrez au sérieux !

Amy serra brusquement les dents. La main de Justin s'attarda un instant sur son genou. Elle retint de justesse la plainte que faillit lui arracher ce contact sur sa peau nue.

— Ne vous tracassez pas, dit-elle en s'efforçant de ne rien laisser paraître de son trouble. Je vous taquinais ! En réalité, je comprends. Vous souhaitez simplement donner un sens à votre vie !

— Non, vous ne comprenez pas ! Nous ne nous comprenons pas ! Et ça n'est pas surprenant, puisque nous ne nous connaissons pas ! Ecoutez, il faut faire en sorte que cette situation soit vivable, pour tous les deux.

Amy entendait Justin plus qu'elle ne l'écoutait, obsédée par la chaleur de sa main. Des images fugitives de corps entrelacés et de draps froissés traversèrent son esprit.

— Et que proposez-vous ?

— De faire connaissance, répondit-il en retirant sa main. Tiens, commençons tout de suite… Je vous pose une question et vous, une autre…

— Ah ! Le jeu de la vérité !

— Oui ! La vérité. Rien que la vérité !

— D'accord, s'exclama Amy. Honneur aux dames, ajouta-t-elle en s'asseyant.

Une question, une seule lui brûlait les lèvres depuis ce matin. Ah ! Monsieur désirait jouer ? Eh bien, elle n'allait pas s'en priver.

— Attention ! Je commence. Comment vous êtes-vous retrouvé à l'orphelinat Granger ?

— Ma mère a été jugée irresponsable, lâcha-t-il, visiblement agacé.

— Pour quelle raison ?

— Une question chacun ! C'est la règle. A mon tour. Lors de notre toute première rencontre, je vous ai priée de dîner avec moi… S'il n'y avait pas eu les enfants, auriez-vous accepté ?

— Mon Dieu, je ne me rappelle pas… Voyons, c'était il y a deux mois ! Je me souviens surtout de votre malaise, répondit Amy.

— Auriez-vous accepté ? insista Justin.

— … Peut-être.

— Oui ou non ?

Amy se renfrogna. Elle détestait les ultimatums. Et tout autant les mensonges.

— Probablement…, chuchota-t-elle.

— Probablement ? J'ignore la signification de ce mot, plaisanta-t-il. Que voulez-vous dire par « probablement » ?

— Oui ! Je veux dire « oui » ! lâcha-t-elle, agacée. Vous sembliez tant intéressé par mon travail… je n'aurais pas pu refuser.

Voilà ! Et s'il espérait d'autres explications, tant pis pour lui ! Que s'imaginait-il ? Sûrement avait-il l'habitude de voir les femmes se pâmer devant lui. Défaillir sous son regard. Trembler de désir. Non, mais pour qui se prenait-il ?

Justin parut satisfait de sa réponse. Il ne fit pourtant aucun commentaire.

— Dormez bien, Amy, lança-t-il simplement en faisant mine de la quitter.

Sa réaction prit Amy de court. Surprise, elle se leva d'un bond et s'exclama, au bord de la colère :

— Comment ça, dormez bien ?

— C'est la règle du jeu, répliqua-t-il. Une seule question. Vous désirez autre chose ?

Et qu'aurait-elle bien pu désirer d'autre, à ce moment, si

ce n'est qu'il perde son air hautain et cesse, sur-le-champ, de la dévisager avec cette insistance. Mon Dieu, cela faisait des mois qu'elle n'avait été la cible d'un tel regard. De ce genre de regard que seul un homme peut poser sur une femme.

— Non, merci. Je ne désire rien d'autre, lança-t-elle sur le ton de la fermeté.

Justin sortit aussitôt de la pièce. « Enfin seule », songea-t-elle. Amy s'efforça alors de retrouver son calme. En vain. Bah ! Une bonne nuit de sommeil et, demain, elle y verrait plus clair. Elle monta à la hâte dans sa chambre, revêtit distraitement sa chemise de nuit et se glissa enfin entre les draps. Déjà, elle fermait les yeux quand elle réalisa qu'un étranger était allongé au rez-de-chaussée. Un étranger… son mari. « Cela suffit, soupira-t-elle, il faut dormir, à présent. »

Justin se laissa tomber sur le lit. De nouveau, il fit la comparaison. Quelle chambre minuscule ! Tout le monde ne vit pas dans un palais, l'avait-il oublié ? Non, assurément pas. Néanmoins, il avait sciemment refoulé tout ce qui était susceptible de lui rappeler son passé.

Quelle journée ! songea-t-il en cherchant le sommeil. Amy, sa femme… elle dormait là, juste au-dessus de sa tête, à portée de main. Amy, si sensuelle, si désirable… Et tout à la fois agaçante. Oui, il ne savait trop quel comportement adopter avec elle. Il semblait en effet qu'elle prît un malin plaisir à souffler le chaud et le froid… Pure bravade, car elle n'était pas femme à se complaire dans les caprices. « Assez », marmonna-t-il soudain, on verrait bien… Avec les enfants, tout était bien plus simple ! Désormais, eux seuls comptaient. Il subviendrait à leurs besoins, quoi qu'il en coûte. Serait à leurs côtés, les protégerait. Comme Amy. Et avec elle. Après tout, il devait être en mesure de faire aussi bien… « Oui, tout ira bien », se dit-il en tirant les draps. Et après ? Oui, après ces deux années de mariage, où en serait-il ? Cette question resta sans réponse et, longtemps, le tint éveillé.

Epuisé, Justin, enfin, réussit à s'endormir. Quelque chose pourtant l'empêchait de se laisser aller à un profond sommeil. Un bruit… Il se retourna dans son lit, à moitié inconscient. Un bruit… Alors, soudain, il ouvrit grand les yeux et comprit. Un enfant. Un enfant pleurait. Justin se raidit, attentif. Nicolas.

Il bondit hors de sa chambre et se précipita dans l'escalier où il manqua percuter Amy qui perdit l'équilibre. Instinctivement, il la rattrapa par la taille, in extremis. Tous deux se regardèrent, bouche bée, avant que de nouveaux pleurs les fassent réagir.

— C'est Nicolas ! s'exclama alors Justin.

— Je sais ! Un cauchemar… un de plus. Cela n'a rien d'étonnant. Je vais voir.

Tout doucement, Amy poussa la porte de la chambre. Justin, sans faire le moindre bruit, la suivit.

— Mon chéri ? murmura-t-elle.

— Tante Amy, hoqueta Nicolas.

— Oui, mon cœur. Je suis là.

— J'ai fait un mauvais rêve… Je me retrouvais tout seul dans la ville. Tout le monde m'avait abandonné… et je ne savais pas où tu étais.

— Cela n'arrivera jamais, je te le promets, dit Amy sur un ton câlin. Je serai toujours près de toi. Veux-tu quelque chose, un verre d'eau ?

— Euh… je voudrais bien faire pipi, comme Justin m'a appris.

Justin, à ce moment, s'avança et, tendant la main à Nicolas, déclara :

— Pas de problème. Je t'accompagne.

Amy resta sans voix, avec le sentiment d'être mise à l'écart. Justin ne disparut que quelques petites minutes avec Nicolas ; pourtant, à leur retour dans la chambre, elle exprima sa surprise.

— C'est bien la première fois que Nicolas accepte de se lever en pleine nuit pour aller aux toilettes.

— Il y a des choses qu'on ne partage qu'entre hommes, confia Justin avec un air entendu.

— Bien sûr, bien sûr, dit Amy en souriant. Puisque ces messieurs ont terminé… Il est temps que Nicolas se rendorme.

Affectueusement, elle remonta les draps jusque sur la frimousse du garçonnet, apaisé, puis passa doucement sa main dans ses cheveux et, enfin, posa un baiser sur son front. Justin l'observait, attentif, frappé par cette tendresse, cet amour véritablement maternel.

— Quelle chance ! chuchota-t-il.

— Pardon ?

— Oui, Nicolas a bien de la chance, reprit-il sur un ton faussement détaché. Je n'ai pas droit moi-même au moindre geste d'affection. J'éprouve pourtant le plus grand mal à dormir. Après tout, c'est ma première nuit ici !

— Nicolas est un enfant et a simplement droit à tout mon amour, rectifia-t-elle. Vous n'êtes pas un enfant, que je sache ! Si vous ne parvenez pas à dormir, comptez donc les moutons !

« Cruelle ! », se dit Justin. Oui, mais Amy était dans le vrai. Elle avait besoin de lui comme d'un tuteur. Et c'est lui qui avait suggéré de servir d'alibi, et, accessoirement, de mari. Jamais, en revanche, il n'avait été question qu'il endosse le rôle d'amant. Alors, pas d'histoire. Et un peu de sérieux. Il devait se montrer responsable.

Ainsi s'écoulèrent les toutes premières heures de cet étrange mariage. Le jour suivant, Justin fut un moment débordé par la curiosité des enfants tournant avec envie autour de son ordinateur qui, manifestement, appréciait peu les lieux. Les garçons ne le quittèrent pas d'une semelle. Visiblement, le courant passait.

Le soir venu, Amy et Justin, comme s'ils avaient conclu un accord tacite, se retrouvèrent dans le salon. Amy s'installa confortablement sur le canapé et, sans plus de formalités, interrogea Justin :

— Pour quelle raison votre mère fut-elle jugée irresponsable ? Etait-elle malade ?

— Non. Pas physiquement malade. Ni mentalement, d'ailleurs, au sens exact du terme, répondit-il. Elle entretenait tout simplement un comportement irresponsable avec l'argent. Chaque mois, mon père lui adressait un chèque. En principe, destiné à subvenir à mes besoins. En réalité, elle dilapidait tout, en trois jours à peine. Les factures ont commencé à s'amonceler. Elle ne payait plus le loyer. Régulièrement, l'électricité était coupée. Il lui arrivait fréquemment de sortir le soir... pour ne rentrer qu'au petit matin. Un jour, un voisin attentif a téléphoné aux services sociaux. Peu de temps après, j'étais placé à l'orphelinat Granger.

Amy éprouva un réel sentiment de compassion. Quel gâchis ! Oh ! ce n'est pas qu'elle ait eu, elle-même, une enfance dorée... Mais sa mère s'était toujours fait une règle de rentrer à la maison aux alentours de 23 heures, même ivre morte.

— Dommage, se contenta-t-elle de murmurer. Quel âge...

— Non ! s'exclama Justin. Une seule question ! C'est mon tour. D'où vous vient ce caractère rebelle, cette envie de changer le monde ?

Amy se pinça les lèvres. Ses amis s'étaient souvent amusés de son obsession à mener des croisades. Mais qu'y pouvait-elle ? Elle tenta de s'expliquer :

— Je ne tiens pas exactement à changer le monde. Dieu sait pourtant qu'il y a beaucoup à faire... Non, je cherche uniquement, à mon petit niveau, à faire bouger les choses.

— Vous ne répondez pas à ma question, l'interrompit Justin. D'où vous vient ce trait de caractère ?

— Excusez-moi. Bien. Je devais avoir treize ou quatorze ans quand j'ai réalisé que le monde était composé de deux types d'individus. Il y a ceux qui dirigent leur vie et ceux qui se laissent diriger par elle. Dès l'adolescence, j'ai su que je n'appartiendrais pas à la seconde catégorie.

Elle s'apprêtait déjà à entendre une nouvelle question lorsque Justin lui lança :

— D'accord ! Bonne nuit !

Aussitôt, Amy fut submergée par la colère. Il osait lui jouer le même tour que la veille au soir ? se dit-elle, vaguement vexée. Une question, une réponse, et hop, Monsieur s'évaporait, sans montrer plus d'intérêt que ça !

— Bonne nuit, répliqua-t-elle, cinglante.

— Vous savez, ajouta Justin juste avant de disparaître, tout se passera bien mieux entre nous lorsque vous aurez cessé d'être en colère. Oui, vous êtes en colère ! Parce que vous avez besoin de moi ! Sur ce, bonne nuit !

Et il la planta là, tout interdite. En colère ! Elle, en colère ? Un instant, elle faillit s'élancer à sa poursuite. Il comprendrait, alors, à quoi ressemblait une de ses colères ! C'est vrai qu'elle était exacerbée par le comportement de Mme Hatcher. Tout de même, devoir se marier pour obtenir la garde des enfants, voilà qui frôlait l'absurde ! En revanche, éprouver de la colère à l'égard de Justin, non, sûrement pas. Certes, ce mariage bouleversait totalement ses habitudes. Et épouser un inconnu n'allait pas de soi… Mais, si elle ressentait de la colère, ça n'était en aucun cas contre lui. En aucun cas !

Le lundi arriva, sans autres événements majeurs. Justin quitta la maison de bonne heure. Il devait se rendre chez lui avant l'ouverture de la Bourse. Une tonne de travail, à rattraper d'urgence. Du côté des enfants, Emily tarda tant qu'elle finit par rater le car de ramassage. Quant à Nicolas, il trouva, Dieu sait comment, le moyen de se blesser. Lorsque Amy parvint enfin sur son lieu de travail, elle découvrit la classe entière frappée par un virus. Résultat : la direction prit aussitôt la décision de renvoyer tout ce petit monde dans ses foyers.

Ce soir-là, Amy dîna seule avec les enfants. Justin n'était pas rentré et, un moment, l'idée qu'il puisse regretter leur accord lui traversa l'esprit. Les enfants, probablement sensibles à sa nervosité, ne trouvèrent alors rien de mieux à faire que se déchaîner, comme de vrais petits monstres. Enfin, pour couronner le tout, Mme Hatcher se présenta à la porte. Amy arbora ce qu'elle pensait être son sourire le plus avenant et salua cordialement la visiteuse.

— Bonsoir, madame Hatcher. Entrez donc, dit-elle en menant son invitée jusqu'à la cuisine. Nous finissons de dîner.

— J'ai bien failli trébucher sur le tricycle, au beau milieu de l'allée.

— J'en suis désolée, se lamenta Amy sur un ton dont l'hypocrisie l'horrifia. Je vous aurais bien conviée à partager notre dessert…

Elle s'interrompit. La porte d'entrée venait de claquer. Amy regarda aussitôt par-dessus l'épaule de Mme Hatcher. « Justin ! Zut », se dit-elle. Une panique sans nom la saisit. Ni elle ni Justin ne s'étaient préparés à ce type d'imprévus. Comment avaient-ils pu se montrer si négligents ? Que faire ? Comment devaient-ils se comporter ? Devait-elle embrasser son mari ou le prier discrètement de disparaître ?

— Justin ? dit-elle en s'efforçant de garder son calme, Mme Hatcher est ici !

— Justin ! s'exclamèrent les jumeaux, d'une seule voix.

En une fraction de seconde, celui-ci saisit tout l'enjeu de la situation.

— Madame Hatcher, ravi de vous revoir ! Alors, vous connaissez la bonne nouvelle ? lança-t-il en prenant Amy par les épaules.

— Une bonne nouvelle ? grommela Mme Hatcher. Quelle bonne nouvelle ?

— Nous nous somme mariés, ce week-end ! répondit Justin, l'air comblé, parfaitement à l'aise.

— Mariés ? Si vite ?

Mme Hatcher fronça les sourcils, à l'évidence déstabilisée par cette annonce. Avec un flegme déroutant, Justin posa alors un tendre baiser sur la joue de sa femme avant de déclarer, royal :

— Nous n'avions aucune raison d'attendre ! Et à présent, les enfants ont un père et une mère !

— Et… euh… et pas de voyage de noces ? s'enquit Mme Hatcher, encore sous le choc.

Justin serra à ce moment un peu plus fort le bras d'Amy qui, instinctivement, se raidit.

— Nous en avons longuement discuté, dit-il. Mais les enfants d'abord ! Pas question de les abandonner, même quelques jours ! N'est-ce pas, ma chérie ?

— C'est juste, approuva Amy. Les enfants adorent Justin. Voilà, à présent, nous formons une vraie famille !

— Bien ! Euh… Nous devrons, dans ce cas, avoir un entretien, monsieur Langdon.

Mon Dieu, songea brusquement Amy. Et si le passé de Justin cachait quelque chose qui risque de nuire à leur plan ?

— Pas de problème ! A votre disposition, madame Hatcher.

A ce moment, Amy dut se faire violence pour ne pas jeter Mme Hatcher à la porte. Marre ! Oui, elle en avait soudain plus qu'assez de jouer la comédie pour tenter d'amadouer cette marâtre.

— Y a-t-il autre chose que nous puissions faire pour vous ? demanda-t-elle, avec une impatience à peine voilée.

— Non. Je ne pense pas…

— Bien, laissez-moi alors vous raccompagner, renchérit Justin.

Manifestement, il avait décelé dans la voix d'Amy les premières notes discordantes d'une crise de colère aiguë. Et il s'empressait de congédier l'importune avec le plus d'égards possible, avant que l'irréparable soit commis. Enfin, Mme Hatcher sortit de la cuisine, en trottinant derrière Justin qui s'élança, au pas de charge. Amy ressentit alors un moment de flottement, un peu comme après un effort violent.

— Tante Amy ! s'exclama Emily, intriguée, tu as l'air comme quand tu finis ton jogging…

— Ah, bon ? Non, je me sens bien, pourtant. Peut-être un peu tendue…

Pour dire la vérité, elle vivait à présent chaque visite de Mme Hatcher comme une agression.

*
* *

— C'est terminé, chuchota Justin. Elle est partie.

Amy laissa échapper un long soupir et, spontanément, serra Justin dans ses bras avant de déposer un baiser furtif sur ses lèvres. Reconnaissante, oui, elle lui était un millier de fois reconnaissante.

— Vous êtes arrivé au bon moment. Merci, merci encore. Je vous dois une fière chandelle.

Il la dévisagea quelques secondes, une éternité, en réalité. Et avec ce regard appuyé, pénétrant qu'elle lui connaissait maintenant, il dit :

— Je préférerais autre chose qu'une chandelle…

Pitié, se lamenta intérieurement Amy, quand donc aurait-elle la paix ? Après les assauts de Mme Hatcher, vieille sorcière, il lui faudrait endurer ceux de son mari ?

6

Amy baissa les yeux. Jeremy tirait désespérément sur la manche de son sweat-shirt.

— Oui, mon chéri ?

— Qu'est-ce que c'est, un voyage de noces ? interrogea le bambin, de toute évidence tracassé par la question.

— Eh bien, euh… c'est lorsque la jeune mariée et son époux font un merveilleux voyage.

— Où ça ? A Disneyworld ?

— Oui ! Ou à la mer. Peu importe !

— J'aimerais bien partir en voyage de noces, commenta alors Jeremy.

— Moi aussi, s'écria Nicolas. Oui ! Partons en voyage de noces !

— Mais enfin, les garçons, s'indigna Emily en prenant un air outré, les enfants ne vont pas en voyage de noces ! C'est pour les grandes personnes !

— Exactement, ajouta Amy. Et nous ne partirons pas en voyage de noces, parce que ni Justin ni moi ne pouvons nous passer de vous.

— Super ! s'écria Jeremy que cette décision semblait enchanter. Est-ce que je peux avoir des cookies, maintenant ?

— As-tu terminé ta purée ? s'inquiéta Amy en jetant un œil sur les assiettes des enfants.

— … Presque, chuchota le garçonnet avant de se tourner vers Justin. Dis, tu aimes la purée ?

— J'adore, rétorqua celui-ci. De plus, tout le monde sait que la purée fait grandir…

— C'est vrai ? s'exclama Jeremy, stupéfait.

— Bien sûr, affirma Justin avant d'ajouter, en aparté, à l'intention d'Amy : en tout cas, ça y participe.

Déjà, Jeremy s'appliquait à terminer son assiette, imité par son frère.

— Intéressant, murmura Amy, amusée. Les jumeaux savent maintenant faire pipi comme des grands. Les enfants ne sont plus effrayés par Mme Hatcher. Et, aujourd'hui, Jeremy finit son assiette… Je n'y crois pas, ajouta-t-elle en fixant Justin, ne seriez-vous pas un peu magicien ?

— Pas du tout, répliqua celui-ci. Je n'ai rien d'un magicien. En revanche, je suis curieux. Curieux et impatient. Car vous me devez une fière chandelle, vous vous rappelez ?

Du calme, du calme, se sermonna Amy. Pas question de suivre Justin sur ce terrain glissant. Pas question de le suivre dans ses allusions. Des allusions à ce point sans équivoque que, déjà, elle sentait le rouge enflammer ses joues. Oui, elle devait impérativement se changer les idées.

— De la glace, s'exclama-t-elle alors, en désespoir de cause, qui veut de la glace ?

Un peu plus tard, dans la soirée, Amy se réfugia dans le salon et s'effondra littéralement sur les coussins moelleux du canapé. Les yeux clos, elle se laissait bercer par ces quelques minutes de détente, les toutes premières, quand, soudain, elle eut conscience d'une présence. Justin. Il était là, près d'elle. Elle garda les yeux fermés et, délicatement, caressa un instant l'alliance qui ornait son doigt.

— Pourquoi m'avoir offert un bijou si somptueux ? s'exclama-t-elle brusquement. Vous auriez pu vous contenter d'une bague en toc…

Un bref silence s'ensuivit.

— Qui vous dit qu'il ne s'agit pas de toc ?

Amy rouvrit subitement les yeux et dévisagea Justin.

— C'est du toc ? demanda-t-elle, l'air abasourdi.

— Mais non, avoua Justin, dans un demi-sourire. Il paraît pourtant que je suis radin… Mais, en de telles circonstances, je me devais de faire un effort.

— Un bien joli effort, remarqua Amy en se redressant. Pour un mariage hors norme…, ajouta-t-elle.

— La normalité n'est pas forcément la panacée, nota Justin. En réalité, cette alliance vous correspond. Du moins, elle correspond à ce que je sais de vous. Une personnalité vraie, authentique et lumineuse. Comme la pierre qui brille sur cette bague.

Sincèrement émue par ces mots qui ressemblaient, malgré tout, à une déclaration, Amy ne détachait pas son regard de l'anneau. Rarement, un homme s'était adressé à elle en d'aussi jolis termes et, contre toute attente, cela lui laissait un goût amer. Oui, elle se sentait soudain plus vulnérable, mal à l'aise. Totalement désorientée sur le plan émotionnel. Elle leva lentement son regard sur lui, si séduisant, si sûr de lui, et nota au passage que le jean lui allait à ravir. Et ces yeux ! Que se cachait-il donc derrière ces yeux ? Des secrets qu'elle aurait volontiers dérobés…

— Comment s'est passée votre journée ? demanda-t-elle brusquement, n'ayant que la force, à cette heure, d'échanger des banalités.

— Excellemment ! A mon tour de vous poser une question ! Au sujet de la fière chandelle que vous me devez, comment comptez-vous vous y prendre ?

« Oh non, soupira Amy intérieurement, le revoilà avec son satané jeu de la vérité ! »

— Ce n'est qu'une simple formule. Il n'y a rien d'ambigu là-dessous.

— Reste que vous me devez pourtant quelque chose, insista Justin en s'approchant d'elle.

— Je ne le nie pas, convint Amy que cette proximité rendait nerveuse. Bien, ajouta-t-elle, soudain excédée, comment souhaitez-vous que je vous manifeste ma reconnaissance, monsieur Langdon ?

— Trois minutes…

— Trois minutes ?

— Oui. Accordez-moi trois minutes… cette nuit ! chuchota-t-il, sans la quitter des yeux.

Amy perçut à ce moment l'écho d'une petite voix lointaine, l'implorant de cesser sur-le-champ cette conversation. Une malheureuse petite voix, vite assourdie par celle de Justin :

— Trois minutes, pas plus, répéta-t-il.

— Mais trois minutes de quoi ? répliqua-t-elle, sa sensibilité féminine pressentant en même temps le contenu de sa réponse.

— Trois minutes… pour un baiser !

— … C'est bien long pour un baiser, remarqua-t-elle, interloquée.

— Cela dépend de votre façon d'embrasser, rétorqua-t-il, du tac au tac.

« Quel aplomb ! » songea Amy comme Justin s'approchait plus près encore. L'espace d'une seconde, elle pensa se lever et quitter la pièce. L'abandonner là, sans autre forme de procès. Au lieu de cela, elle resta pelotonnée sur le canapé et tressaillit lorsqu'il s'agenouilla, tout contre elle.

— Vous avez peur ? chuchota-t-il.

Peur, elle ? Et puis quoi encore ! s'indigna-t-elle, en silence. Par réflexe, elle redressa la tête et lui lança :

— Absolument pas ! Il ne s'agit que d'un baiser. Un moment… je vais chercher le minuteur, dans la cuisine.

— Ne vous dérangez pas pour ça ! Ma montre est équipée d'une trotteuse, ricana Justin.

Il se tut, regarda la jeune femme intensément avant de caresser doucement ses cheveux. Puis, lentement, comme dans un rêve, comme si le temps n'était pas compté, il posa ses lèvres sur celles d'Amy, qui ne put retenir un soupir. Sa bouche était brûlante, avide et… si virile. Elle reconnut dans son baiser cet appétit mâle qu'elle avait depuis longtemps choisi d'ignorer.

La volupté de ce baiser chassa toutes ses pensées. Amy se laissa emporter, glisser vers un plaisir qui, maintenant, faisait palpiter tout son être. Jusqu'au plus secret de sa chair. A son tour, elle se montra avide, exigeante, souhaitant prolonger encore et encore ce baiser. Luttant pour ne pas étreindre ce corps, viril et puissant, pour ne pas se fondre et se perdre. Luttant tout à la fois contre l'envie et la raison. Serrant les poings en même temps qu'elle pressait désespérément ses lèvres contre celles de Justin.

C'était comme si leur baiser, loin de satisfaire la faim qu'ils avaient l'un de l'autre, exacerbait le besoin, impérieux et impatient.

Lentement, la main de Justin glissa sur son épaule pour s'égarer sur sa nuque. Instinctivement, Amy posa à son tour la main sur son torse. Un instant, ses doigts hésitèrent. Il y avait si longtemps…, songea-t-elle l'espace d'un battement de cils. Alors, sans quitter ses lèvres, il l'étreignit si fort qu'elle crut défaillir sous la montée d'une fièvre dont elle se croyait à jamais guérie.

Elle brûlait de désir. Plus encore, elle aurait tout donné pour que Justin ose davantage, avec ses lèvres, avec ses mains. Qu'il n'hésite plus. Elle n'opposerait aucune résistance. Elle haletait et lui, sans pitié, semblait vouloir l'emporter jusqu'à l'extrême limite…

A ce moment, un vague cliquetis lui parvint, de très loin.

Les trois minutes, réalisa-t-elle.

Les trois minutes s'étaient écoulées. Stop, elle devait repousser Justin. S'écarter de ses lèvres, de son souffle. Doucement, elle se détacha de lui. Qu'avait-il fait ? se demanda-t-elle en se redressant. Comment avait-elle pu se laisser troubler ainsi, en trois petites minutes ? Quelque chose s'était passé entre eux. D'intense, de vrai. Et continuait de la tourmenter jusqu'à la faire trembler.

« Je le savais, se dit-elle. Je savais qu'il représentait un danger. » Au premier regard, elle avait compris que Justin était plus qu'un séducteur. Il lui avait plu tout de suite, inutile de le nier. Elle ferma un instant les yeux, s'efforçant de recouvrer son calme.

— Non, s'écria-t-elle brusquement.

Justin venait juste de l'effleurer, mais elle était à bout et avait sursauté à son contact.

— Non, je vous en prie, reprit-elle, plus calmement cette fois. Ne… me touchez plus.

— D'accord, murmura Justin en retirant sa main.

Seuls quelques petits centimètres les séparaient et elle pouvait presque sentir sa peau, son odeur, sa chaleur.

— Je maudirai toute ma vie cette trotteuse, chuchota-t-il à son oreille. J'ai tant à vous donner… bien plus qu'un simple baiser. Je veux tout de vous… tout ! ajouta-t-il avant de se lever.

Amy ne fit pas un geste pour le retenir. Ses paroles résonnaient encore à ses oreilles. Et s'insinuaient en elle, par chacun des pores de sa peau.

— Dormez bien, dit-il en sortant du salon.

Déjà, elle devinait qu'elle aurait le plus grand mal à trouver le sommeil. Et comment le pourrait-elle, en effet, alors qu'elle frissonnait encore de cette… frustration qui persistait en elle ?

Il était tard, maintenant. Et Justin, pour la millième fois, se retourna dans son lit. Impossible de dormir. Comment se faisait-il qu'il soit si troublé par Amy ? Sur sa bouche flottait encore la saveur délicatement fruitée de ses lèvres. De nouveau, le souvenir de sa peau s'imposa à son esprit. Il ressentait encore ce feu contre lequel il avait dû combattre. Car, il s'en était fallu de peu qu'il oublie toute retenue et se laisse emporter par son seul désir… Non, décidément, il ne pourrait pas trouver le sommeil. D'un bond, Justin sauta à bas de son lit et se dirigea droit vers son bureau. Autant travailler, se dit-il en allumant son ordinateur.

*
* *

Le lendemain matin, Amy se leva en colère. Contre elle-même, car elle détestait ce sentiment qui l'habitait aujourd'hui. Un sentiment de vulnérabilité. Insupportable. Après tout, tenta-t-elle de se raisonner, ce n'était qu'un baiser. Oui, mais quel baiser ! Inutile de se le cacher, se dit-elle en lâchant malencontreusement son verre de jus d'orange.

— Et zut ! s'exclama-t-elle en pestant contre sa maladresse.

— Et zut ! répéta en riant Nicolas.

— Et re-zut, fit Jeremy en écho.

— Et zut de zut, reprirent-ils tous les trois en chœur, saisis d'un irrésistible fou rire.

Amy respira profondément. Rire lui faisait tant de bien.

— Justin ! s'écrièrent soudain les jumeaux.

« Ils l'adorent, c'est évident, nota-t-elle avant de tourner le dos au nouveau venu. Et je ne vaux pas mieux », se dit-elle, pestant contre ce frémissement qui l'avait parcourue en le voyant.

— Bonjour, lança-t-elle, d'une voix qu'elle espérait la plus détachée possible.

« Tiens, remarqua-t-elle en le dévisageant, la nuit a dû être longue. » Eh bien, comme cela, ils étaient deux à n'avoir pas fermé l'œil… Cela dit, le manque de sommeil n'ôtait rien à son charme, au contraire…

— Bonjour, les garçons, dit Justin, avant de rajouter, à l'intention d'Amy, mais cette fois sur un ton plus neutre : bonjour, Amy !

— Bonjour, Justin, bafouilla Emily encore tout endormie.

Il s'approcha de la fillette à laquelle il offrit le plus affectueux des sourires. Amy fut touchée par cette tendresse qu'il manifestait à l'égard des enfants. Elle lui fut gré de cette attitude.

— Je vais demander aux Coleman si tu peux aller jouer sur leur piano, aujourd'hui. D'accord, ma chérie ? proposa-t-elle à Emily, qui lui sourit entre deux cuillerées de céréales.

— Qui sont les Coleman ? interrogea Justin.

— Des amis, au bas de la rue. Ils ont la gentillesse de laisser Emily s'exercer sur leur piano. Je crois que je vais lui faire prendre des leçons.

Pour l'heure, les finances d'Amy ne lui permettaient pas d'envisager l'achat d'un instrument aussi coûteux. Plus tard, peut-être…

— Je voulais vous dire…, poursuivit Justin, je rentrerai tard ce soir. Je rencontre quelques amis, après le travail. Allez, les enfants, passez une bonne journée !… Vous aussi, Amy, ajouta-t-il après un bref silence, avec dans la voix une douceur inattendue.

Une soirée consacrée à ses amis, voilà ce qu'il fallait à Justin. Pour lui remettre les idées en place. Il retrouva Dylan chez O'Malley, attablé devant une bière et un sandwich, les yeux rivés sur l'écran de télé qui trônait à l'autre bout du comptoir. « Un match de foot, encore », se dit Justin.

— Michael sera en retard, lança-t-il distraitement à Justin.

— Un problème ?

— Tu parles… Monsieur préfère de loin les petits plats de Kate aux hamburgers de O'Malley… Tiens, ça ne m'étonnerait pas que Michael nous annonce très bientôt que sa petite famille s'agrandit, tu paries ?

— Tu crois ? répliqua Justin, perplexe.

— Je pense qu'ils souhaitent tous deux une famille nombreuse…

— C'est ce dont nous rêvions, à l'orphelinat, lui rappela Justin.

— Vrai ! On rêvait tous d'avoir un père, une mère, plein de frères et une ou deux sœurs, renchérit Dylan, un brin nostalgique.

— Sauf que toi, tu appartiens déjà à une grande famille… les Remington ! Tu as une foule de beaux-frères et belles-sœurs…

— Tu parles d'une famille ! s'exclama Dylan, amer. Tous n'ont qu'une envie : me voir disparaître. Surtout Grant, l'aîné. Il est persuadé que je veux prendre la direction de la compagnie…

Justin ne put réprimer un sourire. Sacré requin ! Chacun connaissait l'ambition de Dylan. Une ambition vorace qu'il s'efforçait, en vain, de masquer.

— Et ce n'est pas le cas ? dit-il, narquois.

— Absolument pas, répliqua son ami, outré. Je prétends simplement au contrôle partiel de la compagnie… Mais, dis-moi, s'empressa-t-il d'ajouter, préférant à l'évidence parler d'autre chose, comment se passe le mariage ? J'espère que tu en retires quelques bénéfices, au moins ?

— Amy et moi nous connaissons à peine, répondit Justin, ignorant l'ironie de Dylan, alors, pour les bénéfices, comme tu dis, nous verrons plus tard. Mais j'ai parfois l'impression, ajouta-t-il, d'être l'époux de Jeanne d'Arc. On dirait qu'Amy ne ressent rien comme n'importe quel autre être humain…

— Désolé pour toi, murmura Dylan. Pourvu que tu n'y laisses pas ta fortune, c'est l'essentiel !

— Oh ! ça ne risque pas ! s'exclama Justin. Je me contente de subvenir raisonnablement aux besoins des enfants…

— Eh bien !

— C'est sérieux ! répéta Justin. Et agréable aussi. Je suis en train de découvrir que les enfants ne sont pas que de petites pestes… Ils sont attendrissants, aussi.

— Et Amy ?

Amy. Si voluptueuse, si troublante, se dit Justin que le souvenir de la soirée passée hantait encore.

— Amy serait tout aussi attendrissante, si elle cessait durant un petit quart d'heure de vouloir sauver le monde.

— Et si elle te sauvait, toi ?

L'obscurité et le silence qui régnaient dans le salon avaient quelque chose de réconfortant. Justin n'allait pas tarder à rentrer. Les enfants s'étaient endormis. Amy pouvait enfin jouir sans complexe de ces quelques minutes de tranquillité.

C'est toutefois ce qu'elle aurait pu faire, là, confortablement installée sur le canapé. Au lieu de cela, son regard s'égarait régulièrement en direction de la pendule. Où était-il donc, et avec qui ? se demandait-elle.

Elle se leva et se mit brusquement à faire les cent pas. A cette heure-là, ça n'est certainement pas un rendez-vous d'affaires… Bah ! pourquoi toutes ces questions ? Après tout, ils n'étaient pas mariés au sens exact du terme ! Non, elle n'avait aucun droit sur lui… En tout cas, sûrement pas celui d'être jalouse. Elle se voyait mal lui reprocher une éventuelle liaison. La chair est faible, songea-t-elle alors, vaguement amère.

Pourtant, insidieusement, l'idée que Justin ait une maîtresse commença à l'obséder. Et à l'irriter. Voilà, se dit-elle, pestant contre cette hypersensibilité qui, si souvent, lui faisait perdre tous ses moyens.

— Ah, le mariage ! chuchota-t-elle. Une vraie calamité qui vous réduit une femme à néant !…

De nouveau, son regard se porta vers la pendule. Bientôt minuit. Et elle était là, à s'interroger encore et toujours sur lui. Sur ses secrets. Ses sentiments. Comme une adolescente enamourée… comme une femme mariée et esseulée… Ah oui, elle était tombée bien bas ! « Allez, cela suffit, se dit-elle soudain, au lit, ma fille ! » Elle ne l'attendrait pas une seconde de plus. Elle sortit du salon et regagna sa chambre, irritée contre elle-même. Si Justin désirait rentrer au petit matin, il en avait le droit. Quant à elle, ça n'était pas son problème…

7

Le lendemain après-midi s'écoulait sans heurts lorsque Amy, en plein travail, reçut un coup de téléphone désespéré de la baby-sitter. La jeune femme, affolée, évoqua un problème urgent. Impossible de veiller plus longtemps sur les enfants. Amy, dans un premier temps, songea à renvoyer sa classe… Mais non, cela n'était pas envisageable… Oh ! il y avait bien une solution. Qui impliquait qu'elle mette son orgueil en veilleuse. Et, en réalité, elle n'avait guère d'autre choix que d'appeler Justin à la rescousse.

Elle composa d'abord son numéro personnel ; il n'était pas chez lui. Son vrai « chez-lui »… Sans trop y croire vraiment, elle tenta ensuite de le joindre à la maison.

— Allô !

Amy ne répondit pas tout de suite. Elle s'attendait si peu à le trouver là, chez elle… D'un seul coup, toute son angoisse se dissipa.

— Euh… J'ai un problème. Il faudrait que quelqu'un puisse aller récupérer les enfants chez la baby-sitter. Une urgence. Et moi-même, je ne peux quitter mon travail.

Un long silence s'ensuivit, durant lequel Amy retint son souffle. Déjà, elle regrettait sa démarche.

— Bon, oubliez ça ! lança-t-elle, ne vous dérangez pas…

— Pour l'amour de Dieu, l'interrompit alors Justin, donnez-moi une petite minute. J'ai deux affaires urgentes à régler… Où habite-t-elle ?

Amy s'empressa de lui confier l'adresse de la baby-sitter, tout en maudissant la fatalité. Elle aurait préféré, et de loin, se débrouiller toute seule. En même temps, elle se sentait immensément soulagée.

— Vous me sauvez ! s'exclama-t-elle. Je vous dois…

Elle s'interrompit un instant, avant de rajouter :

— Une fière chandelle…

La première fois qu'elle avait prononcé ces mots, cela avait failli tourner au désastre. Un vrai cataclysme émotionnel !

— Nous en reparlerons, répliqua Justin. Bien, je vous laisse.

Tiens, s'étonna Amy malgré elle. Il n'avait pas relevé. Comme s'il s'en moquait. Après tout, peut-être avait-il même tout oublié, songea-t-elle, l'estomac soudain noué.

En vrai professionnelle, elle parvint à gommer de son esprit ses appréhensions personnelles. Elle avait une classe de plusieurs dizaines de bambins qui attendaient tout d'elle.

Un peu plus tard, sur le chemin du retour, elle fit une halte au fast-food du quartier où elle commanda plusieurs hamburgers et autant de portions de frites. Les enfants adoraient ! Parvenue à la maison, elle pria pour que Mme Hatcher n'ait pas la bonne idée de se présenter. Elle qui avait un avis bien arrêté sur la nourriture…

Lentement, elle poussa la porte. Surtout, se dit-elle, ne pas manifester à Justin une reconnaissance excessive. Inutile d'en rajouter… Brusquement, elle fronça les sourcils. Ce bruit ? Mais oui, elle entendait bien ! Quelqu'un caressait les touches d'un piano… à moins que ce ne fût un CD ? Non, le jeu était bien trop hésitant.

Elle accéléra le pas. Emily se trouvait dans le salon, entourée de ses frères. Les petits doigts de la fillette couraient avec application sur les touches d'un superbe piano. De surprise, Amy lâcha ses hamburgers.

— Emily, d'où vient ce piano ?

— C'est Justin, s'écrièrent en chœur les trois bambins.

Justin ? Il venait justement de les rejoindre, le téléphone vissé à l'oreille. Il dévisagea alors Amy. En prenant son temps, comme un amateur apprécie tous les détails de sa toile préférée. Un regard qui la foudroya, faillit lui ôter tous ses moyens. Elle se détourna, mal à l'aise, et fixa ostensiblement le piano. Un instrument exceptionnel. Fait d'essences précieuses. D'ivoire. Une vraie merveille. Elle n'aurait pas mieux choisi. Soit. Et Monsieur, qu'attendait-il, en retour ?

— Ça sent le hamburger ! s'exclama brusquement Nicolas en se léchant les babines.

— Après tout ce que tu as vomi dans la voiture de Justin ? s'écria Jeremy.

Amy se raidit. Aïe ! Les hommes se montrent en général extrêmement tatillons en ce qui concerne leur voiture… Justin devait être furieux. Mais il y avait plus grave…

— Tu es malade, mon chéri ? demanda-t-elle, inquiète.

Le garçonnet, l'air vaguement coupable, secoua la tête.

— Il a avalé presque une boîte entière de cookies, chez la baby-sitter, confia Emily. Justin a dit qu'il ne devait rien manger jusqu'à ce qu'il aille mieux.

— Et Justin a parfaitement raison, renchérit Amy. Les hamburgers ne vont pas s'envoler. Nous les mangerons un peu plus tard…

Les enfants lorgnaient avec envie sur la poche du fast-food, les yeux brillant de gourmandise. Amy, cependant, tint bon. D'un pas alerte, elle se dirigea vers la cuisine en lançant un dernier sourire à ses trois petits voraces. Elle n'aperçut que trop tard Justin qui, téléphone toujours collé à l'oreille, se tenait nonchalamment appuyé contre l'encadrement de la porte. La collision fut brutale et, heureusement pour elle, Justin, qui l'avait anticipée, rattrapa Amy par la taille, de justesse. Et la maintint, quelques secondes, tout contre lui. Elle reconnut alors, dans cette étreinte inopinée, les émotions qui, déjà, l'avaient tant bouleversée. Un moment, elle voulut le rabrouer, mais se ravisa, se souvenant qu'il lui avait aujourd'hui sauvé la mise. Et cela méritait bien qu'elle fasse un effort d'amabilité.

— Excusez-moi, dit-elle, confuse.

— Non, c'est ma faute. Désolé, rétorqua-t-il en désignant son téléphone portable. J'étais en train de consulter les cours et…

Ses grands yeux verts cherchaient désespérément les siens. Amy, pourtant, ne trouva pas le courage d'affronter son regard. Non, elle ne le connaissait déjà que trop, cet éclat, et se savait déjà bien trop vulnérable quand ces yeux-là la pénétraient.

— Que vous a-t-il pris ? le sermonna-t-elle brusquement. Quelle idée d'acheter un piano !

— Où est le problème ?

— Eh bien… ça n'est pas le Père Noël, je suppose… Je vous croyais près de vos sous ?

— Exact. Mais, là, c'est différent.

— C'est-à-dire ?

Justin haussa les épaules, manifestement mal à l'aise. Sans un mot, il s'empara du sac que portait Amy et le déposa sur la table de la cuisine.

— Eh bien, marmonna-t-il, si Emily veut apprendre le piano, elle a besoin d'un instrument.

— Besoin ? l'interrogea Amy, sceptique.

— Oh ! et puis, ce n'est rien ! lança-t-il, gêné.

— Détrompez-vous. Pour moi, et pour Emily, cela signifie énormément… Merci.

Nicolas et Jeremy déboulèrent à cet instant comme des fusées dans la cuisine en hurlant :

— Des hamburgers ! A nous, les hamburgers !

— Incorrigibles, soupira Amy. Allez, à table, tout le monde !

Le repas s'écoula, en une succession d'émotions contradictoires. Il avait tant fait, aujourd'hui. S'était montré si prévenant. Plusieurs fois, le regard d'Amy croisa celui de Justin. Bientôt, les enfants seraient couchés… elle irait alors dans le salon. Et il la retrouverait… En réalité, elle désirait autant qu'elle redoutait ce nouveau moment d'intimité.

Un peu plus tard, selon le même scénario, devenu rituel, Amy s'installa confortablement sur le canapé, se demandant déjà quelle question Justin lui poserait, ce soir. Elle attendit…

attendit encore, et finit par s'assoupir. Lorsqu'elle rouvrit les yeux, une heure après, elle était seule. Pas de Justin en vue !

Déçue, vaguement irritée, elle quitta le salon en éprouvant le sentiment obscur d'avoir été victime d'un affront. Elle s'apprêtait à gravir les marches qui la menaient à son lit quand elle distingua un rai de lumière, filtrant sous la porte de la chambre de Justin. Durant une fraction de seconde, elle hésita à frapper, mais se ravisa. Mieux valait garder ses distances. Après tout, elle avait sa fierté… et Monsieur n'était rien d'autre qu'un étranger.

Le lendemain matin, Justin se montra distant. Presque glacial. Amy était si fuyante. Insaisissable. S'il avait le sentiment que ses yeux disaient oui, il craignait, en même temps, que sa bouche ne lui oppose un non virulent. Le problème, c'était qu'il n'admettait pas cette contradiction. La faire céder ? N'était-ce pas un peu prétentieux ?

Il dressa soudain l'oreille. La porte d'entrée venait de claquer. Amy partait déjà. Songeur, il rejoignit la cuisine. Un bon café lui ferait du bien. C'est alors qu'il aperçut un panier-repas, sur la table. Il hésita un instant, puis s'en empara avant de se précipiter.

Amy harnachait Jeremy sur le siège bébé, à l'arrière de la voiture.

— Vous oubliez quelque chose ! lança-t-il en désignant le panier.

Elle le regarda, puis lui sourit. Un sourire à la fois amusé et tendre. Si tendre.

— Euh…, bredouilla Justin, c'est… c'est pour moi ?

— Oui, répondit doucement Amy en s'installant au volant, c'est pour vous. Passez une bonne journée.

Et elle démarra sans attendre de réponse. Justin n'eut que le temps de faire un signe aux enfants qui agitaient la main dans sa direction, la voiture disparaissait déjà. Il resta planté là, un moment, scrutant le panier, perplexe. Jamais. Jamais, de toute sa vie, personne ne lui avait préparé de panier-repas. Ne s'était ainsi soucié de lui. Ravi, un peu fébrile, il procéda à l'inventaire de ce qu'Amy lui avait préparé. Que des bonnes choses ! Une salade composée, un sandwich au blanc de poulet et une banane ! Un régal ! Et en prime, elle lui avait adressé un petit mot : « Désolée, pas de cookies, tant que j'ignore vos préférés ! Aux pépites de chocolat ou nature ? »

Cette attention le toucha profondément. Et l'obséda, une grande partie de la journée. Ce geste, en effet, en disait long sur Amy. Il ne s'était pas trompé à son sujet. Elle était une femme de cœur, généreuse et honnête. Oui, il avait eu raison de s'impliquer ainsi. Excepté qu'il ne s'attendait pas à ce qu'Amy lui fasse autant d'effet. Ce fameux baiser, l'autre soir, lui avait laissé un souvenir brûlant. Qu'il s'efforçait d'effacer de sa mémoire. Surtout lorsque la nuit tombait et qu'il se prenait à épier le moindre bruit, espérant alors reconnaître son pas…

« Les deux. Merci. Justin. »

Amy relut pour la troisième fois le billet. Elle sourit. Justin était donc un grand gourmand… Elle s'en souviendrait ! Machinalement, elle glissa le bout de papier dans sa poche.

Soudain, la minuterie du four retentit. Amy se précipita pour retirer la plaque de cuisson. Le parfum d'une nouvelle fournée de cookies, la deuxième, envahit aussitôt la cuisine.

— Mais vous voulez ma mort ! s'exclama alors Justin.

Surprise, Amy se retourna brusquement et fixa le nouveau venu, comme s'il s'était agi d'une apparition. Il sortait de la douche et ses cheveux étaient encore humides. Torse nu, simplement vêtu d'un jogging noué négligemment à la taille, il la dévisageait. Un bref instant, sa tenue — son absence de tenue — la déstabilisa, mais, rapidement, elle se reprit :

— En aucun cas, répliqua-t-elle.

— Quel parfum sublime ! murmura Justin en lorgnant sur les cookies.

— C'est un cadeau !

— Ah bon ? Et pour qui donc ?

— Pour vous !

Il haussa alors les épaules, l'air manifestement gêné, et, tout en s'emparant d'un biscuit, avoua :

— Je ne sais trop que dire… Pour quelle raison ?

— Vous êtes allé chercher les enfants chez la baby-sitter et… je veux aussi me faire pardonner des saletés que Nicolas a faites, dans votre voiture.

— Il ne fallait pas, dit-il entre deux bouchées de cookies.

Un enfant, se dit Amy. Oui, il avait l'air, en cet instant, du plus gourmand des enfants… Et cette impression touchante contrastait terriblement avec ce qu'elle éprouvait devant son torse nu qu'elle détaillait maintenant, hypnotisée, quand il l'interpella :

— Que regardez-vous ?

La confusion empourpra sans pitié ses joues. Amy se détourna, affreusement mal à l'aise.

— Rien ! dit-elle.

Elle s'arma brusquement d'une spatule. Un à un, et avec une maladresse qui ne lui ressemblait guère, elle transféra les cookies sur un plateau.

— Je ne vous crois pas, chuchota-t-il en posant la main sur son épaule.

Lentement, mais fermement, il la força à lui faire face.

— Que se passe-t-il ?

— Rien, lâcha-t-elle du bout des lèvres.

— Je vous en prie, continua Justin, répondez-moi ! De quoi avez-vous peur ?

— Je… ne sais pas.

— Nous devons tout nous dire, pria-t-il en se rapprochant, la vérité. Rien que la vérité.

— Eh bien… vous êtes, euh, torse nu !

— Oui. Et alors ?

— Cela me pose un problème, avoua-t-elle dans un soupir, agacée d'être ainsi mise à la question.

— Je ne vois pas pourquoi… ce n'était pas dans mes intentions…

Un instant, la franchise d'Amy le dérouta. De toute évidence, il ne s'attendait pas à un tel aveu.

— Je n'en doute pas, reprit-elle, se maudissant au même moment de rougir si promptement.

Il la dévisagea, visiblement intrigué, prit tendrement son visage entre ses mains, puis, doucement, murmura :

— En réalité, je pense que le problème vient du fait que vous êtes troublée.

— Je ne dirais pas cela, protesta Amy en cherchant son souffle, je…

Elle se tut. Justin tenait à présent sa main et, lentement, la guidait sur sa peau, nue. Amy sursauta.

— Jamais je ne l'aurais imaginé… vous êtes troublée ? Vous, la femme de tête ?

— Je ne suis pas une femme de tête, répliqua-t-elle, presque sans force, avant de rajouter : pas uniquement !

Justin maintenait toujours sa main contre son torse. Les doigts d'Amy, hésitants, effleuraient maintenant la courbe de ses épaules. Il ne la lâchait toujours pas. Sa main, sous la sienne, glissa alors sur sa poitrine, puis sur son ventre. Sa peau était chaude, et si douce, pour un homme… Enfin, il la libéra et caressa lentement ses cheveux, ses yeux plongés dans les siens. Inexorablement, il l'attirait contre lui… Ses lèvres, à cet instant, touchaient presque les siennes, desséchées par l'émotion. Amy eut l'impression qu'un étau implacable la broyait ; pourtant, songea-t-elle, dans un éclair de lucidité, ça n'était que son appréhension qui, brusquement, volait en éclats. A bout de souffle, elle chuchota :

— Par pitié… Ne vous arrêtez pas…

Et Justin s'exécuta. Ses lèvres s'emparèrent de celles d'Amy et son cœur, alors, se laissa pénétrer par la chaleur et la passion de ce baiser. Imperceptiblement, le désir s'insinuait en elle. Elle l'enlaça à son tour et ne souhaita plus, alors, que prolonger cette étreinte et se donner à lui. Lui qui, aux yeux de la loi, était son mari. Et auquel, à présent, elle ne voulait plus résister. Tout son corps tendait maintenant vers le sien qu'elle sentait, pressant et exigeant. Sans détacher ses lèvres des siennes, il la caressait, impitoyable et précis. Elle n'était rien, alors, qu'objet de désir, sans plus de volonté ni de raison.

— Je vous en prie… Ne vous arrêtez pas, chuchota-t-elle de nouveau, prête à défaillir. Je… J'ai envie de vous…

Il recula, soudain, et la regarda. Ses yeux brillaient. Non, son désir n'était pas feint et, dans le regard qu'ils échangèrent alors, elle sut qu'il cherchait à se rassurer sur l'intensité de ce qu'elle éprouvait. Oui, elle le voulait, comme une femme, simplement. Toutes ces sensations qu'il réveillait en elle, elle les adorait.

L'espace d'un soupir, elle se demanda si cela n'était pas le fait d'une longue période d'abstinence, de frustration. Mais non ; en revanche, peut-être que jamais aucun homme n'avait manifesté avec elle un désir si violent. Qui plus est, nota-t-elle, Justin n'en perdait pas ses moyens pour autant et caressait chaque partie de son corps avec la dextérité d'un prince de harem. Oui, il gardait dans leur étreinte une maîtrise de soi troublante.

— Ne restons pas dans la cuisine, suggéra-t-il alors.

Soumise, elle se laissa entraîner. Il la souleva, apparemment sans le moindre effort, et la porta ainsi jusqu'à sa chambre. Là, avec une délicatesse inouïe, il défit un à un les boutons qui retenaient son chemisier. Amy ferma doucement les yeux, n'ayant plus conscience de rien d'autre que de son regard, qui la transperçait.

— Il est encore temps, chuchota-t-il. Vous êtes sûre que… ?

Il ne finit pas sa phrase. Et, d'ailleurs, c'était inutile, car qu'aurait donc pu répondre Amy. Qu'elle n'était absolument pas sûre de vouloir faire l'amour avec lui ? Et qu'est-ce que ses doutes auraient changé ? Non, au diable les doutes et les principes. Pour une fois au moins, ne plus se poser de questions ! Et céder à l'instinct, au besoin, même si elle devait, plus tard, s'en mordre les doigts. Oui, plus tard, qu'adviendrait-il ? Elle rouvrit les yeux. Une question, une seule, mais elle devait savoir.

— Qu'est-ce que je représente, pour vous ?

Justin resta silencieux. Un peu décontenancé. Mais, très vite, il se reprit et lui confia, dans un sourire :

— Vous êtes la pire des sorcières…

— Sorcière ? bredouilla Amy.

— Oui, une sorcière… Envoûtante, obsédante… Et puis, ajouta-t-il, j'aime votre esprit rebelle, votre générosité. Enfin, ne l'oublions pas… vous êtes ma femme, et je veux tout connaître de vous… tout !

8

Avec une tendresse infinie, il l'allongea sur son lit. Sans hâte, il la déshabilla.

— Votre corps me fait perdre la raison, chuchota-t-il, presque avec timidité.

Son corps ? Il y avait bien longtemps qu'Amy n'y portait guère d'intérêt… Mais que trouvait-il donc à ce corps ?

— Il n'y a vraiment pas de quoi, lâcha-t-elle, amère.

— Vous êtes injuste avec vous-même, cruelle, répliqua Justin en laissant sa main explorer le galbe parfait de ses seins.

Amy détourna le regard, mal à l'aise, et à ce moment, surprit dans le miroir son reflet. Leur reflet, celui d'un couple enlacé, celui de l'homme qui l'avait séduite et s'apprêtait à la posséder. Elle regarda quelques secondes encore son image, si nette, et se demanda qui donc pouvait bien être cette femme alanguie, offerte et presque indécente…

Elle se dit soudain que Justin avait bien du mérite… car elle ne se trouvait pas du tout désirable. Il semblait pourtant réellement sincère. Elle lui en fut alors reconnaissante… à la manière d'une captive enlevée à sa geôle par un chevalier héroïque.

Tout lui devint plus facile, plus naturel… Elle allait se donner à lui, corps et âme, sans pudeur ni remords. Parce qu'elle le voulait, parce que leurs corps ne pouvaient se mentir plus longtemps. Et parce qu'elle était sa femme, maintenant, pour la toute première fois.

Une sourde angoisse, toutefois, la retenait encore de s'abandonner. Justin montrait-il trop de savoir-faire ? Il avait dû multiplier les aventures… Quant à elle, elle se faisait l'impression de n'être qu'une jeune vierge, qui plus est sottement effarouchée.

— N'ayez pas peur, lui souffla-t-il doucement. Laissez-moi vous aimer…

Se laisser faire ? Cela n'était guère dans ses habitudes ; pourtant, à mesure qu'il caressait patiemment les courbes les plus secrètes de son corps, attentif et passionné, l'appréhension d'Amy s'estompait. Les yeux mi-clos, elle sentait chaque pore de sa peau dilaté par ces pressions qu'il exerçait savamment, au moment propice. Et Justin agissait comme s'il ne voulait jamais mettre un terme à ces préliminaires, infiniment doux. Ce n'est que lorsqu'elle fut près de s'évanouir, à force de désir, qu'il la prit, sans la quitter des yeux. Il épiait de toute évidence ce plaisir qu'elle exigeait à présent de lui. Et qu'il lui donna.

La sueur perlait à leurs corps enlacés, épuisés. Amy tentait de reprendre conscience. Les battements de son cœur étaient assourdissants. Tout contre elle, le souffle haletant de Justin heurtait son épaule. Doucement, il glissa son bras autour de sa taille

— Est-ce que… c'était bien, pour vous ? chuchota-t-il.

Amy ferma les yeux. Pour fuir ce regard inquisiteur, presque impudique.

— Oui, soupira-t-elle.

Elle était parfaitement heureuse, apaisée. Complètement bouleversée, qu'il se rassure ! Soudain, elle fut prise d'une folle envie de pleurer. Il ne fallait pas… Comme s'il ressentait sa détresse, Justin resserra son étreinte de telle sorte qu'elle eut alors le sentiment d'être bercée, comme une petite fille. Durant quelques minutes, tous deux restèrent ainsi, dans le plus total silence. Bientôt, ils finirent par sombrer dans un profond sommeil.

Lorsque Amy se réveilla, quelques heures plus tard, elle se crut d'abord en proie à un mauvais rêve. Que faisait-elle donc là ? Dans ce lit ? Le bras de Justin reposait autour de sa taille… Ils avaient fait l'amour. Les souvenirs affluèrent. Oui, elle se souvenait, et son corps se souvenait.

Elle fut prise alors d'une vague inquiétude. Quelque chose la tourmentait. Attention, ce qui s'était passé entre eux ne signifiait pas grand-chose, après tout. C'est vrai, ils s'étaient aimés, avec passion. Indéniablement, le courant, entre eux, passait… mais sur un plan purement physique. Car, à aucun moment, au cours de cette folle nuit, ils n'avaient échangé le moindre mot d'amour…

Tomber amoureuse de Justin ? Ce serait une catastrophe, songea-t-elle, prise de panique. De toute façon, elle ne le connaissait pas suffisamment pour cela… Et puis, qu'avait-il à faire d'amour ? D'ici à deux ans, il rependrait sa route, avec le sentiment du devoir accompli, loin d'elle. De quoi aurait-elle l'air, alors ? D'une épouse délaissée, d'une amante bafouée ? Pas question !

Agacée, Amy se glissa hors de ce lit qu'elle maudissait déjà. Sans un bruit, elle rassembla ses vêtements et sortit de la chambre, sur la pointe des pieds. Quelques minutes plus tard, elle retrouvait ses draps et, du même coup, un peu de son calme. Pourtant, un certain malaise ne la quittait pas. Demain, elle serait confrontée à Justin et, après ce qui s'était passé, elle redoutait de perdre face à lui tous ses moyens… Comme elle les avait déjà perdus entre ses bras.

Il s'arrêta quelques secondes, sur le seuil de la cuisine. Soudain, le souvenir de leur étreinte le subjugua. Pourquoi donc Amy s'était-elle enfuie de la chambre ? Il avait fait l'amour à cette femme, absolument, pleinement. Et elle restait pourtant un mystère.

Probablement en vertu de ce sixième sens qui n'appartient qu'à la gent féminine, comme si elle avait deviné sa présence, Amy, qui s'affairait déjà aux préparatifs du petit déjeuner, se tourna brusquement vers lui. Aussitôt, elle s'empressa de rompre le silence :

— Vous… un verre de jus d'orange ? bredouilla-t-elle, visiblement nerveuse.

— Je m'en occupe, répondit Justin d'une voix neutre.

Il s'approcha alors d'elle. Il devait en avoir le cœur net.

— Pourquoi avoir fui, cette nuit ?

— Je… c'était trop… fort, tenta-t-elle alors d'expliquer.

Elle semblait chercher ses mots. Lentement, elle rajouta :

— Oui, bien trop fort, répéta-t-elle, je… je n'ai jamais fait l'amour… de cette façon.

— Je l'espère bien, répliqua Justin, sur un ton volontairement taquin.

— Et puis, il y a les enfants…

— Les enfants ? Je ne vois pas en quoi ils sont concernés par ce qui s'est passé ?

— Mais… mais vous imaginez si…, s'indigna-t-elle alors, s'ils nous avaient surpris tous les deux, dans le même lit ?

— Qu'y a-t-il de choquant à ça ? Ne sommes-nous pas mariés ?

— Oh si, bien sûr ! Un mariage de dupes… Et puis, que se passera-t-il, dans deux ans ? lança-t-elle. Avez-vous pensé à la douleur des enfants, lorsque vous nous quitterez ?

Et elle ? Que ressentirait-elle, le moment venu ?

— Si je comprends bien, murmura Justin sans parvenir à dissimuler son amertume, ce qui s'est passé cette nuit ne doit plus se reproduire… Le mieux, alors, serait que je mette un terme à notre… arrangement. Sans tarder !

— Mais… et les enfants ? s'exclama-t-elle.

— Oui, c'est juste ! Eh bien, je partirai dès que les problèmes de garde seront résolus, ajouta-t-il en s'efforçant de masquer sa rancœur.

Amy ne dit rien, se contentant d'approuver cette décision

d'un bref signe de tête. Donc, jour après jour, il devrait supporter de la regarder, sans pouvoir la toucher. Jour après jour, il devrait lutter contre le charme qu'exerçait sur lui le son de sa voix. Non, désormais, il ne devrait plus se laisser enivrer par son parfum. Soit ! Il devait également tout oublier de la nuit passée. De la saveur de ses lèvres, de la chaleur de son corps… de son désir, à lui. Y parviendrait-il seulement ? En tout cas, il le devait, pour les enfants. Oui, Amy avait probablement raison, il fallait se montrer raisonnable, ne pas perdre de vue le but premier de leur mariage…

Comme la veille, avant de partir, Amy prépara pour Justin un panier-repas qu'elle laissa bien en vue sur la table de la cuisine. A son retour, il y était toujours. Il n'avait touché à rien, pas même aux cookies…

Plus tard, à l'heure du repas, il ne se montra pas, préférant de toute évidence rester cloîtré dans sa chambre.

Pas plus de Justin dans la soirée, alors qu'elle espérait le retrouver dans le salon, pour justifier sa réaction, avoir une explication avec lui.

Après tout, se dit-elle, peut-être était-ce mieux ainsi. Elle regrettait de s'être montrée un peu trop expéditive, ce matin. Pourtant, cela avait eu un effet radical — brutal. Ne pas se laisser aller à une relation qui, à la base, ne reposait sur rien d'autre qu'une attirance physique… c'était bien ce qu'elle voulait, non ? Les enfants, et uniquement eux, voilà, en revanche, tout ce qui devait les occuper… même si Justin l'avait troublée, même si elle lui devait un plaisir qu'elle n'aurait jamais soupçonné.

Il est vrai qu'il savait y faire, songea-t-elle, amère…

Le lendemain matin, elle prépara un nouveau panier-repas. Agrémenté de quelques cookies — car cela était devenu un rite. Elle se maudit en même temps de n'avoir lui qu'en tête.

Impossible d'effacer de son esprit le souvenir de son regard enflammé par le désir, de son corps puissant et doux, contre le sien… « Assez », se dit-elle, en proie à l'émotion.

Cet après-midi-là, aussitôt rentrée, elle se précipita dans la cuisine. Le panier était là, comme elle l'avait laissé. Bien, Justin avait apparemment décidé de se comporter comme si elle n'existait pas.

Avec les enfants, fort heureusement, c'était une tout autre histoire. Il manifestait à leur égard une affection sincère, et, plus attendrissant encore, la réciproque était criante. Emily, qui ne quittait quasiment plus le clavier de son piano, avait pris le temps de réaliser de superbes dessins, « rien que pour lui », disait-elle, déjà très possessive. De leur côté, les garçons le harcelaient presque, le suppliant de participer à leurs jeux. Oui, il entretenait une vraie relation avec les petits.

Au cours du repas, auquel Monsieur daigna prendre part, Amy s'efforça d'afficher la plus totale indifférence. A peine si elle lui accorda un regard. Et, pour une fois, elle bénit le ciel que les enfants se montrent turbulents. Elle n'aurait pas eu la force de lui faire la conversation… Ce ne fut que quand il se leva de table, prétextant un travail à finir, qu'elle l'interpella :

— Kate a téléphoné… Elle nous invite à un barbecue. J'ai dit oui.

D'un signe de tête, Justin approuva, l'air distrait.

— L'Association des courtiers a également appelé, ajouta Amy. A propos du repas qui suivra la conférence que vous devez donner. Ils s'inquiétaient de vos goûts, en matière culinaire. Lorsque j'ai dit à la secrétaire que j'étais votre femme, elle m'a invitée à la soirée… J'ai accepté.

Justin se raidit à cette annonce et c'est sur un ton presque agressif qu'il lança à Amy :

— Pourquoi donc ?

— Peut-être que… j'en ai assez que vous m'ignoriez…, chuchota-t-elle en lui souriant.

— Et moi, j'en ai assez que vous vous refusiez à moi, répondit-il du tac au tac.

Elle le regarda, stupéfaite. Et bien entendu, voilà qu'elle rougissait à présent. « Tant pis, se dit-elle, l'heure n'est pas à la coquetterie. » Elle s'approcha de Justin, déterminée à avoir, enfin, une explication avec lui.

— Je comprends que ma réaction vous déroute... Je ne sais trop, moi-même, comment gérer cette situation, avoua-t-elle. Notre relation n'a rien de... d'ordinaire. Vous savez, je... Ce qui s'est passé m'a profondément bouleversée. Je ne suis guère aussi expérimentée que vous... Excusez-moi.

Que voulait-elle dire par là ? Qu'il était un séducteur, un sensuel ? Et que s'imaginait-elle ? Qu'en amant sans cœur, il accumulait les conquêtes et multipliait les ruptures ? C'était de la mauvaise foi et elle se cherchait un alibi. Le problème ne venait pas de lui. Eh bien, dans ces conditions, il ne la lâcherait pas. Et la forcerait à se confier à lui. Oui, elle parlerait...

Déjà, Amy avait tourné les talons, supportant mal de devoir se justifier. Justin lui emboîta alors le pas et la suivit dans le salon.

— A quand remonte votre dernière aventure ? lui demanda-t-il.

Cette franchise, brutale, désarçonna Amy. Elle ouvrit la bouche, s'apprêtant à protester, mais se ravisa.

— Trois ans et demi, chuchota-t-elle.

— Tant que ça ! s'étonna Justin.

— Trop de travail... Je n'avais ni le temps ni l'énergie nécessaires pour entretenir une relation.

— Et qui était le dernier ?

— Un garçon... obstiné ! Il m'a longtemps fait la cour. En réalité, il a fort bien manœuvré et a tout simplement attendu.

— Et un jour, vous avez craqué...

— Je faisais une erreur.

— Ce monsieur n'était pas à la hauteur ? Un amant médiocre ?

— Je suppose...

— Votre première relation amoureuse ? insista-t-il, impitoyable.

— Oui... et la seule. Jusqu'à vous !

— Allons ! s'étonna Justin. Vous voulez dire que… il n'y a eu que deux hommes, dans votre vie ?

— Pas tout à fait, murmura-t-elle. J'ai connu quelques aventures d'un soir… toutes décevantes, frustrantes… Rien à voir avec ce que j'ai ressenti, l'autre soir, avec vous. C'était si… différent ! Si intense… Bien sûr, s'exclama-t-elle, soudain narquoise, vous devez savoir que vous êtes un amant exceptionnel !

Abasourdi, Justin tenta de mettre un peu d'ordre dans ses idées. Il aurait volontiers, à ce moment, cassé la figure à ces hommes égoïstes et minables qui n'avaient pas su prendre soin d'Amy. D'un autre côté, il ne pouvait s'empêcher d'éprouver un réel sentiment de fierté. Ainsi, il était le premier à initier Amy au plaisir ?

Lentement, il s'approcha d'elle, qui lui tournait le dos, et posa délicatement la main sur sa nuque. Elle avait eu le courage de se confier. De lui révéler des expériences qui, au fond, concernaient son intimité la plus secrète. Amère, déçue par des hommes sans tact, elle avait évidemment besoin d'être rassurée, apprivoisée.

— Je n'aurais jamais imaginé cela, confessa-t-il avec une tendresse infinie dans la voix. Une femme comme vous, si sûre d'elle…

— Et si ce n'était qu'une façade ?

— Cela m'a effleuré, c'est juste…

— Vous voyez ! dit-elle. Vous ne savez rien de moi, vous ne me connaissez pas. Mais après tout, cela est-il vraiment nécessaire pour faire l'amour… Pourquoi s'embarrasser de sentiments, n'est-ce pas ?

Justin ne broncha pas. Elle semblait avoir une bien piètre opinion de lui… Et, malgré tout, avait cédé à ses avances. Parce qu'elle ressentait quelque chose pour lui et sûrement pas pour mettre un terme à une longue période de frustration. Elle accordait à l'amour physique une importance très romantique, idéaliste en quelque sorte… Il songea brièvement à toutes ces femmes qu'il avait tenues dans ses bras, au fond si glaciales, tellement superficielles. C'était autre chose avec Amy, et lui-même, pour la première fois, ne se sentait pas aussi à l'aise dans le rôle de séducteur. Vraiment, jamais il ne s'était senti aussi peu sûr de lui…

Il laissa s'écouler quelques secondes avant de répliquer :

— Amy, nous avons deux ans devant nous… Je voudrais consacrer chaque minute qui nous est donnée à tout apprendre de vous. Vous voudrez bien ?

9

Elle le dévisagea et tressaillit, fascinée, à cet instant, par la gravité de son expression. Comment en étaient-ils arrivés à parler ainsi d'elle ? Par quel miracle la conversation avait-elle dévié sur sa misérable vie amoureuse… Quelle sotte elle faisait ! Oui, mais elle s'était montrée sincère. Plus encore, elle lui avait donné là une fantastique preuve de confiance… et elle en attendait maintenant autant de lui. Il ne la quittait pas des yeux, probablement encore sous le choc de ses révélations. Elle s'éclaircit alors la gorge et lança, désireuse de faire diversion :

— Je me fais un plaisir de ce dîner, organisé par l'Association…

— Je parie que vous vous y ennuierez !

— Je ne crois pas… C'est pour moi l'occasion d'en savoir un peu plus sur votre travail.

— J'ai tous mes papiers, là-haut, dans le bureau. Je peux vous montrer, si vous le souhaitez ?

— Non, merci. En réalité, ce repas pourrait servir de prétexte à notre première sortie, en tant que jeunes mariés…

— Quel romantisme ! s'exclama-t-il, sans aucune ironie pourtant. Si vous êtes en quête de souvenirs, j'ai mieux à vous proposer…

— Et quoi donc, par exemple ?

— Eh bien… comme ça, là, spontanément, je… je vous prendrais dans mes bras et vous conduirais dans ma chambre.

Quelle obstination ! Pourtant, à l'idée de se retrouver allongée sur le lit de Justin, Amy ne put s'empêcher de tressaillir.

— En tout cas, reprit-il, je ne vous convierais assurément pas à un dîner de courtiers. Une seule fois, par le passé, j'y ai emmené une de mes conquêtes, ajouta-t-il, désabusé.

— Une conquête ? l'interrompit-elle, subitement outragée. Et pourquoi ne pas renouveler l'expérience, avec moi ?

— J'ai bien dit, « par le passé », insista-t-il.

Soudain, Amy se sentit dévorée par le doute. Justin avait une drôle de façon d'évoquer sa vie amoureuse. Après tout, peut-être venait-elle se rajouter à un tableau de chasse déjà bien garni… Pourquoi refusait-il de la mener à cette soirée ? Lui faisait-elle honte ? Avait-il en projet d'y conduire une autre femme ?

— Surtout, dit-elle en s'efforçant de ne pas crier, que je ne sois pas un frein à vos parties de chasse ! Ne prenez pas notre mariage trop à cœur… Vous êtes libre ! Pour ma part, il n'y a aucun problème.

— Euh… Ne seriez-vous pas… jalouse ? lui demanda-t-il, manifestement incrédule.

Amy inspira profondément, histoire de contenir cette colère sourde qui couvait en elle et menaçait d'exploser.

— Je ne suis absolument pas jalouse, déclara-t-elle le plus calmement possible. Mais s'il vous venait à l'idée de me séduire, comme l'autre soir, je serais en droit de m'inquiéter… Vous n'êtes pas sans savoir combien notre époque est, comment dire, sexuellement dangereuse.

Au regard noir que lui lança Justin à ce moment, Amy comprit qu'elle l'avait vexé. Elle en eut la confirmation lorsqu'il répliqua, sèchement :

— D'abord, à aucun moment, je ne vous ai forcée… Ensuite, si vous êtes si inquiète que ça, pourquoi ne pas avoir recouru à quelques précautions, l'autre soir ?

— Mais je prends la pilule, s'indigna-t-elle, déstabilisée par sa réaction.

— Et dans quel but ?

— Pour des raisons strictement physiologiques, s'entendit-elle répondre, convaincue pourtant que cela ne le regardait pas.

— Bien ! C'est d'accord... Nous irons à ce fameux dîner, lâcha-t-il, l'air résigné.

Une folle envie de le gifler s'empara brusquement d'elle. Elle parvint cependant à se raisonner.

— Jamais de la vie ! dit-elle.

Et, sans rajouter un mot, elle s'enfuit presque dans le jardin rejoindre les enfants.

Quelques secondes plus tard, la porte claquait violemment. Justin sursauta, surpris. Décidément, Amy montrait un don extraordinaire pour le faire tourner en bourrique ! Pourquoi, mais pourquoi ses amis l'avaient-ils laissé s'empêtrer dans cette affaire ? Ils auraient dû l'enfermer, sitôt qu'il avait évoqué le mariage...

Car, c'était sûr, Amy allait le rendre fou ! Non, il ne savait plus à quoi s'en tenir, avec elle... D'abord, elle se refusait ; ensuite, elle lui faisait perdre la tête, en se donnant à lui. Puis, elle ne trouvait rien de mieux à faire que s'esquiver, sans mot dire, après leur première nuit d'amour. Peut-être tout cela était-il trop précipité, avait-il alors songé. D'accord, il saurait se tenir à distance. Elle avait besoin de temps ? Il respecterait sa décision. Bien que cela lui en coûte... Et ne voilà-t-il pas qu'elle le suppliait, à présent, de l'emmener au dîner annuel des courtiers ? Pire encore, elle l'avait traité comme un vulgaire dragueur... Comment avait-elle dit ? Ah, oui, un chasseur... Lui ? La seule chose à laquelle il ait jamais réellement aspiré, c'était la paix !

Justin s'approcha de la fenêtre. Amy et les enfants, lancés dans une partie de colin-maillard, s'en donnaient à cœur joie. Un ange, voilà à quoi elle ressemblait ! Un ange parfois doublé d'un vrai démon ! A la fois tendre et rebelle. Difficile à cerner, décidément. Si libre, si attachée à son indépendance. A cet instant, Justin réalisa qu'il allait au-devant des pires tortures. Car il la désirait.

Les jours suivants, Amy affecta envers Justin une attitude amicale. Le soir venu, elle ne faisait plus sa traditionnelle escale dans le salon, mais, en revanche, préparait toujours un panier-repas, à son intention. S'il arrivait à Justin de ne pas toucher à cette collation, elle déposait alors un petit billet sur son ordinateur, l'avisant qu'un panier-repas était à sa disposition. De son côté, Justin lisait et relisait chaque fois ces petits mots, troublé. Personne, dans sa courte vie, ne s'était jamais soucié ainsi de son régime…

Collé à l'écran de son ordinateur, il tentait, en cet après-midi, de se concentrer sur son travail lorsque, soudain, il réalisa que, d'ici quelques heures, ils seraient tous les deux chez les Hawkins. Soirée barbecue ! Vaguement inquiet, il réfléchit un long moment. Comment Amy allait-elle se comporter avec lui, en présence d'autres personnes ?

« La rancune est un vilain défaut. » Toute son enfance, Amy avait entendu sa mère proférer cette sentence à tout bout de champ.

« Ce n'est peut-être pas beau, mais sûrement salutaire », répondait-elle alors, systématiquement. Oui, le fait d'être rancunière lui avait permis, à plusieurs reprises, de se préserver, en gardant ses distances. Aujourd'hui, pourtant, il lui était difficile d'entretenir une quelconque rancœur à l'égard d'un homme qui se montrait si attentionné avec les enfants.

Justin s'engagea prudemment dans l'allée qui menait chez les Hawkins. Aussitôt, les trois petits monstres, impatients de se dégourdir les jambes, s'agitèrent. Emily bondit de la voiture, un paquet de chips à la main. Sans attendre, Amy libéra Nicolas de son siège-bébé, imitée par Justin qui, lui, s'occupa de Jeremy.

— Ah, vous voilà ! s'exclama Kate en les rejoignant, sa petite fille dans les bras, Michèle commençait à s'inquiéter…

— Nous pouvons faire de la balançoire ? demanda alors Emily.

— Bien sûr, mon ange, répondit Kate en caressant tendrement les cheveux de la fillette.

— Nous aussi ? s'exclamèrent les garçons.

— Allez-y et amusez-vous bien ! conclut en riant la maîtresse des lieux avant de se tourner vers ses invités. Justin, ajouta-t-elle, tu me parais en grande forme… pour un jeune père de famille ! Je craignais tant, pour ma part, que ton ulcère se réveille…

— Une vraie perle avec les enfants, intervint Amy.

— Cela tient du miracle, commenta Kate. Il n'y a pas si longtemps, tu étais un des plus farouches opposants à la vie de famille…

— On évolue…, se contenta de murmurer Justin.

— Oui, et c'est heureux ! D'autant que tu parais tout à fait à la hauteur… Oh ! mais excusez-moi, s'exclama soudain leur hôtesse, voici Alisa. Je reviens…

— Alisa ? Je parie que Dylan va s'enfuir sur les chapeaux de roues…, confia alors Justin.

Kate alla saluer une jeune femme blonde, élancée, fort séduisante, ma foi, jugea Amy.

— Dylan n'aime pas Alisa ? s'étonna-t-elle.

— Oh ! c'est une vieille histoire, murmura Justin. Qui remonte à notre enfance. La mère d'Alisa était responsable de la cafétéria de l'orphelinat. Dylan et Alisa étaient amoureux fou, à l'adolescence. Et puis, une fois adultes, ils ont rompu et se sont perdus de vue… à la suite d'un malentendu… Alisa avait un jour refusé d'accompagner Dylan à…

Justin s'éclaircit la gorge avant de rajouter :

— … au repas annuel des courtiers.

Instinctivement, Amy se renfrogna et afficha un air méprisant.

— Je vous en prie, s'exclama Justin, vous n'allez pas recommencer ! Cessez de prendre cet air outragé !

— Je ne prends pas un air outragé, répliqua Amy, du bout des lèvres, en se dirigeant d'un pas décidé vers la maison.

— Si ! Vous êtes fâchée ! insista-t-il.

Il marchait à son côté, impassible, les bras chargés de victuailles.

— Non...

— Alors, prouvez-le-moi !

— Comment donc ?

— Un baiser, murmura-t-il.

Amy s'arrêta net. Ils n'étaient plus à présent qu'à quelques mètres du porche. Tous deux, alors, se regardèrent. Pourquoi, mais pourquoi perdait-elle tous ses moyens quand il la dévisageait ainsi ? Elle avait pourtant pris certaines résolutions. En décidant de considérer Justin comme un simple collaborateur, un mari d'opérette... Il quémandait un baiser, et voilà qu'elle était prête à fondre. Bêtement ! Oui, elle sentait toute sa détermination fléchir... Le salut, à ce moment, lui vint de Kate.

— Amy, je voudrais vous présenter Alisa !

— Sauvée par le gong, chuchota discrètement Justin.

— Avec plaisir ! s'exclama Amy.

Et elle le planta là, sans oser même le regarder.

— Amy, voici Alisa Jennings. Elle connaît Justin depuis, euh...

— Nous devions avoir autour de dix ans... Je suis enchantée de vous rencontrer, Amy, dit la nouvelle venue en tendant la main. Je tenais à féliciter celle qui a su passer la bague au doigt de Justin. Lui qui n'a jamais juré que par le célibat !

Amy se mordit discrètement les lèvres. Alisa était à des lieues d'imaginer les petits arrangements qui régissaient ce mariage.

— On sous-estime trop souvent la force de persuasion de la gent féminine, commenta alors Kate en souriant. Je suis si heureuse que nous nous retrouvions toutes les trois, ajouta-t-elle avant de chuchoter, malicieuse, à l'intention d'Amy : Alisa sait beaucoup de choses sur l'enfance de Justin et Michael...

— Vraiment ? dit Amy, intriguée. Et quel enfant était donc Justin ?

— Travailleur ! Il avait intégré l'équipe chargée de l'entretien de l'orphelinat, pour se faire un peu d'argent. Justin a toujours eu un rapport adulte avec l'argent. Je crois bien que c'était le plus économe de tous… Les autres garçons, dès qu'ils avaient un sou de côté, le dépensaient. Pas Justin. Lui épargnait ! Et ses camarades le suppliaient parfois de leur accorder un prêt. Mais il se montrait intraitable avec les mauvais payeurs ou les garçons indélicats !

— Ne l'appelait-on pas « le radin » ? demanda Kate sur le ton de la plaisanterie, tout en entraînant ses amies vers la terrasse.

— Il ne l'était pas du tout ! Je me souviens qu'une année, un jeune pensionnaire souhaitait aller en visite chez ses parents, pour Noël. Malheureusement, l'argent manquait cruellement à cette famille. Eh bien, c'est Justin qui a réglé, de sa poche, les frais de voyage…

— Vraiment ? s'étonna Kate. Je n'en reviens pas…

Le cœur d'Amy se serra. Elle imagina, un bref instant Justin enfant donnant à un camarade dans le besoin un peu de son argent, si durement gagné. Lui, radin ? Allons, non, ça ne collait vraiment pas avec ce qu'elle connaissait de lui. Et soudain, elle éprouva l'irrésistible besoin de s'élever contre cette réputation :

— Justin n'a rien d'un radin… Même s'il se complaît à affirmer le contraire ! Ainsi, par exemple, il n'a pas hésité à offrir un piano à Emily… simplement, parce que j'avais dit, deux jours plus tôt, qu'elle aimerait prendre des leçons. De plus, le programme d'activités de loisir dont je suis responsable vient de recevoir une donation conséquente… Anonyme, bien sûr !

— Ah ! Vous aussi ? s'exclama alors Kate en regardant en direction de son époux. Il est arrivé la même bonne surprise à l'Association des mères célibataires dont je m'occupais. Je me demande encore si Michael n'y est pas pour quelque chose… Je lui en ai parlé, mais il est resté très évasif. Chaque fois, il s'arrange pour détourner la conversation en me… taquinant, dirons-nous !

— Ne vous plaignez pas, répliqua Alisa, les yeux perdus dans le vague.

— Kate ! Ta mère, au téléphone ! s'exclama à cet instant Michael, depuis le pas de la porte.

— Et voilà Dylan qui arrive… Excusez-moi, mes amies, lança Kate.

— … Je… J'ignorais qu'il devait venir ! s'étonna Alisa.

— Pardon ? demanda Amy.

— Eh bien, Dylan et moi étions très… proches, plus jeunes. Ce n'est plus du tout le cas, aujourd'hui…

— Justin m'a raconté… Et il semblerait que vous repoussiez les avances de Dylan…

— Dylan a le chic pour tourner en rond, confia alors Alisa. Le roi de l'hésitation perpétuelle ! Je crois qu'il ne supporte pas, en réalité, de s'engager… J'ai donc mis un terme à notre relation.

Une profonde tristesse obscurcit son regard. Et Amy, brusquement, se sentit très proche de cette femme qu'elle ne connaissait que depuis quelques minutes seulement. Oui, c'était bien la même tristesse qui l'étreignait. Toutes deux se regardèrent et comprirent qu'une amitié sincère, déjà, les liait.

— En tout cas, dit brusquement Alisa sur un ton enjoué, je suis persuadée que Justin a trouvé en vous ce qu'il recherche depuis toujours…

Amy ne dit rien et se mit en quête de Justin, son mari. Dans quelle galère s'étaient-ils donc embarqués ? Vers quel destin naviguaient-ils, secrètement poussés par une puissance occulte ? Et si tout cela avait un sens caché… Non, impossible ! Quel délire ! Où était donc passé son superbe esprit cartésien, terriblement rationnel ?

La soirée s'écoula joyeusement, entre le rire des enfants, un somptueux barbecue et un orage menaçant. Plus tard, la petite troupe dut d'ailleurs s'enfuir du jardin, chassée par une pluie diluvienne. Tout le monde courut se réfugier, au sec, dans la maison. A ce moment, Nicolas, littéralement horrifié, poussa un cri :

— Les gâteaux ! On a oublié les gâteaux !

— J'y vais ! s'exclama Amy, ruisselante.

— Non ! Laissez-moi faire ! s'écria Justin.

Il se précipita sur la terrasse, presque inondée, s'empara rapidement du plateau de biscuits tant convoité et rejoignit aussitôt le porche, à grandes enjambées. De grosses gouttes s'écoulaient de ses cheveux, plaqués par la pluie.

— Vous êtes trempés ! s'exclama Amy en riant.

— Vous ne valez guère mieux, répliqua-t-il en riant à son tour.

D'un geste affectueux, il effleura son visage. Instinctivement, elle recula et tenta de mettre un peu d'ordre dans ses cheveux qui, effectivement, dégoulinaient. Ah, elle devait être belle à voir… Et son T-shirt ? Trempé, lui aussi, un peu trop, nota-t-elle en constatant que le tissu collait suggestivement à sa poitrine. Un détail qui n'avait pas échappé à Justin, lui sembla-t-il. Gênée par l'intensité de son regard, elle croisa aussitôt les bras.

— C'est préférable, dit alors Justin. Je ne voudrais pas que quelqu'un d'autre vous voie ainsi. Tenez, ajouta-t-il en retirant sa chemise, mettez ça, s'il vous plaît !

Amy fut surprise par ce geste, galant et protecteur à la fois. Il se tenait maintenant devant elle, torse nu. Elle se souvint brusquement du petit garçon qui, un jour, avait payé de sa poche pour qu'un camarade puisse aller rendre visite à ses parents. Généreux, sensible. Touchant. Et, sans même chercher à résister, elle céda à une brusque envie de l'embrasser. Elle posa ses lèvres sur les siennes et ce fut comme si elle lui murmurait mille choses secrètes que, jamais, elle ne pourrait lui avouer de vive voix. Puis, doucement, elle s'écarta.

— Qu'est-ce qui… me vaut ce plaisir ? bredouilla-t-il, visiblement surpris.

— Merci… de m'avoir prêté votre chemise.

Justin la dévisagea, puis, délicatement, effaça du bout des

doigts ces quelques gouttes — de pluie ? — qui glissaient sur le visage d'Amy.

Un peu plus tard, après avoir couché les enfants, Amy se réfugia dans le salon. Postée devant la fenêtre, fascinée par une pleine lune incandescente, elle sursauta presque lorsque Justin entra.

— Je… ne pensais pas vous voir… ce soir, bredouilla-t-elle. Vous semblez avoir beaucoup de travail…

— La saison tire à sa fin… du coup, ça se précipite un peu, chacun vend et achète à tour de bras, répondit Justin.

Menteur, se dit-il en lui-même, car ce n'était pas le travail, ce soir, qui l'avait retenu loin du salon. Non, il avait hésité à la rejoindre, parce qu'il savait trop combien leur tête-à-tête était éprouvant. En tout cas, pour lui.

— La saison ? s'étonna Amy. Je croyais que la Bourse tournait toute l'année ?

— Oui, mais la période idéale pour un courtier se situe entre octobre et mai…

— Dites-moi, par curiosité… qu'est-ce qui vous plaît, dans ce job ?

— Eh bien, j'adore cette impression d'être aux commandes… Ce n'est qu'une impression, bien sûr, car je ne contrôle absolument pas le marché des actions. En revanche, je procède à des analyses, j'applique des théories, différentes stratégies… Le but : accroître mon pourcentage de bénéfices, décrocher le gros lot !

— Et cela vous arrive souvent ? l'interrogea-t-elle, moins intriguée par cet univers que curieuse d'en savoir plus sur le Justin, businessman.

— En toute modestie… oui ! Parce que, contrairement à nombre de mes collègues, je reste toujours sur mes gardes. Beaucoup d'entre eux ont tout perdu par excès de confiance. Pour ma part, je me méfie toujours de ce qui paraît être une bonne affaire. Sang-froid et discipline, voilà mon secret.

Amy eut à ce moment un sourire amusé. A n'en pas douter, elle faisait le parallèle entre sa vie professionnelle et son comportement dans le privé. Voire dans l'intimité. Il la regarda plus intensément et s'approcha d'elle. Lentement, il saisit sa main et l'attira tout contre lui. Il fut surpris, alors, de sentir qu'elle n'opposait pas la moindre résistance. Troublé, il constata qu'elle frissonnait.

— Je n'aurais jamais imaginé être séduite par un homme d'argent, lui confia-t-elle doucement, avant de rajouter, d'une voix hésitante : Justin… je ne peux plus… je ne veux plus me battre contre cette chose qui palpite en moi… pour vous.

Elle était à ce moment si désarmée, si fragile. Dépassée, semblait-il, par la force de ce désir qui la submergeait, presque malgré elle. Et qu'elle avait fini par s'avouer. Par lui avouer. Il pouvait sentir son souffle, oppressé. Alors, n'y tenant plus, il l'enlaça, tendrement, avant de prendre son visage entre ses mains et de poser ses lèvres sur les siennes.

Leur baiser, d'abord serein, s'enflamma brusquement, tel un brasier qui trop longtemps couve et refuse d'étouffer. Tous deux se dirigèrent vers le canapé, sans interrompre leur étreinte, bouches désespérément accolées, comme si l'un risquait l'asphyxie, privé, ne serait-ce qu'un bref instant, du souffle de l'autre. Avec l'impatience d'un amant trop longtemps frustré, Justin, sans autres préliminaires, glissa sa main sous le T-Shirt d'Amy, qui soupira longuement. Son corps se raidit et sa peau frémit à la chaleur de ce contact. Justin, alors, détacha ses lèvres des siennes et sa bouche, aussitôt, alla s'abreuver sur le ventre dénudé d'Amy. Elle enserrait à présent sa nuque, cherchant à prolonger cette caresse, à retenir cet instant. Le souffle court, tremblante, elle murmura son nom et gémit. Justin, alors, se dégagea et approcha son visage du sien :

— Amy, chuchota-t-il, haletant, Amy, j'ai tellement… je vous veux.

L'espace d'un battement de cils, il entrevit dans son regard l'éclat de ses pupilles, dilatées. Oui, elle aussi le désirait. Tout, en elle, l'appelait, le suppliait. Et cet abandon décupla l'authentique besoin charnel qu'il éprouvait à présent. Il la posséda, avec passion, et elle se donna à lui, entièrement, comme jamais elle n'aurait cru s'abandonner. Un plaisir nouveau, absolu, la submergea. Pour la première fois, elle perdit toute notion d'elle-même. Oui, ils ne formaient plus qu'un… Et cette intimité, cette fusion ressemblait, pour elle comme pour lui, à une fabuleuse révélation.

Les minutes s'écoulèrent, les abandonnant là, épuisés et comblés. Incapable de proférer un seul mot, chacun tentait de revenir à lui. Ce fut Justin qui, le premier, perçut, au loin, l'écho d'une voix. Oui, quelqu'un, quelque part, se plaignait. Un enfant ! réalisa-t-il soudain en se redressant.

— Tante Amy ! J'ai fait un cauchemar ! hurla Nicolas, une nouvelle fois.

10

Justin arpentait nerveusement les quelques petits mètres carrés de sa chambre, tel un lion en cage. Une heure, guère plus, et déjà, il était en manque. La douche, pourtant glacée, était restée totalement inefficace !

Dieu, qu'il avait envie d'elle ! Et il n'y pouvait rien ! Son esprit, son corps, il était tout entier imprégné d'elle. Si fragile, si vulnérable. Leur relation était décidément complexe. C'était le monde à l'envers ! Mariés avant de devenir amants…

A mesure qu'il apprenait à la connaître, Justin avait le sentiment de se découvrir lui-même. Ses aventures avec les autres femmes ne duraient jamais plus d'une nuit ou deux. Le désir qu'il éprouvait pour elles restait somme toute superficiel. Il se lassait vite.

Avec Amy, c'était tout l'inverse qui se produisait. Plus il faisait l'amour avec elle, plus il la désirait. Plus il vivait à ses côtés, plus elle lui devenait indispensable. Et cela était inattendu. Déroutant.

Cela ressemblait fort à un sentiment auquel il avait souvent aspiré, sans jamais l'éprouver. Lui, le don Juan, possédait donc un cœur ? Et Amy lui avait décoché une flèche fatale ?

Un rapide coup d'œil à sa montre l'arracha soudain à ses pensées. Mon Dieu, le dîner des courtiers ! Déjà, il était en retard. Il enfila en vitesse un smoking — dans lequel il étouffait, littéralement — et sortit en trombe de sa chambre. Amy s'affairait dans la cuisine, harcelée par les enfants.

— Amusez-vous bien, lui lança-t-elle en le dévisageant, vaguement narquoise.

— Oh ! faire un discours n'a rien d'amusant… A plus tard, dit-il avant de disparaître.

Amy le regarda partir, songeuse, puis revint auprès des enfants.

— Je sors, ce soir, mes amours. Je vais appeler la baby-sitter. Que diriez-vous d'une pizza ?

— Chouette ! s'exclama Nicolas.

— Qui c'est, la baby-sitter ? demanda alors Emily, visiblement contrariée.

— Jennifer Stallings. Vous la connaissez, elle habite tout près et elle est extrêmement gentille.

La fillette ne réagit pas. Quelque chose la tourmentait. Amy, inquiète, s'approcha et, doucement, l'interrogea :

— Que se passe-t-il, ma chérie ? Tu n'es pas malade, j'espère ?

— Euh, non…, bredouilla Emily, mais… tu me promets que tu n'auras pas un accident, dis ?

Amy regarda l'enfant, bouche bée, puis, tendrement, la prit dans ses bras.

— Je n'ai pas l'intention d'avoir un accident, murmura-t-elle. Je serai de retour au plus tard à minuit. Je viendrai t'embrasser, c'est juré !

— D'accord, murmura la fillette, soulagée. Dis, où est-ce que tu vas ?

— Je vais faire une surprise à Justin, chuchota Amy.

— C'est son anniversaire ? s'écria Emily.

— Non, mais il doit faire un discours… et je veux qu'il ait la surprise de m'apercevoir dans l'assistance. Allez, ma chérie, je te confie tes frères, d'accord ?

Après qu'Emily lui eut offert son plus beau sourire, Amy, rassurée, se précipita jusque dans sa chambre. D'abord, se dit-elle, une toilette de circonstance ! Qu'allait-elle donc bien pouvoir se mettre ?

Elle passa brièvement sa garde-robe en revue. Triste inventaire, sans guère de chic et encore moins d'originalité. Il est vrai qu'entre les enfants et le travail, elle avait, depuis quelques mois, cessé de se soucier d'élégance. Oh ! et puis zut ! Tiens, sa petite robe noire à fines bretelles… ses escarpins, le collier de perles fantaisie ! Voilà, ce serait parfait !

Soudain, une pensée lui traversa l'esprit. Et si Justin prenait mal sa petite surprise ? Et s'il lui avait déconseillé de l'accompagner à cette soirée pour une autre raison que celle invoquée ? Un dîner barbant, entre gens ennuyeux, avait-il dit…

Elle verrait bien, après tout. C'est pourtant avec une certaine angoisse, latente mais bien présente, qu'elle se résolut à s'habiller. Nerveuse, elle dut reprendre son maquillage à plusieurs reprises. Elle s'attaqua ensuite à ses cheveux, maudits cheveux qui refusaient obstinément de se laisser coiffer.

— Et si tu faisais un chignon, comme pour le mariage ? s'exclama à ce moment Emily.

— Mais tu as raison, ma chérie ! répondit Amy, c'est une excellente idée ! Qu'est-ce que je deviendrais, sans toi ?

Aussitôt, elle s'essaya à épingler le plus joliment possible les mèches rebelles. Une vraie catastrophe ! Emily s'approcha alors d'elle et, calmement, avec une précision étonnante, l'aida à réaliser un superbe chignon.

Amy regarda l'heure. Elle devait se hâter, à présent. Une dernière fois, elle répéta ses instructions à la baby-sitter qui venait d'arriver, embrassa chaleureusement les enfants et sortit.

Le dîner se tenait dans un club privé, au centre-ville. Amy trouva à garer sa bonne vieille Coccinelle, au beau milieu des berlines de luxe. Après avoir remis ses clés au voiturier, elle pénétra dans le bâtiment, jusqu'à la salle de réception, en tentant désespérément de faire taire cette appréhension qui taquinait son estomac.

Le cadre était somptueux. Presque intimidant. Elle s'avança néanmoins et, d'un regard, remarqua que toutes les tables semblaient complètes, y compris celle de Justin, à moins que… Oui, au centre de la salle, il restait une place. Elle se précipita et s'assit.

Comme elle aurait aimé, alors, être invisible ! Elle ne se sentait pas dans son élément, ici. Les convives, à sa table, paraissaient si à l'aise, si sûrs d'eux, bavardant de tout et de rien. Elle tenta de grignoter quelques amuse-gueules, plus pour se donner une contenance que par appétit. En réalité, elle avait l'estomac noué.

Son regard, alors, s'arrêta sur Justin, assis entre deux superbes créatures. Une brune, une blonde. Des femmes du monde, songea-t-elle, amère, peut-être un peu envieuse. A ce moment, elle crut voir la brune s'appuyer avec un peu trop d'insistance contre le coude de Justin. Décidément, son époux était bien entouré !

— Quel monde ! lui chuchota à cet instant son voisin de table, un homme entre deux âges, affublé d'un ridicule costume trois-pièces. Personne ne veut rater le discours du meilleur courtier de la ville, ajouta l'inconnu. Un multimillionnaire, paraît-il, parvenu par ses propres moyens… Moi, je pense plutôt qu'il a tout simplement su manœuvrer… au détriment, probablement, de certains d'entre nous.

Amy toisa l'étranger avec un air de mépris. Ce monsieur est jaloux, se dit-elle en notant que la jeune femme brune frôlait maintenant un peu trop précisément Justin qui, ma foi, ne semblait pas en être outragé.

— Je ne suis pas d'accord avec vous, répliqua alors un convive. Justin Langdon ne doit sa réussite qu'à son travail ! Il mérite sa fortune !

— Ah, rétorqua le voisin d'Amy, moqueur, un fan !

— Non, pas un fan, répondit le défenseur de Justin. Je suis tout simplement fasciné, comme la majorité des gens présents ici, ce soir. Je donnerais cher pour connaître les secrets du meilleur courtier de St. Albans !

— Je doute fort que M. Langdon nous les révèle, insista le médisant avant de se tourner vers Amy. Allan Walters. Je n'ai pas le plaisir de vous connaître... Vous représentez quelle société ?

— Je ne suis pas du métier, répondit Amy, sur la défensive.

— Ah ? Peu importe, répliqua son interlocuteur, avec une impolitesse choquante... Pour en revenir à M. Langdon, ajouta-t-il, presque à voix basse, tout en lorgnant effrontément le décolleté d'Amy, je me suis laissé dire qu'il avait un succès fou auprès des femmes...

Comment devait-elle réagir ? Gifler le malotru ou lui tourner le dos en arborant un air de superbe indifférence ? Amy fit un effort surhumain pour contenir cette colère qui, déjà, grondait furieusement en elle. Elle respira profondément et interrogea son voisin, sur un ton presque badin :

— Vous semblez en savoir beaucoup sur M. Langdon... Vous l'avez déjà rencontré ?

— Non, jamais ! En revanche, on dit énormément de choses, sur lui.

— Alors, si je comprends bien, ce que vous avancez à son sujet ne repose que sur la rumeur.

— Il faut avouer qu'il s'y prête. Tiens, observez-le ! Entre ces deux femmes...

— Je ne vois pas en quoi cela est suspect, renchérit Amy en s'efforçant de rester courtoise. Tous les plans de table sont conçus de la même manière, un homme, une femme, un homme, etc.

— En tout cas, il n'est toujours pas marié ! Cela se saurait, persifla l'inconnu.

— Je ne connais rien de la vie amoureuse de M. Langdon, rétorqua-t-elle, de plus en plus agacée par son voisin. Par contre, je suis persuadée qu'il s'est toujours moqué de la rumeur. Ce qui explique probablement son succès !

— Bien dit, s'exclama à ce moment le jeune homme qui, un peu plus tôt, avait pris spontanément la défense de Justin.

Enchanté, ajouta-t-il à l'adresse d'Amy. Je m'appelle Ben Haynes ; vous êtes ?

— Amy Monroe, répliqua-t-elle en évitant soigneusement de révéler son nom d'épouse.

— Je suis agréablement surpris, lui confia Ben. On rencontre rarement des femmes comme vous, lors de ces soirées.

— Ah, et quel type de femmes fréquente ces soirées ?

— Euh… je dirais : des mantes religieuses !

C'était évident ! songea-t-elle en observant les représentantes de la gent féminine qui, ce soir-là, composaient l'auditoire. Beaucoup traquaient sûrement là le bon parti, qui leur assurerait un avenir luxueux, qui leur ouvrirait définitivement les portes de la jet-set. Et nombre d'entre elles, elle devait l'admettre, avaient des arguments de choc. Propres à séduire le plus réticent des courtiers…

Justin ferma un instant les yeux, excédé. A plusieurs reprises, déjà, il avait évoqué son récent mariage, exhibé son alliance. Rien n'y faisait ! Cette femme, comment s'appelait-elle déjà ? Ah oui, Gabi ! Gabi ne cessait de l'effleurer de manière éhontée, presque indécente. D'ici quelques minutes, il devrait s'exprimer à la tribune, devant les gens de la profession dont la plupart lui reprochaient d'ailleurs sa réussite.

Il s'écarta en soupirant de Gabi et aperçut à cet instant le président de l'Association qui se dirigeait vers le micro. Respectueusement, la salle adopta alors un silence tout relatif.

— Mesdames, messieurs… J'ai le plaisir d'inviter à la tribune un homme d'exception, un homme qui a fait son entrée dans le métier par la petite porte et qui gère aujourd'hui plusieurs millions de dollars.

Justin retint de justesse un bâillement d'ennui et jeta un rapide coup d'œil à sa montre. Le président, après une brève biographie dithyrambique, éleva soudain la voix :

— Mesdames, messieurs, j'appelle Justin Langdon !

Un tonnerre d'applaudissements retentit, laissant Justin

pour le moins sceptique. Il se leva, l'air plus résigné que flatté, et se dirigea aussitôt vers la tribune. Les projecteurs se braquèrent soudain sur lui. Il se trouva alors devant un immense trou noir, incapable de distinguer le moindre visage ami… à supposer qu'il y en ait !

— Bonsoir, dit-il, un peu hésitant, mon nom est Justin Langdon et je suis… radin !

Un murmure suivi par un éclat de rire collectif emplit alors la salle, manifestement surprise par cette entrée en matière. Amy, de son côté, sourit. Justin était réellement un homme exceptionnel !

— Je sais que ma réussite en irrite plus d'un dans l'auditoire. C'est vrai, je me suis fait tout seul, dit Justin en insistant plus particulièrement sur ces deux derniers mots. Et j'ai appris sur le tas. Comme un forcené, parce que je voulais être le meilleur ! Oui, mon but était de gagner de l'argent… et d'en faire gagner à mes clients ! Et il semble que je ne me débrouille pas mal. Pourquoi ? Parce que je n'ai jamais failli à mes principes. Le marché de la Bourse n'est pas nécessairement un marché de… dupes ! Bien au contraire ! C'est un marché où la transparence et la confiance rapportent plus, à terme, que la corruption et les tractations douteuses.

Il parlait avec le cœur. Et Amy buvait littéralement ses paroles, touchée par son honnêteté, son courage à s'exprimer ainsi devant un parterre composé essentiellement de requins. Oui, elle l'admira, à ce moment. Pour ce qu'il avait été. Pour ce qu'il était devenu : non pas un radin comme il se plaisait à le répéter, mais un homme, au sens le plus noble du terme…

— Je crois que le succès, le vrai, reprit-il après une courte pause, est le résultat de l'expérience, de toutes les expériences et de notre capacité à en tirer des leçons. J'ai commencé ma carrière dans une chambre de bonne qui donnait sur une rue où résonnaient coups de feu et sirènes de police. Je me nourrissais à l'époque de boîtes de conserve… Et puis, un jour, j'ai pu m'offrir un gueuleton au fast-food du coin… Ce fut mon premier succès ! Et j'ai su ce jour-là que j'irais loin…

De nouveau, l'assistance partit d'un formidable éclat de rire, applaudissant à ce qu'elle croyait être une plaisanterie, probablement, se dit Justin avant de s'éclaircir la voix et d'enchaîner :

— Les années ont passé. Six ans au total de ce que vous considéreriez sans doute comme une vie de privations et de galères. Pourtant, je repense à chaque minute, à chaque jour de cette période avec émotion.

Il s'arrêta une nouvelle fois, le temps d'avaler une gorgée d'eau, et cligna des yeux, intrigué par ces ombres chinoises, ces êtres sans visage qui lui faisaient face. Soudain, son regard s'arrêta sur une chevelure rousse, illuminée par l'éclat d'un projecteur. Amy ? Oui, c'était bien elle ! Son cœur se mit à battre à se rompre. Mais pourquoi lui avoir caché… ? Elle regardait dans sa direction, visiblement très détendue. Un instant, il lui sembla qu'elle lui souriait… Justin but une nouvelle gorgée d'eau. Amy portait une petite robe qui, ma foi, lui allait à ravir, se dit-il avant de réaliser que le public devait attendre la suite de son discours.

Il reprit la parole, accélérant subitement son débit, sans même s'en rendre compte. Que se passait-il ? Non, il ne rêvait pas ! Le voisin de table d'Amy examinait sans complexe son décolleté ! Il dut alors se faire violence pour résister à l'envie de bondir au bas de la tribune et d'aller dire à ce malotru de quel bois il se chauffait. Pourtant, il se ravisa. Et opta pour une stratégie plus mondaine :

— Je voudrais profiter de cette soirée pour vous présenter ma femme, déclara-t-il solennellement. Amy, je vous en prie…, ajouta-t-il en tendant la main dans sa direction.

« Oh ! non, pas ça ! » se dit-elle en rougissant. Tous les regards, des centaines d'yeux, curieux et incrédules, se tournèrent vers elle. Tétanisée par une soudaine et implacable timidité, elle se figea sur sa chaise, s'attendant presque à être victime d'une crise cardiaque, et baissa les yeux. Les projecteurs, déjà, la traquaient. Elle n'entendit que vaguement les applaudissements des convives qui tous, maintenant, la dévisageaient. Que n'était-elle une petite souris, à cet instant ! Justin ! Pourquoi lui avait-il fait ça ?

— Bonsoir… J'ai beaucoup d'admiration pour vous !

Mais à qui donc s'adressait son sympathique voisin ? se demanda Amy en redressant la tête. Justin ! Il était descendu de la tribune et l'avait rejointe. Après un sourire distrait lancé à son fan, il se pencha vers elle.

— Amy ?

— Je donnerais n'importe quoi pour être invisible, chuchota-t-elle.

— Dans cette robe ? rétorqua-t-il.

— Je comprends mieux pourquoi vous le défendiez avec tant d'ardeur, s'exclama à ce moment Allan Walters, un sourire fourbe aux lèvres.

— Vous m'avez défendu ? demanda tendrement Justin.

— Eh bien, oui, répliqua Amy, de plus en plus gênée, Monsieur se montrait particulièrement…

Elle s'interrompit, agacée, et se contenta d'ajouter :

— Peu importe !

— Une femme merveilleuse, monsieur Langdon, insista l'importun en clignant de l'œil, délicieuse, vraiment !

Un bref instant, Amy éprouva la furieuse envie de lancer son verre d'eau à la tête de l'hypocrite. Elle se ravisa aussitôt. Justin, visiblement, n'appréciait guère le bonhomme. Il serrait les poings et, pour la première fois, elle remarqua dans son regard une lueur particulière qui, si elle ne se trompait pas, trahissait une violente colère. Un instant, elle craignit le pire. Mais non. Justin, sans se départir de son sourire, s'adressa au misérable Walters :

— Je vous prie de ne pas manquer de respect à mon épouse ! Et la prochaine fois que je vous surprends à regarder son décolleté, vous regretterez de m'avoir rencontré… je vous le promets ! lança-t-il, glacial, avant de rajouter doucement, à l'intention d'Amy : allons-y !

Il prit alors son bras et l'entraîna. Ils sortirent de la salle, zigzaguant entre les tables. Justin marchait d'un pas sûr, la tête haute. Fier, manifestement, de ce couple qu'ils formaient tous deux… et qui paraissait faire tant d'envieux, nota Amy, non sans satisfaction.

— Pourquoi m'avoir caché votre venue ?

— Je… je voulais vous faire la surprise, chuchota-t-elle en s'accrochant à lui comme à une bouée. Mais où allons-nous ?

— C'est réussi ! Vous auriez dû me rejoindre à ma table…

— Il n'y avait pas de place, répliqua Amy, soudain morose. Et puis, vous étiez fort bien entouré, il me semble… Mais, où allons-nous ?

— Autant que vous ! rétorqua-t-il, un peu sèchement lui sembla-t-il. L'Association m'a réservé un salon particulier, pour la soirée.

Ils avaient maintenant quitté la salle de réception. Justin parcourut encore quelques mètres puis stoppa, devant la cage d'un ascenseur.

— Un salon… particulier ?

Les portes de l'ascenseur coulissèrent et Justin, prestement, entraîna Amy.

— C'est le genre d'attention que l'on accorde ici aux personnes que l'on admire et que l'on souhaite ménager…, expliqua-t-il, ironique.

— Je ne tiens pas particulièrement à vous ménager, mais… il est vrai que vous m'impressionnez. Oh ! pas pour les mêmes raisons que vos pairs, bien sûr !

— Tiens donc ! Et pourquoi est-ce que je vous impressionne ?

L'ascenseur marqua un à-coup, la porte s'ouvrit. Cette interruption était la bienvenue pour Amy qui éprouvait le besoin de rassembler ses esprits. Justin la précédait.

— Je vous en prie, dit-il en poussant la porte de ce qui devait être le salon particulier de l'homme du jour. Vous disiez ? reprit-il.

— Je vous respecte pour votre générosité, votre tolérance… pour avoir donné de l'argent à un camarade dans le besoin, à l'orphelinat… parce que vous n'avez pas crié au scandale, lorsque Nicolas a vomi dans votre voiture… parce que vous m'êtes venu en aide…

— Comment ça ?

— En m'épousant ! Grâce à vous, je sais maintenant que j'obtiendrai la garde des enfants. Une décision comme celle-ci impose le respect… même si elle ne me convient pas…

— Que voulez-vous dire ? s'étonna alors Justin, de toute évidence interpellé par sa dernière remarque.

— Eh bien…, commença Amy, je n'avais jamais songé me marier un jour. Je crois ne posséder aucune des qualités requises pour être une épouse.

Elle reprit à ce moment sa respiration, hésita quelques secondes, puis murmura :

— La vie nous réserve bien des surprises ! La vérité, c'est que j'éprouve pour vous des sentiments extrêmement forts et… mon Dieu, non, vous n'auriez jamais dû m'épouser…

Un silence pesant s'ensuivit. Voilà, elle l'avait dit ! Et, à présent, elle n'avait plus qu'à espérer être engloutie dans les entrailles de la Terre !

— Pourquoi êtes-vous venue, ce soir ? demanda alors Justin.

— Je vous l'ai dit… je voulais vous faire une surprise…

Il s'approcha d'elle. Elle n'osait toujours pas le regarder, mais frémit quand il caressa ses cheveux. Puis, soudain, elle se redressa, car, oui, elle s'était jurée de tout lui avouer, de ne rien lui cacher :

— Et je voulais passer un moment avec vous, rien qu'avec vous… sans les enfants. Quelques minutes, seulement, s'empressa-t-elle d'ajouter.

— Mais je ne demande pas mieux, chuchota Justin en effleurant sa nuque.

— Je vous parle sérieusement, reprit Amy. Votre fortune, votre position sociale, je m'en moque… C'est vous qui m'intéressez ! Hélas, je n'ai absolument pas le profil des femmes que vous fréquentez habituellement.

Elle s'efforçait de faire taire cette jalousie qui la tenaillait en repensant au manège effronté de la voisine de table de Justin.

— Je n'ai ni l'allure ni la classe des femmes que vous fréquentez. Je suis juste une petite enseignante qui adore son travail.

— Aucune de ces femmes du monde ne vous arrive à la cheville, l'interrompit Justin, c'est d'ailleurs ce qui me tracasse, ajouta-t-il. J'ai trouvé que les hommes vous regardaient un peu trop, ce soir…

11

Amy frissonna de plaisir. Il était jaloux ? Tant mieux, se dit-elle en éprouvant un réel sentiment de satisfaction. Un homme comme lui ne devait connaître que rarement les tourments de la jalousie. Encore moins le laisser transparaître !

Il s'approcha plus près d'elle et, des lèvres, lui effleura la joue.

— Amy… nous sommes seuls, maintenant, murmura-t-il tendrement, Je vous en supplie… Ne pensons qu'à nous, et à nous seuls, ajouta-t-il en lui prenant le visage entre ses mains. Je… j'ai besoin de vous.

Justin, besoin de quelqu'un ? Une prière bien surprenante, dans sa bouche. Depuis qu'ils se connaissaient, une seule fois, il avait paru désarmé. Cela remontait à leur première rencontre, quand son ulcère s'était réveillé. Oui, cette fois-là, il avait bien dû se résoudre à accepter l'aide d'un tiers. « Et pour mon malheur, songea Amy, il a fallu que ce soit moi ! »

— Venez dans mes bras… S'il vous plaît.

Il était à des lieues, alors, d'imaginer les réflexions amères qui occupaient l'esprit d'Amy. Nul doute qu'elle devait déjà regretter de lui avoir avoué ses sentiments. Comme à son habitude, elle luttait probablement, en ce moment même, contre ce désir qui lui ordonnait de céder, d'accepter son destin de femme.

Car après tout, c'était bien le destin qui leur avait joué ce petit tour… ou autre chose, aux desseins secrets.

Toujours est-il qu'elle était venue à lui, ce soir, et cela restait plutôt inattendu, de sa part. Peu à peu, elle laissait tomber toutes ses réticences et semblait accepter son sort. Mieux, elle allait au-devant de lui…

Cette soirée était la leur. Les enfants ne risquaient pas d'appeler, Mme Hatcher ne débarquerait pas à l'improviste… Ils avaient devant eux quelques heures de vraie intimité.

Il approcha ses lèvres et déjà l'enlaçait, impatient, quand elle le repoussa doucement.

— Non, chuchota-t-elle, pas si vite…

— Oui, vous avez raison…

Quel maladroit il faisait ! Il n'avait rien pourtant d'un malotru, mais son désir pour Amy frôlait, ce soir, l'insoutenable. Or, elle avait eu son lot d'amants pressés, et forcément médiocres. Et s'il n'y prenait garde, il rejoindrait vite le rang de ces minables… Amy méritait plus que le simple plaisir. Elle méritait la tendresse, la douceur. Le respect…

Lentement, Justin fit glisser la fermeture Eclair qui retenait sa robe, sur ses épaules presque dénudées. Cette fois, elle ne le repoussa pas lorsque sa bouche rencontra la sienne. Elle se laissa prendre.

Il sentit que son souffle s'accélérait lorsque la petite robe noire chut sur le parquet. Un instant, un seul, Amy faillit s'écarter de lui, se sentant soudain trop vulnérable. Au lieu de cela, elle se blottit contre lui et gémit faiblement sous la caresse de ses mains. Une caresse lente, attentionnée qui semblait épouser chaque courbe de son corps, aimer chaque centimètre de sa peau avec une passion irrésistible.

Incapable de rester plus longtemps passive, ne pouvant plus supporter les quelques soupirs qui les séparaient encore, Amy s'appliqua à défaire, un à un, les boutons de la chemise de Justin. Elle le voulait nu contre elle, voulait sentir sa chaleur… Et avec tant de force, qu'elle en était incroyablement maladroite.

Il vint à son secours en retirant lui-même ce costume dans lequel il étouffait, à présent. Torse nu, il la serra avec une force troublante. Elle se dégagea pourtant et, à ce moment, il craignit qu'elle lui échappe… encore ! Mais non… elle le fixa, avec dans le regard une lueur étrange, et il comprit alors qu'elle ne le fuirait pas. C'était bien du désir qui faisait briller ses yeux, un désir charnel, intense. Vrai.

Leur corps à corps passionné bruissa dans le silence feutré du salon. Ils n'échangèrent pourtant aucun mot, ne cherchant qu'à prolonger cette étreinte, où chacun prit conscience de l'autre, de ses secrets, de sa vérité. Ils s'aimèrent sans pudeur, avec, au gré de leurs vertiges, le sentiment d'être enfin aux portes d'un rêve.

Epuisés, apaisés, tous deux se regardaient maintenant, sans parler. Car les mots n'eussent servi à rien, et leur auraient paru bien superflus à côté de ce qu'ils s'étaient murmuré, avoué. Les minutes s'écoulèrent, sans qu'ils s'en soucient, indifférents à tout ce qui n'était pas eux. Ce fut Justin qui, le premier, rompit le silence.

— Je voudrais… vous garder près de moi.

— Et vous avez songé aux enfants ? plaisanta Amy, touchée mais aussi amusée par le romantisme de Justin.

— Eh bien, répliqua-t-il sur le même ton, la baby-sitter s'en occuperait… Je vous demande simplement une nuit, toute une nuit.

« Et la promesse ! » songea alors Amy. Elle s'était engagée à rentrer au plus tard à minuit. Il n'y avait pas une seconde à perdre.

Entre deux fous rires, ils se rhabillèrent, se taquinant comme deux enfants.

Justin l'accompagna jusqu'à sa voiture et, ne voulant pas la retarder plus longtemps, lui donna un rapide baiser. Rapide, mais intense. Déjà, elle roulait en direction de la maison, le cœur léger. Le corps frissonnant encore de souvenirs impudiques. Peu à peu, pourtant, la réalité de la vie reprit ses droits. Au fond, se dit-elle, ce qui s'était passé ce soir ne changeait rien. Justin et elle avaient deux ans devant eux. C'était inscrit dans le contrat. Un contrat aux termes clairs… Dans deux ans, chacun reprendrait sa route s'il le souhaitait.

La baby-sitter empocha son dû, quelques dollars réglés par Justin, plus prompt qu'Amy.

— Il ne fallait pas, dit Amy. Je peux assumer ce type de frais…

Il haussa les épaules et se tourna vers elle. Etrange, comme elle paraissait lointaine. S'était-il passé quelque chose, sur le chemin du retour ? Forcément, se dit Justin, désorienté par l'attitude d'Amy. Qui aurait dit que cette femme était dans ses bras à peine une heure plus tôt ?

— Un problème ? s'enquit-il, soudain réellement inquiet.

— Non, je suis fatiguée. Et j'ai promis à Emily d'aller l'embrasser, dès mon retour.

Elle hésita, puis soudain plongea les yeux dans les siens avant de déclarer :

— Vous avez été formidable, ce soir… cette nuit.

— Merci, répondit Justin, mais… dites-moi ce qui ne va pas.

— Rien du tout, s'empressa de répondre Amy.

Elle mentait, bien entendu. Effrontément. Car Justin la connaissait à présent suffisamment pour comprendre qu'elle lui cachait quelque chose.

— C'est notre mariage, avoua-t-elle alors, vivement. Cela ne rime à rien. Nous nous sommes engagés pour deux ans… Deux ans, qu'est-ce que ça veut dire ?

Ses yeux fuyaient ceux de Justin, obstinément. Elle respira alors profondément, comme si elle cédait à une immense et profonde lassitude.

— Un vulgaire contrat, reprit-elle, voilà à quoi se résume notre mariage.

Lors des jours qui suivirent, Amy prit ses distances. Certes, elle se montrait aimable mais affichait une réserve glaçante. Blessante. Justin, pour la première fois de sa vie, eut le sentiment d'être dépossédé, abusé. C'était comme si, après lui avoir tout donné, Amy avait brutalement changé d'avis, sans se soucier de ce qu'il pouvait ressentir.

Vivre sous le même toit qu'elle lui était à présent pénible, douloureux. Une seule fois, il avait éprouvé une peine aussi intense. Il y avait des années de cela, lorsque sa mère l'avait inscrit à l'orphelinat…

Un jour, excédé par la cruauté de son indifférence, il sortit et erra en ville de longues heures, sans but précis. Il était déjà tard quand il se décida à rentrer. Comme il s'engageait dans l'allée, il dut renoncer à se garer. Deux véhicules encombraient le passage, une voiture de sport dernier cri et un énorme pick-up. Deux hommes s'affairaient autour d'un portique flambant neuf. Amy et les enfants, visiblement fous de joie, les observaient.

Personne ne semblait avoir remarqué son arrivée. Justin rejoignit le petit groupe, intrigué. A cet instant, Nicolas, l'apercevant, poussa des cris de joie :

— Justin ! Regarde, on a une balançoire !

— Et c'est moi qui me balancerai le premier, hurla alors Jeremy.

— Non, d'abord moi ! s'exclama Emily.

Les garçons sautillaient maintenant d'impatience et se chamaillaient gentiment avec leur sœur. Amy les regardait, l'air serein. Se réjouissant à l'évidence de ce bonheur.

Elle tourna alors la tête en direction de Justin et lui sourit. Un sourire dont la douceur lui fit fondre le cœur. Cela signifiait-il qu'il pouvait espérer, de nouveau… ?

Sa joie fut de courte durée, car, déjà, le sourire d'Amy s'estompait.

— Ces messieurs m'ont promis de tout faire pour que les enfants puissent s'amuser dès la fin du repas, dit-elle très sobrement à Justin.

Le silence tomba.

— Et l'autre voiture ? interrogea Justin.

— Un caprice ! s'exclama Amy. Mais j'ai des excuses… Ma Coccinelle était à bout de souffle. Je suis passée devant un garage, cet après-midi, qui faisait des offres alléchantes. Je me suis arrêtée et… voilà !

— Pourquoi ne pas m'en avoir parlé ? demanda Justin, vaguement vexé.

— Et pour quelle raison ? répliqua-t-elle en riant. J'ai quand même les moyens de m'offrir une voiture neuve… et un portique, rassurez-vous !

Justin hocha la tête, en signe d'assentiment, étonné pourtant qu'Amy soit du genre à acheter de manière impulsive, à céder ainsi à une envie. Oui, ce trait de caractère l'inquiétait et, du coup, son humeur se fit plus morose encore.

— Allez, les enfants, à table, s'exclama à ce moment Amy avec entrain.

Tous se précipitèrent, Amy sur leurs talons, sans rechigner, sachant trop ce qui les attendait, après le dîner. Justin leur emboîta mollement le pas et se dirigea à son tour vers la cuisine.

— Personne ne sortira avant d'avoir terminé son assiette, lançait Amy aux garçons surexcités. Désolée pour le repas, ajouta-t-elle, cette fois à l'intention de Justin. Ce soir, j'ouvre des boîtes !

A ces mots, Justin sentit son estomac se nouer. Des images se bousculèrent dans sa tête, souvenirs d'un âge lointain, si pénibles aujourd'hui encore. Sa mère ! Une fois, elle lui avait offert un somptueux camion de pompiers miniature ; elle avait ce jour-là fait du shopping et était rentrée avec une robe et des chaussures neuves. Justin se souvenait des haricots blancs en boîte qu'elle lui avait servis, plus tard, au dîner. Comme il se rappelait un certain Noël, ce réfrigérateur et cette télévision livrés à la maison ; lui avait eu droit à des jeux vidéo. Puis, en début de soirée, l'électricité avait été coupée — facture impayée ; et il se revoyait avaler les mêmes haricots en boîte, à la lueur du feu de cheminée.

Et il n'en avait pas fini avec ces maudites boîtes ! Il en avait probablement consommé des tonnes, à ses débuts de courtier, quand chaque dollar gagné était mis de côté, par peur du lendemain… Et voilà que, ce soir, Amy lui proposait d'ouvrir des boîtes ?

— Je rentre chez moi, chuchota-t-il discrètement à l'oreille d'Amy. Je vous expliquerai, plus tard…

Et il tourna les talons, sans attendre de réponse.

La nuit était déjà fort avancée. Confortablement installé sur son canapé, dans l'obscurité rassurante de ces murs familiers — sa seule et unique maison, avant Amy —, Justin recouvra un peu de sa sérénité. Il savourait l'atmosphère feutrée et paisible… Un petit peu trop paisible, peut-être, se dit-il pourtant. Les escaliers qui craquent, les enfants qui chahutent et… la voix d'Amy… tout cela lui manquait-il ?

« Eh bien, oui, s'avoua-t-il, elle me manque, le bruit me manque et je ne supporte plus cette solitude. »

Il respira fort et jeta un rapide coup d'œil à la pendule. « Tiens, elle doit coucher les enfants, à cette heure, songea-t-il. Ensuite, elle ira se glisser entre ses draps, sans moi… » Il essaya de l'imaginer, endormie, libérée de ses angoisses, de ses devoirs. Enfin abandonnée.

« De quoi donc ai-je l'air ? » se dit alors Justin. Il croyait trouver ici la paix mais, en réalité, son cœur, son esprit étaient restés là-bas. Chez elle ! Sa vie tout entière — sa vie de célibataire — lui était devenue tout simplement insupportable. Certes, il était piégé ! ne cessait-il de se répéter, mais cela ne le faisait pas souffrir.

Le téléphone, à cet instant, le fit se lever. Tel un automate, il se dirigea vers le combiné et décrocha.

— Salut, c'est Michael ! J'ai pensé que tu aimerais voir Dylan… il est à l'hôpital.

Justin, interloqué, fronça les sourcils.

— Que lui arrive-t-il ?

— Lui se porte bien, expliqua Michael. C'est Alisa… Un accident. Elle se trouve en réanimation ! Dylan est là-bas !

— Et par quel hasard ?

— La police a déniché son numéro de téléphone, dans les papiers d'Alisa. Il semble complètement paniqué… L'hôpital n'est pas très loin de chez toi… Tu pourrais aller le retrouver, je viendrai plus tard. J'ai bien tenté de te prévenir, plus tôt, ajouta-t-il, chez ta femme, mais…

Il ne finit pas sa phrase, Justin préférant tout de suite mettre un terme à un éventuel interrogatoire.

— J'avais besoin de réfléchir, lança-t-il sur un ton ferme.

— Bien, ne tarde pas trop. A bientôt.

Quelques minutes plus tard, Justin filait en direction de l'hôpital qu'il atteignit sans encombre, la circulation étant fluide à cette heure tardive.

Dylan faisait les cent pas dans la salle d'attente du service de réanimation. Sans cet air hautain et méprisant, que Justin lui connaissait si bien. Un gobelet de café bien fumant à la main, pris à l'une de ces machines qui balisaient les couloirs de l'établissement, Justin s'approcha. Son ami, en l'apercevant, parut soulagé.

— Salut, lança Justin en lui tendant le gobelet, que s'est-il passé ?

Dylan s'empara du café, sans pourtant y tremper les lèvres, les yeux perdus dans le lointain.

— Eh bien, répondit-il, elle courait après le chien des voisins et… quand une voiture l'a renversée…

— Mon Dieu, répliqua Justin, bouleversé. Et quel est le diagnostic ?

— Ils ne m'ont rien dit… Elle est dans le coma…

— Tu as pu la voir ?

— Oui, chuchota Dylan, j'ai menti. Je me suis présenté comme son fiancé.

Justin observa son ami. Il connaissait le lien qui, autrefois, l'unissait à Alisa. Mais c'était de l'histoire ancienne… du moins, le croyait-il jusqu'à ce soir. Car Dylan présentait tous les symptômes d'un amant vivant les pires tourments. Il n'avait guère l'attitude d'un fiancé de pacotille.

— Je n'avais pas d'autre choix, expliqua Dylan. Sa mère est en voyage, actuellement, en Europe ou je ne sais où... Alisa a besoin de moi... même si elle ne veut pas de moi...

A ce moment, il ricana doucement, comme s'il prenait soudain conscience d'une vérité.

— En réalité, tout est ma faute. Je crois que j'ai toujours aimé Alisa. Mais j'étais bien trop égoïste, plus jeune... Je me suis comporté avec elle comme un vrai goujat. Et, aujourd'hui, je m'en mords les doigts. Mon Dieu, reprit-il, si elle mourait, qu'est-ce que je deviendrais ?

— Mais vous ne vous voyez plus du tout !

— Et alors ! s'exclama Dylan. Même si elle me repousse, au moins, je sais qu'elle existe et cela me permet de vivre.

Justin hocha la tête. Lui aussi connaissait ce sentiment, maintenant : le seul fait qu'Amy existe lui faisait le même effet. Il se demanda un instant comment il aurait réagi dans les mêmes circonstances. Si, brusquement, Amy quittait ce monde ? Si, soudain, elle lui était enlevée ?

A cette idée, son cœur se serra. Il ressentit alors le besoin impérieux de parler, autant à l'intention de Dylan que pour lui-même :

— Je connais ça... quand on est amoureux, le monde ne tourne plus qu'autour de l'être aimé.

Ils passèrent cette longue nuit côte à côte. Ensemble, mais chacun perdu dans ses pensées.

Le lendemain matin, Justin était déterminé. Sur la route le menant vers Amy, il prit le temps de téléphoner à son avocat, lui enjoignant de préparer, sans tarder, tous les papiers nécessaires à son divorce.

Enfin, il aperçut la maison et il eut alors l'impression de rentrer chez lui. Il poussa la porte et entra en trombe.

— Comment se porte Alisa ?

Justin se tourna. Amy était là. Cette chemise de nuit lui allait à ravir…

— Eh bien, se reprit-il, elle est toujours dans le coma.

— C'est terrible, commenta Amy, manifestement inquiète. Je n'ai pas fermé l'œil de la nuit… J'ai essayé de vous appeler, hier soir, chez vous… Vous étiez déjà parti pour l'hôpital, je suppose.

— Oui, sûrement. Michael est au côté de Dylan, à présent, dit Justin, avant d'ajouter, précipitamment : Il faut que je vous parle.

— … Oui, vous avez raison… Nous devons parler.

— J'ai quelque chose à vous dire, chuchota Justin, paniqué à l'idée qu'il risquait de la perdre, et que ce satané mariage de dupes ne les sépare à jamais.

— Non, je vous en prie, l'interrompit-elle, laissez-moi parler la première. Je suis désolée… désolée de m'être comportée ainsi. Mais tout est allé si vite…

Elle reprit alors son souffle, semblant chercher en elle les ressources nécessaires.

— Je suis bouleversée à l'idée que vous me quittiez, alors sans cesse je me protège, je protège les enfants… Je n'ose pas me laisser aller à vous aimer. Vous avez débarqué dans ma vie sans prévenir… Et, à présent, vous m'êtes indispensable… Tout allait si bien, avant vous ! Je me débrouillais, toute seule, et n'avais besoin de personne. En réalité, je mène ma vie toute seule, depuis l'enfance. Car un enfant ne peut pas compter sur des parents alcooliques… Et vous voilà, vous… qui balayez soudain tous mes principes, qui me faites douter de tout, de moi…

Justin l'écouta, sans l'interrompre, imaginant le courage qu'il avait fallu à Amy pour lui parler ainsi.

— J'ai appelé mon avocat, dit-il simplement, en s'approchant d'elle.

Amy retint son souffle. Cela devait arriver, songea-t-elle, oui, c'était inévitable, Justin mettait fin à leur arrangement…

— Je lui ai demandé, poursuivit Justin en s'efforçant de

garder son calme, de préparer les papiers du divorce parce que… je voudrais divorcer et vous épouser, de nouveau. Par amour. Par amour fou.

— Je… je ne comprends pas, bredouilla Amy. Comment… pourquoi ?

— Ce mariage a été conclu avec une clause dont je ne veux plus entendre parler. Je veux en finir avec ces deux maudites années… Je veux vous épouser, pas signer un contrat temporaire, voilà tout ! Je vous aime, j'ai besoin de vous… Mais, demanda-t-il, pourquoi pleurez-vous ?

— J'ai cru vous perdre définitivement, murmura Amy en tentant de retenir ses larmes.

Justin la prit alors dans ses bras, tendrement, et poursuivit, à voix basse :

— Les boîtes… C'est la faute des boîtes…

— Pardon ?

— Oh ! c'est une longue histoire… un mauvais souvenir…

Amy se laissa alors bercer.

— J'avais si peur de vous aimer. Mais je n'ai rien pu faire… c'était plus fort que moi. J'avais beau tenter de vous trouver tous les défauts du monde, je devais bien me rendre à l'évidence parce que j'aime l'enfant que vous avez été, l'homme que vous êtes devenu et… et le mari que…

Justin ne la laissa pas finir sa phrase et posa les lèvres sur les siennes. Avec ardeur, passionnément. Amy lui rendit son baiser, apaisée, enfin. Heureuse, maintenant, absolument, et ce fut comme dans un rêve qu'elle entendit Justin chuchoter :

— Je vous ai épousée pour le bien des enfants… A présent, je veux vous épouser pour mon bien, à moi.

Une semaine plus tard, Justin eut un soir la surprise de voir entrer Amy, les bras chargés de paquets.

— Le meilleur restaurant chinois de la ville, expliqua-t-elle, tout sourires. Et un champagne millésimé !

— Et les enfants ? s'étonna-t-il.

— Ils passent la nuit chez Michael et Kate, lança-t-elle avec une lueur de malice dans les yeux. Justin… nous avons gagné… Les services sociaux ont donné leur accord… les enfants sont à nous, maintenant !

— Génial ! s'exclama Justin. On fête ça ?

— C'était dans mes projets ! Un petit dîner et…

— Et ?

— Et nous deux, rien que nous deux, murmura Amy sans le quitter des yeux. Toute la nuit.

Il s'approcha et, lentement, l'enlaça.

— Si cela ne dérange pas trop vos plans, je serais d'avis d'inverser les priorités, plaisanta alors Justin. Si nous… retardions légèrement le dîner ?

Plus tard, dans la soirée, Amy s'affaira à préparer, en quelques gestes, un plateau-repas — au menu, amuse-gueules chinois et champagne français — et rejoignit sans tarder Justin, resté dans la chambre. Tous deux grignotèrent ainsi, l'un contre l'autre, parlant peu, se regardant souvent, riant de tout.

Un moment, le téléphone sonna. Ils sursautèrent, comme s'ils avaient brutalement été rappelés à la réalité. Alisa ! Oh ! ni Amy ni Justin ne l'avaient oubliée ; ils s'étaient seulement laissé emporter par l'intensité d'un amour qu'ils savaient maintenant réciproque.

A présent, leur revenait la conscience du monde, des autres, de leurs proches…

Justin décrocha, manifestement anxieux. Les secondes s'écoulèrent, avec une lenteur insupportable… Puis, soudain, Amy respira, profondément soulagée. Justin affichait un large sourire.

— C'était Dylan ! dit-il avec un enthousiasme enfantin, Alisa est réveillée.

— Je suis tellement heureuse, s'écria Amy en se jetant dans les bras de Justin.

— C'est comme moi, remarqua-t-il alors, sur un ton très mystérieux.

— Comme vous ?

— Eh bien… moi aussi, depuis que j'ai fait votre rencontre, j'ai l'impression d'être « réveillé », d'être sorti d'un coma profond.

Amy ne rit pas. Trop troublée par ces mots, trop tremblante de ce bonheur si neuf, si vrai. Elle le regarda et chuchota seulement ces quelques mots :

— Moi, Amy Monroe, je vous veux pour époux, vous, Justin Langdon, pour le meilleur et pour le pire… et pour l'éternité.

— Moi, Justin Langdon, je vous veux pour épouse, vous que j'aimerai jusqu'à la fin des temps, chuchota à son tour Justin.

Avant d'ajouter, un léger sourire aux lèvres :

— Même si je dois ouvrir des boîtes !

Tous deux éclatèrent d'un rire franc et chacun sut, à cet instant, que ce rire marquait la victoire de l'amour sur les tristesses du passé.

LEANNE BANKS

Le secret d'un milliardaire

INTÉGRALE

DES HOMMES D'EXCEPTION

Traduction française de

FLORENCE MOREAU

• SAGAS •

HARLEQUIN

Titre original :
THE MILLIONAIRE'S SECRET WISH

Ce roman a déjà été publié en 2007.

Prologue

— Un jour viendra où tu devras payer l'addition, et je crains qu'elle ne soit élevée !

— Je sais, répondit Dylan Borrows en posant sur Michael Hawkins un regard dépité. Pourtant, je ne peux agir autrement.

— Lorsqu'elle recouvrera la mémoire, qu'elle se rappellera précisément qui tu es et qu'elle comprendra que tu ne lui as pas dit toute la vérité, tu seras complètement grillé, poursuivit Michael sur le même ton alarmiste.

Dylan fit signe à Virginia, la serveuse du O'Malley. Le pub le plus sympa de St. Albans était devenu le point de rencontre où il retrouvait ses deux amis les plus proches, Michael Hawkins et Justin Langdon.

— Tu es sévère, fit remarquer Justin à l'intention de Michael. On ne peut pas vraiment dire qu'il lui mente.

— Effectivement, il dissimule juste une partie de la vérité ! rétorqua Michael d'un ton sinistre. Ah ! mon cher Justin, ton mariage est encore trop frais pour que tu saches quelle galère peut valoir un péché par omission.

A ces mots, Dylan sentit sa gorge se nouer et il avala une longue gorgée de bière.

— Alisa a besoin de moi, reprit-il. Sa mère effectue en ce moment un long voyage en Europe et elle n'a personne sur qui compter.

Poussant un soupir, Michael secoua la tête et déclara :

— Dans mon esprit, Alisa Jennings est toujours la petite fille du Foyer Granger qui nous faisait des cookies et dont la mère nous mitonnait en cuisine de succulents repas. Est-ce qu'elle se rappelle cette époque où nous vivions tous ensemble, là-bas ?

— Des images et des souvenirs lui reviennent de temps à autre, répondit Dylan. Mais, parfois aussi, j'ai l'impression qu'elle a perdu tous ses repères, ce qui engendre chez elle un insupportable sentiment de frustration. Selon les médecins, cette frustration est préférable à la dépression.

— Soyons optimistes. A sa manière, elle a toujours été une battante, observa Justin d'un air pensif.

— Une battante ? Mais alors dépourvue d'agressivité ! Elle redoutait constamment de heurter la sensibilité d'autrui.

— Je me rappelle sa pugnacité à modeler son comportement sur le tien. Tiens, rappelle-toi ce jour où elle s'était mis en tête d'intégrer notre équipe de base-ball ! Résultat, elle y a gagné un beau coquard.

Bien sûr, Dylan se souvenait de l'incident. Et de bien d'autres choses encore. En ce temps-là, Alisa était la coupe à laquelle il buvait de l'eau fraîche. Elle était si douce et si gentille... Dylan avait cru qu'il en serait toujours ainsi, que son admiration pour lui était à jamais acquise et qu'il pourrait compter sur elle jusqu'à la mort. A l'adolescence, l'amitié de l'enfance s'était tout naturellement transformée en flirt — jusqu'à ce que la mère d'Alisa, une veuve, se remarie t quitte brutalement sa place de cuisinière au Foyer Granger, pour suivre son nouvel époux. Avec sa fille...

Alisa partie, Dylan avait sombré. Convaincu qu'il ne pourrait jamais se remettre de cette désertion qui le laissait si seul, si désemparé, il s'était fait un serment : ne plus dépendre de quelqu'un ; ne plus être accro à l'amour. Pour qu'il n'y ait plus jamais d'autre Alisa. Jamais.

— Tu ne nous as pas décrit dans le détail vos retrouvailles éclair à la fac, dit tout à trac Justin en lançant à Dylan un regard qui le mit fort mal à l'aise.

— A quoi bon revenir là-dessus ? Vous savez parfaitement que ça s'est mal terminé, objecta Dylan.

Et, à ce moment-là, il revit les yeux noyés de larmes d'Alisa, le sentiment de trahison qui s'était emparé d'elle. Elle l'avait définitivement chassé de sa vie, refusant de regarder en arrière.

Les années passant et la maturité venant, Dylan s'était alors avisé qu'une femme comme Alisa, on n'en rencontrait qu'une dans sa vie. La chance d'être heureux ne se présentait pas deux fois.

Jetant un coup d'œil à sa montre, Justin déclara :

— Les amis, je vais être obligé de vous fausser compagnie. L'un des jumeaux a la varicelle et je ne peux pas laisser Amy toute seule. Et surtout, ajouta-t-il en riant, je ne veux pas lui fournir l'occasion de me faire des reproches !

En dépit de ses sombres pensées, Dylan ne put s'empêcher de sourire. Qui aurait pu croire que Justin, avant de rencontrer la femme de sa vie, Amy, fût un farouche opposant au mariage et à la paternité ? Lui qui aujourd'hui ne cessait de louer les vertus du couple, se révélait un père exemplaire pour les trois enfants que sa femme et lui avaient adoptés…

— J'avoue que je ne suis toujours pas revenu de ta spectaculaire évolution ! déclara Dylan. Et dire que tout cela a commencé par un ulcère à l'estomac ! Qui aurait pensé que ton salut te viendrait de là ?

Justin sourit tendrement.

— Amy m'a sauvé la vie, c'est vrai. Elle a fait de moi un homme heureux, serein… Cela dit, comme toutes les femmes, elle a du mal à supporter que son mari ait ses secrets. En ce moment, par exemple, elle me harcèle pour que je lui révèle le nom du bienfaiteur qui a financé son programme pour enfants défavorisés. Jusqu'à présent, j'ai réussi à louvoyer, mais j'ai peur qu'à force d'opiniâtreté, elle ne parvienne à découvrir que je suis à l'origine de tout. C'en serait fini de l'anonymat des Hommes en Or !

Michael éclata de rire.

— J'ai le même problème avec Kate, dit-il. Il m'est de

plus en plus difficile de cacher à ma propre femme que je suis impliqué jusqu'au cou dans des œuvres philanthropiques, et que le secret qui me lie à la Fondation m'empêche de lui dévoiler mes activités.

— Ecoutez, les amis, déclara Dylan, peut-être pourrions-nous lever le principe d'anonymat… pour vos épouses, en tout cas ? Personnellement, je n'y vois aucun d'inconvénient.

— Je ne crois pas que ce soit une très bonne idée, objecta Justin. J'aime assez voir Amy rôder autour de moi pour essayer de me soutirer des informations !

Et, ce disant, il adressa un clin d'œil à Michael, qui déclara sur le même ton complice :

— Je vois ce que tu veux dire… et je suis bien d'accord ! Ne changeons donc rien à nos principes. La Fondation des Hommes en Or restera secrète et nous demeurerons tous trois muets comme des tombes… Mais penchons-nous plutôt sur ton projet, Dylan, puisque ton tour est venu. Alors, comment les choses se présentent-elles ?

— La situation prend tournure. Je suis sur le point de lancer un projet de recherche de bio-ingénierie en partenariat avec les laboratoires pharmaceutiques Remington. Un chantier de grande envergure, à la mesure des moyens que m'a fournis mon père en me laissant son nom et un siège au conseil d'administration des laboratoires…

— Seigneur, fit Justin en buvant un peu de bière, je me doutais que, avec toi, ça allait être ruineux. Je ne sais pas si nos fonds suffiront à pourvoir.

— Pas de panique, le rassura Dylan.

En dépit des millions qu'il avait accumulés, Justin était resté un inquiet qui redoutait la seule perspective de manquer de nouveau un jour. Ses amis le savaient, s'en accommodaient avec une tendre indulgence, et le taquinaient pour le rassurer.

— Grippe-sou, va ! s'exclama Dylan.

— Vous connaissez mon histoire, les gars…, soupira Justin. On ne se défait pas comme ça de ses angoisses… La suite, Dylan, s'il te plaît…

— Inutile de préciser que les autres Remington ont poussé des cris, eux aussi ! Jusqu'à présent, je me suis contenté de ne pas les gêner dans leurs affaires, mais s'ils mettent le nez dans les miennes, ils en seront pour leurs frais.

Michael décocha à son ami un regard surpris, mais non dénué d'admiration.

— Espèce de brigand, dit-il amicalement. Tu les as mis en confiance, tu as fait en sorte qu'ils te soient redevables et maintenant tu vas leur imposer ton projet… Bravo ! Pour un débutant en matière de stratégie financière, tu te débrouilles. Venant de Michael, le compliment valait de l'or. Ambitieux, acharné, il avait fait de sa start-up une véritable manne à millions. A côté, Dylan se faisait l'effet d'un dilettante se contentant de vivre de son héritage. Mais il n'avait pas dit son dernier mot ; il se réservait pour les projets qui lui tenaient réellement à cœur.

— Ma ligne de conduite consiste à consacrer mon énergie aux batailles qui m'importent réellement, déclara-t-il.

— Hum, hum ! fit Michael. Comme celle d'héberger Alisa pendant sa convalescence ?

— Effectivement, confirma Dylan, tout en pensant que l'enjeu que représentait Alisa était sans commune mesure avec son fameux projet de bio-ingénierie.

Avec elle, il savait qu'il jouait sa vie. S'il perdait, c'était lui-même qui se perdrait.

— Ecoute, je ne voudrais pas me mêler de ce qui ne me regarde pas, intervint Justin, mais qu'est-ce que tu vas gagner à cette affaire avec Alisa ? Sa gratitude éternelle pour l'avoir aidée à recouvrer la mémoire ?

— Ce serait déjà mieux que son dédain éternel, murmura Dylan.

Depuis des années, il rêvait d'effacer l'erreur de jeunesse qu'elle ne lui avait pas pardonnée. Et ses espérances allaient même au-delà de ce qu'il voulait bien admettre. Il termina sa bière, et sentit soudain combien sa résolution de prendre soin d'Alisa durant sa convalescence était justifiée.

— Je suis convaincu du bien-fondé de ma démarche, affirma-t-il. Et tant pis si elle m'en veut plus tard — aujourd'hui, elle a besoin de moi.

1

Etait-elle bavarde ou réservée ?

Et avec les hommes, comment se comportait-elle ? Adoptait-elle une attitude délurée ou bien, au contraire, timide ?

Découragée par tant de questions sans réponse, elle se regarda dans le miroir de la salle de bains de sa chambre d'hôpital, tentant de se réaccoutumer aux traits de son propre visage, à l'affût d'une expression familière. Elle voyait une jeune femme aux yeux verts, aux cheveux blonds comme les blés, à la peau claire…

On lui avait dit qu'elle s'appelait Alisa Jennings. Et elle savait aussi qu'elle maîtrisait parfaitement le français puisqu'elle était interprète dans une société. Un jour où elle se sentait particulièrement misérable, une des personnes qui lui rendaient régulièrement visite lui avait apporté des pinceaux et un carnet de dessin. Elle avait alors appris qu'elle possédait quelques talents artistiques.

Elle connaissait également son âge, vingt-six ans, et sa taille, un mètre soixante-douze. Néanmoins, tout ce qu'elle ignorait sur elle-même aurait largement pu remplir trois ou quatre cahiers. Et cette idée lui donnait envie de hurler. D'ailleurs, récemment, au cours d'une discussion avec le psy de l'hôpital, ses nerfs avaient lâché et elle avait manqué envoyer valser son plateau-repas. Mais, face au calme olympien du praticien, elle s'était ressaisie à temps.

Si, en ce moment, Alisa ne savait pas grand-chose, elle avait au moins acquis une certitude : pour être armée, dans la vie, il fallait se connaître soi-même, connaître son passé, ses points forts et ses faiblesses. En gros, tout ce qui présentement lui faisait défaut. Et elle enrageait de ce manque.

Ah ! elle en avait sa claque des questions qu'elle tournait et retournait vainement ! Qui était-elle, au fond ? Quelle était sa véritable nature ? Peut-être était-elle méchante et égoïste… Non, il était impossible qu'elle fût foncièrement mauvaise, eu égard à ce qui l'avait conduite dans cette impasse. Une personne indifférente à ses semblables n'aurait pas couru derrière le chiot d'un petit garçon pour éviter qu'il se fasse écraser, et ce, au péril de sa vie.

Fallait-il en conclure qu'elle était une bonne poire ? C'était encore pire que d'être égoïste, se dit-elle en soupirant.

Elle aurait donné cher pour obtenir des réponses… Hélas ! son cerveau faisait de la résistance. Elle avait beau réfléchir, et réfléchir encore, rien ne remontait à sa conscience.

Considérant une dernière fois son visage dans le miroir, elle fit une grimace à l'inconnue qui s'y reflétait et s'écria :

— Quelle guigne !

— Qu'est-ce qui se passe ? Tu t'es fait mal ?

Immédiatement, Alisa reconnut Dylan Borrow à la voix. Depuis qu'elle était à l'hôpital, il lui rendait une visite quotidienne ; alors, ce timbre grave, suave, un peu rauque avait fini par lui devenir familier. A défaut de se rappeler les longues années d'amitié que, selon Dylan, ils avaient tous deux partagée, elle se refaisait une mémoire des sons…

— J'étais en train de me dire que je pourrais peut-être me cogner la tête contre les murs, lui dit-elle, histoire de secouer ma piteuse mémoire. Qui sait ? Cela me remettrait peut-être les idées en place.

Cette suggestion le fit sourciller.

— Je crois que ta tête a été assez malmenée comme ça, objecta-t-il en effleurant le front meurtri d'Alisa.

Elle s'efforça de demeurer impassible sous la caresse. Dieu, songea-t-elle, que cet homme était imposant ! Il mesurait au moins quinze centimètres de plus qu'elle, ses épaules passaient à peine dans l'encadrement de la porte. Sa blondeur et la douceur de son regard empêchaient, Dieu merci, qu'il fût franchement impressionnant. Il se déplaçait avec une aisance athlétique et il émanait de toute sa personne un charme viril naturel, auquel le personnel féminin de l'hôpital n'était manifestement pas insensible !

Bref, cet ami de longue date — puisqu'il affirmait l'être — était un fort bel homme et Alisa trouvait fort curieux de n'avoir pas flashé sur lui, durant toutes ces années où ils s'étaient fréquentés. Pourquoi n'était-elle pas sa femme, aujourd'hui ? Qu'avait-il manqué, pour qu'ils deviennent amants ? Epoux ?

Peut-être qu'un jour elle finirait par l'interroger à ce sujet. Après tout, songea-t-elle non sans malice, l'amnésie lui autorisait toutes les audaces. Il fallait bien qu'à quelque chose malheur fût bon !

— Tu es prête ? demanda-t-il.

Pour toute réponse, elle soupira. Dylan lui avait proposé de l'héberger durant le temps que durerait sa convalescence. Bien qu'elle mourût d'envie de réintégrer son propre appartement, elle savait aussi qu'elle avait besoin d'un peu de temps avant de reprendre le fil normal de sa vie. Certes, d'autres amis lui avaient rendu visite à l'hôpital, mais tous éprouvaient une certaine gêne face à son amnésie — tous sauf Dylan. Aussi avait-elle accepté sa proposition.

— Oui, finit-elle par répondre. Dis-moi, suis-je d'un naturel impatient ?

— C'est-à-dire ? dit-il en levant un sourcil interrogateur.

— Je constate que je suis irritée par quantité de choses, à commencer par ces questions sans réponse sur moi-même. En outre, je ne supporte pas de tomber de fatigue chaque après-midi et d'être obligée de faire une sieste.

Ce disant, elle se pencha pour soulever son sac. Dylan voulut l'aider, mais elle fut plus preste que lui.

— Ah ! fit-il en ébauchant un petit sourire ironique, je

crois que je comprends mieux ta question. Tu veux parler d'indépendance, et non d'impatience.

Et, comme il ouvrait la porte de la chambre et s'effaçait pour laisser passer son amie, elle maugréa :

— Ça t'amuse de couper les cheveux en quatre ?

Ils se dirigèrent vers l'ascenseur. Au passage, Alisa adressa un dernier adieu aux infirmières. Jamais elle n'oublierait leur dévouement.

— Sincèrement, Alisa, je ne dirais pas de toi que tu es une femme impatiente, non, mais plutôt quelqu'un qui aime garder le contrôle de la situation, ce qui en ce moment n'est pas trop le cas. D'où ton irritabilité.

— Eh bien, dit-elle tandis que les portes de l'ascenseur se refermaient sur eux, si le mot impatiente ne convient pas, quel terme me qualifierait le mieux ?

— Je te l'ai dit, indépendante. Et parfois même intrépide.

— Tiens, tiens… Voilà qui a dû me valoir quelques ennuis, non ?

— C'est vrai, reconnut-il en souriant.

De quel ordre ? s'interrogea-t-elle alors. S'agissait-il d'ennuis sentimentaux ? Sur une impulsion, elle lui demanda :

— Et avec les hommes, comment étais-je ?

— Avec les hommes ? répéta-t-il, rudement déconcerté par sa question.

— Oui, est-ce qu'avec eux aussi j'étais intrépide ? Je sais que je n'étais pas mariée. Mais étais-je fiancée ? Est-ce que j'ai déjà eu le cœur brisé ? Etais-je du genre austère, à m'enfermer le samedi soir toute seule chez moi, ou bien est-ce que je recherchais la compagnie des hommes ? Est-ce que j'étais une femme qui aimait les hommes ?

Sous ce feu roulant de questions, il sentit son estomac se serrer. Lentement, il répondit :

— Tu as déjà été fiancée, mais tu as rompu. Et je crois me rappeler aussi que tu as eu un chagrin d'amour.

Il omit de préciser qu'il en était le responsable et poursuivit :

— Tu ne m'as jamais fait l'effet d'une femme austère, mais

sur ta vie amoureuse de ces dernières années, je ne peux pas vraiment te renseigner, étant donné que tu n'en parlais guère.

— Ah, ah ! j'étais une cachottière, c'est ça ? Mais parle-moi un peu de ce chagrin d'amour.

— Tu étais très jeune et il était totalement immature. Il n'a pas su t'apprécier à ta juste valeur.

— Si je comprends bien, tu es en train de me dire qu'il ne me méritait pas.

— Oui, c'est exact, répondit-il, conscient que cette dépréciation le concernait directement. Tu l'as largué et, quand il a voulu se réconcilier avec toi, tu n'as pas même daigné lui adresser la parole.

— Bien fait pour lui ! déclara-t-elle, l'air mutin.

Dylan accusa le coup. En apparence, Alisa avait perdu prise avec la réalité, mais, au fond, elle était restée la même. Sans en avoir conscience, elle venait de l'informer que, lorsqu'elle se rappellerait qui il était, de nouveau elle le laisserait tomber. Pourrait-il d'ici là l'amener à changer d'avis ? Voilà qui était bien ambitieux et, en outre, totalement déplacé, puisque le but de l'opération était tout de même de l'aider à redevenir elle-même. Il se devait de lui fournir tous les moyens de recouvrer la mémoire.

Comme ils sortaient de l'ascenseur, leurs regards se croisèrent. Celui d'Alisa était moqueur mais plein de gentillesse — rien à voir avec l'indifférence qu'elle lui réservait depuis des années quand elle avait toute sa mémoire.

— J'ai peur que tu ne te lasses de raconter à Alisa des histoires sur Alisa, dit-elle de sa voix sensuelle qui le remuait jusqu'au plus profond de lui-même. Quand tu seras las, promets-moi de m'en avertir.

Ah ! se dit-il, si seulement il avait pu se lasser de cette femme, alors sa vie sentimentale aurait été diablement plus satisfaisante !

— Je te le promets, lui assura-t-il, en l'entraînant vers sa voiture.

*
* *

— Tu as une très belle maison, constata Alisa tout en sirotant sa limonade glacée.

Elle était confortablement lovée dans un fauteuil de la véranda, avec une vue plongeante sur la piscine. C'était une chaude journée d'été et l'eau bleu clair de la piscine la tentait terriblement…

— Il y a un maillot de bain dans la cabine, précisa-t-il en désignant du menton le cabanon de bois laqué, entre la maison et la piscine.

— Tu lis dans mes pensées, maintenant ? A moins que je n'aie parlé à voix haute sans m'en rendre compte.

— Ton regard t'a trahie et je pense qu'il vaut mieux plonger en tenue de bain dans la piscine que tout habillé.

Sans plus insister, elle se leva, puis hésita :

— Je sais que je sais nager mais je ne sais pas si je suis une bonne nageuse.

— Je te confirme que tu l'es, mais tu ne réussis pas toujours tes plongeons.

Elle se mit à rire.

— Je vais finir par apprécier mon amnésie, déclara-t-elle.

— Et pourquoi ? dit-il en lui jetant un regard suspicieux.

— Après tout, quelle importance si je ne me rappelle pas grand-chose de ma vie puisque je suis en compagnie d'un homme qui sait tout sur moi ? répondit-elle sur le ton de l'autodérision.

— Alisa, l'essentiel est que tu sois en vie et hors de danger ! Que tu aies perdu momentanément la boule, ce n'est pas très grave, dit-il en se fendant d'un sourire malicieux.

Un sourire à vous retourner le cœur. Mais si, pour reprendre sa propre expression, elle avait perdu la boule, elle n'était certainement pas prête à se laisser ravir son cœur. En dépit des légers frissons que le diabolique sourire de ce charmeur lui avait valus…

— J'espère que le « momentanément » n'est pas trop optimiste.

— Je suis certain que tu finiras par te rappeler tout ce dont tu as besoin pour vivre.

Sa conviction lui redonna de l'assurance. Il ne pouvait pas imaginer à quel point la confiance qu'il plaçait en elle était réconfortante. Elle était tellement obsédée par sa mémoire, si avide de la retrouver, qu'elle ne pouvait se projeter dans l'avenir. Il lui ouvrait soudain cette perspective… Elle se fixa alors deux objectifs : non seulement se mettre en quête de sa propre identité, mais aussi de celle de Dylan.

Après plusieurs longueurs, elle ressentit une immense lassitude dans tout le corps. Elle s'accouda alors au rebord de la piscine pour reprendre son souffle. Une ombre soudain la recouvrit et, levant les yeux, elle rencontra le regard de Dylan.

— Tu t'entraînes pour une compétition ? demanda-t-il, mi-ironique, mi-sévère. Je crois que tu présumes de tes forces.

— Libre à moi de vouloir m'épuiser au point de m'écrouler, rétorqua-t-elle.

— Non, pas chez moi ! décréta-t-il. Ici, tu es sous ma responsabilité. Allez, donne-moi la main que je t'aide à sortir de l'eau. Vise plutôt cette chaise longue qui te tend les bras.

Mais elle secoua la tête en signe de refus, décidée à ne pas recourir à son assistance. A peine eut-elle mis les pieds sur le sol qu'elle se sentit soulevée dans les airs…

— Vraiment, ce n'était pas la peine, je pouvais parfaitement marcher, protesta-t-elle lorsqu'il la déposa délicatement dans le transat.

Subitement, un affreux sentiment de frustration s'empara d'elle, au point que ses yeux la brûlèrent. Elle ferma les paupières, mais ne put empêcher qu'une larme coule.

— Qu'est-ce qui se passe ? Tu veux que je te remette dans l'eau ?

Elle se mordit la lèvre, paupières toujours closes.

— Alisa, que puis-je faire pour t'aider ? Je me sens soudain terriblement impuissant.

Elle inspira profondément :

— Tu sais, je suis comme les enfants qui pleurent lorsqu'ils sont trop fatigués. C'est tout.

— Si tu le dis…

— J'aimerais tellement reprendre des forces et ne pas être obligée de faire une sieste tous les après-midi, précisa-t-elle en essuyant une dernière larme et en levant les yeux vers lui.

— Tout vient à qui sait attendre, dit-il, philosophe. Ecoute, cela fait quatre semaines que tu n'avais pas quitté ton lit d'hôpital. Donne-toi un peu de temps avant de t'entraîner pour les Jeux olympiques.

Elle voulut répliquer, mais il l'en empêcha :

— Si je t'ai amenée chez moi, poursuivit-il, c'est précisément pour que tu te refasses une santé. Mais il faut procéder de manière progressive. Ne te mets pas inutilement à l'épreuve.

— Mais je veux m'en sortir rapidement ! insista-t-elle.

— Ce n'est pas en t'entêtant que tu retrouveras des forces.

— Serais-tu en train de me faire la morale ?

— Parfaitement ! Et au nom de notre… notre amitié, je m'en sens tout à fait le droit ! Alors, cool, OK ?

— Et si je ne veux pas être cool ?

— De deux choses l'une : soit tu seras constamment sous pression, soit je te ramène à l'hôpital. J'ai bien l'impression que tu vas être une convalescente intraitable. Je n'avais pas envisagé la situation sous cet angle.

— Comment ça, intraitable ?

— Raisonneuse, les nerfs à fleur de peau, posant sans cesse des questions.

— Je ne suis pas intraitable, se défendit-elle. Il se peut que je ne sache plus grand-chose sur moi, mais je suis au moins certaine de n'être ni difficile, ni raisonneuse, ni à fleur de peau.

Au regard ironique qu'il lui décocha, elle comprit que son comportement contredisait ses affirmations de manière flagrante.

— Evidemment, reprit-elle en haussant les épaules, passer quatre semaines dans un hôpital et souffrir d'amnésie sont deux facteurs qui ne poussent pas à la sérénité. Et pourtant, je trouve que je le prends plutôt bien.

Elle le jaugea avec défiance. Qu'il ne s'avise pas de rire, ou alors, il allait voir ce que le mot intraitable signifiait réellement ! Peu désireux de jeter de l'huile sur le feu, Dylan reprit :

— En fait, j'étais venu te demander si tu appréciais la cuisine épicée. La cuisinière a prévu du poisson au curry pour le dîner.

Alisa ferma les yeux. D'instinct, elle sut qu'elle aimait la cuisine relevée. Le médecin lui avait dit qu'elle se rappellerait la plupart de ses goûts et dégoûts, et elle vérifiait à présent la véracité de ses propos. Ah ! si seulement le brouillard que l'accident avait jeté sur son passé pouvait enfin se dissiper !

Elle rouvrit les yeux. Dylan l'observait. Elle allait devoir être à la hauteur avec lui.

— Oui, finit-elle par dire. Ne me demande pas comment je le sais, c'est instinctif.

Là-dessus, elle se leva et se dirigea vers sa chambre. La sieste était décidément incontournable, aujourd'hui.

— Tu es bien taciturne, constata Dylan comme ils prenaient le frais sur la terrasse, après le dîner. Tu es fatiguée, ou bien tu fais la tête ?

— Ni l'un ni l'autre… En fait, je réfléchissais. Et je me suis remémoré un fait relatif à mon travail, juste avant de dîner.

Sirotant son whisky, il riva son regard au sien.

— Quoi donc ?

— L'un des Français à qui je sers d'interprète lors de ses déplacements aux Etats-Unis s'amuse toujours à me faire du gringue.

— Et comment réagis-tu ?

— Je le prends sur le mode de la plaisanterie et réponds que je ne lui permettrai pas de me briser le cœur. Je crois qu'il aime bien ce petit badinage. En fait, je pense que tous les hommes sont un peu comme ça.

— Un peu comme quoi ?

— Eh bien, ils préfèrent flirter avec les femmes au lieu de s'engager dans une relation solide avec elles. Et toi ?

Dylan s'éclaircit la gorge, comme si la question l'embarrassait.

— Moi ? A vrai dire, je ne flirte pas beaucoup.

La curiosité piquée par cette réponse imprécise, elle l'étudia durant un long moment, tandis que la lumière du jour s'estompait et que s'installait le crépuscule.

— Laisse-moi deviner. Tu es celui qu'on courtise et non celui qui courtise, c'est ça, hein ? Remarque, rien de surprenant à cela. Tu es beau gosse, tu respires la santé et tu n'es pas précisément ce qu'on appelle un raté.

Il lui jeta un regard en biais.

— J'en conclus que ma cotation est élevée sur le marché, repartit-il non sans ironie. Mais tu sais, être courtisé présente de nombreux inconvénients.

Elle se mit à rire.

— Oh ! pauvre Dylan ! Comme je compatis ! Toujours entouré d'une nuée de jolies femmes. Ce doit être insupportable.

— Et où la vois-tu, cette nuée de femmes, hein, tu peux me le dire ? On dirait plutôt que je suis torturé par une seule.

De nouveau, elle prit le parti de rire.

— Quel effet cela fait-il d'être la proie de ces dames ? poursuivit-elle sans tenir compte de ce qu'il venait de dire.

Il retroussa ses lèvres ourlées d'une façon si sexy qu'elle sentit son cœur flancher.

— Eh bien, cela permet de ne jamais sortir seul, répondit-il, bon joueur. Mais crois-moi, la qualité est plus importante que la quantité. Et je préférerais être courtisé par une seule femme, mais la bonne, plutôt que d'être poursuivi par les assiduités de plusieurs qui ne me plaisent pas. Oui, si celle que j'attends décide de me faire la cour, alors je succomberai volontiers.

— Et si la femme que tu vises semble insensible à tes charmes ?

Il devint soudain grave, et déclara d'une voix décidée :

— Dans ces conditions, je n'hésiterai pas à passer à l'attaque.

Sa belle assurance masculine la fit frissonner. Elle brûlait de lui poser d'autres questions, mais se retint. De fait, elle n'était pas convaincue de vouloir entendre les réponses. Elle savait aussi qu'elle ne pourrait pas cerner en une soirée le mystère qui auréolait cet homme. Pas davantage en un mois, d'ailleurs. Désignant le verre de whisky qu'il tenait, elle demanda :

— Tu me fais goûter ?

Le liquide ambré lui brûla atrocement la gorge.

— Tu aimes ?

— Beurk ! fit-elle en toussotant. Comment peux-tu avaler ce truc infâme ?

— C'est un whisky pour connaisseurs ! Vingt et un ans d'âge !

— Un véritable tord-boyaux, oui !

Et, comme il éclatait de rire, un sentiment de plaisir envahit Alisa. Qu'il était bon de faire rire ce séducteur-né, capable de tourner la tête aux femmes en un tournemain. Jouait-il ce petit jeu avec elle ? Tout à coup, elle se ressaisit. Non, il lui avait dit qu'ils étaient simplement amis, de vieux amis. Mais comment était-il possible d'être l'amie de Dylan et de se contenter de son amitié, sans attendre davantage de lui ? Elle aurait juré qu'il y avait une explication au fait que tous les deux n'étaient pas passés à un stade supérieur. Tôt ou tard, elle finirait par éclaircir cette énigme.

Des cris perçants l'arrachèrent à son sommeil profond. Il se redressa dans son lit. Un nouveau cri déchira la nuit. D'un bond, il fut sur ses pieds et se rua vers la chambre d'Alisa. Heureusement que le médecin l'avait averti qu'elle faisait fréquemment des cauchemars !

Sans même frapper, il se précipita à son chevet. La douce lumière de la lune baignait son lit. Appuyée contre les oreillers, elle tentait de retrouver une respiration régulière et ses efforts émurent sensiblement Dylan.

— Alisa, murmura-t-il en s'asseyant sur le bord de son lit.

— Désolée, répondit-elle, toute tremblante. J'ai fait un mauvais rêve. Quand je suis éveillée, je ne me souviens pas de l'accident, mais il vient hanter mes nuits. C'est toujours le même cauchemar. Un petit garçon essaie de rattraper son chien qui court sur la chaussée. Mais il ne peut pas avancer bien vite, car il a des béquilles, et son chien représente tout pour lui. Je me mets à courir derrière le chien et soudain, un camion déboule à l'angle de la rue…

— Le petit garçon, c'est Timmy, déclara Dylan en la serrant contre lui, pour l'apaiser. C'est un enfant paraplégique et, de temps à autre, tu t'occupais de lui pour soulager sa mère. Tu t'es élancée derrière son chien afin qu'il ne tombe pas en tentant de lui courir après.

— J'ai reçu des dessins de Timmy quand j'étais à l'hôpital. Et le chien, il a bien été sauvé, n'est-ce pas ?

— Oui, ne t'inquiète pas.

Il lui caressa doucement les cheveux, attentif à ne pas toucher ses cicatrices. Il repensa à cette période affreuse, juste après l'accident. L'idée qu'elle ait frôlé la mort de si près le terrifiait. Il n'osait pas même imaginer ce qui se serait passé, s'il l'avait perdue. Même si elle lui battait froid depuis des années, il savait qu'elle existait et cela suffisait à lui redonner confiance en l'avenir.

— Ce cauchemar m'effraie horriblement. Et je déteste être effrayée.

Il se rappela alors la vaillante petite Alisa, qui n'avait jamais froid aux yeux.

— Bon, et si je te racontais une histoire, pour que tu te rendormes ?

— Une histoire ? Comme à une enfant ? dit-elle en souriant avec candeur.

Il acquiesça de la tête.

— Mais alors sans chiot ni camion, d'accord ?

— Promis.

Puis il se lança :

— Il était une fois une petite fille qui vivait dans un orphelinat pour garçons. Tous les jours, elle regardait les petits garçons jouer au base-ball et rêvait elle aussi de jouer. Mais les petits garçons n'étaient pas d'accord.

— Pourquoi ?

— Parce qu'elle était incapable d'attraper la balle.

— Effectivement, c'était fâcheux.

— Mais elle était déterminée à apprendre. Aussi demanda-t-elle à l'un d'entre eux de l'initier au base-ball.

— De quelle façon parvint-elle à le convaincre ?

A cet instant, Dylan revit Alisa lui proposer un marché…

— Je te le raconterai la prochaine fois. Toujours est-il que le petit garçon l'informa qu'elle avait peur de la balle et que, tant qu'elle ne maîtriserait pas cette peur, elle n'arriverait à rien et les autres petits garçons ne la laisseraient pas jouer avec eux. Chaque jour, les deux gamins échangèrent des passes, et la fillette fit de remarquables progrès. Si bien qu'elle fut acceptée dans une équipe.

— Alors tout est bien qui finit bien ?

— Sauf qu'une fois, la balle la heurta de plein fouet. Elle se retrouva avec un œil au beurre noir ! Le petit garçon était désespéré, s'en voulait d'avoir été un si piètre professeur.

Le regret était aussi vif que si la scène s'était passée hier.

— On n'a rien sans rien, observa Alisa. Si l'on ne prend pas de risques, on ne craint pas de perdre, mais on se prive aussi du bonheur de la victoire. Car je présume qu'elle n'est pas restée sur cet échec et qu'elle a rejoué ?

— Oui, elle refusait de se laisser impressionner. Ah ! Alisa, jamais tu n'as supporté d'avoir peur ! Tu as toujours combattu.

— Espérons qu'il me reste encore des forces pour mener le combat, murmura-t-elle.

Là-dessus, elle ferma les yeux… et le sommeil la ravit d'un coup. Avec tendresse, Dylan sourit alors à la ravissante dormeuse. Bon sang, qu'elle était belle dans ce clair de lune, sa chevelure dorée éparse sur l'oreiller et sa bouche pulpeuse entrouverte. Soudain, Dylan sentit son cœur se serrer. C'est en perdant la confiance d'Alisa qu'il avait compris combien elle lui était précieuse. Aujourd'hui, de nouveau, elle se fiait à lui… Que se passerait-il quand elle recouvrerait la mémoire et découvrirait que, non content de l'avoir trahie autrefois, il l'avait abusée pendant sa convalescence ?

Et dire qu'il était précisément censé l'aider à se rappeler le passé. Quelle ironie du sort que de l'encourager à atteindre un but qui l'éloignerait à jamais de lui !

2

— Aujourd'hui, je veux me rendre à mon appartement, déclara Alisa d'un ton résolu, en rejoignant Dylan sur la terrasse pour le petit déjeuner.

Il ne répondit pas immédiatement, mais la dévisagea de la tête aux pieds. Sentir son regard courir sur son corps la troubla… Quelle femme, d'ailleurs, aurait pu demeurer insensible à la caresse de ces prunelles noisette, qui vous jaugeaient tout en tentant de vous séduire ?

Le col ouvert de sa chemise promettait un velours de peau hâlée, et ses manches roulées jusqu'à mi-coude dévoilaient de solides avant-bras. C'étaient ces mêmes bras qui, au creux de la nuit, l'avaient tendrement enlacée, après son terrible cauchemar. Un sentiment de douloureuse vulnérabilité gagna soudain tout son être, et la nervosité lui noua la gorge. Comment cet homme avait-il le pouvoir de susciter en elle de si fortes émotions ?

— D'accord, répondit-il enfin. Je t'y conduirai. Mais ne veux-tu pas tout d'abord prendre ton petit déjeuner ?

A ces mots, elle embrassa du regard les mets posés sur la table. Voilà qui semblait bien appétissant !

— Si, répondit-elle en souriant, j'ai envie de goûter à toutes ces bonnes choses. Tu vois, je suis incapable de procéder avec ordre et méthode et de dissimuler mon impatience.

— Il vaut mieux qu'il s'agisse de ton impatience que de tes petites culottes à frou-frous ! déclara-t-il tout à trac.

Elle manqua s'étrangler avec son thé et, reposant sa tasse, lui lança un regard incrédule.

— Oui, poursuivit-il avec un sourire en coin, tu en avais une rose, si je me souviens bien.

Cette fois, elle le foudroya du regard.

— Et comment le savais-tu ?

— Parce que je l'ai vue, répondit-il d'une voix légèrement teintée d'arrogance.

Prenant un croissant dans la corbeille, elle demanda d'un air détaché :

— Où ? Sur le fil à linge… ou sur moi ?

— Sur toi, incontestablement !

— J'ai le sentiment que je ne montrais pas mes dessous à tout va. Je suis certaine qu'il y a des circonstances atténuantes au fait qu'ils aient été exposés à ton regard.

— Oui, en un sens, dit-il, tandis qu'une lueur moqueuse dansait dans ses prunelles.

Elle s'empara alors de la carafe de jus d'orange et remplit leurs verres.

— Eh bien, je donne ma langue au chat. Quelles étaient ces circonstances atténuantes ?

— Enfant, tu voulais toujours imiter les garçons, commença-t-il avant de mordre dans un muffin.

— Oui, c'est ce que j'ai cru comprendre. Et cette fois-ci, de quoi s'agissait-il, au juste ?

— C'était le début de l'hiver et il avait neigé. Comme il n'y avait pas assez de luges pour tous les garçons de la pension, les moins chanceux s'étaient rabattus sur les plateaux des cuisines — sur mon initiative, soit dit en passant. Ta mère était si furieuse qu'elle m'en a tenu grief pendant des semaines !

Cette évocation lui arracha un rire indulgent.

— Evidemment, poursuivit-il, toi aussi tu as voulu monter sur un plateau pour faire des glissades ! Le problème est que tu n'avais pas une tenue adéquate, puisque tu revenais de la messe. Tu portais ta robe du dimanche et des chaussettes qui montaient jusqu'aux genoux. Néanmoins, tu n'as pas voulu tenir compte de nos avertissements…

— Hum, hum, je commence à comprendre…, dit-elle. J'ai voulu prouver que j'étais aussi forte que vous, et j'ai dévalé la colline sur un plateau.

— Exactement, mais ton système de freinage n'était pas au point. Tu as pris tellement de vitesse que le plateau a fini par tourner sur lui-même, et tu as foncé, tête la première, dans un talus enneigé, exposant tes froufrous roses à la vue de tous.

— Je ne m'en souviens pas, mais je me représente facilement l'humiliation de la scène ! D'autant que je présume que, par la suite, tu as dû maintes fois me taquiner à ce propos.

Il approuva, un large sourire accroché aux lèvres.

— Tu es bien certain que je ne te détestais pas en secret ? demanda-t-elle alors en le regardant droit dans les yeux.

— Au contraire, lui assura-t-il avec une assurance irrésistible, tu m'adorais.

Le battement de son cœur s'accéléra devant l'effronterie de ce séducteur.

— Je ne vois vraiment pas pourquoi ! déclara-t-elle.

Puis elle mordit à pleines dents dans un beignet, afin de masquer la gêne que lui valait ce mensonge.

— Vraiment ?

— Oui, vraiment. Si, à l'âge de dix ans, tu étais aussi impertinent qu'aujourd'hui, tu devais réellement être insupportable.

— Pourtant, je puis te certifier que tu me suivais partout comme un petit toutou.

— Je n'en ai aucun souvenir.

De nouveau, il évoqua une scène bien précise pour stimuler sa mémoire.

— Un jour, ta mère t'a sévèrement grondée, car tu avais joué sous la pluie avec moi.

Elle voulut répliquer, mais une image s'imposa brusquement à son esprit. Celle d'un garçonnet et d'une fillette se tenant par la main et sautant joyeusement dans les flaques.

— Tu portais des tennis blancs, dit-elle alors en fixant un point à l'horizon, et moi des vernis de cuir tout neufs, qui ne le restèrent pas longtemps, d'ailleurs, après l'épreuve de la pluie et de la boue. Tes cheveux étaient trop longs pour un garçon et tu me semblais immensément grand.

— Ah ! enfant, mes cheveux étaient toujours trop longs parce qu'ils repoussaient à une vitesse extraordinaire et que l'on ne nous les coupait que tous les trois mois, à la pension Granger.

— Je me souviens que tu m'avais prêté ton anorak vert…

— Oui, mais ça n'a pas protégé tes beaux souliers…

Elle ferma alors les yeux et revécut la scène comme si elle y était. Elle entendit les cris de sa mère, et se revit sourire intérieurement, indifférente à la fureur de l'adulte, qui ne pesait guère dans la balance face à cette nouvelle aventure grisante qu'elle venait de partager avec Dylan… Elle rouvrit les yeux.

— M'entraînais-tu toujours sur la voie de la perdition ? demanda-t-elle alors d'un air malicieux.

S'appuyant au dossier de sa chaise, il croisa les bras et déclara :

— Je t'apprenais juste à prendre un peu de bon temps.

Ses mots résonnèrent en elle d'une curieuse façon et l'idée qu'il ait pu l'initier à d'autres plaisirs s'insinua dans son esprit. Rapidement, elle chassa cette troublante pensée, résolue à ne pas se laisser distraire de sa tâche — à savoir, se retrouver. Oui, elle devait se concentrer sur son problème de mémoire au lieu de s'interroger sur le genre d'amant que pouvait être Dylan. Mais une brèche s'était ouverte en elle, celle de la tentation. Elle avala une longue gorgée de jus d'orange frais et s'enjoignit intérieurement de s'intéresser uniquement à sa guérison. Et surtout pas à quoi pouvait ressembler l'amour avec Dylan.

— Ce petit déjeuner était un régal, décréta-t-elle. On y va ?

De nouveau, il la scruta de ses yeux noisette qu'un voile sembla subitement assombrir. Un voile d'une nature indéfinissable.

— Oui, allons-y, répondit-il d'un ton brusque.

Sans qu'elle sache très bien pourquoi, ces quelques mots lui semblèrent contenir un sinistre présage.

— Tiens, s'étonna Alisa d'une voix qui trahissait sa déception, il n'y a pas un seul tableau aux murs.

Inspectant son salon, elle aurait aimé qu'il la renseigne davantage sur sa personnalité.

— Je m'attendais à trouver des choses plus évocatrices, avoua-t-elle.

— Quoi donc ? Des panneaux d'affichage retraçant l'histoire de ta vie ?

— Voilà qui ne m'aurait pas déplu !

— Cela ne faisait pas très longtemps que tu avais emménagé dans cet appartement. Vraisemblablement, tu n'en avais pas terminé la décoration.

Soudain, elle avisa un agenda sur le comptoir de la cuisine et se rua dessus comme s'il s'agissait du saint Graal. Avec fébrilité, elle en parcourut les pages.

— Il semblerait que j'étais une femme occupée.

Puis elle se mit à lire à voix haute :

— Barbecue chez les Hawkins, footing avec Paul… Qui est Paul ?

Il haussa les épaules et se pencha à son tour sur l'agenda.

— Je l'ignore. Peut-être un bénévole de la pension Granger.

— Oh ! regarde ! Voyage d'affaires en France. Je devais m'y rendre la semaine qui a suivi mon accident ! Zut alors !

Elle feuilleta les pages relatives aux mois précédents.

— Curieux qu'il n'y ait rien sur ma mère…

Soudain, elle eut comme un flash et leva les yeux de l'agenda. Un fragment de mémoire lui était revenu.

— Je l'ai vue à Noël, et… et elle n'était pas contente de moi. Mais alors pas du tout.

Elle s'interrompit, s'interrogeant sur la nécessité d'exhumer ce souvenir. Mais elle comprit qu'elle ne pouvait pas laisser dans l'ombre les pans de sa vie qui lui déplaisaient. Pourtant, son cœur se serra à l'idée d'avoir chagriné sa mère.

— Elle m'en voulait d'avoir rompu avec mon fiancé.

— Ah ! le fameux sénateur ! commenta Dylan. Je ne suis guère étonné qu'elle t'en ait tenu rigueur.

— Pourquoi ?

Il revit le visage horrifié de Mme Jennings le jour où elle les avait surpris tous les deux en train de s'embrasser. Difficile de révéler à Alisa que sa mère était rongée par l'ambition ! Il opta pour la diplomatie.

— Ta mère a toujours voulu le meilleur pour toi, et elle est sensible au prestige et aux gens influents.

— Hum ! fit Alisa, sceptique, en refermant l'agenda. Si j'ai rompu avec cet homme, c'est que j'avais de bonnes raisons de le faire.

— Tu te souviens de ta relation avec lui ?

— Non, mais je me rappelle que je l'ai quitté parce que je ne l'aimais pas assez pour l'épouser. Oui, je comprends le désarroi de ma mère, ce devait être un homme bien sous tous rapports. Mais à quoi bon revenir là-dessus ? Allons plutôt inspecter ma chambre !

Dylan lui emboîta le pas, se demandant ce que leur réservait cette pièce. Certes la mémoire lui revenait par fragments, mais, en additionnant tous ces fragments, elle retisserait bientôt la toile de son passé. Son estomac se serra. Qu'allait-elle trouver dans cette chambre ? Quel prochain souvenir allait-elle déterrer ? Ce pouvait être leur histoire, se dit-il alors avec inquiétude.

De toute évidence, les efforts de décoration d'Alisa s'étaient concentrés sur sa chambre à coucher. Un imposant lit à baldaquin attirait immanquablement le regard qui se perdait alors dans un entrelacs de mousseline et de soie. Une demi-douzaine de livres étaient empilés sur la table de chevet sur laquelle reposait une lampe garnie d'un abat-jour en cristal.

De nouveau, ses yeux revinrent aux édredons moelleux, aux draps couleur crème. Avec quel homme avait-elle partagé ce lit digne d'un conte de fées ? Et avait-elle vécu un conte de fées avec cet amant ?

Cette pensée l'irrita alors au plus haut point. Il aspira une large bouffée d'air et tourna ses regards vers Alisa. D'une main, elle tenait un Teddy Bear de soie noire, de l'autre, un déshabillé de soie rose. Il déglutit avec difficulté. Le contraste vivant qu'elle incarnait — d'un côté la fillette délurée, de l'autre la lady sophistiquée — accéléra le rythme de sa respiration.

— Eh bien ! Moi qui cherchais des éléments évocateurs ! Apparemment, j'aime le luxe ! dit-elle en affichant un sourire sensuel.

S'avisant soudain de l'incongruité de la situation, elle fit rapidement disparaître son négligé dans un tiroir de la commode, qu'elle referma soigneusement.

— Bon, décréta-t-elle, ça suffit pour aujourd'hui. Soit dit en passant, tu avais raison ; pour la déco, je n'en étais qu'aux prémices. Je me demande ce que le reste aurait donné.

Dylan ne put s'empêcher de jeter un dernier coup d'œil sur ce lit si fascinant. Et son imagination galopante y vit alors Alisa, allongée de façon languide, avec son ours noir. Ou son déshabillé rose. Ou mieux encore : avec rien du tout !

Autrefois, il l'avait connue intimement et avait gardé de leur relation le souvenir d'une passion innocente. Mais Alisa avait grandi. Quelle amoureuse était-elle devenue aujourd'hui ?

— Tu viens ? demanda-t-elle, presque impatiente.

Dylan secoua la tête comme pour chasser de son cerveau les images d'une Alisa érotique.

— J'arrive.

Toutes les informations qu'elle avait glanées sur elle-même dans son appartement tourbillonnaient comme des électrons libres dans sa tête. Elle ne pouvait en analyser la portée en une seule fois. Désireuse de faire un peu le vide, elle passa légèrement la tête par la vitre de la Jaguar, offrant son visage à la caresse du vent. Dylan, au volant de la voiture, la ramenait chez lui.

— Est-ce que cette visite a apporté des réponses à tes questions ? lui demanda-t-il.

— Oui et non. J'avais parfois l'impression de m'être introduite par effraction dans l'appartement d'une autre personne.

— Et ta chambre, hasarda-t-il, te rappelles-tu l'avoir décorée ?

Ah ! sa chambre ! De toute évidence, elle avait intrigué Dylan. Hélas ! l'enthousiasme d'Alisa était vite retombé car cette pièce n'avait pas suscité en elle de réminiscences. Le décor reflétait indéniablement son besoin de se protéger des rudesses du monde en créant un petit univers luxueux, sensuel… La seule folie qu'elle se fût permise dans une vie plutôt dédiée aux obligations pratiques, comme elle pouvait en déduire à la lecture de son agenda !

— A vrai dire, non. Mais pour aujourd'hui, je crois que j'en ai assez de réfléchir sur moi-même. Trop, c'est trop. Je veux m'accorder une petite récréation et concentrer mon attention sur autre chose. Sur toi, par exemple, décréta-t-elle, un petit sourire malicieux aux lèvres.

Il lui décocha un regard en biais. Quelle force érotique dégageait le beau Dylan ! Pensait-il encore à son lit à baldaquin, tout en l'effeuillant de ses prunelles brûlantes ?

— Ah oui ? Et comment comptes-tu t'y prendre ?

— Je brûle de te poser quelques questions, répondit-elle tranquillement. Tu m'as dit que tu ignorais l'identité de ton père jusqu'à ce que tu hérites de lui, mais tu ne m'as pas précisé s'il avait d'autres enfants.

— J'ai deux demi-frères et une demi-sœur, petite curieuse. Mais autant te dire que c'est comme si je n'en avais pas.

— Pourquoi ?

— Parce que la plus grande joie que je pourrais leur faire serait de disparaître de la surface de la terre. Ils font leur possible pour garder leurs distances avec moi.

— Certes, je conçois l'embarras qu'ils ont pu éprouver en

apprenant ton existence après toutes ces années, mais, enfin, tu n'es ni un criminel ni un idiot. Tu es un homme brillant et talentueux. Passé le premier moment de panique, ils auraient dû se réjouir d'avoir un frère comme toi.

— Apparemment, ils en sont restés au stade initial, observa Dylan.

— Depuis combien de temps sont-ils au courant ?

— Six ans, précisa-t-il d'un ton maussade.

— Bon, tu m'as dit qu'eux préféraient t'oublier ; mais toi, quels sont tes désirs par rapport à eux ?

— Mes désirs ? Mais je n'en ai pas, je n'attends rien d'eux.

Son cynisme la déconcerta. Que de déceptions il avait dû endurer pour en arriver là !

— Ah ! fit-elle en soupirant, comme j'aurais aimé, moi, avoir des frères et sœurs ! J'ai toujours détesté être une enfant unique.

— Les liens du sang ne signifient pas grand-chose, à mes yeux. Bien sûr, j'avais une mère, mais j'ai très peu vécu auprès d'elle, elle avait une vie si chaotique.

Comme elle sourcillait, il poursuivit :

— Oh ! ne te méprends pas sur le sens de mes propos ! C'était une femme fort convenable, elle avait juste un problème de discernement en ce qui concernait le choix de ses maris. Et une propension à se marier très rapidement, pour divorcer tout aussi vite. Il y a quelques années, je lui ai acheté une maison, pour qu'elle ait au moins un point de repère où revenir, et ne soit plus ballottée d'un endroit à un autre au gré des hommes qui entrent ou sortent de sa vie.

— Je ne me rappelle pas du tout ta mère, dit Alisa.

— Oh ! ça n'a aucune importance, tu sais ! Moi-même, je ne passe pas mon temps à penser à elle.

— Et ton père ?

— Je ne pense jamais à lui ! déclara-t-il froidement. C'est étrange, tu sais… Quand j'étais enfant, j'aurais donné ce que j'avais de plus cher au monde pour savoir qui était mon père. Et quand j'ai finalement découvert son identité, il était mort.

Mais il avait beau être riche, ce n'en était pas moins un sacré lâche. Alors j'ai pris l'argent et basta ! Je laisse à mes frères et sœur son nom et tout ce qui va avec.

Ils venaient de s'engager dans l'allée qui menait à la maison. En douceur, la Jaguar franchit le porche. Dylan se gara et déclara :

— Voilà, je t'ai tout dit sur ma prétendue famille. Il n'y a pas de *happy end*, comme dans les films.

La dureté de son ton la fit frissonner. D'autant qu'elle y perçut en filigrane un avertissement. Elle devinait chez lui un désespoir à fleur de peau et elle ne pouvait l'admettre. Oui, une sorte de colère sourdait en lui en permanence et elle aurait tellement aimé désamorcer cette bombe. Mais elle n'osa pas insister, par crainte qu'il lui dise prosaïquement de s'occuper de ses oignons.

Il lui ouvrit la porte de la Jaguar et l'accompagna jusqu'à la porte d'entrée.

— J'ai un rendez-vous en ville, l'informa-t-il. Tiens-toi tranquille, cet après-midi, OK ?

Imperceptiblement, elle se raidit : elle n'appréciait guère ce ton directif.

— Je n'ai pas d'ordres à recevoir de toi, répliqua-t-elle vivement. Peut-être que cela fonctionnait autrefois, quand j'étais une gamine et que je cultivais le mythe du héros, mais…

— Ecoute, l'interrompit-il en lui saisissant presque brutalement le bras, il ne s'agit pas de cultiver le mythe du héros. Je suis responsable de toi, c'est tout.

— Je n'ai besoin ni de baby-sitter ni d'infirmière, se récria-t-elle.

— Alors prouve-le ! lui dit-il sèchement avant de se diriger vers sa voiture.

Le rustre ! songea-t-elle. Ah ! quel macho ! Elle fulminait littéralement. D'autant qu'elle sentait bien qu'il avait raison ! Tâchant de se calmer, elle rentra dans la maison pour se préparer un thé léger au citron et tailler un brin de causette avec la cuisinière, Mme Abernathy. Elle regagna sa chambre pour faire docilement une sieste, mais impossible ! Le sommeil ne venait pas ! Mme Abernathy lui ayant appris l'existence d'un haras dans la partie ouest de la propriété, elle décida d'aller se promener de ce côté-là.

La promenade à travers les champs fut éprouvante, mais elle oublia sa fatigue dès qu'elle aperçut un adorable poney, près de sa mère. Quel touchant tableau et quelle belle récompense ! pensa-t-elle.

— Bonjour, mes beautés, leur lança-t-elle joyeusement.

— Bonjour à vous aussi, lui répondit une femme aux cheveux gris en sortant de l'écurie. Meg Winters, enchantée de faire votre connaissance. Je suis le palefrenier du haras Borrow. Plus sérieusement, Dylan m'emploie pour m'occuper de ses chevaux que montent plusieurs fois par semaine des enfants handicapés.

— Vraiment ? dit Alisa surprise. Il ne m'en a pas parlé.

— Cela ne m'étonne pas. Ça aurait nui à son image de marque.

— Oui, celle d'un homme riche, indifférent et matérialiste. Qui n'a besoin de personne, compléta Alisa, s'interrompant avant que l'émotion ne rende sa voix trop chevrotante.

— Depuis quand le connaissez-vous ? s'enquit Meg, curieuse.

— Une vingtaine d'années. Je me présente, Alisa Jennings, une amie d'enfance de Dylan. Je suis en convalescence ici, après un long séjour à l'hôpital. Mais, regardez, ajouta-t-elle, je ne suis pas venue les mains vides.

Là-dessus, elle sortit de son sac à dos quelques pommes destinées aux chevaux.

— Allez-y, la jument n'est pas farouche. Vous savez monter ?

Aussitôt, Alisa se vit à dos de cheval et un frisson de plaisir la parcourut.

— Oui, mais ça fait longtemps que je n'ai pas chevauché.

— Dans ce cas, je vous conseille Sir Galahad. C'est un amour de cheval. Bien, je rentre chez moi à présent. A bientôt.

— Au revoir, fit distraitement Alisa.

Puis elle se dirigea vers le poney pour lui tendre une pomme.

Elle revint ensuite vers les écuries, vers la tentation incarnée par Sir Galahad… A lui aussi elle tendit une pomme qu'il prit délicatement dans sa paume, du bout des dents.

— Quel gentleman tu es ! lui dit-elle en lui caressant l'encolure.

Soudain, un immense sentiment de paix l'envahit. Après tout, un petit tour à cheval lui ferait peut-être du bien…

« Où était-elle donc passée ? » se demandait Dylan, en proie à une insoutenable inquiétude. La pluie tombait à verse, l'orage grondait, le repas allait être servi et toujours pas d'Alisa en vue. En désespoir de cause, il interrogea la cuisinière.

— Je ne pourrai vous dire… Peut-être est-elle allée faire un tour du côté des écuries. Elle semblait fort intéressée, quand je lui en ai parlé.

Mon Dieu, non ! Elle n'était quand même pas partie faire du cheval ! Après qu'il l'eut expressément priée de se tenir tranquille ! Décidément, il ne savait pas à quoi il s'exposait en la prenant chez lui. Elle allait vraiment le rendre fou. Il sentit monter une terrible migraine. Des gouttes de sueur perlaient à son front. S'emparant d'un anorak, il s'élança sous la pluie battante, en direction des écuries.

Après une course effrénée à travers champs, il ouvrit brutalement la porte de l'écurie. Elle poussa un petit cri de surprise.

— Dylan ! Que fais-tu dehors, par ce temps ?

Ouf ! elle était saine et sauve ! S'efforçant de rester calme, il répondit :

— Je m'assure qu'il ne t'est rien arrivé !

— Mais je me porte comme un charme, ainsi que tu peux le constater. Je suis au sec, avec pour agréable compagnie le chevalier Lancelot. Que demander de plus ? Eh bien quoi ? ! Tu t'inquiétais ?

— A ton avis ? Alisa, je te répète que je suis responsable de toi, déclara-t-il en croisant les bras. Jamais je n'aurais pu imaginer que tu serais allée faire du cheval sous l'orage.

— Mais qu'est-ce que tu racontes ? Ecoute, Dylan, je crois qu'il est temps de remettre les pendules à l'heure, je ne suis pas folle, je suis juste amnésique.

— Mais tu n'en fais qu'à ta tête, tu présumes de tes forces et ensuite tu fais des cauchemars !

— Parce que tu crois que tu es plus facile à vivre que moi ? Et toi, tu n'as même pas l'excuse de l'amnésie.

Ah ! qu'il aurait aimé bâillonner la chère révoltée d'un tendre baiser, pour mettre fin à cette querelle stérile ! Ainsi qu'à sa torture ! Car depuis qu'il avait vu son lit, son imagination était prisonnière de mille pensées érotiques.

— Ce cheval est une vraie merveille, poursuivit Alisa. Un véritable gentleman. Pas comme son maître.

— Je te signale qu'il est castré. Pas comme son maître.

Etait-ce une menace ? Nonobstant, elle se rapprocha de lui et déclara :

— Meg m'a dit à qui tu réservais ton haras et je dois dire, M. le Millionnaire-prétendument-arrogant-et-sans-cœur, que je ne sais plus très bien qui est le véritable Dylan. Tu sais, la générosité n'est pas une maladie honteuse qu'il faut cacher à tout prix.

Toute la journée, il avait lutté contre ses pulsions. Et cette lutte venait s'ajouter à la tension qui l'habitait depuis un mois, à la crainte que l'intérêt qu'elle manifestait pour lui ne se transforme subitement en dédain. Mais, à cet instant, le regard enjôleur d'Alisa, sa bouche pulpeuse vinrent à bout de ses ultimes résistances.

Il enchaîna son regard et obligea la jeune femme à reculer, jusqu'à une poutre.

— Tu vas faire connaissance avec le véritable Dylan, la prévint-il d'une voix rauque.

3

Le cœur d'Alisa tambourinait violemment. Quel regard ! Dylan la dévorait littéralement des yeux. Il se tenait au bord du précipice, où bientôt le désir allait le jeter. Alisa savourait sa victoire. Et la sensation d'interdit liée à cette excitation lui fit l'effet d'une montée d'adrénaline.

Comme dans un film au ralenti, son ami pencha lentement la tête. Attendre, espérer, anticiper fut une délicieuse torture ! Elle sentit le regard de Dylan errer avec gourmandise, puis il s'empara de sa bouche. Avec une assurance qui la fit chavirer, il lui donna un baiser si torride, si merveilleux, qu'elle eut l'impression de se réveiller d'un long sommeil.

La langueur la gagna en même temps que Dylan savourait sensuellement sa bouche. C'était exquis. Le parfum de la pluie, celui de Dylan, ajoutaient encore à l'émoi du corps. La main de Dylan glissa dans son dos pour échouer langoureusement au creux de ses reins. Il resserra son étreinte, et Alisa sentit combien il la désirait !

Un petit gémissement lui échappa… et, si tant est que cela fût possible, Dylan redoubla d'ardeur en l'embrassant. Puis, l'étreignant une ultime fois, il détacha comme à regret sa bouche de la sienne, et déclara :

— Ensorceleuse ! Tu es censée te reposer bien tranquillement au bord de la piscine, pas me faire perdre la tête !

Alisa reprenait difficilement son souffle et, à cet instant, son état de convalescente se fit cruellement ressentir. Elle ne possédait pas tout son allant pour faire face avec sérénité à la situation. Fébrile, elle mordit sa lèvre inférieure, tentant de maîtriser le chamboulement intérieur qu'il avait suscité en elle.

— Le médecin t'avait prévenu que je ne serais pas forcément une patiente docile, finit-elle par dire d'une voix rendue rauque par l'émotion.

Il lui lança un regard sceptique, puis baissa la tête en grommelant.

— C'est curieux, déclara-t-elle tout à trac. J'ai l'impression que ce n'est pas le premier baiser que nous échangions. Mon intuition me trompe-t-elle ?

— Non, admit-il, mais c'était il y a fort longtemps.

De manière inexplicable, cette réponse qui confortait pourtant ses impressions la désarma. Croisant les bras pour se donner une contenance, elle répliqua :

— Si nous nous sommes déjà embrassés, pourquoi avons-nous arrêté ?

— Arrêté de quoi ?

— De nous embrasser !

Passant une main fébrile dans sa chevelure épaisse, il déclara :

— Parce que tu avais quinze ans, que ta mère s'est remariée et que vous avez déménagé.

Désespérément, Alisa fouilla sa mémoire. Rien, le néant absolu.

— C'est le noir complet, déplora-t-elle, amère.

Leurs regards se croisèrent et, dans les prunelles de Dylan, brilla soudain une douce nostalgie qui intrigua Alisa. Avec douceur, il lui prit le menton.

— C'est peut-être mieux ainsi, décréta-t-il. L'oubli est parfois préférable.

Puis, il redevint subitement distant et ajouta :

— La prochaine fois que tu t'ennuies, au lieu de jeter ton dévolu sur moi, prends un livre, ou allume la télévision. Allons, l'orage semble s'être calmé, rentrons à la maison.

Elle réagit à peine à ces derniers propos, incapable de penser à autre chose qu'au baiser qu'ils venaient d'échanger et au fait qu'autrefois Dylan avait été son petit ami.

— Viens, lui dit-il en ouvrant la porte des écuries, il ne pleut plus.

En silence, elle lui emboîta le pas. Comme ils approchaient de la maison, elle lui demanda brusquement :

— Dois-je en déduire que ça te déplaît ?

— Pardon ?

— M'embrasser, précisa-t-elle, ça te déplaît ?

Il s'immobilisa et lui décocha un regard impatient :

— Non, avoua-t-il, mais tu te remets d'un très grave accident, tu es encore fragile et je n'ai pas l'intention de tirer profit de la situation.

— Ecoute, Dylan, mon cerveau est peut-être confus, mais ton attitude ne l'est pas moins. Je ne parviens pas à m'y retrouver, avec toi. D'une part, tu donnes l'image d'un millionnaire uniquement préoccupé de faire fructifier sa fortune et, d'autre part, tu entretiens secrètement un haras pour des enfants handicapés. Tu m'embrasses comme si…

Elle hésita, incapable de trouver les mots pour décrire ce qu'elle venait de ressentir.

— Comme si quoi ? demanda-t-il, tandis que ses yeux s'assombrissaient sous le coup de l'émotion.

— Comme si tu avais l'intention de ne pas en rester là, compléta-t-elle en relevant le menton, défiante. Et puis subitement, au nom de je ne sais quel code de l'honneur, tu me repousses. Qui est le véritable Dylan ?

— Aucune de ces personnes et toutes à la fois, et encore bien plus que cela, répondit-il par boutade.

Puis il reprit sa marche. Alisa l'observa, pétrie de frustration. Ah ! comme elle maudissait son amnésie ! Tant de questions sur elle-même et sur Dylan restaient en suspens. Et plus elle passait de temps en sa compagnie, plus le nombre d'interrogations le concernant augmentait. Elle avait parfois le sentiment de n'être plus que l'ombre d'elle-même. Certes, elle avait l'apparence d'un être humain, mais, au fond d'elle-même, elle se sentait vide. Horriblement vide. Elle aurait parfois préféré être amputée d'un membre, au lieu de cette impression d'étrangeté à elle-même. Et, par-dessus tout, il lui importait de reconstituer ce pan de passé où leurs destins avaient été liés.

Peu après dîner, Dylan quitta la maison. Il pouvait sortir en toute quiétude ! Après cette rude journée, il était certain qu'Alisa se tiendrait tranquille. Durant le repas, ses paupières se fermaient déjà malgré elle. Aussi, lorsqu'il entra au O'Malley pour rejoindre Michael et Justin, s'efforça-t-il de laisser sur le seuil son lot de soucis la concernant.

— Eh bien, comment va la vie à varicelleland ? demanda-t-il en plaisantant à Justin.

— Oh ! les jumeaux sont presque rétablis, mais Emilie n'a pas résisté à la contagion ! Les enfants sont complètement surexcités et la chaleur de l'été ne contribue pas à ramener la sérénité. Voilà le climat survolté qui règne à la maison ! Heureusement qu'Amy prend la vie avec philosophie. Mais je crois qu'après la tempête, nous aurons besoin de quelques jours de vacances bien méritées.

— Tu sais que tu es le bienvenu au Belize, dans la villa que j'ai achetée.

— Au Belize ? reprit Justin, surpris. Alors, finalement, c'est là-bas que tu as investi. Je croyais que tu aurais opté pour un endroit plus en vue.

Dylan secoua la tête. Non, il s'était définitivement lassé des lieux à la mode, où la jeunesse dorée et huppée de la planète dansait jusqu'au bout de la nuit. Il aspirait désormais à une vie plus paisible.

— On dirait que je vieillis, dit-il en riant. J'aime Belize, ses îles, la brise qui y souffle, la bière que l'on y fabrique et les incroyables couchers de soleil qui embrasent l'horizon, le soir.

— Eh bien, tu en parles de manière plus convaincante

qu'une brochure publicitaire ! Ajoute Amy au décor et je veux bien m'y fondre, déclara Justin.

— A propos, demanda Michael, comment ça se passe avec Alisa ?

— Sa mémoire ne revient pas rapidement, et elle enrage de réaliser si peu de progrès. Aujourd'hui, nous avons visité son appartement, et quelques fragments du passé ont refait surface.

Il reprit alors son souffle avant d'ajouter :

— Elle me donne plus de fil à retordre que je n'aurais pensé.

— Alisa ? s'étonna Michael. Mais c'est la fille la plus adorable de la Virginie, Kate mise à part, bien sûr !

Dylan repensa alors à la chambre d'Alisa, à la façon dont elle l'avait séduit, cet après-midi.

— Ah ! ce n'est plus la petite fille qui faisait les meilleurs cookies de la contrée ! annonça-t-il.

— Que veux-tu dire ? Qu'elle ne sait plus préparer ces merveilleux cookies au chocolat ? s'alarma Justin.

— Je ne sais pas si elle se rappelle encore ou non la recette, mais ce que je dis, c'est qu'elle a rudement changé.

— En bien ou en mal ?

Dylan se rappela le baiser passionné qu'elle lui avait rendu, et la lutte qu'il avait dû mener contre ses pulsions pour ne pas la prendre sur la paille.

— Les deux, dit-il, maussade.

Comme le serveur leur apportait les bières qu'ils avaient commandées, Michael et Justin échangèrent un coup d'œil perplexe.

— Sois un peu plus explicite ! dit Justin.

— Oh ! il n'y a pas grand-chose à ajouter, si ce n'est que je refuse d'abuser de la situation, puisque c'est une convalescente.

— D'autant qu'elle va te haïr, lorsqu'elle retrouvera la mémoire, prévint sans ménagement Justin. Ça, mon vieux, je ne t'envie pas.

— Mon rôle n'est pas de la séduire, ni de succomber à sa séduction. Je lui ouvre ma maison pour qu'elle se rétablisse tranquillement, c'est tout, répliqua Dylan, en serrant les dents.

Il aurait tellement aimé que la situation soit aussi simple qu'il la dépeignait et ne le fasse pas tant souffrir ! Il savait qu'il serait à jamais meurtri quand, pouvant de nouveau voler de ses propres ailes, elle le quitterait.

— Parlons d'autre chose ! décréta-t-il d'un air décidé. Je voulais vous informer que je vais négocier avec Grant Remington pour mon projet de bio-ingénierie.

— Ton demi-frère ?

— Oui, même s'il te donnerait un coup de poing en t'entendant associer ces deux mots.

— Pourtant, il ne connaît pas son bonheur.

— Son bonheur ? Crois-tu qu'il se réjouisse de voir son héritage diminuer à cause des écarts de jeunesse de son père ?

— Il a enfin un frère qui va lui permettre de dépenser tout l'argent dont il ne sait que faire !

Les trois amis versaient souvent dans l'humour grinçant et, en un sens, Dylan sut gré à Michael de ne pas déroger à la règle.

— En tout cas, je ne le lâcherai pas tant que je n'aurai pas obtenu de lui ce que j'attends.

Un silence tomba soudain sur le petit groupe, mais la musique du bar tempéra le malaise naissant. S'éclaircissant la gorge, Michael annonça :

— Avant que j'oublie ! Kate vous invite tous à un barbecue vendredi prochain.

— OK, dit Justin. D'ici là, les enfants seront guéris.

— Parfait, répondit Michael. Il va sans dire qu'Alisa est invitée.

Des sentiments contraires tiraillèrent alors Dylan. Bien que la compagnie d'Alisa ne fût pas de tout repos, il adorait être à ses côtés. Il s'avisa alors qu'elle lui procurait un faux sentiment de sécurité. Et, tout en acquiesçant de la tête à l'invitation de Michael, il comprit que, tôt ou tard, Alisa apprendrait la vérité. Rien ne durait jamais, et aucun mensonge ne pouvait éternellement perdurer.

— Je viendrai avec Alisa si, d'ici là, nous sommes toujours en bons termes, déclara-t-il en terminant sa bière.

Alisa s'acharnait encore et toujours à rechercher son passé perdu. Elle s'efforçait autant que possible de ne pas se laisser trop absorber par Dylan. Mais la nuit, difficile de contrôler ses rêves. Et quels rêves ! Il l'embrassait à en perdre le souffle, elle chavirait sous les étreintes…

… Et se réveillait systématiquement avant qu'ils ne fassent vraiment l'amour, frustrée, affamée.

Ces rêves érotiques la torturaient, au point qu'elle se demandait si les cauchemars qu'elle faisait auparavant n'étaient pas préférables !

Le matin, Dylan se rendait à son bureau, en ville, et la déposait en général à son appartement. Il la reprenait au passage, à l'heure du déjeuner. Elle se restaurait rapidement, évitant de passer trop de temps avec lui. Elle se consumait de désir pour lui, mais craignait dans le même temps de se brûler les ailes au feu de cette passion. Il exerçait sur elle une dangereuse fascination, eu égard au mystère qui l'entourait. Bien qu'elle fût émotionnellement et sexuellement attirée par lui, elle ne voulait pas tomber dans un piège.

Elle passa un week-end interminable à feuilleter des albums de photos, à écouter de la musique et à assembler les premières pièces du puzzle de sa mémoire pulvérisée, réduisant par ailleurs au minimum ses tête-à-tête avec Dylan. En fin d'après-midi, le dimanche, ils se retrouvèrent dans le salon. Son séduisant hôte triait son courrier.

— Comment vas-tu ? lui demanda-t-il.

— Bien, j'ai dormi trente-sept minutes, cet après-midi.

— Quelle précision ! Tu ne fais plus de cauchemars ?

Elle lui fit signe de la tête que non, espérant également pouvoir bientôt conjurer les rêves d'une tout autre nature qui perturbaient régulièrement son sommeil. Avisant un carton d'invitation tombé sur le sol, elle se pencha pour le ramasser.

— Tiens, dit-elle tout en jetant un coup d'œil à l'invitation, tu as fait tomber cela. Hum, hum, un cocktail organisé à l'intention du conseil d'administration des labos Remington. Comptes-tu t'y rendre ?

— Non, je ne crois pas. C'est mardi soir et, ce soir-là, il y a un match de base-ball, à la télé.

— Oh ! tous les soirs, tu peux trouver la retransmission d'un match de base-ball sur une chaîne quelconque ! dit Alisa, peu dupe du prétexte. Dis-moi plutôt si tes demi-frères et sœur y seront ?

— Probablement. Pourquoi cette question ?

— Comme ça, par simple curiosité, dit-elle d'un air détaché. Les as-tu déjà rencontrés en public ?

— Non. Sauf le jour de la lecture du testament, dit-il en riant.

— Et tu n'as pas envie de les rencontrer dans un contexte… disons, plus détendu ?

— Non !

— Moi si !

— Eh bien, vas-y, si tu en as envie.

— D'accord, répondit-elle du tac au tac. A quelle heure devrons-nous partir ?

— Qui englobes-tu dans ce « nous », Tonto ?

Un éclair de mémoire lui revint.

— Tonto ? Tu m'as déjà appelée comme ça, non ?

— Oui, au moins une centaine de fois, dit-il en souriant.

— J'y suis ! C'était dans *Lone Ranger*, la série qui passait le soir, à la télé, dit-elle, tout excitée. C'est comme ça que tu m'as appris à manier le lasso.

— Tu t'entraînais chez toi, pendant que ta mère servait le repas aux garçons de Granger. Il n'y avait qu'un poste de télé au foyer, et il était toujours en panne.

— Mais ma mère avait un poste qui fonctionnait à merveille. Ah ! j'avais toujours peur qu'elle revienne à l'improviste et nous découvre ! Finalement, c'est ce qui est arrivé…

— Et j'ai été de corvée d'épluchage de pommes de terre

pendant je ne sais plus combien de semaines. Remarque, ç'aurait pu être pire, si le directeur en avait eu vent.

— Je l'avais suppliée de ne rien dire, précisa Alisa.

Et tous deux éclatèrent de rire. La sensation de vide qui habitait Alisa disparut d'un coup. C'était toujours la même chose. Chaque fois qu'elle s'apprêtait à renoncer à recouvrer jamais sa mémoire, une nouvelle pièce du passé resurgissait pour compléter le puzzle.

S'avisant qu'elle avait perdu le fil de leur discussion, elle reprit.

— Alors, à quelle heure devons-nous nous tenir prêts pour ce cocktail ?

— A pas d'heures tapantes, rétorqua-t-il.

Manière de l'éconduire avant de replonger dans son courrier.

— Dis-moi, reprit-elle, peu encline à abandonner la partie, serait-ce parce que tu n'as pas le cran de rencontrer tes demi-frères et sœur que tu fuis ?

La foudroyant du regard, il déclara :

— Toi, en revanche, tu ne manques pas d'aplomb !

— N'attends-tu donc rien d'eux ? dit-elle, incapable de croire qu'il ne mourait pas d'envie de les rencontrer.

Comment pouvait-il faire si bon marché de sa fratrie ? C'était inconcevable pour Alisa.

— Non, rien, dit-il d'un ton catégorique. Encore que…

— Encore que quoi ? interrogea-t-elle à brûle-pourpoint.

— Pas d'emballement. Il s'agit seulement de bizness.

Frustrée par ces remparts de glace qu'il érigeait toujours autour de lui, elle soupira longuement. Soudain, elle se rappela cette façon qu'il avait autrefois de la mettre au défi. « Je parie que tu n'es pas capable de faire ça ou ça », lui disait-il pour qu'elle prenne, bien sûr, le contre-pied de son affirmation présomptueuse.

— Je parie que tu n'es même pas capable d'aller à ce cocktail !

Là-dessus, elle sortit du salon.

*
* *

Ces mots résonnèrent longtemps dans son esprit. Elle avait inversé les règles du jeu. Autrefois, c'était lui qui toujours la mettait au défi, c'était lui le téméraire. Cet accident avait-il donné à Alisa le goût de l'aventure ? A moins que ce ne soit depuis « l'incident » de la fac ? Décidément, il avait tout à réapprendre d'elle. De toute évidence, l'image du héros qu'il incarnait autrefois à ses yeux avait fait long feu. Désormais, dans son regard, s'il pouvait encore lire de la fascination, il voyait également l'étincelle du challenge. D'ordinaire, les femmes qu'il côtoyait étaient avant tout soucieuses de lui plaire et de ne pas le contredire. Ce n'était pas du tout le cas d'Alisa. En dépit de sa vulnérabilité actuelle, elle était devenue plus forte durant ces années de séparation.

Tout de même, elle ne manquait pas d'air ! Car l'idée de passer plus de trente secondes en présence de l'un des enfants Remington lui soulevait l'estomac. Néanmoins, force était de reconnaître que la petite peste blonde qui avait envahi sa maison et ses pensées avait raison sur un point : il attendait quelque chose des Remington, et si une rapide apparition à un cocktail pouvait le rapprocher du but, alors il le ferait. Vaille que vaille.

18 h 30, c'était l'heure à laquelle il devait passer la prendre, se redit Alisa tout en inspectant le placard de sa chambre. Elle ne parvenait pas à détacher ses pensées de Dylan. Elle enrageait de ne pas comprendre pourquoi, et était certaine qu'elle aurait mieux saisi l'attrait qu'il exerçait sur elle si elle avait détenu d'autres éléments de son passé. A défaut de mémoire, elle faisait preuve d'intuition. Elle ignorait en quoi il était si important pour elle qu'il instaure des liens avec sa famille paternelle. De l'extérieur, on aurait pu lui faire valoir qu'elle se mêlait de ce qui ne la regardait pas, mais, au fond d'elle-même, elle était persuadée d'agir à bon escient.

Dans le même temps, pourquoi Dylan l'irritait-il parfois tellement ? Ayant examiné le problème sous tous ses angles, elle comprit enfin pourquoi ! A l'exception du baiser qu'il lui avait donné, il la traitait en général comme la fillette qu'elle avait été autrefois. Il cherchait toujours à la protéger. Bien sûr, elle appréciait cette sollicitude, mais elle détestait qu'il l'assimilât encore à la gamine qui jadis le vénérait comme un dieu. Certes, elle ne se souvenait plus de la personne qu'elle était avant l'accident, mais, en tout état de cause, elle s'imaginait bien plus forte que l'image qu'il lui renvoyait d'elle-même.

Dans sa penderie, elle trouva trois robes de soirée, qu'elle déposa délicatement sur son lit. Mais aucune ne fut à son goût. Elle reprit ses recherches, et mit cette fois la main sur une robe dans une housse plastique, qui portait encore l'étiquette du magasin. Quand elle l'en retira, elle ouvrit de grands yeux stupéfaits. Indéniablement, il s'agissait d'un achat impulsif et, si elle ne l'avait pas déballé, c'était certainement parce qu'elle hésitait entre la ramener à la boutique ou la garder.

La robe en question était d'un blanc immaculé, d'une coupe cintrée, avec pinces appuyées et larges bretelles, mais, ce qui la rendait scandaleuse, c'étaient les deux fentes horizontales au niveau de la poitrine qui dévoilaient de manière osée des pans de chair d'ordinaire cachés. C'était tout sauf une tenue de petite fille ! Elle tenait là l'occasion rêvée de prouver à Dylan qu'elle avait évolué ! Mais… aurait-elle le cran de porter une robe si audacieuse ?

De nouveau, elle évalua du regard les trois autres, bien plus classiques. Et elle comprit que son hésitation reflétait le dilemme qu'elle ressentait face à Dylan. Il aurait certainement été prudent de lui donner à penser qu'elle était encore la petite fille d'autrefois. Mais la prudence n'était pas son fort, en ce moment. Puisque la vie s'était jouée d'elle, elle décida de tenter le destin et opta pour la robe blanche.

4

La barbe ! Pourquoi avait-il finalement cédé et accepté d'aller à cette soirée ? s'interrogeait Dylan, fort irrité, en attendant Alisa dans le vestibule. Décidément, ce n'était pas une bonne idée ! Si cette dernière espérait un *happy end* familial comme dans les contes de fées, elle allait en être pour ses frais. Mais elle l'avait si ouvertement provoqué en insinuant qu'il n'aurait pas le cran de se montrer à ce cocktail, qu'il était à présent obligé de s'y rendre. Tout était préférable à l'idée de passer pour un lâche aux yeux de la belle Alisa.

En soupirant, il secoua la tête. De toute façon, ils n'allaient pas faire de vieux os à cette sauterie mondaine. Soudain, il entendit ses pas dans l'escalier et déclara :

— Autant te prévenir, nous resterons là-bas quinze minutes, et pas une de plus ! Mais sache bien que cette paisible assemblée déteste faire des vagues, alors n'espère pas que…

Il s'interrompit brusquement. Fichtre, il ne s'attendait pas à une telle apparition ! Ses cheveux étaient relevés en un chignon lâche, d'où s'échappaient quelques mèches folles. Elle était peu maquillée, à l'exception d'une touche de gloss sur les lèvres et d'un soupçon de fard sur les yeux. De grosses boucles d'oreilles fantaisie pendaient à ses lobes et ce que sa tenue ne révélait pas allait le tenir en éveil pour de nombreuses nuits à venir.

Néanmoins, force était de reconnaître que la peau dorée

que dévoilait cette audacieuse robe blanche aurait pu susciter une véritable émeute. Il en restait sans voix.

— Qu'est-ce que je ne dois pas espérer ? demanda-t-elle en croisant son regard.

Rajustant sa cravate, il répondit :

— Je voulais simplement te préciser que la soirée ne sera pas forcément très excitante.

Elle le regarda longuement, sans ciller, et déclara posément :

— Et si nous y ajoutions un souffle d'excitation ?

Dans ses yeux brilla à cet instant un mélange de défi et d'amusement, qui cingla les reins de Dylan. Là-dessus, elle se dirigea vers la porte et il lui emboîta immédiatement le pas, lâchant la bride à son imagination. La soirée s'annonçait prometteuse…

Après avoir traversé la ville et garé la Jaguar, ils s'engouffrèrent dans le musée des Beaux-Arts de St. Albans. Le cocktail se tenait au troisième étage. Dans l'ascenseur, Dylan ne parvenait pas à détacher ses yeux de sa séduisante compagne. L'ingénue ! Elle devait être à mille lieues d'imaginer les pensées érotiques qu'elle lui inspirait. Depuis qu'elle avait descendu l'escalier, vingt minutes plus tôt, il lui avait retiré au moins une vingtaine de fois en pensée sa petite robe provocante.

Ils longèrent un long corridor… et se retrouvèrent soudain nez à nez avec Kirsten Remington, la jeune demi-sœur de Dylan. A leur vue, son visage se décomposa littéralement.

— Dylan Barrow ! s'exclama-t-elle dans un souffle, comme s'il était le fléau de la terre. Ça alors ! Quelle visite inattendue !

— N'est-ce pas ? repartit Dylan non sans ironie. Je te présente Alisa Jennings. Alisa, voici Kirsten Remington.

— Ravie de vous rencontrer, dit Alisa en lui tendant la main. Remington, Remington, mais… n'auriez-vous pas un lien de parenté avec Archibald Remington, le fondateur des laboratoires de même nom ?

— Assurément, repartit Kirsten en relevant fièrement le menton, il s'agit de mon père.

— Ah ! conclut Alisa en souriant, vous êtes donc la demi-sœur de Dylan.

Son interlocutrice devint subitement toute pâle et il lui fallut un certain temps pour recouvrer l'usage de la parole.

— Veuillez m'excuser, mon fiancé m'appelle, annonça-t-elle froidement.

Et elle s'éloigna d'un pas vif.

— Torpédo numéro un, commenta Dylan.

— Pourquoi dis-tu cela ? Elle a été très polie.

— Un peu plus, et il fallait aller chercher les sels pour l'empêcher de s'évanouir.

— Tu ne crois pas que tu en rajoutes un peu ?

— Alisa, les Remington détestent au plus haut point qu'on leur rappelle notre lien de parenté.

— Vraiment ? Ce sont des durs à cuire en affaires, n'est-ce pas ? répliqua-t-elle sur le ton de qui a une idée derrière la tête. Présente-moi à tes autres potes du conseil, veux-tu ? Je suis certaine que nous allons bien nous amuser.

Après tout, pourquoi pas ? Docile, il lui prit le bras et se prêta au jeu des présentations. Interloqué, tout ce beau monde de la haute finance s'efforça de dissimuler sa déconvenue, et le superbe sourire d'Alisa parvint à tempérer le désarroi ambiant. Seul Grant ne s'était pas encore avisé de la présence inhabituelle de son frère à la soirée et n'avait pas encore fait la connaissance d'Alisa. A l'autre bout de la pièce, il pérorait au milieu de sa cour d'admiratrices. Apercevant soudain Dylan, il affecta l'indifférence. Etrangement, sa présence ne le mit pas dans la rage extraordinaire que provoquait à l'accoutumée en lui la vue de son demi-frère.

Dylan attendit que ce dernier ait terminé sa conversation, et se dirigea vers lui sans hésitation.

— Comment vas-tu, Grant ? demanda-t-il comme si leurs relations avaient toujours été au beau fixe.

Soufflé, ce dernier répondit sur le même ton :

— Bien… et toi ? Nous sommes tous étonnés de ta venue, car jamais encore tu n'avais pris part aux fêtes organisées en l'honneur du conseil.

— Il est parfois bon de changer ses habitudes, observa Dylan.

— Parfois, oui.

— Grant, je te présente Alisa Jennings. Alisa, voici Grant Remington.

Grant marmonna les civilités d'usage, tandis qu'Alisa repartit, un grand sourire aux lèvres :

— Enchantée de faire la connaissance d'un autre Remington ! Vous êtes le demi-frère de Dylan, n'est-ce pas ?

Contrairement à sa sœur, Grant n'afficha aucun signe de nervosité excessive. Seules ses narines se pincèrent légèrement quand il répondit :

— Je n'avais pas envisagé la situation sous cet angle.

— Vraiment ? dit Alisa en jouant les fausses ingénues. Pourtant, c'est une bénédiction, ce qui vous arrive à tous.

— A tous ?

— Oui, à vous et Dylan, mais aussi à Kirsten et à votre autre frère. Comment s'appelle-t-il, déjà ?

— Walter, répondit-il machinalement, l'esprit en proie à la plus grande confusion. Une bénédiction, dites-vous ?

— Oui, réaffirma-t-elle. Réfléchissez en toute lucidité à la situation. Vous auriez pu écoper d'un frère délinquant, ou carrément idiot. Mais vous vous découvrez un frère extrêmement intelligent, qui représente une véritable mine pour votre entreprise.

A ces mots, Dylan pressa fortement son avant-bras pour lui signifier de se taire.

— Vraiment ? fit Grant, tandis qu'un tic nerveux faisait tressauter sa mâchoire.

— Je vous assure que oui. Dylan m'a dit que vous aussi vous étiez un homme intelligent, mais là, je ne vous apprends rien. De la même façon, Dylan doit s'estimer heureux, car il aurait pu tomber sur des frères et sœur méfiants, incapables de l'apprécier à sa juste valeur. Ce qui n'est pas le cas.

La peste ! pensa Dylan. Elle n'y allait pas de main morte.

Un sourire froid passa sur le visage de Grant et il répondit :

— Comme il est aimable à vous de me rappeler des faits si évidents ! Et maintenant, si vous voulez bien m'excuser…

— Torpédo numéro deux, observa Dylan d'un air morne tandis que Grant rejoignait un cercle de personnes plus fréquentables. Je crois qu'il est temps pour nous de fausser compagnie à ces requins.

La saisissant par le bras, il l'entraîna alors vers la sortie. Sur le chemin du retour, il ne pipa mot. Elle ne fut guère plus loquace. Il y avait de la tension dans l'air…

Dès qu'ils franchirent le seuil de la maison, Dylan, n'y tenant plus, ouvrit le feu des hostilités.

— Bon sang, mais qu'est-ce qui t'a pris ? Tu as perdu la tête ou quoi ?

— Je ne sais pas, répondit-elle, sincèrement, je ne sais pas. Je crois… je crois que j'ai besoin d'en discuter avec mon psy.

— Pardon ?

— Oui, ça doit remonter à notre enfance, dit-elle en souriant timidement. J'éprouve une envie irrépressible de te protéger.

— Est-ce que je ressemble à quelqu'un qui a besoin de protection ? lui demanda alors Dylan d'un air sévère.

— Non, admit-elle, en levant les yeux vers lui.

Assurément non ! Un homme de la trempe de Dylan était en mesure de se défendre lui-même. Il lui fallut pourtant se justifier.

— Ecoute, argua-t-elle, je trouve cette situation si stupide et j'aimerais tant la faire évoluer.

— Hélas ! répondit-il avec impatience, il est des choses qui ne peuvent changer.

— A moins que quelqu'un ne prenne le taureau par les cornes ! Rien n'est jamais définitif.

— Alisa, fit-il alors, exaspéré, mes affaires ne te regardent pas, OK ?

— Je sais, mais il n'empêche que cette situation est idiote et qu'il faudrait la débloquer…

— Et tu te sens précisément investie de cette mission ? lança-t-il, sur un ton impatient.

— En un sens. Je te répète que je ne sais pas ce qui m'a pris, mais c'était comme si une pulsion irrationnelle, une sorte de force surnaturelle me poussait à agir.

Mon Dieu, si, à présent, le surnaturel se mêlait à toute cette affaire déjà bien embrouillée ! Il leva les yeux au ciel, passablement énervé.

— J'ai l'impression que je te dois quelque chose, poursuivit-elle.

— Pourquoi ? Parce que je t'ai proposé de venir te remettre chez moi de ton accident ?

— Non, cela remonte à bien plus loin… J'ai le sentiment que tu m'as autrefois secourue et que je te suis redevable.

Dylan se rappela la façon dont il l'avait durement blessée, à l'université, et ses paroles lui firent froid dans le dos.

— Tu ne m'es redevable de rien, et tu ne l'as jamais été, lui assura-t-il.

Et il quitta la pièce pour fuir son regard scrutateur, et le propre dégoût qu'il s'inspirait à lui-même.

En sueur, Alisa se tournait et se retournait dans son lit. Le malaise qu'avait fait naître en elle sa discussion avec Dylan ne se dissipait pas. Elle était certes épuisée, mais néanmoins incapable de s'endormir. Elle comprenait la colère de Dylan. Après tout, il avait parfaitement le droit de refuser de sympathiser avec sa famille paternelle. Et, comme il le lui avait rappelé à juste titre, il était en mesure de se défendre sans son intervention.

Nerveuse, elle se leva pour aller respirer l'air tiède de la nuit sur le balcon de sa chambre. Fermant les yeux, elle s'abandonna alors à la caresse de la brise, le visage baigné de la douce lumière de la lune. Elle aurait tant aimé s'endormir enfin, d'un sommeil sans rêve, un sommeil que ni Dylan ni son passé ne serait venu troubler.

Pourquoi s'intéressait-elle tellement à lui, alors que, de toute évidence, il s'ingéniait à dresser des barrières entre eux ? Qu'avait-il été pour elle, autrefois ? Une sorte de frère ? Impossible, puisque, à l'adolescence, ils étaient amoureux l'un de l'autre. Elle tenait cette information de la propre bouche de Dylan ! Avaient-ils été amants ? Cette possibilité fit d'un coup s'enflammer ses sens. Voilà qui expliquerait la curieuse intimité qu'elle éprouvait à son endroit.

Dieu, que le vent de la nuit était doux ! Elle eut soudain envie de retirer son déshabillé de soie… Qui était-elle vraiment ? Et si son cœur de jeune femme apparemment rangée battait passionnément, tel celui d'une aventurière ?

Tapi dans l'ombre, incapable de fermer l'œil, Dylan l'observait. Soudain, il retint son souffle. Non, il ne rêvait pas. Elle était bien en train de dénouer les liens de son négligé… qui bientôt glissa à terre. Assurément, Alisa ignorait qu'elle était son point de mire, et il se fit brusquement l'effet d'un horrible voyeur. Mais le spectacle exerçait sur lui une telle fascination qu'il était incapable d'en détourner les yeux.

La lune saupoudrait d'une lumière argentée les courbes de son corps, en révélant toute la sensualité. Langoureusement, elle repoussa la masse de ses cheveux dans son dos, et il fut jaloux des mèches qui chatouillèrent la chute de ses reins. Elle se tenait légèrement cambrée, les pointes de ses seins dressées vers la lune, telles deux délicieuses baies sur des monts en ivoire. La balustrade du balcon masquait à Dylan le reste de son corps, mais il se le rappelait parfaitement. Oui, il se souvenait de cette première nuit, où ils s'étaient tous deux consumés d'amour…

… Ils s'étaient rendus à une fête organisée par l'association des étudiants. La bière coulait à gogo, mais lui et elle n'avaient pas besoin d'alcool. La griserie qu'ils se procuraient l'un à l'autre leur suffisait. Après leurs retrouvailles, à la fac, ils étaient redevenus inséparables. Et cette soirée-là, ils dansaient dans les coins sombres, afin de pouvoir s'étreindre tranquillement.

Il ne pouvait détacher ses lèvres des siennes et, de son côté, elle semblait parfaitement satisfaite de la situation. Il la désirait à en avoir mal. Sur une impulsion, il l'avait alors entraînée hors de la salle et, près du campus, à l'abri des regards, ils avaient trouvé un coin de verdure. Ils s'étaient assis sur l'herbe tendre, quasiment attachés l'un à l'autre. Seules les étoiles furent témoins de la scène d'amour qui s'ensuivit…

Dylan, pour sa part, ne passa pas beaucoup de temps à observer le ciel. L'astre de sa vie se tenait là, sur terre, tout près de lui ! Aujourd'hui encore, il entendait leurs respirations fébriles dans l'air de la nuit. Lorsqu'il avait effleuré ses seins, le gémissement languide qu'elle avait poussé l'avait rendu fou. Puis il avait déboutonné son chemisier et avait enfoui son visage entre ses seins, pour y respirer les odeurs mêlées de sa peau sucrée et de son parfum fleuri. Un parfum de paradis… Puis, doucement, il avait, de ses pouces, caressé la pointe dure de ses seins. Elle avait alors frémi.

— Tu as froid ?

Elle s'était contentée de secouer la tête en signe de dénégation. Il avait lu dans ses yeux une invitation à poursuivre, et avait retiré sa chemise, puis… quelle sensation indescriptible que ce peau contre peau ! Il voulait passer le reste de sa vie avec cette enchanteresse ! Etre à ses côtés le rendait invincible. Etre en elle serait une véritable consécration ! De nouveau, il l'avait embrassée et avait coulé une main entre ses cuisses, sous ses dessous en dentelle. C'est alors qu'il avait découvert à quel point elle le désirait, elle aussi.

Longuement, il caressa les pétales de sa féminité…

Son désir grandissant, il défit son jean et guida les mains de sa compagne. Mais il ne put laisser se prolonger longtemps les caresses d'Alisa…

Ses seuls sens menaient désormais la danse. Il fit glisser la jupe de sa compagne jusqu'à ses chevilles, dénuda sa peau couleur de l'ivoire. Dans son regard, il lut la passion qui la dévorait — une passion que troublait néanmoins une sorte d'appréhension.

— Je n'ai jamais…

— Je sais, dit-il en couvrant sa bouche de ses doigts. Sois sans crainte.

Et il s'immisça doucement en elle, avec une infinie tendresse. Il cueillit alors sur sa bouche un gémissement échappé. Juste au moment où elle le sentit en elle.

A l'étrange sensation de brûlure, se substitua très vite une voluptueuse chaleur qui la consuma irrémédiablement. Et lorsque Dylan croisa de nouveau son regard, ce fut pour y voir le reflet d'un amour aussi pur que l'or. Il sut désormais à qui il appartenait…

Le souvenir de leur première nuit d'amour était si vif que ses reins en brûlaient. D'autant que, sur le balcon de sa chambre, elle exposait à sa vue ce corps qu'il avait tant aimé, qui l'avait tant comblé. Sa bouche s'assécha. Il avait perdu Alisa de si stupide façon ! En le privant de son amour, elle lui avait tout pris. Le savait-elle, seulement ? Certes, il pouvait bien tenter de la reconquérir, mais… A quoi bon, puisque ce serait pour la perdre de nouveau une fois sa mémoire revenue… Alors, courir à l'échec, sûrement pas. Cette fois, il ne pourrait pas le supporter.

Le matin suivant, Dylan déposa comme à l'accoutumée Alisa à son appartement et partit de son côté vaquer à ses occupations. Mais cette dernière se lassa vite de fouiller et refouiller dans ses affaires. Son agenda lui ayant indiqué qu'un après-midi par semaine elle se rendait à la pension Granger, elle décida d'y aller. Elle était décidée à forcer le destin, coûte que coûte. Son médecin ne l'ayant pas encore autorisée à conduire, elle appela un taxi.

Là-bas, elle eut tout de suite l'impression d'être en terrain familier. Elle se rappelait parfaitement les cantines, et le cottage où elle avait passé son enfance. Apercevant de jeunes joueurs de base-ball en pleine action, elle se revit, enfant, en train d'échanger des passes avec Dylan. Inévitablement avec Dylan ! Il était enchevêtré comme un fil rouge dans le canevas de ses souvenirs. Elle se rappela soudain le but de ses visites hebdomadaires à la pension Granger.

— Désolée d'être en retard, madame Henderson, déclara-t-elle d'un ton jovial à la gérante de la pension.

Elle était si heureuse de se souvenir de son nom qu'elle en aurait pleuré. Levant les yeux de son bureau, Gladys Henderson poussa un cri de joie. Elle contourna le comptoir avec une agilité surprenante, eu égard à son embonpoint, et serra Alisa très fort contre sa poitrine.

— Quelle bonne surprise ! s'exclama-t-elle. Nous nous sommes fait tant de souci à votre sujet. Je vous ai rendu visite une fois à l'hôpital, mais j'ai tellement de travail ici, que je n'ai pas eu le temps de revenir. Vous avez une mine superbe, ma chérie. Et cette mémoire, est-elle enfin revenue ?

— Quelques trous subsistent çà et là, mais je sais encore lire, précisa Alisa en riant, et je me rappelle que Robbie et moi travaillions sur *L'Armoire magique* de C. S. Lewis, juste avant l'accident.

— Ah ! vous avez terriblement manqué à mon petit garçon ! Je vais demander au concierge de mettre la main sur lui.

Et elle décrocha immédiatement le téléphone. Les deux femmes discutèrent avec enjouement en attendant Robbie. Soudain, un enfant d'une dizaine d'années, de frêle stature, se rua dans le bureau et se jeta dans les bras d'Alisa. Après ces tendres effusions, il dégagea sa tête du cou de cette dernière et lui sourit.

— Robbie, s'exclama-t-elle, tu as perdu une dent !

— Oui, elle s'est enfin décidée à tomber. Avec deux ans de retard. Et comment va ta tête ? On m'a dit que tu avais été gravement blessée.

— C'est vrai, mais maintenant, je vais bien mieux. Dis-moi, tu as avancé dans ta lecture ?

— J'ai lu tout un chapitre seul, mais c'était difficile, répondit le garçonnet en se tortillant d'un pied sur l'autre.

— Tu veux qu'on le reprenne ensemble ?

Le visage de Robbie s'illumina.

— Oh oui ! ce serait bien plus amusant.

— Parfait ! Alors rendez-vous mercredi prochain, à l'heure habituelle.

Il leva un pouce pour lui montrer son approbation et déclara :

— Je suis si heureux que tu sois guérie.

— Moi aussi, répondit-elle.

Et elle se sentit brusquement allégée d'un fardeau. Comme si le monde prenait de nouveau enfin un sens.

Dylan rongeait son frein. Où était-elle encore passée ? Pourquoi n'était-elle pas chez elle ? Elle savait pourtant qu'immanquablement, il venait la chercher à 13 heures précises, tous les jours. Il hésita... Non, il ne pouvait appeler la police, on allait le prendre pour un fou ! Il sentit des gouttes de transpiration lui couler dans le dos.

Il était encore traumatisé par le coup de téléphone qu'il avait reçu de l'hôpital, quelques semaines plus tôt. La voix alarmiste du médecin, quant aux chances de survie d'Alisa, résonnait souvent à ses oreilles. Lui qui n'avait pas prié depuis de longues années s'était alors mis à supplier Dieu de leur venir en aide. De prendre pitié de lui. Depuis, dès qu'il ne savait plus où elle était, il ne vivait plus.

De nouveau, il regarda sa montre. Où avait-elle bien pu aller ? Soudain, il repéra un taxi qui se garait le long de la rue, et poussa un long soupir de soulagement en voyant Alisa en descendre. Il serra très fort le volant de sa voiture, histoire d'évacuer un peu la tension qui le tenaillait, et sortit à son tour de la Jaguar.

— Ah ! tu es déjà là ! dit-elle en s'avançant vers lui d'un pas léger.

Son visage rayonnait d'une joie presque palpable, si bien qu'il n'eut pas le cœur de lui faire le moindre reproche.

— La mémoire me revient, poursuivit-elle d'un air triomphant en se serrant contre lui.

Dylan se raidit, heureux et inquiet à la fois. Machinalement, il l'enlaça, tout en priant avec ferveur pour que certains pans du passé restent à jamais dans l'ombre.

— Je me suis souvenue de Mme Henderson, à la pension Granger, et de son fils, le petit Robbie, à qui je donnais des leçons de lecture. Et je me rappelais parfaitement la pension Granger. J'étais capable de m'orienter sans aide. Un véritable poisson dans l'eau.

Les larmes lui montèrent aux yeux lorsqu'elle confessa :

— Je me suis rappelé le nom de Mme Henderson avant qu'elle ne me le dise, tu te rends compte ? Et même le nom du livre que Robbie et moi étions en train d'étudier, avant l'accident.

Sa joie était contagieuse.

— Que veux-tu faire à présent ? lui demanda-t-il avec enthousiasme.

— Confectionner des cookies au chocolat, décréta-t-elle avec un regard malicieux. Je veux savoir si je connais encore la recette de ma mère.

Dylan sentit son cœur se serrer.

— Tu te rappelles tes fameux cookies ? demanda-t-il, bouleversé.

— Il me semble que j'en faisais souvent pour les garçons de la pension Granger, non ?

— Tu étais la reine des cookies, oui ! Tout le monde adorait tes délicieux petits gâteaux !

— Et toi aussi, tu les adorais ? demanda-t-elle soudain avec gravité.

5

— Il manque encore quelque chose, décréta Alisa en sourcillant.

C'était la troisième fournée de cookies, et ils ne lui donnaient toujours pas entière satisfaction.

— Moi, je les trouve parfaits, décréta Dylan en grignotant un énième cookie. D'ailleurs, si je continue sur ma lancée, je vais frôler l'indigestion et je n'aurai plus faim pour le barbecue de ce soir, chez Michael.

A ces mots, le visage d'Alisa s'éclaira.

— Bonté divine ! Michael et Justin adoraient eux aussi mes cookies, à la pension Granger. Ils seront certainement en mesure de nous dire ce qui manque.

— Mais tes cookies sont excellents, lui assura de nouveau Dylan. Tu peux me croire. Avis d'expert !

— Non, ils ne me conviennent pas tout à fait, s'entêta-t-elle.

Jetant soudain un coup d'œil à sa montre, elle demanda :

— A quelle heure devons-nous partir ?

— Dans un quart d'heure, répondit-il.

En réalité, Dylan se serait bien passé de ce barbecue. Non pas qu'il n'eût pas envie de voir ses amis, mais qui pouvait prévoir le genre de réminiscences que cette rencontre allait engendrer chez Alisa ? Aussi tenta-t-il le tout pour le tout et ajouta-t-il :

— Tu sais, nous ne sommes pas obligés d'y aller. Si tu es

trop fatiguée, ou bien si tu es déjà rassasiée, nous pouvons nous dédire.

— Oh non ! répondit-elle, peu réceptive à cette proposition. Au contraire, je tiens à assister à ce barbecue. Je suis impatiente de voir les souvenirs que cette soirée éveillera chez moi. Peut-être seront-ils très plaisants.

« Peut-être, pensa Dylan. Ou peut-être pas. »

Trente minutes plus tard, il garait la Jaguar devant la grande villa de Michael et de sa femme. Avant qu'ils ne sortent de la voiture, Alisa jeta un regard en biais à Dylan et déclara, l'air contrit :

— J'ai l'impression que mes cookies t'ont donné mal au cœur. Tu n'as pratiquement pas dit un mot durant tout le trajet.

— Non, n'incrimine pas tes cookies. C'est juste… une ou deux choses qui me tracassent.

Il lui sembla soudain bien distant et elle en prit presque ombrage. Elle aurait tant aimé qu'il se confie à elle ! Mais elle ne pouvait lui forcer la main et se contenta de souffrir en silence. Oui, l'indifférence de Dylan lui brisait le cœur. Et sa propre incapacité à lui venir en aide la mettait en rage.

— J'espère que tes problèmes se résoudront bientôt, lui dit-elle.

Il darda alors sur elle ses grands yeux sombres, dans lesquels passa un kaléidoscope d'émotions. Ce qui la frappa le plus, ce fut la mélancolie nostalgique qui empreignait ce regard.

— Certains se résoudront, d'autres non, dit-il de façon énigmatique.

Cette réponse bouleversa Alisa. Elle comprit que ce qui alourdissait son cœur s'apparentait à une fatalité.

— Eh bien, descendons, puisque nous sommes arrivés, déclara Dylan. Dois-je te rappeler les noms ou…

— Non, laisse-moi faire appel à ma mémoire. Ces derniers temps, ça ne se passe pas trop mal quand je la sollicite.

Comme elle sortait de la Jaguar, elle fut littéralement assaillie par deux minois identiques, d'environ quatre ans. Mêmes yeux rieurs, mêmes adorables fossettes. Derrière eux se profilait une fillette de deux ou trois ans leur aînée, affichant des airs de petite princesse et mettant un point d'honneur à ne pas courir. Elle était elle-même suivie par deux couples. La mémoire d'Alisa affleura soudain, comme le souffle rafraîchissant d'une brise par une chaude journée d'été.

— J'ai été votre baby-sitter, déclara-t-elle d'un ton jovial à l'intention des jumeaux.

Et les garçonnets d'approuver par de grands hochements de tête.

— Même que tu nous as appris à faire des cookies, précisa l'un d'entre eux.

— On les avait mangés pour le dîner, renchérit l'autre.

A cet instant, la petite fille porta un doigt impérieux à sa bouche et déclara :

— Chuuut ! C'était un secret.

— Le prénom de l'un d'entre vous commence par un J, dit alors Alisa.

— Gagné ! s'exclama avec fierté l'un des jumeaux. Je m'appelle Jeremy et mon prénom commence par un J. C'est tante Amy qui m'apprend l'alphabet.

Alisa se mit à rire et fit de nouveau un effort de concentration.

— Toi, c'est Emily, déclara-t-elle enfin en désignant du doigt la fillette.

Les yeux de cette dernière se mirent à briller et elle approuva vivement de la tête. Puis, avec ses lèvres, elle forma la lettre N. Et le déclic se fit immédiatement dans l'esprit d'Alisa.

— Nick, dit-elle alors en se tournant vers le deuxième jumeau, fort satisfaite d'elle-même.

L'interpellé s'approcha d'Alisa et se serra contre elle. Comme elle lui caressait les cheveux, il déclara :

— T'as pris un coup sur la tête, c'est ça ?

— C'est ça, dit-elle en souriant devant la spontanéité de l'enfant.

— Mais maintenant, tu vas mieux, hein ?

— Oui, bien mieux.

— Est-ce que tu sais toujours faire les cookies ? Cette

question suscita un rire étouffé de la part de Dylan. Lançant un regard mi-sévère, mi-amusé à ce dernier, elle répondit :

— J'ai apporté quelques cookies de ma confection, mais j'ai besoin d'un goûteur pour me dire si je les ai préparés correctement.

A ces mots, les jumeaux se mirent à sautiller dans tous les sens en criant :

— Moi, moi, moi !

— Vous les goûterez après le dîner, décréta une femme à la chevelure rousse.

Puis, se tournant vers Alisa, elle poursuivit :

— Trêve de devinettes ! Il faut réserver ces efforts de mémoire à des choses plus importantes. Je suis Amy, la femme de Justin.

L'énergie qui se dégageait d'Amy plut énormément à Alisa. Elle la gratifia d'un sourire chaleureux et se tourna vers Justin.

— Eh bien, Justin, les cours du marché sont-ils stables, en ce moment ?

Ce dernier cligna plusieurs fois les yeux de surprise.

— Eh bien ! Que de progrès depuis ma visite à l'hôpital ! Là-bas, on aurait dit que la mémoire t'avait définitivement désertée, mais, aujourd'hui, j'ai bien l'impression que tu es sur la voie de la rémission totale.

— Chaque jour m'apporte effectivement son lot de nouveaux souvenirs, confirma-t-elle.

Puis, se tournant vers ses hôtes, elle déclara :

— Michael, Kate, qu'il est aimable à vous de m'avoir invitée !

Chacun leur tour, ils l'étreignirent chaleureusement.

— Nous sommes si heureux que tu ailles mieux, lui murmura Kate avec une sincérité incontestable, tout en la serrant dans ses bras.

Alisa se sentit soudain submergée par l'émotion et les larmes lui montèrent instantanément aux yeux. Par instinct, elle tourna ses regards vers Dylan. Comprenant son appel muet, il passa une main autour de ses épaules pour la réconforter. Puis il enchaîna rapidement afin de faire retomber la tension :

— J'ai besoin d'un coup de main pour sortir les cookies du coffre. Dans combien de temps pouvons-nous espérer manger les grillades ?

A ces mots, les enfants se ruèrent vers la voiture et le groupe se dispersa. Justin et Michael allèrent attiser les braises et les femmes mirent le couvert.

— Merci, murmura alors Alisa à Dylan.

— Ce n'est rien. N'oublie pas que tu es encore convalescente.

— Je me demande pourquoi tu te donnes tout ce mal pour moi, observa-t-elle brusquement.

— J'ai mes raisons, répondit-il en plongeant ses yeux dans les siens.

Son regard fut alors si intense qu'elle eut subitement l'impression qu'il s'emparait de son âme. Comme elle aurait aimé les connaître, ces fameuses raisons ! Mais ce n'était pas ce soir qu'elle les découvrirait, constata-t-elle à regret. Baissant les yeux, elle se dirigea vers la table du salon de jardin.

Alisa passa une soirée fort détendue en compagnie des amis de Dylan et des enfants. Kate et Amy furent adorables, manifestement désireuses de la mettre à l'aise. Elles évoquèrent des événements récents survenus dans leur famille respective afin de motiver la mémoire d'Alisa.

— L'adoption des enfants est officielle depuis plusieurs semaines, maintenant, disait Amy. Ah ! Justin a vraiment été un ange, ce projet lui tenait tellement à cœur, à lui aussi.

— Qui eût cru que notre millionnaire allergique au mariage deviendrait en moins de temps qu'il ne faut pour le dire un papa gâteau ? dit Kate en riant de bon cœur.

— C'était un gentil garçon, quand il était enfant, observa soudain Alisa.

A ces mots, Kate et Amy échangèrent un coup d'œil.

— Ça alors ! Ta mémoire remonte aussi loin ? interrogea Amy.

— Oui, en ce qui concerne les souvenirs d'enfance, je

n'ai plus trop de problèmes. En revanche, l'adolescence reste parcellaire. Mais des souvenirs bien plus récents me reviennent également. J'aimerais tant me rappeler davantage de choses au sujet de Dylan. Depuis mon accident, il s'est tellement dévoué pour moi. Hélas ! j'ai beau faire, rien ne vient. J'éprouve simplement une quantité de sensations sur lesquelles je ne mets pas de mots ni d'images…

Soudain, Amy et Kate devinrent silencieuses, presque soucieuses. Kate, qui était assise près d'Alisa, lui frotta gentiment le dos.

— Tu reviens de loin, alors donne-toi le temps de reprendre tranquillement pied. Ne précipite rien. Peu importe ce que tu te rappelles ou pas, sache qu'il y a des gens qui t'aiment et qui sont sincèrement heureux que tu ailles mieux. Si tu as besoin de quoi que ce soit, tu peux compter sur moi. Appelle-moi à n'importe quel moment.

— Inutile de préciser que j'adhère entièrement aux propos de Kate, précisa Amy.

Emue, Alisa se contenta de leur sourire. Les mots réconfortants et la chaleur de ses amies versaient du baume sur son cœur. Néanmoins, elle savait qu'elle ne trouverait pas de paix intérieure tant qu'elle n'aurait pas comblé les vides de sa mémoire.

Soudain, les jumeaux arrivèrent en courant et, s'accrochant à ses jupes, relevèrent vers elle leur menton barbouillé de chocolat.

— On les a goûtés et on peut te dire que tes cookies sont très bons, déclara Nick.

— Mais on doit en manger d'autres encore, pour être plus sûrs, ajouta Jeremy avec un aplomb étonnant pour un enfant de quatre ans.

— Combien de cookies avez-vous mangés ? s'enquit alors Amy.

— Pas beaucoup, assura Jeremy.

— Quatre cookies chacun, annonça Emily en se rapprochant du petit groupe.

Les jumeaux foudroyèrent la traîtresse du regard.

— Bon, ça suffit comme ça ! décréta Amy. Vous ne voulez pas être de nouveau malades dans la voiture de Justin ?

Puis, se tournant vers Alisa, elle précisa, avec un petit sourire en coin :

— Les joies de la paternité !

Alisa lança alors un regard à Justin, puis tout naturellement ses yeux songeurs passèrent à l'homme qui se tenait à ses côtés : Dylan… Ses enfants à lui, à quoi ressembleraient-ils ? se demanda-t-elle, l'esprit vagabond. Et quel père serait-il pour eux ? Inévitablement, elle s'interrogea sur le genre de femme qu'il choisirait pour fonder une famille. Ah ! combien elle enviait par avance l'élue de son cœur ! A cette pensée, elle ressentit une vive morsure au cœur. Décidément, ses réflexions avaient encore pris un tour inattendu et bien douloureux ! Elle reporta immédiatement son attention vers Amy et les enfants.

— Vous pourrez emporter des cookies à la maison pour le goûter de demain, déclara-t-elle aux jumeaux.

Au même moment, Dylan, qui passait près d'elle, lui murmura dans le creux de l'oreille :

— Tu vois, je t'avais dit que tous les garçons raffolaient de tes cookies.

Son ton joueur, séducteur, aviva son sang dans ses veines.

— Et toi, est-ce que tu en raffolais aussi ?

— On désire parfois des choses que l'on ne peut avoir, lui répondit-il de manière évasive.

Ce qui eut le don d'agacer Alisa.

— Y avait-il donc des cookies au goût d'interdit ?

Bien plus tard dans la nuit, Alisa rêva de nouveau à Dylan. Il embrassait sa bouche et caressait son corps. Lui communiquait son désir et sa fièvre. Elle en voulait davantage. Il était tout près d'elle, et elle le voulait en elle. Ses caresses devenaient de plus en plus intimes mais, au moment où elle allait chavirer, l'image de Dylan s'estompa.

— Non, ne t'en va pas ! s'écria-t-elle.

Ses propres cris la réveillèrent. Elle se redressa sur son lit, la respiration saccadée, la poitrine lourde de désir, la peau brûlante… Frustrée au-delà du soutenable, elle repoussa les couvertures et ne put retenir sa rage. Elle aurait aimé hurler à pleins poumons ! Pour se rafraîchir, elle ouvrit la porte-fenêtre et sortit sur le balcon. Soudain…

— Que se passe-t-il ? Encore un mauvais rêve ?

On pouvait dire que rien n'échappait à la vigilance de Dylan ! Elle pivota sur ses talons et lança un long regard à la cause incarnée de ses nuits sans sommeil. Son torse nu avait l'aspect d'un bazin soyeux. Il avait rapidement passé un pantalon de pyjama avant de se précipiter à son chevet. Un pyjama mal boutonné. Elle en conçut un trouble immense.

— En quelque sorte, répondit-elle.

Se rapprochant d'elle, il effleura son visage.

— Mais… on dirait que tu as de la fièvre ! Es-tu malade ?

— Il est effectivement possible que je sois fiévreuse, repartit-elle d'un ton ironique.

Puis elle écarta vivement sa joue de sa main.

— Mais non, je vais très bien, reprit-elle en croisant les bras et en évitant son regard. Tu peux retourner au lit.

— Qu'est-ce qui se passe, Alisa ?

Un terrible sentiment de lassitude l'assaillit brutalement. Après tout, pourquoi ne pas lui dire la vérité ? Qu'avait-elle à y perdre ?

— J'ai fait des cauchemars. J'ai rêvé de toi.

— Comment ça, des cauchemars ? Je t'inspire des cauchemars, maintenant ?

— Euh… Enfin… des rêves sensuels.

Il s'ensuivit un long silence, un très long silence…

— Je fais souvent ce rêve. Tu m'embrasses et tu es sur le point de me faire l'amour, mais au moment où tu vas passer à l'acte, où mon désir est le plus fort, tu disparais.

Fermant les yeux, elle aspira une large bouffée d'air et

tenta de maîtriser sa respiration. Son cœur battait à se rompre. Subitement, elle le bombarda d'une avalanche de questions :

— Pourquoi est-ce que je ne cesse de rêver à toi ? Pourquoi comptes-tu tellement dans ma vie ? Qu'étions-nous l'un pour l'autre avant l'accident ?

Puis, tout aussi brusquement, elle rouvrit les paupières et riva son regard, intense, fiévreux, au sien.

— Réponds !

— Notre relation était compliquée, concéda-t-il.

— C'est-à-dire ? insista-t-elle sans le quitter des yeux. Dis-le-moi, je t'en prie.

Puis, se rapprochant doucement de lui, elle murmura :

— Ou alors montre-le-moi.

Elle se tenait si près de lui qu'elle sentait la chaleur qui montait de son corps. Les yeux de Dylan s'étrécirent et il eut la désagréable impression de ne plus avoir prise sur sa raison. Comme un éperdu, il enfouit la main dans les cheveux d'Alisa, et attira à lui sa bouche offerte. Tel un affamé, oubliant toute retenue, il se reput désespérément. Ce baiser, violent et passionné, la conduisit immédiatement sur les franges du plaisir. Comme dans ses rêves…

— Tu ne m'aides pas à agir comme je le devrais, murmura-t-il, sa bouche tout contre la sienne.

— Je doute que nous soyons d'accord sur ton sens du devoir, répondit-elle en souriant.

Cette fois, ce fut elle qui initia le baiser. Elle savoura sa bouche virile et mystérieuse, dévorée tout entière par le désir qu'il lui inspirait, ce désir si familier.

Il s'écarta légèrement d'elle et caressa la rondeur de son épaule. Puis il fit glisser la bretelle de son déshabillé sur son bras.

— Je t'ai vue l'autre nuit sur le balcon, confia-t-il. Tu étais nue… Je n'ai pas dormi le reste de la nuit.

— Eh bien, nous sommes quittes, dit-elle dans un souffle, son regard enchaîné au sien. Toi aussi tu m'as tenue en éveil. Et plus d'une nuit.

Une flamme dansa au fond de ses yeux et, d'un doigt agile, il fit glisser l'autre bretelle. Retenant son souffle, elle le laissa rouler son négligé de soie jusque sur ses hanches, dénuder son buste…

Elle sentit l'enivrement qui s'emparait des sens de Dylan tandis que ses pouces titillaient les pointes de ses seins. Son souffle devenait de plus en plus haletant… Soudain, il la fit reculer contre le mur et plaqua son torse nu contre ses seins tendus… Elle poussa un soupir d'aise au contact exquis de sa peau sur la sienne.

L'embrassant à pleine bouche, il fit glisser ses mains le long de ses reins et l'étreignit de sorte qu'elle sente combien il la désirait. Puis il se plaça entre ses cuisses et se mit à faire des mouvements de va-et-vient contre son intimité, comme s'il lui faisait l'amour.

Il poussa un sourd gémissement qui résonna profondément en elle, puis il chercha de sa bouche la pointe de ses seins. La tête appuyée contre le mur, Alisa sentait ses veines s'enflammer, s'abandonnant à la volupté de ses caresses.

L'air frais de la nuit effleurait ses cuisses, tandis que celles de Dylan s'enchevêtraient aux siennes. La sensation était à la fois inédite et familière. Comme si leurs corps se connaissaient déjà… Etait-ce le cas ? se demanda-t-elle dans un sursaut de lucidité.

Soudain, les doigts de Dylan s'insinuèrent sous son string, fouillèrent les replis de sa chair et elle laissa échapper un petit cri de surprise.

— Mmm, murmura-t-il en atteignant son point sensible, on dirait du velours.

Alisa se cambra sous la caresse. A présent, elle ne désirait plus qu'une chose : qu'il passe à l'étape supérieure. Elle mourait d'envie de le sentir au plus profond d'elle-même. Elle voulait que lui aussi perde le contrôle de lui-même. Elle était sur le point de le lui dire, lorsque subitement il approfondit sa caresse, explorant de ses doigts les tréfonds de son intimité, lui ravissant l'usage de la parole. Soudain, un premier spasme de plaisir la submergea et elle se mit à ondoyer avec délice…

Elle s'agrippa alors à lui, le corps frémissant. Puis elle l'étreignit étroitement, enfouissant sa tête dans le creux de son épaule virile, terriblement consciente de ce qu'il contenait sa passion en dépit du désir manifeste qu'elle faisait naître en lui.

— Je ne voulais pas que les choses se passent ainsi, murmura-t-elle. Je voulais que tu…

— Chuuut ! Tu n'es pas encore prête, tu oublies que tu es convalescente.

— Je suis tout de même meilleure juge que toi en la matière, s'indigna-t-elle alors.

Décidément, elle ne le comprenait plus ! Une tension tangible régnait à présent entre eux. Alisa eut soudain le sentiment d'être rejetée par Dylan et elle en conçut une terrible blessure.

— Pourquoi m'avoir embrassée et caressée, alors ?

— Parce qu'il fallait absolument que tu te détendes. Et ça, c'était dans mes cordes, je pouvais le faire.

— Qu'insinues-tu ? Que tu m'as fait une faveur, c'est ça ?

Son cœur se contracta sous la douleur de l'humiliation, comme si ses mots déversaient de l'acide en son sein. Elle recula de quelques pas et rajusta son négligé. Il tendit la main vers elle, mais elle se déroba.

— Tu sais parfaitement que ce n'était pas une faveur et que je ressentais la même chose que toi.

— Non, Dylan, je ne sais rien et je ne te comprends pas.

— Je te répète que tu n'es pas prête.

— Arrête, ça ne prend pas, lui dit-elle, agacée. Je te désirais et tu as fait machine arrière. Pourquoi ?

Montant soudain d'un ton, elle s'écria :

— Me fais-tu payer pour mes fautes passées ? T'ai-je autrefois blessé ? T'ai-je trahi ? Eclaire-moi, je ne me souviens plus !

Il se raidit, comme si elle venait de le frapper en plein visage.

— Non…, parvint-il enfin à murmurer, mais je sais que tu ne me pardonnerais pas plus tard d'avoir aujourd'hui tiré parti de la situation.

— Mais qu'est-ce que tu racontes ? J'étais parfaitement consentante, et tu le sais très bien. La seule chose que tu aies réussi à faire, c'est de me plonger dans la confusion la plus totale. J'attendais tout de toi… sauf une faveur ! Je ressens pour toi une quantité incroyable de sentiments et j'ignore d'où ils viennent. Leur intensité me désarme ! Je voulais que tu me fasses l'amour, je voulais t'appartenir, je voulais que tu sois mon amant ! C'était une envie bien plus forte que le simple besoin de se détendre ! A l'avenir, ne me fais plus de faveurs. Je préfère encore les véritables douches froides à celle que tu viens de m'administrer.

Là-dessus, elle rentra dans la chambre et s'enferma à double tour dans la salle de bains. Elle ouvrit bruyamment le robinet d'eau froide et s'aspergea longuement d'eau glacée pour se calmer. Pour chasser Dylan de son esprit, à défaut de le chasser de son âme.

Jusqu'au petit jour, Dylan arpenta sa chambre de long en large. Son corps tendu de désir et son sens de l'honneur se menaient une rude bataille. Pourquoi n'avait-il pas fait l'amour à Alisa, alors qu'elle le désirait si ardemment ? Pourquoi s'entêtait-il à nier leur désir ?

Mais la réponse fusa immédiatement dans son cerveau : parce que bientôt la mémoire reviendrait à Alisa ! C'était inéluctable. Une épée de Damoclès suspendue au-dessus de sa tête, menaçant à tout instant de tomber. Tôt ou tard, Alisa se rappellerait. Pis encore : elle se souviendrait de toutes ses désillusions.

Même s'il était convaincu d'avoir agi en son âme et conscience, il se haïssait d'avoir utilisé comme prétexte son état de santé ! Un prétexte imparable derrière lequel il s'était frileusement retranché ! Car c'était un fait incontestable : le médecin lui avait conseillé de ne surtout pas brusquer les choses. De ne pas raviver en elle des souvenirs traumatisants. A chaque jour suffisait sa peine. Le rôle de Dylan était de favoriser sa convalescence et non de l'entraver. Il devait bien garder ça présent à l'esprit.

Le matin suivant, lorsque Alisa parut sous la véranda, elle ne le rejoignit pas à la table du petit déjeuner, mais resta figée sur le seuil. Son regard était aussi lourd et menaçant qu'un ciel d'orage. La frustration et la confusion avaient investi les traits de son visage. Dylan se leva.

Elle croisa alors les bras et déclara :

— Je crois que le mieux serait que je retourne habiter chez moi. Je n'ai pas oublié le français, alors je vais pouvoir reprendre mon travail…

— Tu ne peux rien recommencer sans l'autorisation du médecin, la prévint-il, la gorge nouée par ce curieux mélange de détermination et de vulnérabilité qu'il lisait dans ses yeux.

— Il me donnera son aval, si je lui demande, insista-t-elle.

— Attends encore une semaine, suggéra-t-il. Et puis tu pourras recommencer à travailler à temps partiel, par exemple. Histoire de tester le terrain. Mais reste encore un peu ici et laisse-moi encore m'occuper de toi.

— Pourquoi ?

— Parce que je me sens responsable de toi.

— Change de refrain, Dylan !

— Dans ce cas, considère que je te demande un service ! déclara-t-il subitement, de manière habile. Je t'ai hébergée chez moi pour prendre soin de toi. En échange, je te prie aujourd'hui de rester une semaine de plus afin de jouer les hôtesses au dîner que j'ai l'intention de donner prochainement et auquel je convierai mes demi-frères et sœur.

6

Alisa en resta bouche bée. Elle savait que Dylan aimait plaisanter, mais, généralement, ce dernier perdait son sens de l'humour dès qu'il était question de sa famille paternelle. En dépit de la scène humiliante qu'il lui avait fait subir la nuit précédente, elle se sentit flattée qu'il l'informât de ses projets concernant ses demi-frères et sœur.

— Ai-je bien entendu ? dit-elle. Tu souhaites que je reste chez toi une semaine supplémentaire pour t'aider à organiser un dîner en l'honneur de ta belle-famille ? Mais je croyais que tu ne les supportais pas !

— Ne te méprends pas sur mes intentions, la prévint-il. Il ne s'agit nullement d'une réunion de famille placée sous le signe de la réconciliation et de l'émotion. Mes sentiments envers mes demi-frères et sœur n'ont pas changé d'un iota : je n'éprouve pas la moindre sympathie pour eux.

— Dans ces conditions, pourquoi les invites-tu ?

Baissant les yeux, il hésita. Puis, prenant soudain une large aspiration, il déclara :

— Je poursuis un but bien précis et je pourrai l'atteindre plus facilement si j'obtiens leur coopération.

Ah ! c'était donc ça, il s'agissait de bizness ! D'intérêt ! Cette réponse la déçut énormément. Elle ne pouvait s'empêcher de penser que les enfants de feu Archibald Remington auraient eu tout à gagner à faire connaissance et à apprendre à s'apprécier mutuellement. Pourquoi refusaient-ils d'admettre que leur entente renforcerait leur richesse intérieure ? Hélas ! A en juger au visage fermé et dur de Dylan quand il évoquait ses demi-frères et sœur, elle comprenait que la partie était loin d'être gagnée !

— Tu parais déçue, observa-t-il. Il faudrait pourtant que tu finisses par comprendre que, dans la vie, les choses ne finissent pas toujours bien.

— Je sais que la vie n'est pas un conte de fées, mais je refuse de sombrer dans un cynisme à tout crin, comme toi, lui asséna-t-elle. Car une telle attitude exclut le bonheur. Peut-être cela te paraîtra-t-il dérisoire, mais, pour moi, l'espoir est synonyme de magie et jamais je n'y renoncerai.

Son regard défiant croisa alors les prunelles sceptiques de Dylan. Pointant l'index vers sa poitrine, elle ajouta :

— En outre, je sais que tu n'es pas aussi cynique que tu veux bien le montrer. Pour toi aussi, la notion d'espoir est primordiale. Sinon, pourquoi aurais-tu pris toute cette peine à œuvrer à ma rémission ? Si ton moi intérieur correspondait réellement à l'image que tu entends donner de toi-même, alors tu aurais d'emblée jeté l'éponge devant les diagnostics peu encourageants des médecins.

— C'était différent. C'était une question de vie ou de mort, dit-il en refermant ses doigts sur les siens.

Les portant tendrement à ses lèvres, il ajouta :

— Et je sais que le monde est plus supportable si toi tu es vivante. Je suis certes cynique, mais pas tout à fait dépourvu de cœur.

Là-dessus, il baisa le dos de sa main avec délicatesse et lui adressa un sourire craquant, qui la fit littéralement fondre. Assurément, Dylan n'était pas un homme insensible, et c'était précisément ce qui posait problème à Alisa. S'il l'avait été, il aurait été bien plus aisé de lui tourner le dos ! Mais ce qu'elle avait entraperçu de la véritable nature de Dylan, de ce cœur qu'il s'obstinait à durcir, l'incitait à en découvrir davantage sur lui. Bien davantage.

— Acceptes-tu de rester ? lui demanda-t-il de nouveau.

Comment refuser ? Il était au-dessus de ses forces de lui résister et de quitter sa maison. En outre, c'eût été une manière bien cavalière de le remercier pour son dévouement. Elle pouvait tout de même lui rendre ce service ! Oui, elle le lui devait.

— Pour une semaine, alors, mais pas plus ! prévint-elle en retirant sa main de la sienne.

Soudain, il lui sembla qu'elle venait de consentir en toute connaissance de cause à une semaine riche en rudes émotions. Comment allait-elle s'y prendre pour cesser de désirer cet homme qui l'avait clairement repoussée ?

En début de semaine, elle s'efforça de se tenir à distance de Dylan. Les seuls moments qu'ils passaient ensemble, c'était dans la Jaguar, quand il la déposait à son appartement le matin et la reprenait à son retour. Comme convenu, elle mit au point le fameux dîner avec la cuisinière et envoya les cartons d'invitation.

Mais elle avait beau jouer les indifférentes, elle ne pouvait réprimer le flot d'émotions qui s'emparait de tout son être chaque fois qu'elle se trouvait en sa présence. Son seul parfum, aux notes toutes masculines de vétiver, la mettait en émoi ! Et quand il dardait sur elle son regard intense, elle devait mener une lutte intérieure sévère pour paraître détachée.

Cela dit, elle n'était pas la seule à lutter… En dépit du calme que Dylan affichait, elle soupçonnait chez lui un tourment, et son intuition lui disait qu'elle n'y était pas étrangère. Elle ne cessait de penser à leurs moments d'intimité, sur le balcon… Ou plus exactement ne cessait de les revivre en pensée !

Pour se changer les idées, elle rendit plusieurs fois visite à Meg, aux écuries, et lui proposa même de l'assister durant les leçons d'équitation que cette dernière donnait aux enfants handicapés. Cette initiative lui permit de détourner son attention d'elle-même et lui fit le plus grand bien.

Comme il était touchant d'observer la joie immense que ces

enfants retiraient de leur moindre progrès, de leur moindre victoire sur eux-mêmes ! Elle s'identifia aisément à cette quête de dépassement de soi, elle qui ne parvenait toujours pas à assembler toutes les pièces du puzzle de sa biographie. Parfois, le désespoir l'étreignait devant son impuissance et il lui semblait alors errer sans but dans la vie, comme une âme en peine.

Elle aspirait si ardemment à retrouver une indépendance totale !

Un matin, alors que Dylan venait de la déposer chez elle, elle céda à une violente impulsion et se précipita vers le garage, histoire de vérifier si sa voiture démarrait encore, après deux mois d'immobilisation forcée. Au bout de deux tentatives, le moteur de la Honda se mit à vrombir joyeusement. La tentation fut alors trop grande… Au diable les mises en garde du médecin ! Elle se passerait de son autorisation ! Elle laissa un vague message à Dylan sur sa messagerie vocale — sachant pertinemment qu'il était encore dans la Jaguar et que par conséquent son mobile n'était pas connecté — puis mit le cap vers la pension Granger, où elle avait rendez-vous avec le petit Robbie.

La leçon fut fort plaisante et procura un vif contentement à Alisa : qu'il était agréable de se sentir de nouveau utile ! Après l'heure passée avec Robbie, ses pas la portèrent spontanément vers le cottage qu'elle avait occupé naguère, avec sa mère. Elle s'assit sur les marches de la véranda et laissa les souvenirs affluer en elle…

… Ils furent tout d'abord d'ordre olfactif. Brusquement, elle sentit l'odeur des cookies au chocolat d'autrefois, celle du potage de légumes frais, ou encore des pommes frites que les petits pensionnaires appréciaient tant. Sa mère était une excellente cuisinière. Puis elle se souvint des câlins de cette dernière, quand elle venait la border, le soir. Cette mère qui se tuait à la tâche et ne cessait de répéter à sa fille qu'elle devait bien travailler à l'école pour avoir une vie moins pénible que la sienne.

Pourtant, Alisa se sentait heureuse dans leur petit cottage. Elle y était en sécurité. Et bien que la présence d'un père lui manquât, elle ne souffrait pas de privation quelconque. Son seul réel regret était de n'avoir ni frère ni sœur. Encore qu'à l'époque, les garçons du Foyer Granger comblaient ses besoins en la matière. Mais lorsque sa mère se remaria, elle se mit à souffrir terriblement de son statut de fille unique…

Un coup de vent bienvenu par cette chaude journée d'août fit soudain voler ses cheveux. Ce fut alors qu'elle avisa un chaton noir, qui hésitait à s'approcher d'elle. Le petit animal évoqua immédiatement chez elle une autre réminiscence : celui du chat que sa mère lui avait permis d'adopter à la condition expresse qu'il n'entre pas dans la maison. Un tendre sourire éclaira le visage d'Alisa. La voix catégorique de sa mère résonnait encore à ses oreilles ! Elle lui avait en partie obéi…, sauf les nuits de grand froid ou bien les nuits d'orage. Ou encore les soirs de cafard. Elle ouvrait alors sa fenêtre et appelait discrètement l'animal pour qu'il vienne se pelotonner contre elle sous l'édredon. Aujourd'hui, elle aurait juré que sa mère n'était pas dupe de ses initiatives clandestines, mais qu'elle fermait les yeux.

Quant à Dylan, bien qu'il ne pût s'empêcher de caresser le chaton, il ne cessait aussi de le critiquer. Et ce pour une bonne raison : il aurait tant aimé que le chat fût un chien ! Il lui disait que lorsqu'il serait grand, il achèterait un labrador qui serait le chien le plus beau et le plus intelligent de la Terre. Que de conviction, que de désir dans la voix du petit garçon qu'il était alors ! Ce chien, combien il en avait envie !

Avec tristesse, elle s'avisa que dans la superbe propriété de Dylan, il y avait certes des chevaux, mais pas de chien. Pas ce chien dont il avait tellement rêvé enfant, rêvé à en avoir les larmes aux yeux. Sur la longue route qui l'avait mené à l'âge adulte, Dylan avait abandonné en chemin le labrador. A quoi d'autre avait-il dû aussi renoncer ? A moins qu'il ne fût aujourd'hui incapable d'ouvrir son cœur au chien tant désiré de son enfance…

*
* *

En proie à une folle inquiétude, Dylan scrutait l'allée qui menait jusque chez lui. Il transpirait à grosses gouttes. Certes, avant son accident, Alisa était une conductrice irréprochable, mais voilà des semaines qu'elle ne s'était pas mise au volant d'une voiture. Et, qui plus est, elle s'était aventurée dans les rues de St. Albans à une heure de pointe.

De nouveau, il se rappela le traumatisme psychologique que lui avait valu l'appel de l'hôpital l'informant de l'accident. Il lui avait alors semblé que son corps se vidait de son sang, que son cœur était pris dans un étau, qu'un précipice s'ouvrait sous ses pieds… Non, il ne pourrait pas supporter un deuxième choc !

En vertu de ce qu'ils étaient convenus en début de semaine, il leur restait exactement trois jours à passer ensemble, dans sa villa. Trois petits jours de rien du tout ! pensa Dylan, irrité. Il redoutait tant l'imminente séparation. Et puis il regrettait chaque jour davantage de n'être pas passé à l'acte avec Alisa, d'avoir refusé le corps qu'elle lui avait offert, elle, la seule personne au monde en mesure de lui faire oublier le terrible sentiment de solitude qui pesait sur son âme depuis sa plus tendre enfance.

« Allons, un peu de cran ! » se dit-il fermement. Il devait se raisonner ! Après tout, il était peut-être préférable que la tentation vivante que représentait Alisa s'éloigne de lui… Car, un jour prochain, elle allait tout se rappeler ! Un frisson lui parcourut le dos en dépit de la chaleur du mois d'août. Tout comme les saisons se succèdent, le désir qu'aujourd'hui il lui inspirait se transformerait demain en dédain, songea-t-il avec une infinie tristesse.

Soudain, il plissa les yeux. La Honda d'Alisa se profilait à l'horizon ! Ouf ! Cette fois-ci, il ne lui était rien arrivé.

D'un geste alerte, elle sortit de sa voiture et déclara sur le ton de la plaisanterie :

— Tu as vu, maintenant, je ne marche plus, je roule.

— Je constate surtout que tu as fait bon marché des recommandations du médecin, lui reprocha-t-il.

— C'est un fait, je ne peux le nier. Mais avoue que jusqu'à présent, j'ai plutôt été docile. Le problème, c'est que je commençais réellement à étouffer.

Le cœur de Dylan se serra. Docile, elle ? En réalité, elle était à la fois ange et démon, et c'était ce qui le séduisait terriblement chez elle. Il jeta un coup d'œil à sa montre.

— Tu as vu l'heure ? Qu'as-tu fait pendant tout ce temps ?

— Eh bien, je me suis rendue au Foyer Granger, et puis à un ou deux autres endroits encore… Oh ! et puis zut ! Cesse de me regarder comme si j'étais une criminelle. Je n'ai rien fait que toi-même tu n'aurais fait. Et toi, tu n'aurais pas attendu aussi longtemps que moi !

— Que veux-tu dire ?

— Simplement que si le médecin t'avait interdit de prendre ta voiture, tu n'aurais pas été aussi obéissant que moi.

— Peut-être, mais moi je ne suis pas une fille !

— Non mais je n'en crois pas mes oreilles ! Qu'est-ce que c'est que cette remarque sexiste ?

— Ah ! ça n'a rien à voir avec du sexisme ! Mais je n'ai pas envie qu'il t'arrive quoi que ce soit. Je ne supporte pas que tu prennes le moindre risque.

A ces mots, elle s'élança vers lui, puis stoppa tout net. Avec un pincement au cœur, Dylan comprit pourquoi elle se ravisait. Tout simplement parce qu'il ne lui avait pas fait l'amour hier soir alors qu'elle l'en avait presque supplié. Instinctivement, il franchit la distance qui les séparait et, se saisissant de ses mains, les lui étreignit. Elle ne chercha pas à lui échapper, mais déclara :

— La vie n'a pas de sens, si on ne prend pas de risques… Et je dois dire qu'aujourd'hui, j'en ai pris un !

Là-dessus, elle lui adressa un regard en biais et se mordit la lèvre inférieure.

— C'est-à-dire ? demanda-t-il, hautement méfiant.

Avec Alisa, il devait s'attendre à tout !

— Eh bien, voilà : comme je te l'ai dit, je suis allée à la pension Granger. Et là-bas, je me suis rappelé quelque chose.

— Quoi donc ? interrogea-t-il, sur le qui-vive.

— Mon chat !

— Ah… ! Tigre, c'était bien ainsi qu'il s'appelait, n'est-ce pas ?

— Oui, dit-elle en souriant. Ce que tu pouvais le critiquer ! Mais tu ne perdais jamais une occasion de le caresser.

— Il était si hideux, qu'il me faisait pitié ! Si je le caressais, c'était uniquement pour le consoler de sa laideur.

— J'espère que je ne t'attirais pas pour les mêmes motifs ! dit-elle d'un ton mi-sévère, mi-amusé.

— Alisa ! s'indigna-t-il, en lui ébouriffant la frange. Franchement…

Et ils se mirent à rire de bon cœur.

— En fait, tu me trouvais si adorable que tu ne pouvais pas me résister, c'est ça ? A moins que seuls mes cookies t'aient intéressé… Ou la possibilité de voir *Lone Ranger* à la télé ! Mais bon, ce n'est pas là que je voulais en venir en te parlant de Tigre…

Elle s'interrompit un instant, avant de reprendre, les yeux pétillants de vie :

— Voilà, j'ai décidé de te faire un présent pour te remercier de tout ce que tu as fait pour moi et…

— Allons, Alisa, ce n'est pas la peine. Tu ne me dois rien du tout ! protesta-t-il

— De toute façon, maintenant, c'est trop tard, c'est fait ! J'espère que mon cadeau te fera plaisir et que tu en prendras soin.

— Apparemment, je n'ai plus le choix.

— Parfait ! s'écria-t-elle avec enthousiasme. Et maintenant, ferme les yeux, je vais le chercher.

— Alisa, pourquoi toute cette mise en scène ? C'est…

— S'il te plaît ! Ça ne te coûte rien de fermer les yeux pendant quelques secondes. Allez ! insista-t-elle. Et jure-moi de ne pas regarder avant que je te le dise.

— Promis, dit-il en s'exécutant non sans soupirer.

Il entendit le cliquetis de ses talons sur le dallage, puis sur les marches, enfin sur les graviers de l'allée. Le hayon de la Honda grinça.

— Ne regarde pas ! lui lança-t-elle encore, méfiante.

— Mais non, je te l'ai promis !

Ce n'était pourtant pas l'envie qui lui manquait d'écarter un peu les doigts pour voir à travers. Que mijotait-elle ?

Elle referma le hayon et il l'entendit de nouveau courir jusqu'à lui.

— Tends le bras, mais n'ouvre pas les yeux, lui dit-elle d'une voix empreinte d'excitation.

Il sourcilla, hésitant.

— Qu'est-ce…

— Ah ! ce que tu es têtu ! Allez, donne-moi ta main.

— OK !

A quoi bon la contredire ? Immédiatement, il sentit quelque chose de poilu et chaud sous ses doigts. Par réflexe, il ouvrit les yeux. Elle lui mit alors dans les bras un chiot au beau pelage doré. Un labrador ! D'un coup, son enfance lui revint comme un boomerang en plein visage. Ce qu'il avait pu fantasmer sur ce chien, enfant ! C'était il y a vingt ans…

Soudain, le chiot bien vivant qu'il tenait entre ses mains le rappela vivement à la réalité : il venait de s'oublier sur ses beaux mocassins italiens et levait vers lui de grands yeux innocents, couleur caramel !

Dylan jura dans sa barbe et regarda Alisa comme si elle avait perdu la tête en lui faisant ce présent.

— Oh ! fit cette dernière en lui décochant son plus beau sourire, il va falloir le dresser un peu. Eh bien, je te présente Tonto, le chien dont tu as toujours rêvé.

Il voulut ouvrir la bouche pour lui dire que ce cadeau n'était vraiment pas une bonne idée. Il y avait longtemps que l'envie de posséder un animal domestique lui était passée. Il ne voulait plus s'attacher ! A rien, ni à personne, pas même à un chien !

Le chiot poussa alors un petit gémissement et commença à

se tortiller. Dylan jeta un regard désespéré à Alisa… et n'eut pas le courage de jouer les rabat-joie. Un tel espoir brillait dans les yeux de cette dernière !

Bon sang, il ne tournait vraiment pas rond, en ce moment ! se dit-il, fort énervé contre lui-même. Il avait été capable de repousser cette femme, mais n'était pas en mesure de refuser le cadeau empoisonné qu'elle lui faisait… et qui venait de lui saccager une paire de chaussures qui lui avait coûté une fortune !

— Tonto ? reprit-il en rongeant son frein.

Et il scruta longuement l'angélique animal… qui allait probablement l'obliger à renouveler tout son mobilier dans les semaines à venir !

— Oui, Tonto. Tu disais que c'était ainsi que tu appellerais ton chien, tu te souviens ?

— Mouais ! Mais qu'est-ce qui t'a poussée à m'offrir ce chiot ? demanda-t-il en s'efforçant de rester calme en dépit de sa contrariété.

— Mon amnésie m'a enseigné que les souvenirs sont un bien précieux. Et notamment ceux liés à l'enfance. Oh ! bien sûr, je ne dis pas que tout alors était parfait, mais c'était le temps de tous les possibles !

Elle s'interrompit, puis, plongeant ses yeux émeraude dans les siens, elle poursuivit :

— Extérieurement, tout indique que tu as réussi ta vie, mais j'ai l'impression qu'en chemin tu as perdu tes rêves. J'ai voulu t'offrir un ancien rêve qui te rappellerait une époque où tu croyais à tous les possibles. En outre, Tonto te tiendra compagnie, lorsque je ne serai plus là.

Ah ! si elle savait qu'il passait chaque nuit à réécrire l'histoire de sa vie, de leur vie. Mais aucun chien ne pourrait ressusciter le temps béni de leur enfance !

Le soir suivant, ce fut avec une certaine anxiété qu'Alisa guetta l'arrivée de la famille de Dylan. Seule une réponse positive lui était parvenue. Elle avait néanmoins prié la gouvernante de dresser la table pour cinq personnes.

Pour sa part, Dylan tentait de consoler Tonto qui, la nuit précédente, n'avait cessé de gémir. Pauvre bête ! Il devait avoir la nostalgie de sa mère, pensa Alisa.

Soudain, la sonnette retentit et le cœur d'Alisa fit un bond dans sa poitrine. Se précipitant vers la porte, elle pria intérieurement pour que la famille Remington fût au complet. Hélas ! sa supplique ne fut pas entendue ! Seule une personne se tenait sur le seuil, et ce fut la seule à laquelle ce soir-là elle devait ouvrir la porte. Son estomac se noua.

— Bonjour, Grant, dit-elle en s'efforçant de sourire. Entrez, je vous en prie. Il est fort aimable à vous d'avoir accepté cette invitation.

Il lui tendit la main et franchit le seuil de la maison. Son visage exprimait à la fois la réserve et la curiosité. Quelles pensées animaient cet homme tandis qu'il pénétrait dans la luxueuse maison de son demi-frère ? s'interrogea Alisa. Songeait-il que ce dernier l'avait acquise grâce à la part de l'héritage dont son père l'avait, lui, dépossédé, et en éprouvait-il de la rancœur ? Pourtant, eu égard à l'enfance qu'avait connue Dylan, cet argent, il l'avait bien mérité ! pensa avec rage Alisa, avant de repousser ces réflexions non constructives. Ce soir, un champ de possibilités inconnues s'ouvrait devant eux. Contrairement à Dylan, elle était optimiste.

Soudain, on entendit un petit gémissement et Grant demanda :

— Vous avez un chien ?

— Oui, depuis hier. Je pense que sa mère lui manque.

— Quelle race est-ce ?

— Un labrador. Voulez-vous le voir ?

— Volontiers.

— Venez par ici.

Elle l'introduisit dans le jardin d'hiver, où Dylan tentait de calmer la mélancolie de Tonto, en le caressant et en lui parlant à voix basse.

— Il est adorable, observa Grant.

Tonto et Dylan tournèrent simultanément leur regard vers Grant. Se relevant, Dylan serra la main de son frère.

— Merci, dit-il.

— Vous venez juste de l'acheter ?

— En fait, c'est un cadeau. Prends garde à tes chaussures ! Tonto ne connaît pas encore les bonnes manières.

C'est alors qu'un sourire timide fissura le masque de froideur qu'affectait Grant. Subitement, il se pencha pour caresser Tonto.

— J'ai toujours rêvé d'avoir un labrador, confia-t-il.

— Vous avez au moins ça en commun avec Dylan, répondit aussitôt Alisa. Lui aussi, c'était son plus grand rêve.

— Pourquoi n'en as-tu jamais eu ? demanda Dylan à Grant.

— Ma mère avait un yorkshire et elle pensait qu'un labrador le terroriserait.

— A défaut de labrador, tu avais au moins un yorkshire.

— C'était celui de ma mère, rectifia Grant, et ce chien détestait les enfants. Tout comme sa maîtresse, d'ailleurs.

Décontenancée, Alisa jeta une œillade à Dylan. Mais ce dernier était perdu dans ses pensées.

— Nous avions également convié votre sœur et votre frère, mais nous n'avons eu aucune réponse de leur part, enchaîna-t-elle pour dissiper le malaise.

— Mon frère est au Bangladesh, à la recherche de son moi profond, voilà la raison de son silence. Quant à ma sœur, je présume qu'elle ne s'est pas encore remise de sa rencontre avec Dylan au cocktail. C'est une adepte de la politique de l'autruche. Elle part du principe qu'en niant le plus longtemps un problème, celui-ci finit par se résoudre de lui-même.

— Et toi, pourquoi es-tu venu ?

A ces mots, Grant se fendit d'un sourire, un sourire un peu dangereux.

— J'attends quelque chose de toi, déclara-t-il.

Au fond, le ton direct de son frère lui plaisait assez. Il prit la balle au bond.

— Voilà qui est parfait ! Car moi aussi j'attends quelque chose de toi.

Alisa n'apprécia guère cet échange désinvolte.

— Je vous propose de dîner avant que vous n'engagiez les… pourparlers. La cuisinière nous a concocté un excellent dîner.

— Et que faisons-nous du chien ? s'enquit Grant.

— Eh bien, je crois qu'il va nous servir de musique d'ambiance, repartit son frère en riant.

Il replaça dans son panier le chiot, qui se remit aussi sec à gémir…

Aux yeux d'Alisa et de l'idée qu'elle se faisait d'un repas convivial, le dîner se déroula dans une atmosphère assez tendue, Grant et Dylan ne cessant de recourir à l'ironie et de se jauger mutuellement. Aussi fut-ce avec le plus grand soulagement qu'elle vit le dessert arriver. Dès qu'elle eut terminé sa dernière bouchée de tarte tatin, elle remonta dans sa chambre, laissant les deux hommes en tête à tête.

Ils allèrent savourer leur cognac sous la véranda. Et quand ils furent confortablement installés dans les fauteuils en osier, Dylan demanda enfin :

— Eh bien, qu'attends-tu de moi ?

— Ce que j'apprécie avec toi, c'est ta franchise, déclara Grant. Au moins, tu ne tournes pas autour du pot. Permets-moi d'agir de la même façon : j'ai besoin de ta voix lors du prochain vote du conseil d'administration qui va élire le nouveau P-DG.

— Et pourquoi voterais-je pour toi ?

— Parce que je connais ma société et que je sais ce qui est bon pour elle. Je la connais même mieux que mon père.

— Je ne sais pas grand-chose de notre père, commença Dylan, amer.

— Lui aussi, il avait ses faiblesses, mais à la fin de sa vie, il a tenté de réparer tant bien que mal ses erreurs. Je n'approuve pas son attitude envers toi durant sa vie et je crois qu'il a voulu, en te donnant ta part d'héritage, se faire pardonner.

— Peut-être. En tout cas, quand on est enfant, l'argent

ou les biens ne présentent guère d'intérêt. Ce que l'on veut, c'est avoir un père.

— Tu sais, si ça peut te consoler, c'était un père plutôt absent pour nous, ses enfants légitimes… En tout cas, toi, la chance t'a enfin souri sous les traits de cette femme.

Comme Dylan lui lançait un regard étonné, Grant poursuivit :

— Oui, avec Alisa. Je ne sais pas exactement comment la désigner car j'ignore la nature de votre relation.

— Oh ! c'est assez compliqué ! répondit Dylan de manière évasive.

— En tout cas, si un jour tu te fatigues d'elle…

— Je t'arrête tout de suite, fit-il sèchement. Ce jour-là n'est pas près d'arriver.

— Bien… Bon, revenons à nos moutons. Je t'ai annoncé la couleur. Et toi, que veux-tu en échange ? Davantage d'argent ? Une introduction dans un club très sélect ?

Dylan sourit. Décidément, son frère l'avait largement mésestimé.

— Non, je veux ton soutien pour ouvrir un département de recherche en bio-ingénierie dans les laboratoires Remington.

Grant en resta coi, puis s'écria :

— C'est un projet extrêmement coûteux !

— Oui, mais auquel je tiens comme à la prunelle de mes yeux. Tu vois, c'est un deal. Mon vote en ta faveur contre ce département, qu'en dis-tu ?

— Mais je ne suis pas le seul à décider.

— Je sais. C'est pourquoi je me suis déjà acquis le soutien des principaux membres du conseil.

— Tu es plus intelligent que je ne croyais. Oui, je t'ai sous-estimé.

— Oh ! ça n'a pas d'importance ! En fait, cela sert plutôt mes intérêts, que l'on me sous-estime !

Grant réfléchit de longues minutes, puis tendit brusquement la main à Dylan en déclarant :

— Tope là, ça marche. La prochaine fois, nous dînerons à la maison.

Lorsque Dylan saisit la main de son demi-frère, un sentiment de triomphe le submergea.

7

Descendant l'escalier, Alisa tenta d'apercevoir le visage de Dylan, au moment où ce dernier refermait la porte derrière Grant. Comment l'entrevue s'était-elle déroulée entre les frères ennemis ? Mue par la curiosité, elle lui demanda sans plus attendre :

— Eh bien, était-ce positif ?

Il leva alors la tête vers elle et un sourire satisfait barra son visage.

— Extrêmement ! Et tout ça, grâce à toi ! répondit-il avec enjouement.

Venant à sa rencontre, il la prit spontanément dans ses bras et la souleva légèrement de terre. Cet élan la ravit, même si les ultimes propos de Dylan la laissèrent dubitative.

— Que veux-tu dire ? C'est toi qui as pris l'initiative d'inviter Grant et les autres, pas moi, répliqua-t-elle.

Un sourire toujours accroché aux lèvres, il la relâcha et s'écarta légèrement d'elle. Dieu, pensa Alisa, son parfum était renversant ! Et ce regard, qui semblait fouiller jusqu'au tréfonds de votre âme ! Sans parler de sa poitrine, si imposante, si virile. Soudain, elle craignit de défaillir…

— C'est toi qui m'as donné indirectement l'idée de cette invitation en me faisant valoir qu'il était dans mon intérêt de resserrer les liens avec ma belle-famille.

Penchant la tête vers elle, il lui donna un rapide baiser sur la bouche.

— Merci, sincèrement, lui dit-il.

Le cœur d'Alisa se mit à battre la chamade. Quelle masculinité troublante émanait du beau Dylan !

— Je t'en prie, je n'y suis pas pour grand-chose, parvint-elle à répondre. Dois-je conclure à une communion des âmes entre toi et Grant ?

— Euh… l'expression me semble un peu exagérée, admit-il. Mais il a l'intention de m'inviter bientôt à dîner. Toujours est-il que nous avons trouvé un terrain d'entente en ce qui concerne les affaires et qu'il est prêt à soutenir mon projet relatif à la création d'un département de bio-ingénierie au sein des laboratoires Remington.

Déjà Alisa ne l'écoutait plus. Un mot avait frappé son esprit, le mot dîner. Ainsi, les relations ne se cantonneraient-elles peut-être pas uniquement au domaine des affaires et du travail.

— Oh ! je suis si heureuse ! s'écria-t-elle. Comme il est regrettable que les deux autres ne…

— Je me fiche éperdument des deux autres, l'interrompit-il brusquement. Tout ce dont j'avais besoin, c'est du soutien de Grant. En échange, mon vote lui est acquis pour le poste de P-DG qu'il brigue au conseil.

A ces mots, Alisa ressentit un profond désarroi. Dylan faisait-il donc si bon marché des sentiments ? Elle avait parfois l'impression qu'il se suffisait à lui-même et qu'il n'avait pas besoin de l'affection des autres. Et les femmes, que représentaient-elles pour lui ? Un moyen d'assouvir ses besoins sexuels ? Une idée audacieuse lui traversa subitement l'esprit. Et si elle tentait de lui prouver que l'amour existait ?

— Je n'arrive pas y croire, répéta Dylan, tout joyeux. C'est gagné, tu te rends compte ?

Il enchaîna alors son regard au sien et de nouveau chercha sa bouche. Cette fois, il prit son temps et lui ravit son souffle. Il effleura d'abord ses lèvres avec les siennes, puis, avec une sensuelle lenteur, mêla sa langue à l'eau de sa bouche.

Une fièvre intense coula dans ses veines, et elle répondit à son baiser avec une fougue incroyable. Nouant les bras autour de la nuque de son compagnon, elle se pressa ardemment contre lui, avide de sentir cette poitrine si ferme, si rassurante contre la sienne. Les mains de Dylan glissèrent alors jusque sur ses hanches, et il la fit reculer contre le mur en une sorte de tango chaloupé, porteur d'une telle promesse érotique qu'elle n'eut plus qu'un souhait : lui appartenir.

Détachant ses lèvres des siennes pour reprendre sa respiration, il murmura d'une voix rauque :

— Regarde dans quel état tu me mets ! Et ce n'est qu'un baiser…

— N'as-tu pas hâte de savoir ce qui se passerait si nous faisions davantage que nous embrasser ?

Les yeux de Dylan brillèrent soudain d'un éclat dangereux.

— Pourquoi t'ingénies-tu à m'écarter du droit chemin ? demanda-t-il.

— Peut-être as-tu une conception erronée du droit chemin, repartit-elle, le cœur battant à se rompre. Il se pourrait aussi que tu sous-estimes mes forces. Regarde, aujourd'hui, par exemple, j'ai pu conduire et…

Non, il ne pouvait en entendre davantage. La tentation était trop forte… Impuissant, il plaqua sa paume sur la bouche d'Alisa, pour la réduire au silence. Par esprit de rébellion, mais aussi par jeu, elle caressa avec sa langue le creux de cette main… Cela dut lui faire un effet terrible, car il se dégagea vivement et bredouilla :

— Je… Il faut… Ecoute, je vais faire un tour. Tu… Bon… A tout à l'heure.

Appuyée contre le mur, elle le regarda s'éloigner. Presque sereine… Elle n'éprouvait aucun sentiment d'humiliation et n'était pas même offensée par ce départ. Au contraire, elle savourait tranquillement son triomphe. Dylan était si troublé qu'il en avait bégayé ! Constater que le désir qu'il lui inspirait était partagé lui procurait une énorme satisfaction. Oui, elle finirait par arriver à ses fins. Fermant les paupières, elle aspira une large bouffée d'air. Et si elle prenait l'initiative de lui faire l'amour ? Cette éventualité accéléra le rythme de son pouls. Elle envisagea la possibilité d'un refus de sa part, mais se raccrocha soudain à un espoir bien plus réjouissant : et s'il ne la rejetait pas ?

Un sourire éclaira son visage. Elle avait l'intuition de toucher au but.

Pour recouvrer ses esprits, Dylan décida d'aller annoncer la bonne nouvelle à Justin concernant le projet de bio-ingénierie. Mais lorsqu'il frappa à la porte de la villa, il comprit qu'il jouait les trouble-fête. Le plus grand calme régnait à l'intérieur. Seule une petite lampe éclairait le salon. Les enfants étaient au lit et, de toute évidence, Justin et Amy envisageaient de passer une soirée en amoureux. Cette pensée lui fit prendre conscience de ce qu'il avait laissé derrière lui…

Il ne s'attarda pas, informa seulement Justin de la réussite de son projet, et les deux hommes convinrent de se voir le lendemain. Puis il prit le chemin du retour. Automatiquement, ses pensées le ramenèrent à Alisa, à la passion qu'elle avait clairement affichée en l'embrassant. Ah ! ce que cette femme était sexy ! Tout en elle le séduisait. Son regard mutin, le satin de sa peau, cette façon bien particulière qu'elle avait de respirer…

Il frémit à l'idée de la posséder de nouveau, de se perdre en elle encore et encore. Autrefois, elle sortait à peine de l'adolescence, mais aujourd'hui c'était une femme et faire l'amour avec elle devait être divin.

Il ne parvenait pas à se calmer, son corps de déesse hantait son esprit. Allons, se dit-il, trois jours encore, trois petits jours et le supplice prendrait fin. Elle retournerait chez elle et il aurait accompli sa mission sans anicroche. Tout ce qu'il avait à faire, c'était endurer encore trois nuits d'insomnie, et basta ! Ensuite, elle serait hors de portée. Et puis bien vite la mémoire lui reviendrait et elle se remettrait à le maudire pour la blessure passée. A quoi bon jeter de l'huile sur le feu en couchant avec elle aujourd'hui ? Non, il ne voulait pas que, de surcroît, elle se mette à le détester pour sa conduite présente.

Lorsqu'il réintégra sa maison, elle était plongée dans le plus grand silence. Ouf ! Alisa était allée se coucher. Il avait eu si peur qu'elle soit encore là à l'attendre, pour le sommer de s'expliquer sur son comportement étrange. Il jeta un coup d'œil dans le jardin d'hiver. Tonto dormait paisiblement. Rassuré, il songea qu'une bonne nuit de sommeil bien méritée l'attendait lui aussi.

A pas de loup, il gravit les marches de l'escalier et, poussé par une force extérieure à sa volonté, s'arrêta brusquement devant la porte d'Alisa. Un désir aigu cingla ses reins… Non ! Cette chambre était un territoire interdit ! La mort dans l'âme, il regagna la sienne. Sans allumer la lumière, il se déshabilla rapidement et se glissa entre les draps… pour découvrir que son lit n'était pas vide !

L'air se chargea soudain d'électricité et le cœur d'Alisa se mit à tambouriner violemment dans sa poitrine.

— Que fais-tu ici ? demanda-t-il, incrédule.

— Je t'attendais, susurra-t-elle.

— Pourquoi ? dit-il d'une voix tendue.

Elle ne se laissa pas dérouter. A présent, elle devait jouer le tout pour le tout. A quoi bon louvoyer davantage ?

— Parce que j'ai envie de toi et que tu as envie de moi.

— Pourquoi rends-tu les choses si compliquées ? lui reprocha-t-il alors.

Au diable les mots ! se dit-elle. D'un geste habile, elle se lova contre son corps et plaqua sa bouche contre la sienne, ses seins contre sa poitrine.

— Ah bon, dit-elle en s'efforçant d'adopter un ton désinvolte, tu trouves que c'est moi qui compliques la situation ?

— Alisa, murmura-t-il en enfouissant ses doigts dans

sa longue chevelure blonde, je ne veux pas que plus tard tu regrettes…

— Sache, Dylan, que lorsqu'on a frôlé la mort, on a ensuite envie de profiter pleinement de la vie. De ne plus laisser échapper les occasions. Je ne veux pas que tu m'échappes.

— Oh ! Alisa, s'écria-t-il en l'enlaçant à son tour, aide-moi ! Je t'attends depuis si longtemps.

Depuis combien de temps ? se demanda-t-elle alors. Soudain, elle eut l'impression vertigineuse que le rempart qu'il avait édifié autour de lui s'écroulait aussi facilement qu'un château de cartes. Elle s'agrippa désespérément à lui tandis que, dévoré par la passion, il lui donnait un violent baiser. Il semblait si spontanément sauvage qu'elle en fut vraiment bouleversée. Des doigts, des lèvres, il caressait fiévreusement ses seins, son ventre… Rien ne pouvait plus les arrêter ; rien ne les retenait plus, soudain, et Alisa en frémissait d'excitation…

— Caresse-moi, l'implora-t-il alors d'une voix terriblement sensuelle sans cesser de la couvrir de baisers.

Ses seins frissonnaient sous les caresses, elle était ivre de désir. A son tour, elle se mit à explorer le corps de Dylan, sa peau si chaude… Jamais elle n'oublierait ces instants précieux, merveilleux qu'ils étaient en train de vivre…

Langoureusement, elle dessina de savantes arabesques, du bout de la langue, sur le torse de Dylan qui ne put contenir un gémissement de satisfaction. Elle posa la joue contre son cœur : qu'il était grisant de l'écouter battre comme un fou pour elle ! Sa main glissa ensuite lentement, doucement, vers la source de son désir et elle sentit que Dylan retenait son souffle… Elle aussi maîtrisait mal le tumulte de ses sens. Pourtant, elle ne voulait surtout rien précipiter. Alors, de nouveau, elle l'embrassa, longuement, ardemment.

— Que c'est bon ! murmura-t-il d'une voix rauque.

Il la fit alors basculer sur le dos, et prit à pleine bouche la pointe de ses seins.

— J'aime le goût de ton corps.

Mon Dieu, elle avait la sensation délicieuse d'être la personne la plus désirable de la terre. Dans les bras de Dylan, elle se sentait unique, irremplaçable…

Il se plaqua contre elle, pesa de toute la densité de son corps d'homme… Puis il coula les doigts entre ses cuisses et caressa le velours de son intimité. Elle le laissa faire, gémissant chaque fois qu'il s'insinuait dans les replis de sa chair, chaque fois qu'il ouvrait un pétale. L'ivresse montait en elle.

Quelle exquise étreinte… !

Elle se cambra de plaisir, refusant de s'abandonner, différant l'ultime frisson… Cette fois, elle voulait qu'il vienne en elle, qu'il lui fasse vraiment l'amour ! Il n'allait tout de même pas la priver de nouveau de cela ?…

— Pas comme ça, lui dit-elle. Je veux te sentir en moi.

— Nous avons tout notre temps, Alisa, répondit-il en riant. Nous allons expérimenter toutes les façons.

— Promets-moi que tu ne te contenteras pas de me caresser avec tes mains, promets-le, dit-elle en enserrant son visage.

— Promis.

Elle se sentait à la merci de son désir et cette sensation la grisait. Soudain, il glissa le long de son corps, chercha de la bouche son intimité odorante et savoureuse qu'il vint goûter. La sensation fut si vive, si brûlante, qu'Alisa enfonça les ongles dans les épaules de son amant. Jamais personne ne l'avait aimée aussi bien, aussi follement bien.

Etourdie de plaisir, elle le regardait faire, comme à travers une brume, tout étonnée qu'il sache si instinctivement la combler. Comme s'ils se connaissaient depuis longtemps, depuis toujours…

— Alisa, murmura-t-il en revenant vers elle, jure-moi que jamais tu ne regretteras ce que nous allons faire.

Regretter ? Elle n'y songeait même pas ! Sans qu'elle sache très bien pourquoi, les larmes lui montèrent aux yeux et elle répondit :

— Comment le pourrais-je ? C'est impossible, je…

— Jure-le-moi, Alisa, répéta-t-il, la voix vibrant d'une étrange émotion.

— C'est bon, je te le jure.

Alors, il la posséda — lentement, puissamment, amoureusement, et elle retint son souffle. Dieu qu'elle se sentait nerveuse, impatiente ! Elle avait tant attendu ce moment que, maintenant, alors qu'elle était unie à Dylan, elle était comme perdue. L'excès de bonheur qui la submergeait la laissait presque désemparée.

Elle se raccrocha au regard de Dylan. Ce regard qui lui réaffirmait son désir, son ravissement d'être en elle.

— Nous allons aller doucement, très doucement, lui dit-il.

Et il se mit à se mouvoir en elle avec une lenteur délicieuse. Ce n'était pas une simple union charnelle, mais la communion des corps, la fusion absolue. Alisa avait réellement l'impression de ne faire plus qu'un avec Dylan, et chaque coup de reins, qui l'emmenait un peu plus loin dans l'extase, accentuait encore cette sensation…

A présent, le pouls de Dylan battait en elle, son cœur palpitait en elle…

Et soudain, ils furent ravis à la réalité par la jouissance. Dans une plainte, ensemble, accrochés l'un à l'autre comme des naufragés, ils quittèrent le monde pour un néant étoilé.

Au milieu de la nuit, Dylan se réveilla brutalement. Il avait de nouveau faim de ce corps qu'il avait pourtant longuement aimé quelques heures plus tôt… Sous sa caresse, elle rouvrit les yeux, lui sourit et, au creux de la nuit, ils se prirent avec fulgurance.

Au réveil, ils firent encore l'amour, étreignant avec langueur leurs corps lourds de désir. Prenant le temps de savourer la moindre caresse, le moindre baiser… Dans ses bras, elle avait la sensation d'être l'unique merveille du monde, et elle rêva de lui appartenir pour la vie. Les rayons du soleil zébrèrent bientôt leurs corps à travers les persiennes. Dans la lumière du jour, elle le regarda soudain droit dans les yeux et déclara :

— Je t'aime.

Cette déclaration lui coupa le souffle.

— Tu n'es pas obligée de me dire cela.

— Je sais, mais je te le dis quand même. Je t'aime.

Effleurant de ses doigts son visage inquiet, elle lui demanda :

— Pourquoi parais-tu si étonné ?

— Il y a si longtemps que je n'ai pas entendu cette phrase.

Elle le scruta un long moment, en silence, puis déclara :

— Quelque chose me paraît curieux… Ce lien entre nous. Il semble si fort. Je ne comprends pas comment nous nous sommes côtoyés toutes ces années sans jamais nous aimer comme des amants.

A ces mots, il détourna le regard et plissa les yeux, ce qui instaura immédiatement une distance entre eux.

— C'est compliqué, affirma-t-il.

— C'est-à-dire ?

Se saisissant de ses mains sans pour autant la regarder, il déclara de manière évasive :

— Je crois que tu te rappelleras les faits au moment où tu seras psychologiquement prête, et je pense aussi qu'il vaut mieux que tu te souviennes par toi-même des choses nous concernant.

— Mais…

Un aboiement interrompit soudain cette délicate conversation. Dieu soit loué ! songea Dylan. Tonto venait de le sauver. Il lui en saurait gré toute sa vie.

— La vessie du pauvre Tonto va éclater si on ne le sort pas. J'y vais, dit-il en déposant un prompt baiser sur ses lèvres, tu peux encore rester au lit.

Pensive, elle le regarda s'habiller et sortir de la chambre. Décidément, le comportement de Dylan la plongeait dans la plus grande perplexité. Manifestement, si elle et lui n'avaient pas été amants avant l'accident, c'était en raison d'une cause bien précise. Oui, mais laquelle ? Pourquoi refusait-il de lui en dire davantage ? Se redressant sur le lit, elle ferma les yeux pour mieux se concentrer. Ah ! quelle poisse ! Quand elle fouillait sa mémoire à ce sujet, c'était toujours le noir complet. Comme si elle essayait de forcer une porte blindée. Et pourtant, elle avait un besoin urgent de savoir ! Car le passé s'interposait entre eux comme un fantôme désagréable, menaçant…

Or, elle devait identifier cet ennemi pour mieux pouvoir le combattre. Dylan ne voulait rien dire ? Qu'à cela ne tienne, elle finirait bien par découvrir la vérité.

8

En vertu de leur accord passé, Alisa aurait dû quitter la villa de Dylan le lundi suivant. Néanmoins, le jour venu, l'un comme l'autre se garda de faire la moindre allusion au pacte scellé en d'autres temps. Force était de reconnaître qu'elle n'avait plus aucune envie de regagner son appartement et, de son côté, bien qu'il ne l'ait pas formulé de façon explicite, il était manifeste que son vœu le plus cher était qu'elle reste auprès de lui.

Chaque nuit, Dylan se glissait dans son lit et lui faisait l'amour jusqu'à épuisement. S'il était démonstratif, il demeurait en revanche peu disert sur leur relation. De toute évidence, il préférait s'abstenir de commenter le lien qui les unissait. Et Alisa y voyait une sorte de fuite. Oui, ce curieux comportement l'intriguait sensiblement, d'autant que le sentiment très fort qui les attachait l'un à l'autre était irréfutable. Et son intuition lui disait qu'il ne datait pas d'hier !

Tenaillée par le besoin urgent d'en apprendre davantage sur la nature de la relation qu'elle entretenait avec Dylan avant l'accident, elle s'était rendue à l'hôpital afin d'exposer ses difficultés à son psychiatre. Elle lui avait fait part de la frustration qu'elle éprouvait à ne pouvoir démêler entièrement l'écheveau de sa mémoire, certains pans restant obstinément enfouis dans des eaux troubles. Le médecin lui indiqua qu'il s'agissait là d'un phénomène tout à fait normal et que certaines émotions trop fortes, liées à des événements particuliers, pouvaient bloquer le processus de la mémoire durant un certain temps. Il lui rappela qu'elle en était encore au stade de la convalescence et ne put que lui conseiller de prendre son mal en patience. Les radios prouvaient que tout allait pour le mieux, qu'il n'y avait eu aucune lésion irréversible. De nouveau, il lui assura que tout rentrerait bientôt dans l'ordre. C'était juste une question de temps, aucun motif donc pour s'inquiéter. La patience, encore une fois, était le maître mot, s'évertua à lui répéter le médecin.

Ah ! patience, patience ! Ils n'avaient tous que ce mot à la bouche et cela l'exaspérait au plus haut point. Décidément, cette qualité-là ne la caractérisait pas ! Il lui était impossible d'attendre gentiment que tout s'éclaire brusquement au sujet de Dylan et de leur relation passée. Qui sait combien de temps cela prendrait ? Et si ce blocage s'éternisait, s'il perdurait des semaines, des mois, voire des années ? Cette idée lui était insupportable !

Déterminée à forcer par tous les moyens les mystères de sa mémoire capricieuse, elle téléphona à Kate et Amy pour leur exprimer son désir de les rencontrer. Ces dernières furent enchantées de son appel et toutes trois prirent rendez-vous pour le lendemain. Les trois amies étaient convenues de se rencontrer dans un salon de thé fort cosy, dans le centre-ville de St. Albans. C'était jour de classe, et les jumeaux et Emily étaient à l'école. Pour sa part, Kate vint en compagnie de la petite Michele, qu'elle installa dans un siège haut, pour enfant. Elle lui donna une barre de céréales que la fillette se mit à grignoter avec délectation. Les trois femmes commandèrent du thé vert parfumé et des gâteaux au chocolat.

— Oh ! quelle enfant adorable ! s'écria Amy.

— Elle va se tenir tranquille pendant environ une demi-heure, prévint Kate qui connaissait bien sa fille, mais ensuite, nous devrons déménager et l'emmener au parc, si nous voulons continuer à discuter tranquillement. Michele a une voix très stridente, quand elle est mécontente !

Elle se mit à rire, puis, se tournant vers Alisa, poursuivit :

— C'est une excellente idée de se retrouver toutes les trois. Eh bien, comment vas-tu ?

— Oh ! plutôt bien dans l'ensemble ! répondit Alisa qui appréciait énormément la chaleur des deux femmes. Je me suis remise à conduire, même si Dylan ne vit plus, chaque fois qu'il me sait au volant ! J'ai repris le travail et n'ai aucune lacune en français, ce qui constitue un grand soulagement pour moi ! Je me rappelle aussi de mon enfance, à la pension Granger. En revanche, j'éprouve des difficultés à me souvenir de certains événements récents et, pour ne rien vous cacher, je compte un peu sur vous pour éclairer ma lanterne.

— De quoi s'agit-il ? s'enquit Amy. Justin a toujours chanté tes louanges et je dois dire que, depuis que je te connais, ton comportement n'a fait que corroborer son jugement. En outre, tu as toujours été d'une patience et d'une gentillesse exceptionnelles avec les enfants, ce que j'apprécie énormément en toi.

— Je ne peux que confirmer les propos d'Amy. Michael n'a pas, lui non plus, tari d'éloges à ton sujet. Selon lui, tu étais la petite sœur que tous les garçons de la pension Granger auraient aimé avoir. A l'exception de Dylan, bien sûr. Avec lui, les choses étaient un peu différentes.

— C'est-à-dire ? demanda Alisa à brûle-pourpoint.

A ces mots, Amy et Kate échangèrent un rapide coup d'œil.

— Eh bien, commença cette dernière, tu as toujours occupé dans son cœur une place particulière. Mais tu te souviens de votre enfance commune au Foyer Granger, n'est-ce pas ?

— Oui, mais je sens qu'il y a des choses importantes qui n'ont pas encore affleuré à ma mémoire.

— Je ne connais pas Dylan depuis très longtemps, mais ce que j'ai constaté, chaque fois que l'on se rencontrait et que tu étais présente, c'est qu'il essayait toujours d'attirer ton attention d'une façon ou d'une autre. Quant à toi, tu adoptais plutôt une attitude assez distante à son égard.

— Hum, hum… Quelque chose a dû se produire entre nous à l'adolescence. Mais quoi ? Voilà ce que j'ignore. Je sais simplement qu'adolescents, nous étions amoureux l'un de l'autre.

— As-tu des souvenirs précis de cette époque ? interrogea Amy.

— Quelques-uns… Je me souviens que le soir, lorsque ma mère me croyait endormie et qu'elle-même était au lit, je faisais le mur pour le rejoindre, nous parlions des heures durant, tirions des plans sur la comète et…

Elle baissa les yeux, gênée d'évoquer des moments plus intimes.

— Et vous échangiez de tendres baisers, continua Kate en souriant gentiment.

Alisa hocha alors la tête.

— Et te rappelles-tu votre relation après la pension Granger ?

— Non, et c'est bien là tout le problème ! Mon psychiatre m'a dit que certains souvenirs étaient chargés d'un tel potentiel émotionnel qu'il se produisait en moi une sorte de blocage et que je n'arrivais pas pour l'instant à me les rappeler.

— Et as-tu des souvenirs de la fac ? interrogea Amy.

— Je sais que je voulais poursuivre des études artistiques, mais que ma mère a opposé un veto catégorique à cette envie. Je me suis donc rabattue sur des études linguistiques, et ai plus particulièrement étudié le français.

— Et te souviens-tu de tes petits amis, à la fac ?

— Non, pas de manière précise… Je me rappelle seulement que j'ai rencontré mon fiancé officiel, du moins l'homme avec qui je devais me marier, à la fin de ma dernière année de fac. L'année dernière, à Noël, j'ai compris que nous n'étions pas faits l'un pour l'autre et j'ai rompu avec lui, au grand dam de ma mère, d'ailleurs !

— Mais tu ne te souviens de rien concernant ta relation avec Dylan à la fac ?

— Non, répondit-elle. Pourquoi, que devrais-je donc me rappeler ?

Amy sembla retenir sa respiration, et Kate s'attardait

à essuyer la bouche de Michele. Il ne fallait pas être très perspicace pour deviner que sa question les embarrassait.

— Vous me cachez quelque chose, conclut-elle.

— Ecoute, répondit Amy, je ne connais pas Dylan depuis très longtemps et ce que je pourrais te dire, ce serait des choses que je tiens de source indirecte.

— Parfois, c'est mieux que rien.

De nouveau, Amy échangea un long regard avec Kate, parut hésiter.

— Dylan et toi vous fréquentiez, à la fac, déclara-t-elle.

— On se fréquentait ? Qu'entends-tu exactement par là ? C'est très vague.

— Je suis navrée, j'ignore les détails de votre histoire, mais j'ai cru comprendre que ça c'est mal fini entre vous.

L'estomac d'Alisa se noua. Elle posa sa cuillère, incapable de terminer son fondant au chocolat, tâchant de ne pas s'affoler en dépit d'un mauvais pressentiment. Il fallait raison garder, à tout prix !

— Mal fini, dis-tu ? reprit-elle d'une voix presque tremblante.

— C'est ce que Justin m'a rapporté. Est-ce que cela éveille en toi des souvenirs ? demanda Amy avec sollicitude.

Mais Alisa se contenta de secouer la tête de façon négative.

— Pourquoi n'interroges-tu pas Dylan directement ? suggéra Kate en enfournant un bout de gâteau dans la bouche de Michele.

— Parce qu'il se dérobe et affirme que je dois me rappeler par moi-même, répondit Alisa, l'air dépité. Pourtant, je crois qu'il est temps qu'il me fournisse quelques explications.

— Alisa, déclara alors Kate, nous sommes tes amies, tu sais que tu peux compter sur nous. Mais, en l'occurrence, c'est un problème que tu dois régler avec Dylan.

— Je sais, et je comprends votre position.

— Tu vis une situation délicate et si j'étais toi, il y a belle lurette que j'aurais harcelé Dylan, déclara Kate. Quant à nous, il nous est difficile de te dire des choses que nous savons par ouï dire. C'est à Dylan que tu dois t'adresser. En outre, n'oublie pas que ce qui s'est passé autrefois entre vous est une chose, et que votre relation présente en est une autre. Tous deux avez changé, vous n'êtes plus les mêmes personnes.

En dépit des affirmations bienveillantes de Kate, Alisa était persuadée que l'histoire qu'ils avaient vécue naguère aurait de graves répercussions sur leur relation à venir. Elle avait l'impression que le passé et le futur allaient entrer violemment en collision et que cette collision était tout aussi imminente qu'inévitable. Son cœur y survivrait-il ? se demanda-t-elle, anxieuse.

Ce jour-là, la réunion du conseil d'administration dura bien plus longtemps qu'à l'accoutumée, mais Dylan en ressortit fort satisfait. Son projet s'annonçait sous les auspices les plus favorables. Lorsqu'il rentra à la maison, Alisa était tranquillement assise dans un fauteuil en osier, sous la véranda.

Chaque fois, cette vision le transportait de joie et il avait besoin de se pincer pour être certain qu'il ne rêvait pas. Oui, la femme qu'il aimait était à ses côtés, elle habitait chez lui, c'était la réalité !

Elle ne l'avait pas entendu arriver. Il se glissa jusqu'à elle sans bruit, et lui recouvrit les yeux avec ses mains. En sursaut, elle se leva et, se retournant, elle éclata de rire.

— Ça t'amuse ? dit-elle mi-enjouée, mi-sérieuse.

— J'ai de très bonnes nouvelles à t'annoncer, dit-il en la prenant dans ses bras. Le conseil a voté en faveur de mon projet.

— Déjà ? Je n'en reviens pas !

— Mon petit frère a plaidé ma cause d'une façon fort convaincante. Il faut dire qu'il défendait indirectement la sienne !

— Félicitations ! Je suis si heureuse pour toi.

Elle déposa alors un rapide baiser sur ses lèvres. Baiser qui ne contenta pas du tout Dylan. Il en voulait davantage. Depuis qu'Alisa dormait dans le même lit que lui, elle était l'oxygène qui alimentait les braises ardentes de son âme.

Plus il se repaissait de son corps, moins il s'en rassasiait. Il immisça sa langue dans sa bouche et l'embrassa avec passion.

— Je veux célébrer l'événement avec toi, lui dit-il, les yeux brillants.

— Comment ?

— Viens, je vais te montrer, fit-il alors d'un air peu équivoque.

Puis, de nouveau, il enfouit son visage dans ses cheveux, pour en aspirer la fragrance unique, sublime, et voulut l'entraîner vers la chambre.

— Dylan, nous devons parler, déclara-t-elle subitement, d'une voix rauque.

— De quoi ?

— J'ai besoin de réponses aux questions que je me pose, je ne peux plus continuer comme ça. Et tu es le seul qui puisse me fournir ces réponses.

L'estomac de Dylan se contracta. Etait-ce le dernier baiser qu'ils venaient d'échanger ? Car l'heure de la vérité avait sonné et la confession serait lourde de conséquences. Oui, ce monde si merveilleux dans lequel il évoluait depuis quelques jours allait bientôt s'écrouler. Hélas ! Cette vérité, il la lui devait !

— OK, dit-il en la relâchant, quelles sont tes questions ?

— Elles concernent l'époque de la fac. Je veux savoir ce qui s'est exactement passé entre nous.

— De quoi te souviens-tu ? demanda-t-il presque brutalement.

— Mais de rien ! répondit-elle, désarmée par son ton distant. C'est précisément pour cette raison que je t'interroge.

— Comme je te l'ai dit, après que ta mère et toi eûtes quitté la pension Granger, nous sommes restés quelques années sans nous voir. Et puis, il se trouve que tu es revenue dans la région, pour poursuivre tes études. Nous n'étions pas sur le même campus. C'était le début de l'année universitaire, ta deuxième année, et les étudiants de ta promotion bizutaient les petits nouveaux. Tes amis et toi avez fait la tournée de toutes les chambres U environnantes. Je ne sais pas combien vous en avez visité avant d'arriver dans la mienne. Mais je te revois encore ouvrir la porte. C'était pour moi une véritable apparition. Je ne pouvais en croire mes yeux, je ne pouvais croire que c'était toi.

Alisa ferma les paupières, se rappelant vaguement un dédale de corridors avec des étudiants surexcités, à la recherche des petits nouveaux. En entrant chez Dylan, elle s'était trompée de porte, puisqu'il était déjà en troisième année. Inconsciemment, elle avait alors marché dans les pas de son destin.

— Tu étais aussi étonnée que moi ! Tu me fixais de tes grands yeux verts, bouche bée, se remémora-t-il en souriant.

— Alors tu m'as offert un soda et nous sommes allés faire un tour dehors.

— Oui, nous avons longuement discuté et puis je t'ai embrassée, et ramenée sur ton campus. C'était fort troublant, nous étions à la fois les mêmes et pourtant différents. En tout état de cause, nous n'étions plus des ados, mais des adultes.

Imperceptiblement, le cœur d'Alisa s'accéléra. Elle se rappela soudain cette soirée avec clarté. Le baiser, les promesses… Elle était retombée amoureuse de lui. Soudain, l'écluse de sa mémoire s'ouvrit et des flots de souvenirs se précipitèrent dans son cerveau. Oui, elle était de nouveau retombée éperdument amoureuse de lui, raide dingue du beau Dylan.

— Nous nous sommes revus tous les week-ends, je comptais les jours de la semaine qui nous séparaient, dit-elle.

— Moi aussi, fit-il en lui relevant doucement le menton. Moi aussi, je comptais les jours, les heures, les minutes.

Curieusement, les accents de sincérité dont résonnait la voix de Dylan soulevèrent un vent de panique dans son cœur.

— Mes propres sentiments m'effrayaient presque, poursuivit-il alors. Je sentais que, de nouveau, je devenais complètement dépendant de toi alors que j'avais appris plus jeune ce que coûtait un tel attachement et que je m'étais juré de ne plus jamais y succomber.

A présent, des souvenirs érotiques lui revenaient, des souvenirs si précis que, des années après, elle en frémissait encore…

— Nous étions donc amants, déclara-t-elle lentement. Je

comprends maintenant pourquoi j'avais l'étrange impression de connaître ton corps, quand nous avons refait l'amour, il y a quelques jours…

— Jamais je n'aurais cru te tenir de nouveau dans mes bras…

— Pourquoi ? demanda-t-elle en plongeant son regard dans le sien, le cœur battant à se rompre.

Il ne répondit pas immédiatement et Alisa crut qu'elle allait devenir folle. Elle voulait enfin savoir, il devait parler, que diable !

— J'étais si amoureuse de toi ! Que nous est-il arrivé ? interrogea-t-elle avec insistance. Pourquoi nous sommes-nous séparés ?

De nouveau, elle plissa les yeux, fit un visible effort de mémoire.

— C'était au moment des examens… J'avais des lacunes en grammaire espagnole, je devais passer mes week-ends à réviser et on s'était disputés parce que tu insistais pour qu'on se voie et moi j'avais tellement peur de rater mes partiels que je m'enfermais chaque fin de semaine dans ma chambre U. Nous sommes restés en froid quelques jours, et puis tu m'as invitée à une fête sur ton campus, pour qu'on se réconcilie. J'ai tout d'abord refusé, puis ai regretté mon refus. J'ai alors décidé de te faire une surprise…

Brusquement, elle se revit quelques années plus tôt…

— Je m'étais fait un chignon, commença-t-elle, le cœur soudain étrangement lourd.

— Avec un ruban noir, précisa-t-il. Et tu portais également une robe de satin noir.

— Je suis entrée dans la salle où l'on donnait la fête. Quel vacarme c'était ! La musique à tue-tête, les étudiants qui hurlaient pour s'entendre… Des couples dansaient sur des tables. L'alcool coulait à flot…

Elle avait cherché Dylan, mais il n'était pas dans la salle avec les autres. Alors elle avait poussé une porte qu'elle n'aurait jamais dû pousser… Dylan, son Dylan, l'être qu'elle chérissait le plus au monde, était derrière, en train d'embrasser une autre fille à pleine bouche. Leurs corps étaient étroitement serrés l'un contre l'autre, il avait posé une main sur ses hanches, en avait enfoui une autre dans ses cheveux… Cette pose intime, familière, la dévasta. Elle eut brusquement la nausée.

Aujourd'hui encore, cette réminiscence lui soulevait le cœur.

— Tu embrassais cette fille, murmura-t-elle la gorge sèche.

— C'est elle qui m'embrassait, c'est différent.

— Et moi, pauvre idiote, je pensais que tu m'aimais, lui asséna-t-elle cruellement, comme si la trahison venait juste d'avoir lieu.

Des années après, la blessure était toujours aussi vive.

— Je t'aimais, dit-il, les traits figés.

Ses pires craintes se réalisaient. Il connaissait le caractère entier d'Alisa et il était certain que, des années après, elle lui en tiendrait encore rigueur. Oui, il avait eu raison de redouter ce moment et de le repousser le plus possible… Il avait été si bon de partager dernièrement des jours dénués de toute hostilité avec cette femme qu'il aimait si fort.

— Non, tu mens ! lui asséna-t-elle violemment. Moi, je t'aimais ! Oh ! Dylan, nous étions si heureux ensemble ! Comment as-tu pu me faire une chose pareille, hein ? Comment ?

— Alisa, c'était il y a huit ans ! plaida-t-il. Et puis, de ton côté, reconnais que tu m'avais poussé à bout ! Je ne comprenais pas pourquoi tu refusais qu'on se voie ! Franchement, cette histoire de grammaire espagnole, j'avais du mal à y croire. Tu étais douée dans toutes les matières, je trouvais que tu exagérais. De plus, j'avais fait un effort de réconciliation en t'invitant à la fête de notre campus, et toi, tu m'avais renvoyé sur les roses ! Ce soir-là, ce soir funeste, j'étais à la fois furieux et mélancolique, et cette fête, je ne voulais même pas y aller, mais mes copains ont insisté… Alors, j'ai bu plus que de raison et cette fille, qui n'avait pas cessé de me tourner autour, a fini par obtenir ce qu'elle voulait de moi. Voilà, c'est aussi bête que cela.

Il avait beau minimiser le désastre, l'humiliation qu'il lui avait fait subir lui déchirait de nouveau le cœur. C'était la pire trahison qu'on lui ait jamais infligée. Elle revit leurs bouches mêlées, encore et encore. Soudain, elle se mit à trembler…

— Alisa, dit-il en lui tendant la main.

Mais elle le repoussa.

— Non, laisse-moi. Je… je ne sais pas très bien ce à quoi je m'attendais mais en tout cas, pas à ça ! Pourquoi ne m'as-tu rien dit plus tôt ?

— Quand aurais-tu voulu que je te le dise ? répliqua-t-il avec impatience. A l'hôpital, quand nous nous sommes revus au service de réanimation et que l'on ignorait encore si tu t'en remettrais ?

— Non, bien sûr, pas à ce moment-là, mais après, quand je suis sortie de l'hôpital.

— Le médecin m'avait indiqué qu'il était préférable que tu te rappelles les choses par toi-même. C'est pourquoi je t'ai amenée ici, et j'ai laissé le temps agir…

— Ah ! les conseils du médecin ! Avoue que ça t'arrangeait bien, non ? Tu aurais dû me prévenir avant…

— Avant que je ne te trouve nue entre mes draps ?

Elle baissa les yeux, sans répondre.

— Des regrets, Alisa ? demanda-t-il alors d'un ton provocateur.

Elle se rappela sa promesse. Non, elle ne regrettait rien, elle ressentait simplement une désolante amertume et déplorait que de nouveau la confusion la plus totale règne en elle.

— J'ai besoin de réfléchir, déclara-t-elle d'un air accablé.

Pour l'instant, elle était bien incapable de la moindre pensée. Elle avait une horrible migraine, et il lui semblait qu'un étau enserrait sa poitrine, l'empêchant de respirer.

— Je dois y voir plus clair en moi, ajouta-t-elle. Il faut que je…

— Que tu partes ? coupa-t-il, d'un ton glacé. Eh bien, va-t'en !

9

Cette nuit-là, Dylan ne parvint pas à trouver le sommeil. Et la nuit suivante pas davantage. Il lui semblait que le fantôme d'Alisa rôdait dans sa villa, que son parfum planait dans les pièces, que son rire allait jaillir d'un instant à l'autre de derrière une cloison. Toute sa maison vibrait encore de sa présence.

Ce départ, il s'y attendait pourtant ! Et il était conscient que chaque jour passé à ses côtés, depuis son accident, pouvait être le dernier. Mais en dépit de toutes ces précautions mentales, la douleur occasionnée par la séparation fut dévastatrice. Sans doute, au fond de lui-même, avait-il continué à espérer, envers et contre tout…

Dylan savait pourtant que l'espoir pouvait rapidement se transformer en un ennemi. Sa mère n'avait-elle pas passé sa vie à espérer que son père lui revienne et s'occupe enfin d'elle et de son fils ? Et lui-même, n'avait-il pas nourri les mêmes espérances jusqu'à ce qu'il comprenne enfin la leçon ?

L'espoir était l'une des émotions humaines les plus étranges, un sentiment diablement fragile, mais auquel on finissait par s'attacher et qui pouvait bien en fin de compte vous anéantir, une fois qu'il avait pris racine en votre cœur. Il poussait les gens à s'enliser dans des statu quo impossibles, les rendant incapables de tourner la page et de passer à une autre vie.

Fort de toute cette philosophie, Dylan avait néanmoins conservé au fond de lui le germe d'un espoir et cru, jusqu'au dernier moment, qu'Alisa verrait aujourd'hui la situation sous un jour différent, moins émotionnel, et qu'elle serait en mesure de lui pardonner ses erreurs passées. Car, en lui revenant, elle avait ramené le soleil dans sa vie, ravivé en lui ce sentiment de plénitude absolue qu'elle lui avait toujours inspiré, elle, et aucune autre après elle…

Hélas ! Elle venait encore une fois de lui filer entre les doigts.

Son cœur était incroyablement lourd et sa maison vide s'apparentait désormais à un enfer. Soudain, Tonto se mit à gémir et Dylan jura dans sa barbe. Son mal-être semblait se communiquer au petit animal. En soupirant, il se dirigea vers le jardin d'hiver, mit sa laisse à Tonto, et ils sortirent tous deux faire un tour. De grosses gouttes de pluie s'écrasèrent sur son front, mais il y demeura insensible, trop absorbé par ses tristes pensées…

Il avait pu vivre huit ans sans elle, il pourrait recommencer ! se dit-il, recourant en désespoir de cause à la méthode Coué. Il pourrait se passer pour le restant de ses jours de l'amour d'Alisa, de ce regard qui le grisait en lui donnant l'impression qu'il était la personne la plus importante au monde. Il n'en mourrait pas, son cœur continuerait à battre et le monde à tourner !

Sa vie reprendrait son cours comme avant l'accident, se dit-il avec amertume et, de rage, il shoota dans un caillou. Ah ! si seulement il ne lui avait pas fait l'amour ! Si seulement il n'avait pas ri avec elle ! Si seulement il n'avait pas ressuscité ce passé merveilleux et goûté de nouveau la force de cet amour ! Car aujourd'hui, la parenthèse qu'il devait refermer pesait mille tonnes.

— A te voir, on ne croirait pas que tu viens de remporter une victoire au conseil d'administration Remington, mais plutôt que tu rentres d'un enterrement, décréta Justin.

Les trois membres du club des millionnaires fêtaient la réussite du projet de Dylan, au O'Malley.

— Eh bien, souris un peu ! Rappelle-toi que la concrétisation de ton projet va vider les caisses de notre club si bien qu'on ne pourra plus se consacrer à un autre projet durant un bon bout de temps ! plaisanta Justin.

— Tu oublies que les recherches en bio-ingénierie risquent de nous rapporter beaucoup d'argent, plaida Dylan.

— Oui…, quand nous serons vieux et ridés ! persifla Justin.

Mais Dylan ne partageait pas cet avis.

— Vous rappelez-vous un certain Horace Jenkins ? demanda-t-il alors à ses amis.

— Jenkins, Jenkins…, fit Michael. Oui, ce nom me dit vaguement quelque chose…

A son tour, Justin fit un effort de mémoire, en tapotant d'un doigt impatient le comptoir du bar.

— Il est passé lui aussi par la pension Granger, il était un peu plus jeune que nous, les informa Dylan. Et doué d'une intelligence rare.

— Comment ça ? se récria Michael. Plus intelligent que nous ?

— C'était un génie, affirma Dylan en souriant pour la première fois de la soirée. Il a passé son bac à seize ans et obtenu un triple doctorat de physique, de biologie et d'ingénierie, quelques années plus tard. Aujourd'hui, il enseigne à l'université tout en se livrant à des recherches et expériences personnelles dans son garage, durant ses loisirs.

— Hum, hum, fit Justin d'un air entendu. Et comment as-tu retrouvé cette perle rare ?

— Eh bien, nous ne nous sommes jamais réellement perdus de vue. Un jour, je l'ai aidé à se tirer d'un mauvais pas et, depuis, il m'en a toujours été reconnaissant. Nous nous envoyons régulièrement des e-mails. OK, ce n'est pas le type le plus sociable que je connaisse, mais à coup sûr le plus brillant. Il va faire des merveilles pour les labos Remington.

— Tu vas le salarier ?

— Oui, avec prime à la clé en fonction de la progression

de ses travaux. Mais c'est un scientifique, l'argent n'est pas le moteur de ses motivations.

— Que veut-il, alors ?

— La possibilité de mener ses recherches librement, sans être contraint de publier ou d'enseigner.

— Et depuis quand travaille-t-il sur ton projet ?

— Des années, dit Dylan en affichant un large sourire.

— Ah ! observa Justin, je reconnais bien là la marque de fabrique Borrows, ton sourire de tombeur…

Ces ultimes propos évoquèrent immédiatement des souvenirs douloureux chez Dylan et il se rembrunit. Sans mot dire, il se concentra sur sa bière qu'il avala à longues gorgées.

— Et comment va Alisa ? demanda incidemment Michael.

— Bien mieux. Elle a recouvré sa mémoire et mène de nouveau une vie normale.

A ces mots, Justin et Michael échangèrent une œillade et ce premier demanda :

— Qu'entends-tu par « normale » ?

Le bourdonnement des conversations environnantes et le tintement des verres sur le comptoir constituèrent soudain un étrange contrepoint au vide intérieur qu'il ressentit en répondant :

— Elle sait ce qui s'est passé entre nous et est repartie habiter chez elle.

— Désolé, fit Michael.

Et Justin de lui taper sur l'épaule pour lui montrer sa compassion.

— De toute façon, je m'y attendais, déclara Dylan, fataliste. C'était une question de temps.

— Depuis quand est-elle partie ? s'enquit Justin.

— Quelques jours…

Quelques jours qui lui avaient paru une éternité !

— Et qu'a-t-elle dit quand tu l'as rappelée ? demanda Michael.

Etonné, Dylan releva la tête et cessa de jouer avec son verre.

— Mais je n'ai pas cherché à la joindre depuis. Elle a dit qu'elle voulait réfléchir, alors je la laisse à ses méditations.

— Hum, hum… Et tu vas la laisser méditer longtemps ? interrogea Justin.

— Euh… je ne sais pas… Quand elle voudra me voir, je présume qu'elle me fera signe !

Le regard consterné qu'échangèrent ses amis n'échappa pas à Dylan. Agacé, il s'écria :

— Eh bien quoi ? Qu'y a-t-il ?

Justin s'éclaircit la gorge et déclara :

— Ecoute, mon vieux, je sais que tu as eu de nombreuses liaisons par le passé, mais je crains que tu ne manques d'expérience en ce qui concerne les relations qui durent.

— Parce que tu t'y connais, toi, peut-être…

— Je te rappelle, mon cher, que je suis tout de même marié à la femme que j'aime. Ce qui n'est pas ton cas ! renchérit Justin sans ménagement.

Cette observation, ô cruellement juste, n'était pas pour calmer Dylan ! Enfonçant ses poings dans ses poches, il répliqua :

— Et alors ? Cela fait-il de toi un expert de la question féminine ?

— Un expert, peut-être pas, mais le mariage m'a appris une chose ou deux qu'auparavant j'ignorais, la première et principale étant que l'on ne doit jamais abandonner une femme offensée à sa solitude — si l'on tient à elle, bien sûr ! C'est ce qui s'appelle servir ses propres intérêts, se couvrir, si tu préfères.

— Entièrement d'accord, confirma Michael. Les femmes ont une imagination très développée. Selon Kate, entre nous, c'est l'affrontement permanent des planètes Mars et Vénus. Les hommes ont besoin de solitude et les femmes de la parole. Aussi est-il important de le savoir pour faire preuve de psychologie et ne pas se retrancher dans un mutisme peu constructif. Si, au début de notre mariage, j'étais parti au lieu de discuter lorsqu'il nous arrivait de nous disputer avec Kate, je ne sais pas si nous serions toujours ensemble.

Dylan médita quelques instants ces conseils, puis, secouant la tête, déclara :

— Peut-être… Mais si vous aviez vu l'expression sur son visage…

— Remarque, fit Justin, si ça t'est égal de vivre sans elle, alors tu as raison de la laisser toute seule dans son coin.

— Mais je ne peux tout de même pas lui forcer la main ! Je dois respecter sa décision.

L'ironie de Justin l'avait prodigieusement énervé. Et voici que Michael jouait sur le même registre en déclarant :

— Libre à toi de baisser les bras, effectivement.

Dylan se raidit sous la provocation.

— Que veux-tu dire ? Que je suis un lâche ?

— Je veux tout simplement te faire comprendre que ton dévouement actuel rachète largement ton erreur passée. Désormais, Alisa ne peut pas oublier tout ce que tu as fait pour elle après l'accident, à moins que délibérément tu ne la laisses choisir l'oubli.

— Je ne veux pas de sa gratitude, décréta Dylan.

— Dans le cas qui nous préoccupe, ton sens de l'honneur me semble tout à fait déplacé, argua Justin. Tu peux précisément utiliser à ton avantage la fameuse gratitude à laquelle tu fais référence. Le tout est de savoir si, oui ou non, tu veux vraiment cette femme. Si oui, est-ce que tu vas de nouveau la laisser te filer entre les doigts ? Il me semble que tu as déjà fait cette expérience. T'a-t-elle rendu heureux ?

— Non, admit Dylan.

— Alors, si tu veux reconquérir Alisa, tu dois tirer parti du moindre avantage pour la convaincre de ton amour. Tu n'es plus un étudiant, un post-ado de vingt ans. Montre-lui ta détermination. Crois-moi, ça, c'est une qualité qu'une femme apprécie chez un homme. Si tu aimes réellement Alisa, bats-toi pour qu'elle te revienne. Mets-y toute ton énergie. Et je te parle en connaissance de cause.

— Je ne puis qu'approuver Justin, déclara Michael. Il peut paraître étrange de rappeler certaines évidences, mais j'ai dû moi aussi courtiser Kate. Même après le mariage ! Avec les femmes, rien n'est jamais acquis, il faut en permanence être sur la brèche. A toi de voir si, avec Alisa, le jeu en vaut la chandelle, si tu t'accroches ou si tu laisses tomber.

Alisa aurait aimé soulager son cœur et son esprit de tous les souvenirs liés à Dylan, les rassembler dans une jolie boîte en carton afin de bien les circonscrire, puis placer la boîte hors de sa vue. Ses pensées étaient tellement contradictoires ! Chaque fois qu'elle le vouait aux gémonies pour sa conduite passée, une petite voix lui rappelait qu'il avait été pour elle, durant son séjour à l'hôpital, un dévoué serviteur. Combien elle avait apprécié ses visites quotidiennes, ses petites attentions diverses et variées, tels les pinceaux et les carnets de dessin…

De la même façon, dès qu'elle stigmatisait en son for intérieur le cynisme de Dylan, son manque de cœur, l'image des écuries Borrows, dédiées à de jeunes enfants handicapés, s'imposait à son esprit.

Pourtant, elle savait qu'on ne pouvait pas lui faire confiance… Alors, dans ces conditions, pourquoi voyait-elle en lui sa seule planche de salut en cas d'urgence ? Elle était lasse de toutes ces incertitudes sur la personnalité de Dylan, de tous ces questionnements…

Il jouait les blasés, ironisait sur l'amour. Mais que connaissait-il de l'amour, ce loup solitaire ? Ah ! de toute façon, il n'avait besoin de personne ! pensa-t-elle avec rage. Avant de se mettre à douter de cette affirmation bien présomptueuse.

Elle était en train d'épousseter ses étagères quand ses yeux tombèrent soudain sur une étrange boîte en fer. Elle l'ouvrit négligemment tout en ruminant les mêmes pensées. Et même si elle revenait avec lui, comment avoir la garantie qu'il lui serait fidèle ? Cette question insidieuse l'obsédait, tel le serpent s'immisçant au paradis, elle avivait en elle mille et une peurs…

Toute son attention se concentra sur la boîte. Tiens, tiens, elle contenait des choses fort intéressantes… Posant son chiffon, elle se laissa tomber dans un fauteuil et se mit à répertorier le bric-à-brac : lettres, photos, tickets de concert, de cinéma, d'exposition… Tiens, tiens, curieux, certaines enveloppes avaient les coins noircis, comme si elles avaient été arrachées aux flammes.

Une sorte de vertige s'empara de son être quand elle comprit que c'était la « boîte de Dylan ». A l'intérieur, elle avait rassemblé tout ce qui le concernait. Voilà pourquoi il n'y avait aucune photo de lui dans ses albums de famille ! A présent, elle comprenait mieux.

Subitement, elle se rappela la fois où elle avait voulu brûler les souvenirs de Dylan Borrows. Au beau milieu de la nuit, chez sa mère, elle s'était relevée et s'était dirigée droit vers les braises qui se consumaient encore dans l'âtre. Cela faisait des semaines qu'ils avaient rompu, mais elle continuait de sangloter toutes les nuits sur son amour perdu. Et la colère qu'elle ressentait contre lui était encore si vive qu'elle en aurait hurlé. Afin d'exorciser Dylan de son âme et de son cœur, elle avait voulu jeter au feu tous les souvenirs tangibles de leur relation. Elle se revit lancer un paquet de lettres enrubanné et regarder les flammes le lécher, les yeux hagards…

Mais un brusque accès de panique avait eu raison de cette sorte de transe. Non, elle ne pouvait se résoudre à réduire en cendres ces souvenirs. C'était un morceau de son âme qu'elle allait calciner… Elle retira alors du feu les lettres d'amour de Dylan et les secoua vivement pour éteindre les flammes. Impossible d'anéantir le souvenir de Dylan ! Il avait été son ami d'enfance et son premier amant. Pourquoi vouloir le nier ? Impuissante, elle avait enfoui les lettres et photos dans une boîte en fer, boîte qu'elle tenait à présent entre les mains et dont lentement elle referma le couvercle… Elle se demanda quel sort réserver à son contenu. Aujourd'hui encore, elle se sentait incapable de s'en débarrasser une bonne fois pour toutes.

Soudain, elle sursauta. On venait de sonner à la porte !

Se précipitant vers l'entrée, elle regarda par le judas, recula vivement, avant de regarder de nouveau.

Dylan !... C'était bien Dylan en personne qui se tenait sur le seuil, apparemment très résolu. Comme s'il avait brusquement jailli de la boîte en fer ! Lentement, elle ouvrit la porte.

— Bonjour, dit-il tandis qu'elle restait figée. Je peux entrer ?

— Euh... Oui, bien sûr, dit-elle en s'écartant machinalement pour le laisser passer. Que me vaut l'honneur de cette visite ?

— Je t'ai laissé du temps pour réfléchir, déclara-t-il en se dirigeant d'un pas décidé vers le salon où il prit place dans un fauteuil sans attendre d'y être invité. Maintenant, le moment est venu de parler.

Un flot de sentiments contradictoires l'assaillit alors. Depuis qu'elle l'avait quitté, elle ne cessait de penser à lui, tantôt pour le maudire, tantôt pour pleurer amèrement sur leur rupture. Et voilà que sans crier gare il resurgissait ! Il y avait réellement de quoi être désorientée !

— Je ne suis pas certaine que ce soit une bonne idée, objecta-t-elle.

— Pourquoi ? demanda-t-il en la fixant droit dans les yeux.

— A cause de ce qui s'est passé entre nous...

— C'est-à-dire ? Tu fais allusion aux leçons de base-ball que je t'ai données, à nos soirées clandestines, scotchés à l'écran de télé sur lequel défilaient *Lone Ranger* et consœurs ? A moins que ce ne soit à nos jeux dans les flaques, ou encore à mes visites à l'hôpital ? Mieux, à nos nuits d'amour à la fac, ou chez moi, dernièrement... Alors ?

— Arrête de nous torturer, Dylan. Tu sais parfaitement de quoi il s'agit !

— Pourquoi s'obstiner sur un petit détail d'un passé par ailleurs si riche ?

— Ce n'était pas un petit détail, lui rappela-t-elle durement, irritée qu'il voulût minimiser sa faute.

— OK, concéda-t-il. Mais nous avons eu le temps de méditer là-dessus et, à présent, nous pouvons nous expliquer.

Son assurance la troubla.

— Ecoute, nous n'en avons pas parlé il y a huit ans, alors à quoi bon évoquer aujourd'hui ce pénible épisode ? répondit-elle en sourcillant.

— Précisément pour réparer notre erreur de l'époque, car nous avons eu tort de nous réfugier dans le silence, répondit-il. Quand j'avais vingt ans, j'ai commis de nombreuses bêtises, je te l'accorde, et il en est que je ne suis certainement pas prêt à réitérer.

Pour masquer son désarroi, elle se mit à faire les cent pas dans le salon.

— Je ne comprends pas très bien ce que tu veux, repartit-elle. Ce qui s'est passé autrefois entre nous, à la fac, a définitivement changé le cours des choses.

— Mais ton accident a également apporté de grands chamboulements dans nos vies, argua-t-il, captant enfin son regard.

Comment pouvait-il être aussi calme, aussi rationnel ?

— Temporairement, souffla-t-elle.

— Vraiment ?

— Oui, insista-t-elle, tandis que son estomac se contractait. Dès que je me suis rappelé ce qui était arrivé à la fac, tout a changé.

— Tout, tu es sûre ?

A ces mots, il se leva et s'approcha d'elle.

— Alors tu es redevenue la Alisa d'avant l'accident ? Tu ne ressens rien pour moi ?

Sa voix passa comme un souffle chaud sur sa peau et elle en frémit jusqu'au tréfonds de son être. Il se tenait tout près d'elle, en proie à mille sentiments qu'elle feignait d'ignorer.

— On ne peut jamais revenir en arrière, Dylan. Certes, je ne suis plus la Alisa d'avant l'accident, mais nous ne sommes plus les amoureux d'avant ta trahison.

— Sais-tu que lorsqu'on additionne deux négations, on obtient une affirmation ?

— Dylan, cesse de finasser ! Je doute qu'il faille encore remuer le passé.

— Pourquoi ?

Pourquoi ? ! Et lui, pourquoi s'ingéniait-il à compliquer une histoire déjà fort embrouillée, hein ?

— Parce que tu m'as toujours paru trop beau pour être honnête. Parce que toutes les filles te tournaient autour, toutes ces légions d'admiratrices… !

Il retroussa les commissures de ses lèvres, et un terrible sourire sexy éclaira son visage. Se penchant vers elle, il lui dit d'une voix provocatrice :

— Retire-moi du marché !

Son audace lui valut un battement de cœur en plus. Pourtant, elle résista à cette offre si tentante et répliqua :

— Peut-être pourrai-je te retirer provisoirement du marché, pour reprendre ton expression, mais il n'est pas en mon pouvoir de t'empêcher d'y revenir. Un jour ou l'autre, je ne concentrerai plus toutes mes attentions sur toi, et alors tu auras la sensation que je te néglige. Et tu te feras consoler par une autre femme.

— Est-ce là tout le bien que tu penses de moi, même depuis que nous avons refait connaissance après ton accident ? demanda-t-il d'un ton cinglant.

Sa question lui fit l'effet d'une gifle et la déstabilisa. Brusquement, elle ne sut plus quoi penser.

— Dans ces conditions, poursuivit-il, je crains que tu n'aies été distraite et n'aies su apprécier la situation comme il se devait.

Quel aplomb ! Il la fascinait et la terrifiait à la fois. Et maintenant, qu'allait-il faire ? Prendre congé ?

— Bon, dit-il sans pouvoir éviter un tressautement nerveux de la mâchoire, pour aujourd'hui, nous allons en rester là, mais je reviendrai. Je ne suis pas du genre à lâcher prise, tu entends ? Autrefois, à la pension Granger, le vieux concierge disait que j'étais un véritable pot de colle. Alors, tu es prévenue, tu sais désormais à quoi t'en tenir avec moi.

Là-dessus, il tourna les talons et se dirigea vers la sortie. Elle le rattrapa.

— Pourquoi agis-tu ainsi ? lui demanda-t-elle, sur un ton

presque agressif. Pourquoi veux-tu parler, sachant parfaitement que je n'en ai aucune envie ? Pourquoi essaies-tu de croire à une relation que moi je récuse ?

— Si tu veux que l'on avance, tâche de poser la problématique d'une autre façon, déclara-t-il avec une sorte de condescendance.

Puis, avant de sortir, il lança encore, une lueur diabolique dans les yeux :

— Hasta la vista, baby !

Elle referma la porte, s'y adossa et, lentement, se laissa glisser à terre. Jamais elle n'aurait cru qu'il insisterait de la sorte. Autrefois, quand elle l'avait sommé de partir, il s'était exécuté sans même se retourner. Ensuite, quand il leur était arrivé de se revoir et qu'il se risquait à l'inviter à sortir, elle refusait et il n'insistait pas. Mais aujourd'hui, il n'allait pas être aisé de se débarrasser de lui. Comment être en paix avec elle-même s'il la traquait constamment et déclenchait en elle ce tumulte d'émotions dont il avait le secret ?

Bouillant de frustration, elle se couvrit les yeux.

— Eh bien, me voilà dans de beaux draps ! murmura-t-elle.

10

Après cette rencontre, il ne passa pas un jour sans qu'il ne l'appelle. Ça non, il n'allait pas lui permettre de l'oublier !

Alisa avait désormais comblé à peu près tous les trous de sa mémoire et tentait de reprendre sa vie antérieure, sa vie d'avant l'accident. Elle continuait néanmoins, ainsi que le lui avait conseillé le médecin, d'exercer sa mémoire en faisant régulièrement des mots croisés et dressait toujours des listes de tâches à effectuer ou de produits à acheter, car elle se méfiait encore de sa mémoire à court terme. Une évidence s'imposait cependant à elle : son accident l'avait indubitablement transformée.

Elle ne prenait pas encore très bien la mesure de cette métamorphose, et vivait en quelque sorte au jour le jour, attentive à découvrir son nouveau moi.

Elle avait décidé de reprendre ses footings matinaux. Pleine d'allant, elle laça ce matin-là ses chaussures de sport, ferma son appartement à clé et descendit à petites foulées l'escalier. Brusquement, elle ralentit, puis stoppa net… tandis que le battement de son cœur, lui, s'accélérait : Dylan l'attendait dans le vestibule, en tenue de sport !

— Que fais-tu là ? lui demanda-t-elle sèchement.

Sa question à peine posée, elle se rappela qu'elle l'avait informé, la veille au téléphone, de son intention de faire un footing le lendemain matin.

— Je viens courir avec toi, déclara-t-il le plus simplement du monde.

— Pourquoi ? fit-elle en se dirigeant vers la porte.

— Je pourrais prétendre que je ne rate jamais une occasion de courir, répondit-il tandis que, prenant place à côté d'elle sur le trottoir, il adapta son rythme au sien.

— Mais tu ne dirais pas la vérité, compléta-t-elle.

— En fait, je n'ai pas envie que tu te jettes de nouveau sous un camion si un chiot venait à s'égarer sur la chaussée, répondit-il.

Sa réponse l'exaspéra. Elle s'immobilisa brusquement et leva vers lui un regard impertinent. Au fond d'elle-même, la frustration le disputait à la tendresse. Bien sûr que sa sollicitude la touchait, mais ce qu'elle pouvait également l'irriter ! A un degré insoupçonnable !

— Cesse de vivre dans l'angoisse d'un éventuel prochain accident. Il n'y en aura pas.

— J'espère bien qu'il n'y en aura pas ! rétorqua-t-il.

— Ecoute, Dylan, que les choses soient bien claires entre nous : tu n'es pas responsable de moi, OK ? Je suis une grande fille et le médecin m'a dit que j'étais totalement guérie. Je n'ai donc plus besoin de tuteur.

— Contrairement à moi, le médecin ne t'a pas fait l'amour, déclara-t-il tandis qu'un éclat d'émotion passait dans ses yeux noirs et qu'un sourire malicieux fendait sa bouche. Considère-moi comme ton garde du corps.

Et, ce disant, il laissa courir un regard plus qu'équivoque sur son corps. Pitié ! Pourquoi s'ingéniait-il dès le petit matin à lui faire un numéro de charme ? Elle décida de ne pas répondre à ses provocations.

— Comme tu voudras, mais le footing ne sera pas très long. Je manque d'endurance et d'entraînement.

— Donne le la, je te suis.

Ils reprirent leur footing et Alisa sut gré à Dylan de courir en silence, comme s'il avait deviné son besoin de tranquillité. Soudain, sa présence à ses côtés ne fut plus un fardeau. Au bout de vingt minutes, ils se retrouvèrent de nouveau au pied de l'immeuble d'Alisa, après avoir effectué un parcours en boucle dans le quartier.

— Alors, comment te sens-tu ? demanda Dylan.

— Bien, je m'efforce de reprendre tous mes repères. C'est pourquoi je voulais me remettre au footing.

— Je te comprends, le sport permet d'avoir les idées plus claires. Ce qui rend plus fort.

— Effectivement… En fait, je crois que je vais me remettre également au dessin, car l'art me manque. Jusqu'à présent, je n'ai pris le temps ni de dessiner ni de peindre. Lorsque tu m'as apporté des pinceaux et des carnets de dessin, à l'hôpital, j'ai eu l'impression qu'une part perdue de moi-même ressuscitait.

— Ça a toujours été ta passion secrète, lui assura-t-il. Mais tu refusais d'en parler. Tu sais, j'aimerais que tu fasses un dessin pour moi.

— Pourquoi pas ? Un dessin de qui ?

— De Tonto, le chien de mes rêves, qui a une vessie aussi minuscule qu'un petit pois !

Elle laissa fuser un rire.

— N'a-t-il fait aucun progrès depuis son arrivée chez toi ?

— Ma femme de ménage a menacé de donner son congé ! repartit-il sur un ton pince-sans-rire.

De nouveau, elle éclata de rire.

— Enfin, maintenant, que puis-je faire ? Il est à moi et je suis bien obligé m'en occuper !

— Je présume que s'il t'importunait réellement, tu l'aurais revendu, dit-elle alors.

— Quelle idée ! s'indigna-t-il. D'abord, c'est un cadeau, et on ne revend pas un cadeau ! Et, en plus, c'est le chien de mes rêves d'enfant ! Alors ce serait vraiment un double sacrilège. Eh bien, dis-moi, quand viens-tu le dessiner ?

Il insistait à peine ! Etonnamment, elle n'en prit pas ombrage.

— Ce week-end, ça te convient ?

— Parfait. Euh… sauf vendredi soir, précisa-t-il.

Cette réponse piqua immédiatement sa curiosité. A quoi

ou à qui avait-il réservé son vendredi soir ? Malgré elle, la question jaillit de ses lèvres :

— Tu as des projets pour vendredi ?

— Oui, je dois participer à un gala de charité. Tu veux venir ?

Pourquoi n'avait-elle pas tenu sa langue ?

— Non, merci, murmura-t-elle en ouvrant la porte de son immeuble.

— A quand le prochain footing ?

— Vendredi matin, répondit-elle. Mais tu n'es pas obligé de…

— Alors, à vendredi, l'interrompit-il.

Et il se dirigea vers sa Jaguar avant qu'elle ne puisse protester.

En montant l'escalier, elle s'avisa que la présence de Dylan lui apportait un étrange réconfort. Il la connaissait depuis si longtemps et il avait été si prévenant durant la terrible période consécutive à son accident. Pourtant, elle refusait de dépendre émotionnellement de lui. Il lui avait déjà brisé le cœur une fois, elle ne pouvait le lui donner une deuxième fois. Qu'est-ce qui lui garantissait qu'il en prendrait davantage soin ?

Le vendredi suivant, il plut sans discontinuer et le footing fut par conséquent annulé. Elle ne vit pas Dylan, mais quelle différence cela faisait-il, puisqu'il occupait en permanence son esprit ? Elle se demanda qui il allait emmener à ce gala de charité. En général, il s'affichait toujours avec de superbes créatures. Meurtrie par cette pensée, elle sortit son carnet de dessin pour se jeter à corps perdu dans une suite d'esquisses.

Le samedi matin, Amy l'invita à la rejoindre au parc, avec les enfants. Elle l'attendait sur un banc, dans la lumière du soleil, toute souriante.

— Merci d'être venue, déclara-t-elle à Alisa lorsque cette dernière s'assit à côté d'elle. D'ici, nous pouvons parfaitement bien les surveiller.

Et elle désigna les balançoires et les agrès juste en face

d'elles. Ses trois enfants paraissaient fort affairés à tester les différents jeux.

— Je suis heureuse de te voir, lui dit Alisa.

Cette femme dégageait un tel appétit de vivre, un tel rayonnement que ses ondes positives se répercutaient sur le moral d'Alisa.

— Je voulais évoquer notre conversation de l'autre jour, dans le salon de thé. J'espère que ce que je t'ai dit sur ta relation avec Dylan n'a pas aggravé les choses entre vous. Parfois, j'ai du mal à tenir ma langue, avoua-t-elle en baissant les yeux.

— Au contraire, j'ai apprécié ta franchise.

— Je sais que la vérité n'est pas toujours bonne à dire.

Certes, pensa Alisa, mais elle la préférait néanmoins au mensonge.

— Tu n'es pas responsable de ce qui s'est passé entre Dylan et moi, lui dit-elle.

— Je ne connais pas le fin mot de votre histoire, mais ce que je sais, c'est que Dylan est un type bien, lui assura Amy.

A ces mots, Alisa sentit son conflit intérieur se réveiller. Ces derniers temps, elle avait toujours l'impression d'être sur le qui-vive.

— Oui, je présume que c'est un type bien.

— Nick ! s'écria soudain Amy en se levant précipitamment, tiens le rebord du toboggan, sinon tu vas tomber et te faire très mal !

Le journal qui était placé sur ses genoux glissa alors à terre. Alisa le ramassa… et une photo lui sauta aux yeux — celle de Dylan ! Se rasseyant, Amy déclara :

— Oh ! tu as vu que Dylan fait la une des journaux, ce matin ?

— C'est un article sur le fameux gala de charité d'hier, repartit Alisa.

Et elle se mit alors à lire à haute voix :

— « Le charismatique Dylan Borrows a fait hier soir une apparition au grand gala de charité organisé par la ville de St. Albans. Cette année, il ne nous a pas présenté sa dernière conquête, mais le personnel féminin des bénévoles de l'association se pressait dans son sillage. Un cœur à prendre ? »

Elle haussa les épaules et observa :

— « Le personnel féminin des bénévoles ! » Quelle périphrase alambiquée pour désigner tout simplement ses admiratrices !

— Ne sois pas si sévère, repartit finement Amy. D'ordinaire, Dylan s'affiche toujours en compagnie d'une énième fiancée officielle. Ce qui n'était pas le cas hier.

— Mouais, fit Alisa, agacée de constater que la réputation de séducteur qui collait à Dylan la préoccupait à ce point.

— Ce qui signifie aussi qu'il n'a jamais eu de relation sérieuse avec aucune, poursuivit Amy.

— Je présume…

— Il n'a jamais été fiancé ? s'enquit alors Amy.

— Non, pas à ma connaissance, répondit Alisa, cherchant désespérément un autre sujet de conversation.

— Et toi, tu as déjà été fiancée, n'est-ce pas ?

— Oui, admit-elle à contrecœur, avec un homme plus âgé que moi, stable et conservateur.

Le contraire de Dylan, en somme !

— Et te rappelles-tu pourquoi vous ne vous êtes pas mariés ?

— Je ne l'aimais pas assez, reconnut-elle.

Et elle s'efforça de ne pas comparer cette ancienne relation avec le sentiment qui l'attachait à Dylan.

— En fait, reprit Amy, je voulais te demander un service, un grand service.

Alisa s'avisa alors de la soudaine nervosité d'Amy.

— De quoi s'agit-il ? s'enquit-elle, curieuse.

— Ecoute, si tu n'es pas d'accord, je ne t'en tiendrai pas rigueur, je comprendrai parfaitement ton refus.

— Dis-moi au moins quel est ce service ! dit Alisa en riant.

— Voilà, fit Amy en prenant sa respiration, Justin et moi aimerions partir pour un long week-end, et nous aurions besoin d'une personne pour s'occuper des enfants, alors…

— Mais bien sûr, il n'y a aucun problème, je les garderai, s'exclama Alisa avec ferveur.

A ces mots, Amy se jeta littéralement dans les bras de son amie.

— Oh ! merci ! De tout cœur, merci ! Je sais que je te demande un grand service. Tu verras, ce sont des enfants adorables, seulement… Justin et moi… on a réellement besoin de prendre un peu l'air.

Alisa se rappelait qu'Amy avait adopté les enfants de sa sœur et de son beau-frère à la suite d'un accident de voiture qui les avait fauchés dans la fleur de l'âge. Elle lui avait toujours voué une grande admiration pour son courage et sa détermination.

— Je suis flattée que tu aies pensé à moi. Alors, dis-moi, quand partez-vous ?

— Dans deux semaines, si les enfants ne tombent pas malades d'ici là. Ce sera une sorte de mini-lune de miel au Belize, dit-elle, les yeux déjà pétillants. Ah ! je suis si excitée à cette idée ! Enfin seule avec Justin !

L'amour qu'elle nourrissait pour ce dernier était si manifeste qu'Alisa se prit presque à envier ce couple si heureux.

— Tu es folle amoureuse de lui, non ? demanda-t-elle en souriant gentiment.

Et Amy de hocher de la tête, avant d'ajouter, mutine :

— Oui, folle au point de penser qu'il partage cette folie ! Autrefois, je prônais les vertus du célibat, arguant que la solitude rendait plus fort car on ne pouvait compter que sur soi-même. Et Justin m'a appris que ce n'était pas un crime de pouvoir se décharger de ses fardeaux sur autrui, mais au contraire une réelle délivrance. Aujourd'hui, je ne pourrais imaginer vivre sans lui ! Justin, c'est l'amour de ma vie !

Ces ultimes propos ramenèrent cruellement Alisa à sa réalité. Elle aurait tellement aimé que les choses fussent différentes, avec Dylan. Mais à quoi bon se torturer vainement ? Dylan lui avait déjà montré qu'avec lui, ce n'était pas pour la vie !

*
* *

— Autant te prévenir tout de suite qu'il ne va pas poser gentiment pour toi, déclara Dylan à Alisa en sortant du jardin d'hiver, Tonto dans les bras.

Puis, comme le petit animal s'agitait, il poursuivit :

— Allons, mon vieux, du calme. Regarde qui nous rend visite ! Sois un bon chien.

A ces mots, il le posa par terre et le chiot se rua vers Alisa pour lui faire la fête. Elle ne s'attendait pas à un tel élan et en lâcha son matériel de peinture. Immédiatement, Tonto se saisit d'un pinceau et se mit à jouer avec.

— Oh non ! donne-moi ça, s'écria Alisa.

Mais le chiot n'avait nullement l'intention de redonner son trophée.

— N'as-tu pas une vieille chaussette à lui donner ? demanda-t-elle alors à Dylan. Les chiens ont besoin de jouets, tu sais, un peu comme les enfants.

— Ah bon ? Heureusement que tu me le dis, sinon, je n'y aurais pas pensé, dit-il sur le ton de l'ironie.

Et, prenant un panier en osier, il le mit sens dessus dessous. Des dizaines de jouets pour chien se répandirent sur le sol. Délaissant son pinceau, Tonto se précipita vers le nouveau trésor.

— Eh bien, voilà effectivement de quoi le combler ! observa Alisa. Il est vrai que les mâles prisent avant tout la quantité.

A ces mots, il lui lança un regard en biais, et demanda :

— C'est aux jouets que tu fais allusion…, ou à autre chose ?

— Je parle de manière générale. Jouets, voitures, femmes, l'important, c'est la quantité, non ?

Préférant momentanément faire la sourde oreille, Dylan reporta toute son attention sur Tonto qui farfouillait dans une pile de peluches et d'objets en caoutchouc.

— Il cherche son jouet favori. Regarde…

De fait, Tonto arrêta brusquement ses recherches et retira délicatement du pêle-mêle un hérisson en caoutchouc orange. Il le laissa tomber sur le sol, et se mit à tourner autour en jappant joyeusement, lui donnant tantôt des coups de patte, le prenant tantôt dans sa gueule.

— Tu parlais de quantité ? interrogea brusquement Dylan.

Ce fut à son tour d'ignorer sa question.

— Tu as raison, lui dit-elle, il va être difficile de le faire poser. Le mieux serait que je le photographie et que je fasse son portrait d'après photo. As-tu un appareil photo à me prêter ?

— Bien sûr, répondit-il, pensif.

Et elle passa la demi-heure suivante à prendre différents clichés de Tonto, sous toutes les coutures.

— Comment sait-il qu'il ne doit pas s'aventurer au-delà de la cour ? demanda-t-elle, intriguée.

— Ah ! ce ne fut pas une mince affaire de lui faire entendre raison ! J'ai finalement choisi de louvoyer. Après qu'il eut disparu plusieurs fois et que j'eus passé des heures à le chercher, j'ai décidé de recourir aux grands moyens : j'ai fait installer une clôture électrique !

Elle se mit à rire. En vérité, il s'en sortait plutôt bien avec Tonto, et le maître et l'animal semblaient partager un attachement mutuel.

— Tu sais, ajouta Dylan comme s'il lisait dans ses pensées, c'était une bonne idée, ce cadeau.

Elle se contenta de lui sourire et son regard se perdit sur la vaste étendue de verdure alentour. Un fort sentiment de nostalgie l'étreignit subitement… Non, elle ne devait pas se laisser aller. Ici, c'était chez Dylan, ce n'était pas chez elle, se répéta-t-elle.

— Je dois partir, déclara-t-elle tout à trac.

— Déjà ?

Oui, déjà ! Il n'avait donc que ce mot à la bouche, en ce moment ?

— J'ai pris suffisamment de photos de Tonto, lui annonça-t-elle.

— Tonto, Tonto, et moi, alors ? Es-tu pressée à ce point ? Ne te ménages-tu jamais des moments de détente ?

La bonne blague ! Ne comprenait-il pas qu'en sa présence,

elle était incapable de se détendre ? Elle voulut protester, mais il plaça un doigt sur sa bouche.

— Dis-moi un secret, dit-il alors de cette voix grave et veloutée qui la renvoya immédiatement à leurs torrides nuits d'amour, dis-moi comment te convaincre de rester.

Luttant contre ses troublantes réminiscences et la panique qu'elle sentait croître en elle face au cours que prenaient ses pensées, elle se raidit pour lui faire front.

— Ne compte pas trop sur moi pour monter dans ta chambre, décréta-t-elle sèchement.

Sa réponse parut le surprendre et son visage s'éclaira d'un sourire désarmant. Un sourire qui aurait laissé toute femme immanquablement pantelante.

— Mais je n'avais nullement l'intention de te faire une telle proposition, protesta-t-il alors.

Ah ! le rustre ! Le rouge lui monta malgré elle aux joues et elle pivota sur ses talons. Il la rattrapa vivement par le bras, et déclara :

— J'attends que toi tu m'invites dans ta chambre.

Immédiatement, elle visualisa Dylan nu dans son lit à baldaquin, tout contre elle, en elle…

— Lâche-moi ! lui dit-elle.

— Te rappelles-tu, Alisa, nos nuits d'amour, là-haut, dans ma chambre ? Nous pourrions faire autre chose que nous en souvenir.

La tentation était trop grande. Elle devait fuir, fuir loin de ce suborneur avant de lui céder…

— Réserve tes avances à ton flot d'admiratrices, Dylan. Avec moi, ça ne prend pas. Je ne suis plus l'adorable petite Alisa de naguère.

Son regard s'assombrit et il déclara :

— Je sais par expérience que tu ne l'es plus. Et même sans avoir recouché avec toi, j'aurais pu le deviner, en voyant le contenu de tes tiroirs et ta nouvelle lingerie. Et quant à mon flot d'admiratrices, tu m'excuseras, mais je ne l'ai pas remarqué. Tu accapares trop mes pensées !

Fortement secouée par cet aveu, mais désireuse de lui cacher son trouble, elle déclara :

— Eh bien, à partir d'aujourd'hui, considère-toi comme libéré de moi.

D'une secousse, elle se dégagea et lui tourna les talons. Mais, de nouveau, il enchaîna son poignet.

— Toutes tes petites allusions au sujet de mon prétendu harem ne sont plus d'actualité, Alisa, au cas où tu ne t'en serais pas aperçue.

— Allons, Dylan, je te connais, les femmes pour toi c'est comme du pop-corn, on ne peut se contenter d'un grain.

— Pourquoi serais-tu la seule à avoir changé ? Pourquoi ne veux-tu pas admettre que moi aussi je suis différent aujourd'hui ? Cela simplifierait sacrément notre relation et nous pourrions enfin nous entendre.

— Nous n'avons pas besoin de nous entendre, décréta-t-elle.

— Tu te trompes, Alisa, mais je parviendrai bien à te le prouver.

Elle quitta sa villa, furieuse contre lui et contre elle-même. Pour se calmer, elle décida de consacrer son après-midi au dessin, comme elle l'avait initialement décidé. Elle fit développer sa pellicule en une heure, dans un laboratoire express, mettant à profit l'attente pour acheter quelques victuailles.

Arrivée chez elle, elle se remplit un verre de vin et se confectionna des toasts au fromage. Plaçant le tout sur un plateau, elle se dirigea vers sa chambre, l'endroit de son appartement où elle se sentait le mieux.

Allongée sur son lit, elle dégusta le vin frais et pétillant qu'elle s'était servi et pensa que Dylan Borrows n'était pas un ingrédient indispensable pour apprécier la vie.

Encore que les plaisirs sensuels qu'il lui procurait étaient incomparables…

Ah ! au diable Dylan et les images qu'il suscitait en elle !

Elle se mit à contempler les photos fraîchement tirées, des images bien réelles, celles-ci. Tonto lui arracha un large sourire. Quel adorable chiot ! Sur l'un des clichés, elle vit soudain Dylan. Il riait à pleines dents tandis que Tonto lui échappait des bras.

Son regard s'attarda sur son beau visage, ses traits si réguliers, ses yeux sombres qui semblaient vous déshabiller... Puis elle tomba sur une autre photo de lui. Sur celle-ci, il ne riait plus, se contentant d'un vague sourire, l'air pensif. Elle connaissait par cœur cette expression, chez lui. Dylan était un homme complexe, certes sociable, mais en réalité peu accessible. Et c'était ce parfum de mystère qui le rendait si fascinant aux yeux d'Alisa. Il aiguisait sa curiosité et elle se faisait violence pour ne pas y céder.

Mais que cherchait-elle donc à découvrir en lui de si important, de si vital pour elle ? s'interrogea-t-elle. Elle but un deuxième verre de vin et commença à déguster ses toasts, non sans cesser de contempler les photos. Elle repoussa bientôt son plateau-repas et sortit son carnet de dessin.

Comme elle commençait à dessiner, elle s'aperçut que ce n'était pas Tonto, mais Dylan qui naissait sous ses doigts. Elle se laissa aller et, s'aidant d'une de ses photos, reproduisit son portrait avec application. Elle ne fut pas tout de suite satisfaite du résultat, recourut à la gomme, repassa sur les traits, en atténua certains, en accentua d'autres... Mais elle demeurait toujours insatisfaite, frustrée de ne pas parvenir à capter l'essence même de Dylan. Fébrile, elle passa à une autre feuille, se rappelant une expression que ne rendait pas la photo. Deux heures plus tard, toutes les feuilles de son carnet jonchaient le sol — toutes noircies d'esquisses de Dylan.

Alisa faisait du footing deux fois par semaine et Dylan était systématiquement au rendez-vous. Elle cherchait délibérément à le snober, mais n'en ressortait guère grandie à ses propres yeux. Autrefois, elle aurait eu moins de scrupules à le dédaigner. Force était de reconnaître que c'était un aspect de son caractère qui s'était modifié, après l'accident. Elle avait le sentiment que Dylan ne méritait pas tel traitement, quelle que fût la problématique qu'il lui posait.

Les vacances d'Amy et de Justin approchaient à grands pas et Alisa attendait avec impatience ce moment. Elle mourait d'envie de passer un week-end à lire des contes pour enfants, regarder des dessins animés, peindre avec les doigts et manger des cookies. La décontraction totale, en somme. Retrouver le temps d'un week-end le monde fabuleux de l'enfance lui serait salutaire.

Des éclats de voix d'enfants résonnèrent derrière la porte lorsqu'elle sonna. Les jumeaux vinrent lui ouvrir, mais se contentèrent de la dévisager sans la faire entrer.

— On ne peut pas te laisser entrer, décréta Nick, les yeux pétillants de malice.

— Sinon, on aura des ennuis, renchérit Jeremy, en s'efforçant de ne pas éclater de rire.

— Bien, bien… Dans ces conditions, pouvez-vous appeler Amy ? demanda Alisa, jouant le jeu.

Elle n'allait tout de même pas les braquer contre elle dès son arrivée !

— Elle est occupée ! lui répondit-on d'un ton impertinent.

Alisa soupira. Un transfert provisoire d'autorité entre Amy et elle s'imposerait avant le départ de cette dernière et de Justin.

— Et Justin, est-il ici ?

— Oui, mais il surfe sur le Net, sur un site boursier. Il gagne de l'argent, il ne faut pas le déranger.

— Et Emily ? suggéra-t-elle en désespoir de cause.

— Emily ! hurlèrent-ils alors de concert, Alisa veut te voir !

La fillette arriva en courant, toute souriante.

— J'aimerais entrer, lui annonça Alisa. Crois-tu que c'est possible ?

Aussitôt, Emily hocha la tête et lui ouvrit grand la porte.

— Tu vas te faire disputer, la prévint Nick, tu sais comme moi qu'on ne doit ouvrir la porte à personne.

— Pas du tout ! assura Emily. Alisa vient s'occuper de nous pendant la lune de miel de tante Amy et de Justin.

— Moi aussi, je veux aller sur la lune de miel ! fit Jeremy.

— Et moi aussi, dit Nick. Je veux voir les abeilles.

— Non, vous n'irez pas, rétorqua Emily d'un air moqueur.

— Si, on veut y aller, et on ira, on ira…

Ho, ho… Il fallait au plus vite calmer les esprits.

— J'ai apporté des cookies pour tous ceux qui ne partent pas en lune de miel, annonça Alisa de sa belle voix douce.

Immédiatement, les yeux de Jeremy s'écarquillèrent.

— Des cookies ? Beaucoup de cookies ?

— Oui, mais à manger en plusieurs fois, tout le long du week-end. On pourra aussi peindre avec les doigts, lire, jouer à des divers jeux et regarder des dessins animés.

— Et faire du cheval, compléta une voix masculine à l'intérieur de la maison.

Alisa sursauta. Bonté divine ! Dylan !

— Que fais-tu ici ? lui demanda-t-elle aussitôt.

— Je suis venu garder les enfants pendant que Justin et Amy prendront du bon temps dans ma villa, au Belize, annonça-t-il calmement.

— C'est impossible. Amy m'a demandé à moi de m'en occuper.

— Il se trouve que Justin m'a demandé le même service.

— Mais…

— Ecoute, ces enfants sont adorables, mais Justin et Amy ont dû penser que nous ne serions pas trop de deux pour en venir à bout. Allons, ne fais pas cette tête, je te laisserai la chambre de nos hôtes. Tu seras la baby-sitter en chef, d'accord ?

Et, comme sans répondre elle passait devant lui pour enfin entrer dans la maison, il lui murmura dans le creux de l'oreille :

— Et ne t'avise pas de venir te glisser en douce entre mes draps au beau milieu de la nuit !

Elle voulut l'ignorer, mais, posant un bras sur le chambranle, il lui barra le passage et poursuivit :

— Ce n'est pas parce que nous allons passer trois nuits sous le même toit que ça doit te donner des idées. N'essaie surtout pas de te rappeler ce que c'était que de coucher avec moi. Oui, ce serait une perte de temps pour toi de vouloir ressusciter ces nuits si belles, passées à faire l'amour.

Elle tenta de forcer son barrage, mais il n'en avait pas encore fini :

— N'essaie même pas de me séduire ou de me distraire, j'ai besoin de sommeil.

Puis il baissa le bras pour la laisser passer. Un petit sourire barra son visage tandis qu'il scrutait l'expression à la fois furieuse et déconcertée qui se peignait sur son visage.

11

Qui avait rêvé d'un week-end décontracté avec les enfants… ? Les illusions d'Alisa fondirent comme neige au soleil ! Elle serra les dents. Quelle guigne ! Elle qui s'efforçait précisément de faire entrer tout ce qui avait trait à cet homme dans une boîte pour pouvoir la ranger de côté allait devoir passer un week-end complet avec lui !

Une valise à la main, Amy s'avança enfin dans le vestibule. Elle lança un regard nerveux à Alisa et Dylan.

— Désolée pour ce malentendu, leur dit-elle, mais Justin et moi ne nous étions pas consultés au préalable et chacun de notre côté nous vous avons demandé si vous accepteriez de jouer les baby-sitters. Pourtant, réflexion faite, nous avons pensé qu'il valait mieux que vous soyez deux pour venir à bout de nos petits monstres. Cela ne vous ennuie pas trop ?

— Pas du tout ! s'empressa de répondre Dylan avant même qu'Alisa n'ait le temps d'ouvrir la bouche.

Cette dernière lui décocha un regard noir, mais ne put le contredire, bien obligée de faire contre mauvaise fortune bon cœur. Amy paraissait déjà si anxieuse à l'idée de laisser les enfants ! Elle n'allait pas lui créer un facteur d'inquiétude supplémentaire.

— Tout ira bien, Amy, sois sans inquiétude, lui assura-t-elle.

A cet instant, Justin parut à son tour, une énorme valise

dans une main, les clés de la voiture dans l'autre. Un large sourire barra son visage au moment de serrer la main de Dylan.

— Merci de nous avoir prêté ta villa au Belize. C'est vraiment chouette de ta part. Je te revaudrai ça.

— Tout le plaisir est pour moi, affirma Dylan. Bois une bière du pays à ma santé.

A cet instant, les jumeaux se plantèrent devant Justin et Amy, et Nick déclara avec conviction :

— On va même aller faire du cheval !

— Vous allez voir, vous allez follement vous amuser, leur garantit Amy en s'agenouillant devant eux, le cœur serré à l'idée de laisser les chérubins pendant trois jours. Mais vous devrez être bien obéissants, et faire tout ce qu'Alisa et Dylan vous diront de faire. Et surtout, ne vous chamaillez pas trop et pas de bagarre, compris ?

Puis, les pressant très fort contre son cœur, elle ajouta :

— Je reviendrai si vite que vous ne vous apercevrez même pas de mon absence.

— Et quand reviendras-tu ? demanda Emily, désireuse d'obtenir des indications précises.

Amy se releva et l'étreignit à son tour. L'incertitude qui faisait trembloter la voix de la fillette lui noua la gorge. La brutale disparition de leurs parents avait causé un tel choc à ces enfants, qu'ils vivaient dans la crainte permanente d'être abandonnés.

— Lundi, répondit Amy en caressant les cheveux de la fillette. Mais tu pourras me joindre à n'importe quel moment. Dylan te donnera le numéro de téléphone de sa villa, à Belize. Tu aideras Alisa, je peux compter sur toi ?

Emily approuva de la tête et se pelotonna contre le giron d'Amy. Ce fut alors que Jeremy tira sur sa jupe et interrogea avec une naïveté craquante :

— La prochaine fois, est-ce que je pourrai y aller, sur la lune de miel ?

A ces mots, les yeux d'Amy se remplirent de larmes et elle s'empressa de répondre :

— Bien sûr, mon chéri, la prochaine fois, nous partirons tous ensemble, ce sera un voyage en famille.

Sentant toute la tension émotionnelle qui se cristallisait dans l'air, Alisa jugea bon d'intervenir pour éviter une scène de larmes collective.

— Qui veut goûter mes cookies ? Je ne suis toujours pas certaine d'avoir retrouvé tous les ingrédients de la recette.

Jeremy se campa alors devant elle, et assura :

— Moi, je suis prêt !

— Moi aussi, renchérit Nick.

Et les jumeaux d'emboîter le pas à Alisa en direction de la cuisine, non sans donner au passage un baiser à Justin. Emily se joignit au petit groupe et Dylan ouvrit la porte aux voyageurs : le week-end venait officiellement de commencer !

Prévoyante, Amy avait préparé le déjeuner, si bien que tout ce petit monde put se mettre à table sans tarder. Alisa demanda ensuite aux enfants de jouer sagement un quart d'heure dans la cour, tandis que Dylan et elle feraient la vaisselle.

— Je ne savais pas que tu aimais les enfants, dit Alisa, penchée sur l'évier.

— Pourquoi cela t'étonne-t-il ? Moi aussi, j'ai été un enfant.

— Certes, mais tu n'en as pas.

— Non, et je ne compte pas en avoir tant que je ne serai pas marié, déclara-t-il avec conviction.

Il se tut un instant, s'empara du verre qu'elle venait juste de déposer sur l'égouttoir, l'essuya avec application et ajouta :

— Tu sais, Alisa, il y a des quantités de choses que tu ignores encore à mon sujet. Mais il faut dire que jusque-là tu ne m'as pas accordé beaucoup d'attention.

Son premier réflexe fut de nier en bloc. Mais à quoi bon ? Le roué avait fait mouche ! Depuis qu'elle avait enfin retrouvé le fil de sa mémoire et qu'elle savait où situer la pièce Dylan dans le puzzle de son passé recomposé, elle avait effectivement déployé toute son énergie à lui tourner le dos. Surtout, ne pas lui prêter attention, tel était le mot d'ordre que son cerveau avait transmis à son cœur. Elle avait voulu s'enfermer dans une tour d'ivoire, mais, de toute évidence, elle n'avait pas effectué le bon choix.

La remarque de Dylan, ô combien juste, la troubla considérablement, d'autant qu'elle comportait un reproche implicite. Un vif sentiment de culpabilité piqua alors son cœur. Dylan eut conscience d'avoir marqué un point.

— Es-tu la même personne aujourd'hui que celle que tu étais à dix-huit ans, Alisa ? renchérit-il d'une voix presque rauque.

— Non, répondit-elle catégoriquement en secouant la tête.

— Eh bien, moi non plus ! lui annonça-t-il. Je ne suis plus celui que j'étais à dix-huit ans.

Que répondre ? Que faire, si ce n'était accepter cette matière à réflexion qu'il lui proposait… et la méditer ultérieurement ? Car ce qui était d'actualité, c'était de s'occuper des enfants. Ils étaient là pour ça, non ?

— Nous devrions aller voir ce que font nos chers anges, suggéra-t-elle en fermant le robinet. On ne sait jamais ce qui peut leur passer par la tête.

Là-dessus, elle se précipita dans la cour, où les bambins jouaient tranquillement aux billes. Nick leva la tête le premier et demanda :

— On y va, faire du cheval ? C'est l'heure, maintenant ?

— Oui, répondit Alisa en lui ébouriffant les cheveux.

Meg Winters les attendait et elle avait déjà sellé les chevaux. Mais les enfants, terrorisés par les bêtes, furent comme tétanisés et s'agrippèrent aux jambes de Dylan et d'Alisa.

— Oh ! ce qu'il est grand ! se plaignit Jeremy en voyant Sir Galahad.

— C'est un géant, renchérit Nick. Moi, je veux monter sur ce petit, là.

— Je te laisse passer en premier, concéda Jeremy.

Curieusement, son frère n'était pas en reste de générosité, ce jour-là !

— Oh non ! Vas-y, toi !

— Laissons Emily commencer, suggéra Jeremy. C'est une fille, il faut être courtois avec elle, c'est ce que Justin dit toujours. Priorité aux filles !

Guère plus courageuse, Emily recula d'un pas et répondit :

— Merci, mais je préfère regarder.

— Allons, leur dit Meg Winters, il est vrai que ces chevaux sont impressionnants, mais ils ne feraient pas de mal à une mouche. Venez, nous allons faire connaissance avec le chevalier Lancelot.

Et elle présenta les chevaux aux enfants, leur distribuant des pommes pour qu'ils puissent les tendre aux braves bêtes. Quelques minutes plus tard, Nick se sentait prêt à faire un tour de poney, mais Jeremy voulait encore attendre un peu.

Passant ses bras autour de ses épaules, Alisa demanda :

— Eh bien, mon trésor, tu n'as pas envie de monter à cheval ?

— Il est si haut, j'ai peur de tomber.

— Tomber ? s'exclama-t-elle. Si tu veux, je marcherai à tes côtés.

Ces paroles semblèrent le rassurer et il accepta que Dylan le juche sur l'animal. Ses joues étaient rouges d'appréhension et d'émotion. Alisa fit faire le tour du champ à sir Galahad et ce fut pour Jeremy comme un premier tour de piste !

Quant à Emily, son visage exprimait à la fois l'envie et la crainte. Soudain, Dylan lui murmura quelque chose à l'oreille ; elle hésita longuement, puis finit par acquiescer de la tête. Dylan enfourcha alors la jument et Meg souleva Emily jusqu'à sa hauteur pour qu'il la hisse sur la monture.

— Alisa, regarde ! s'exclama Nick tout excité. Emily fait du cheval avec Dylan. Moi aussi, je veux monter avec lui !

A ces mots, Alisa tourna la tête en direction des deux cavaliers. D'une main, Dylan maintenait fermement Emily, de l'autre, il maîtrisait les rênes. Il avait permis à sa petite compagne de les tenir avec lui. De temps à autre, il se penchait vers elle pour lui prodiguer quelque explication.

Cette scène bouleversa Alisa et un flot de souvenirs la

submergea. En maintes occasions, Dylan l'avait elle aussi rassurée de sa voix si mélodieuse et si apaisante quand elle hésitait, enfant, à se prêter à ses jeux téméraires. Oui, de si nombreuses fois… ! Son cœur se gonfla dans sa poitrine, et elle se demanda si les enfants de Dylan partageraient son goût de l'aventure. Son fils aurait-il le même sourire ravageur que lui ?

De nouveau, elle tenta de se représenter la femme que Dylan épouserait, non sans ressentir un pincement au cœur. Cette femme, saurait-elle apprécier son trésor ? Oh ! et puis en quoi cela la regardait-il, à la fin ? Agacée, elle s'avisa qu'il n'avait pas été en son pouvoir à elle de le retenir, autrefois, alors pourquoi ruminer semblables pensées aujourd'hui ?

Après la promenade à cheval, ils se baignèrent dans la piscine. Les enfants ne cessaient de s'agiter en tous sens et il était quasi impossible de les lâcher des yeux. Une vigilance de tous les instants s'imposait ! Lorsque, fatigués de leurs jeux aquatiques, ils sortirent enfin de l'eau, ce fut pour jouer avec Tonto. Sur la terre ferme, ils ne risquaient rien et une seule personne pouvait les surveiller. Dylan abandonna cette tâche à Alisa et alla préparer des grillades pour le dîner. Enfin le soleil déclina dans le ciel et ils prirent le chemin du retour.

Après cette journée, les enfants étaient tellement épuisés qu'à peine au lit, ils s'endormirent profondément.

A dire vrai, Alisa n'était pas loin de s'effondrer elle aussi. Elle se laissa choir de tout son long sur le sofa et ferma les yeux, savourant enfin un instant de paix bien mérité. Elle entendit Dylan prendre une bière dans le réfrigérateur et, quelques secondes plus tard, sentit le contact de ses mains sur ses propres chevilles. Il souleva ses jambes pour pouvoir s'asseoir à l'autre bout du canapé, puis les reposa délicatement sur les siennes.

— Je suis littéralement épuisée ! Difficile de croire que ces petits bouts contiennent tant d'énergie…, déclara-t-elle. Et ce n'est que le premier jour !

— Et ce n'était qu'une demi-journée ! précisa Dylan.

— Je me demande comment fait Amy pour enseigner et

s'occuper à la fois des enfants. Tu me diras, c'est le lot de la plupart des femmes et Justin partage toutes les tâches domestiques avec elle… Tout de même, cela m'étonne qu'ils n'aient pas emménagé dans une maison plus grande.

— Ils ne voulaient pas les insécuriser davantage, après l'accident. Ici, les enfants ont leurs repères, déclara Dylan. Bon, eh bien, moi, je ne vais pas tarder…

— Quoi ? s'écria-t-elle, affolée. Tu me laisses seule avec eux ?!

Haussant les épaules, il répondit :

— Mais n'est-ce pas ce que tu souhaitais ? Ou t'ai-je mal comprise ?

— Euh… je me suis peut-être un peu trop avancée.

Elle imaginait fort mal de s'occuper seule des enfants pour le restant du week-end !

— Vraiment ? fit-il, non sans une légère trace d'ironie dans la voix.

Un sourire un rien provocateur erra alors sur ses lèvres et il ajouta :

— Est-ce là ta façon de me dire que tu as besoin de moi ?

Elle prit une longue aspiration et lutta un instant contre son orgueil. Puis elle se redressa et ramena ses jambes contre elle.

— Je dois reconnaître qu'en l'occurrence la présence de deux adultes est quasi indispensable, dit-elle.

— Même si l'autre adulte, c'est moi, conclut-il.

Elle le foudroya du regard. Pourquoi n'avait-il pas le triomphe modeste ? Allons, elle devait être bonne joueuse.

— J'avoue que cet après-midi, ton comportement avec Emily m'a soufflée. Tu as été merveilleux.

— En général, j'ai toujours d'excellents rapports avec les femmes. Je suis surpris que cela t'étonne.

— Ah ! ce n'était pas ce que je voulais dire et tu le sais parfaitement ! Tu étais si affable, si patient avec elle. Cela m'a rappelé notre enfance… Tu étais toujours tellement prévenant avec moi !

Ces mots lui firent l'effet d'une douce caresse. Dieu, que

cette femme pouvait lui procurer du bonheur, quand elle le voulait bien ! Un bonheur si pur, aussi vif que l'air que l'on respire en haute montagne… De son côté, Alisa sentit comme un souffle d'éternité passer entre eux.

— Et toi, tu me facilitais grandement la tâche, tu sais, murmura-t-il de cette voix qui la transcendait.

Des fils impalpables les reliaient l'un à l'autre, sur lesquels dansaient des souvenirs partagés, un passé commun et des émotions non exprimées. Le regard de Dylan se souda au sien, et elle put y lire la nostalgie qu'il éprouvait à son endroit. Elle ressentait exactement la même, au fond de son cœur !

— Nous avons formé une belle équipe, aujourd'hui, décréta Dylan, en reposant son verre de bière.

D'un bond, il se leva et se dirigea vers la porte. Le cœur d'Alisa se mit à battre la chamade. Oh non ! il n'allait pas partir… Mais elle n'eut pas le courage de lui dire de rester.

— Bien, je monte me coucher, annonça-t-il.

Tournant son visage vers elle, il ajouta :

— Rappelle-toi de ne pas penser à moi, ce soir. Souviens-toi de m'oublier…

Le rustre ! Il connaissait parfaitement le pouvoir de ses paroles ! Autant craquer une allumette au-dessus d'une cuve d'essence. Immédiatement, son imagination s'enflamma sous la volée de tous les torrides souvenirs qui lui revinrent à l'esprit. Elle se rappela avec une acuité douloureuse comme il était bon de se lover dans ses bras, de faire l'amour avec lui. Incontestablement, il allait être ardu de le faire rentrer dans sa boîte…

Le samedi fut une journée pluvieuse, et Dylan, médusé, observa Alisa dévider son sac à malices ! Des livres, des jeux, des pots de peinture miniature, des gommettes, et encore des livres… Pourtant, en milieu d'après-midi, en dépit de toutes leurs occupations, les enfants étaient dans un état d'excitation déprimant pour les adultes…

— Et si nous leur permettions de regarder un peu la télévision ? suggéra Dylan de façon bien insidieuse. Aujourd'hui, on ne cesse de valoriser la lecture, si bien que nos chères têtes blondes ne savent même plus ce que c'est que la télé.

Elle se mit à rire, puis, se ressaisissant, lui adressa un regard mi-sévère, mi-amusé, un regard qui fit naître un terrible désir au creux de ses reins. Ah ! il en avait assez d'étouffer en lui le feu de cette passion qu'elle avivait sans même s'en rendre compte !

— Je réserve la télévision pour le moment où nous craquerons vraiment, décréta-t-elle.

Puis, s'adressant aux enfants qui se chamaillaient bruyamment, elle annonça :

— Allez, mettez tous vos tennis et plus vite que ça !

— Qu'est-ce que tu as derrière la tête ? demanda-t-il.

— As-tu oublié mes jeux préférés ? lui dit-elle en le gratifiant d'un sourire à vous renverser le cœur.

— Ah ! je vois… Se promener sous la pluie, marcher dans les flaques, s'éclabousser. Mais, nom d'un chien, Alisa, as-tu pensé que c'est nous, après, qui allons devoir tout nettoyer ?

— Chuuut ! Cesse de jurer ! Les enfants entendent tout, même si on a l'impression qu'ils ne sont pas attentifs à ce que disent les adultes, le réprimanda-t-elle. Et je préfère laver des tennis sales plutôt que de supporter des enfants infernaux.

Une lueur effrontée dansa alors dans son regard et elle ajouta :

— Mais tu n'es pas obligé de nous accompagner, si tu as peur de te mouiller !

L'idée baroque de la soulever de terre, de l'emmener chez lui en courant et de s'y enfermer avec elle à double tour lui traversa soudain l'esprit. Un jour, un jour prochain, il le ferait. Promis, juré, elle ne perdait rien pour attendre !

Après un dîner joyeux où les enfants se régalèrent de délicieuses pizzas et un énième visionnage de la cassette vidéo des *Cent un dalmatiens*, Nick et Emily consentirent à s'endormir. Seul Jeremy ne joua pas le jeu. Alisa et Dylan lui lurent plusieurs histoires à deux voix, mais ses yeux restaient obstinément grands ouverts.

— Que fais-tu d'ordinaire au moment d'aller au lit ? lui demanda Alisa, découragée.

— Je vais au lit, répondit-il de la façon la plus naturelle du monde.

Dylan se retint de rire en voyant la consternation qui se peignait sur le visage d'Alisa.

— Et que fais-tu lorsque tu ne parviens pas à t'endormir tout de suite ? précisa-t-elle.

— Euh… J'écoute des chansons, *Sur le pont d'Avignon*, ou encore… euh… *Il était une bergère*, et ron et ron petit patapon… C'est Justin qui me les chante.

A ces mots, Alisa jeta un regard en coin à Dylan… à qui il fallut un certain temps de réaction avant de comprendre ce que ces prunelles braquées sur lui lui demandaient implicitement. Il secoua la tête.

— Désolé, c'est impossible, murmura-t-il à voix très basse.

— Mais il est habitué à entendre une voix masculine, argua-t-elle, d'un air malicieux.

— Tu n'as qu'à chanter une octave en dessous et ça fera parfaitement l'affaire. Tu n'as pas une voix particulièrement aiguë.

— Imagine que tu racontes une histoire, mais de façon chantée, comme dans une comédie musicale, l'encouragea-t-elle.

En grommelant, Dylan s'assit sur le rebord du lit de Jeremy. Ce dernier n'avait pas du tout l'air endormi et le scrutait de ses grands yeux d'enfant qui lui dévoraient le visage.

— Bon, lui dit Dylan, je te préviens, je ne sais pas très bien chanter.

— Oh ! c'est pas grave ! Justin chante comme une casserole, c'est pour ça que je m'endors vite, pour plus l'entendre.

Sur ces paroles d'encouragement, Dylan se lança et, lorsqu'il entama le couplet sur la colère de la bergère, le cher bambin avait rejoint le pays des rêves. Quel soulagement de voir la poitrine de Jeremy se lever et s'abaisser doucement, à un rythme régulier !

Jetant un coup d'œil à Alisa, il perçut dans son regard une bouffée de tendresse qui lui coupa le souffle. A cet instant, elle était à deux doigts de se laisser aller à l'aimer de nouveau. Et bien plus fort encore que huit ans auparavant !

Elle finit par détourner le regard et il se remit à respirer. Déposant un rapide baiser sur le front du petit endormi, elle sortit de la chambre à pas de loup, Dylan sur ses talons. Il referma la porte avec mille précautions, et, comme il se retournait, tous deux firent en même temps le geste de s'essuyer le front, ce qui les amusa beaucoup !

— Je ne tiens pas spécialement à te flatter, lui dit-elle après s'être calmée, mais je suis très impressionnée. Je ne croyais pas t'entendre chanter ce soir.

— Pour tout dire, ma démarche servait uniquement mes intérêts, une équation toute bête : le sommeil de Jeremy pour le sommeil de Dylan.

— Peut-être, mais il n'empêche que la scène était très touchante…

— Elle t'a touchée, vraiment ? Je t'ai touchée… Puis-je recommencer ?

Elle le reconnut bien là, toujours à jouer sur les mots. Il se mit à la fixer sans ciller, sa bouche entrouverte à quelques centimètres de la sienne. Il attendait sa réponse, et une sorte de griserie le gagna quand il vit ses yeux briller tour à tour de passion et de désir. Soudain, il lui sembla pourtant y apercevoir l'ombre d'un doute. Oh ! comme il détestait qu'elle doutât…

Lentement, le regard toujours enchaîné au sien, elle leva sa bouche vers lui et il sut que c'était le plus beau présent qu'il recevrait jamais. De nouveau, elle lui faisait confiance ! Cette certitude cingla ses sens. Elle ne niait plus qu'elle le désirait.

Se faisant violence pour ne pas réclamer sur-le-champ son dû et se perdre en elle, il l'embrassa tendrement, gentiment… Il savoura le goût exquis de sa bouche rouge vif et promena sa langue sur ses lèvres soyeuses. Elle voulut approfondir le baiser mais, de nouveau, il la fit attendre. C'était un moment unique, fragile, dont il entendait prendre soin.

Il ne l'avait pas enlacée, par crainte de ne plus la lâcher. Il avait simplement posé ses mains sur le mur, emprisonnant ainsi Alisa, et s'était concentré sur la suavité du baiser, puisant en lui l'énergie nécessaire pour brider le désir brûlant qu'il avait de la prendre.

Lorsqu'elle détacha sa bouche de la sienne, elle passa inconsciemment sa langue sur ses lèvres sensuelles, comme pour retenir la saveur de Dylan.

— Bonne nuit, Alisa, murmura-t-il pourtant, au lieu de céder à son désir, et de l'emmener dans son lit.

— Fais de beaux rêves, Dylan, répondit-elle, le laissant en proie aux tourments.

Le lendemain, le soleil brillait, et Alisa et Dylan décidèrent de reprendre à l'identique le programme du premier jour que les enfants avaient tant apprécié. Equitation, natation, course avec Tonto furent de nouveau au rendez-vous, bref, de quoi épuiser largement l'énergie des petits monstres !

Comme la soirée avançait, Alisa leur rappela qu'Amy et Justin revenaient le lendemain et qu'ils apprécieraient de trouver une maison propre et ordonnée, à leur retour. Dociles, les enfants rangèrent leur chambre sans broncher, puis Alisa leur promit que le lendemain matin, avant l'arrivée d'Amy et de Justin, ils feraient ensemble des cookies à leur intention.

Ce soir-là, elle lut une longue histoire à Emily, tandis que Dylan chantait des berceuses aux jumeaux. Ces derniers succombèrent rapidement au sommeil. La fillette fut quant à elle plus résistante, car elle voulait à tout prix connaître la fin des aventures palpitantes de la jeune héroïne de son livre. Lorsqu'elle céda à son tour aux appels du marchand de sable, Alisa put enfin rejoindre Dylan dans le salon.

Il se prélassait dans un fauteuil. Sur la table basse, deux verres de vin étaient servis. Devançant sa question, il déclara :

— Je propose que nous portions un toast à ce week-end.

Se levant pour lui tendre un verre, il poursuivit :

— Les enfants ont survécu… et nous aussi !

Elle se mit à rire et leurs verres s'entrechoquèrent. Puis elle but une gorgée de l'alcool frais et léger. Mmm, c'était vraiment délicieux ! Elle vida rapidement son verre et ressentit une légère griserie.

— Je t'en sers un autre ? proposa immédiatement Dylan.

— Oh ! c'est très gentil, mais je crois qu'un verre suffira !

— Comme tu voudras.

Se dirigeant vers le lecteur de CD, il appuya sur un bouton. Une voix grave et mélodieuse de femme, accompagnée d'un duo de mandoline et de guitare, s'éleva dans la nuit.

— On danse ?

Son cœur se mit à battre. Il venait de créer une atmosphère si romantique ! Elle ne s'attendait pas à ce grand jeu de la séduction… Spontanément, elle s'en agaça, mais au fond, à quoi bon se braquer ?

— Allez, viens… J'adore cette chanson, insista-t-il.

Et il la prit dans ses bras tandis que les tambourinements de son cœur rivalisaient en elle avec le magnifique timbre de la chanteuse qui égrenait son spleen et pleurait ses amours perdues.

Elle lutta contre l'envoûtement qui menaçait de refermer ses rets sur elle. Elle voulait se raccrocher à la logique et au bon sens, mais, Seigneur… ! qu'il était doux d'onduler tout contre Dylan, de sentir ses mains viriles sur ses hanches. Sans parler de son parfum, cette fragrance si familière, si sensuelle qui lui montait directement à la tête, à l'instar de ce vin frais qu'il lui avait fait boire.

L'air était saturé de leur désir mutuel…

Elle ferma les paupières et, pendant quelques précieux instants, la danse et le danseur l'enlevèrent au monde de la pesanteur, au monde de toutes les pesanteurs qui alourdissaient son cœur.

— Viens au Belize avec moi le week-end prochain, lui chuchota-t-il au creux de l'oreille.

Cette proposition la ramena brutalement sur terre. Elle ouvrit de grands yeux surpris.

— Quoi ?

— Je t'emmène au Belize, si tu le veux bien, le week-end prochain. J'ai tellement envie de le passer avec toi.

Elle sentit son pouls battre comme un oiseau fou à sa tempe. Il lui proposait une autre aventure… Et elle, de son côté, en mourait d'envie… Mais… Hélas ! Oui, il y avait un « mais », celui de leur passif !

Pouvait-elle réellement lui faire confiance ? Se faire confiance ? Sa poitrine se serra, toutes ces pensées contradictoires l'épuisaient !

— Je ne peux pas, dit-elle en s'écartant de lui, consciente de lui briser le cœur. Je ne peux pas… Je peux te confier des millions de choses, mais pas mon cœur !

12

Bien qu'ayant décliné l'offre de Dylan, Alisa n'en avait pas pour autant banni de sa tête cette invitation bien tentante. Elle eut un mal de chien à trouver le sommeil, cette nuit-là ! A 3 heures, elle lisait encore l'heure sur son réveil !

Justin et Amy revinrent le lundi en fin de matinée, épanouis et le teint hâlé. Le voyage leur avait été de toute évidence profitable ! Ils déjeunèrent tous ensemble, puis les deux baby-sitters regagnèrent leurs maisons respectives. Si Alisa s'était séparée physiquement de Dylan, en pensée elle ne l'avait pas quitté.

Se rendre à Belize avec lui ! Cette idée l'obsédait, à présent ; elle avait insidieusement envahi son esprit comme lorsque, jadis, il lui proposait de faire un tour sous la pluie. Elle raffolait de ces escapades avec Dylan. Pour elle, il incarnait l'essence de l'aventure et, comme autrefois, elle ressentait aujourd'hui l'urgent besoin de le suivre. Le suivre jusqu'au bout du monde, les yeux fermés… Comme elle aurait aimé pouvoir s'abandonner à cette douceur !

Toute la semaine, elle pesa le pour et le contre. Devait-elle revenir sur sa décision ? Telle était la question qui la hantait et à laquelle son bon sens opposait pourtant un non catégorique. Mais elle se sentait l'âme tellement déraisonnable…

Pour se convaincre qu'elle ne devait pas céder à ses élans, elle s'efforçait de cristalliser ses pensées sur cette terrible scène, à la fac, huit ans plus tôt.

Curieusement, la douleur qui était restée si longtemps intacte au fond d'elle-même et qui avait toujours été si prompte à se raviver semblait désormais non pas évanouie mais bien moins aiguë. Certes, elle ressentait toujours un pincement au cœur en se représentant Dylan dans les bras de cette maudite étudiante, mais cette image ne soulevait plus en elle l'océan de souffrance dans lequel elle avait bien failli se noyer.

Le vendredi arriva et elle n'avait toujours pas résolu son conflit intérieur. Devait-elle, oui ou non, aller avec lui au Belize ? A la fin de la journée, l'air morne, elle fixa la pendule au moment où les aiguilles de celle-ci dépassaient l'heure du départ de Dylan. Bien qu'il lui ait clairement dit qu'il souhaitait qu'elle l'accompagne, il l'avait également avertie qu'avec ou sans elle, il se rendrait en tout état de cause au Belize.

Son esprit s'envola directement à l'aéroport, où elle le vit embarquer et attacher sa ceinture de sécurité. A n'en pas douter, les charmantes hôtesses seraient attentives à ses moindres désirs, songea-t-elle un rien agacée. Elle entendait à présent le vrombissement des réacteurs. Ça y est, l'avion décollait, Dylan partait vers des horizons lointains. Sans elle !

A cet instant, la sonnerie du téléphone retentit et son cœur se mit à battre plus vite. Et si c'était Dylan ? Si, finalement, il n'avait pas pris ce vol pour le Belize ? Un fol espoir s'empara de tout son être.

« Mon Dieu, faites que ce soit lui ! » pria-t-elle en se précipitant vers le combiné.

— Allô ! fit-elle, le souffle court.

— Bonjour, Alisa, c'est maman !

— Bonjour, maman, répondit-elle du bout des lèvres, extrêmement déçue.

Voilà ce qu'il en coûtait de toujours se faire son cinéma !

— Eh bien, quand viens-tu me rendre une petite visite pour que je sois enfin pleinement rassurée sur ta santé ? demanda sa mère.

Indubitablement, ses propos contenaient un reproche ! Depuis deux semaines, sa mère était revenue de son long périple en Europe, où son mari, Louis, l'avait entraînée loin des sentiers battus.

Quand elle avait appris le grave accident d'Alisa, quelques jours après, elle avait voulu rentrer sur-le-champ, horrifiée à l'idée d'avoir pris du bon temps tandis que sa fille frôlait le pire. Elle se jura d'être désormais toujours joignable, quel que soit l'endroit où elle se trouverait sur cette terre ! Après avoir bataillé avec plusieurs compagnies aériennes, elle avait fini par obtenir une place sur un vol… dix jours plus tard ! C'était en effet la pleine saison et le trajet comprenait de nombreuses escales. Chaque jour, elle avait appelé l'hôpital et, un beau matin, on avait fini par lui passer sa fille. Cette dernière l'avait alors suppliée de ne pas abréger son voyage à cause d'elle.

Depuis son retour, elles s'étaient revues une fois et Alisa avait promis de lui rendre visite. Lors de leur dernière conversation téléphonique, elle avait mentionné le week-end à venir comme une possibilité.

— Bientôt, maman, lui répondit-elle. Peut-être le week-end prochain.

— Mais la dernière fois, tu m'avais dit que tu viendrais peut-être ce week-end-ci ! En plus, lundi étant jour férié, tu pourrais rester plus longtemps à la maison !

— Je sais, mais les longs trajets me donnent rapidement des migraines. Et comment va Louis ? demanda Alisa pour changer de conversation.

— Bien, bien… Tant qu'il prend ses médicaments pour la tension, ça va. Ecoute, je ne voudrais pas être indiscrète, mais j'ai l'impression que tu es malheureuse et que tu me fuis.

Alisa soupira intérieurement. Sa relation avec sa mère connaissait certes des hauts et des bas, mais cette dernière devinait toujours quand sa fille lui cachait quelque chose. L'intuition maternelle, sans doute. Elle décida de jouer franc jeu.

— Dylan m'a invitée au Belize.

— Oh ! fit sa mère.

Et, dans cette simple interjection, Alisa put entendre toute la réprobation que suscitait chez elle l'invitation de Dylan.

Dès le début, à la pension Granger, elle l'avait pris en grippe. Elle tolérait qu'il fût l'ami de sa fille car il n'était pas en son pouvoir de leur interdire de se voir, mais elle ne se privait pas de dire à Alisa ce qu'elle pensait de Dylan.

Bien des années plus tard, il lui avait offert une occasion en or de le détester ouvertement lorsqu'il avait trahi sa fille.

— J'ai décliné son offre, dit alors Alisa.

— Tu as bien fait ! s'écria sa mère, rassurée. Tu viens de subir une terrible épreuve et tu es encore fragile. Tu sais parfaitement que Dylan est un homme fantasque sur qui on ne peut pas compter.

Cette remarque l'irrita au plus haut point.

— Dylan a été très prévenant avec moi depuis mon accident. Il est venu me voir chaque jour à l'hôpital et a tenu à m'héberger durant ma convalescence.

— Je sais, je sais, mais tu le connais, il est incapable de tenir ses engagements sur le long terme. Ton accident l'a chamboulé, forcément, vous vous connaissez depuis l'enfance, et il a trouvé un moyen de faire amende honorable pour ses fautes passées. Mais ce n'est pas moi qui vais t'apprendre que c'est un homme impulsif, qui passe d'un centre d'intérêt à un autre.

La sévérité de sa mère à l'égard de Dylan la révolta, mais, simultanément, son scepticisme trouvait en elle un cruel écho. Par instinct, elle prit néanmoins la défense de Dylan.

— Cesse de toujours le critiquer ! D'ailleurs, si tu le voyais aujourd'hui, tu serais étonnée, il a énormément changé, il est bien plus mature et…

— Il t'a terriblement blessée, lui rappela sa mère d'un ton intransigeant.

— C'est vrai, concéda-t-elle, mais c'était il y a longtemps, très longtemps.

— Tu mérites mieux que lui !

— Voilà qui est bien prétentieux ! s'indigna-t-elle.

— Quand je pense que tu aurais pu faire un si beau mariage !

— Le problème est que je n'aimais pas mon sénateur de fiancé, et que…

Elle s'interrompit. A quoi bon avouer à sa mère que c'était Dylan qu'elle aimait, qu'elle avait toujours aimé, et qu'elle aimerait toujours ? Décidément, elles ne parviendraient jamais à se comprendre, toutes les deux. Inutile de poursuivre une conversation qui allait inévitablement tourner au vinaigre. Elles finiraient par échanger des propos blessants, que chacune regretterait par la suite dans son coin. Alisa avait suffisamment de soucis comme ça sans qu'un nouveau problème vienne se greffer par-dessus.

— Ecoute, maman, je te rappellerai plus tard, d'accord ? Je t'embrasse.

— Alisa, j'ai besoin de te voir, j'ai besoin de voir ma fille ! insista sa mère.

— Je viendrai bientôt, lui promit-elle. Prends soin de toi. Au revoir.

Et elle raccrocha. Elle éprouva soudain le besoin urgent de parler à quelqu'un. A une personne qui saurait faire preuve de discernement, sans parti pris ni préjugés, et qui, contrairement à sa mère, ne détestait pas Dylan.

De nouveau, elle regarda la pendule qui, imperturbable, égrenait les minutes… A cette heure, Kate et Amy devaient s'affairer dans leur foyer, entièrement accaparées par leur petite famille. Comme elle enviait leurs saines préoccupations ! Bon, ce soir, elle avait conscience qu'elle ne pouvait leur demander de venir la rejoindre dans un café, mais peut-être que demain elles accepteraient de la voir ? Elle appela Amy la première. Cette dernière perçut immédiatement la détresse d'Alisa et lui proposa spontanément de la rencontrer dans un café latino, non loin de chez elle.

Lorsque Alisa arriva au rendez-vous fixé, elle fut surprise de voir Kate assise aux côtés d'Amy.

— Une petite soirée entre femmes ! déclara cette dernière avec un large sourire. Voilà qui n'était pas prévu au programme, mais qui est ma foi fort agréable.

— J'ai réellement mauvaise conscience de vous arracher à vos familles respectives un vendredi soir, soupira Alisa.

— Ne t'en fais surtout pas pour ça, la rassura Kate, d'un ton jovial. Les hommes ont mis les enfants devant une cassette vidéo et eux, ils se sont réfugiés dans la cuisine pour regarder tranquillement un match de base-ball. Amy nous avait en effet invités à dîner.

— Je ne t'ai pas demandé de te joindre à nous, car j'étais convaincue que tu finirais par aller au Belize, toi aussi, expliqua Amy. Allons, qu'est-ce qui se passe ? Tu préfères parler avant ou après avoir bu ?

— Je n'ai pas envie d'alcool car j'ai besoin de garder les idées claires !

— OK ! Dans ces conditions, commandons des soft drinks, déclara Amy en faisant signe à la serveuse. Eh bien, explique-nous pourquoi, contre toute attente, tu passes ce week-end à St. Albans et pas au Belize ! Je puis pourtant t'assurer par expérience que c'est un endroit paradisiaque.

La serveuse vint prendre leur commande. Quand elle repartit, Alisa repoussa nerveusement une mèche de cheveux derrière son oreille, puis déclara :

— Je ne sais toujours pas quoi faire à propos de Dylan. Je suis toujours aussi indécise.

— L'aimes-tu ? lui demanda Kate de façon directe.

— Oui, répondit-elle de la même manière.

Un large sourire éclaira alors le visage de son amie.

— As-tu consulté les heures de départ des vols pour le Belize ?

Pour Kate, il ne faisait plus aucun doute qu'elle devait rejoindre Dylan sans plus tarder. Mais la logique d'Alisa ne fonctionnait pas de la même façon.

— Lui, il ne m'a jamais dit qu'il m'aimait, déclara-t-elle d'un air obstiné, sans répondre à sa question.

Amy lui lança un regard étonné et attendit que la serveuse dépose les cocktails sans alcool sur la table pour demander :

— Tu veux dire qu'il ne te l'a jamais dit à voix haute ?

— De quelle autre façon aurait-il pu le dire ?

— Alisa, soupira Amy en songeant que l'amour avait parfois

de curieuses répercussions sur des personnes par ailleurs fort intelligentes, Dylan n'a peut-être jamais prononcé ces trois mots « magiques », mais par ses actes, il a fait plus que te dire qu'il t'aimait, il t'a hurlé son amour !

Elle-même, en prononçant ces ultimes mots, éleva le ton. Elle ne pouvait croire qu'Alisa était aveugle à ce point ! La virulence de son amie déstabilisa quelque peu cette dernière… Et, tandis qu'elle accusait le choc de la déclaration, Kate enchaînait en lui frottant gentiment l'épaule :

— Tu sais, le petit trio que forment aujourd'hui Michael, Justin et Dylan nous renvoie le reflet d'hommes confiants en la vie et sûrs d'eux-mêmes. Mais les apparences sont parfois trompeuses. Pour bien les comprendre, il faut garder à l'esprit qu'ils n'ont pas eu une enfance facile. Ils n'avaient personne sur qui vraiment compter. Voilà pourquoi il leur est aujourd'hui si difficile de s'engager. Parce que, inversement, personne n'a jamais tenu ses promesses, avec eux.

— Le problème est que j'ai peur de lui faire de nouveau confiance, admit Alisa.

— Mais tu l'aimes, observa finement Kate. Alors que faire ?

— Me protéger, prendre mes distances, essayer de l'oublier, dit-elle comme si elle récitait une incantation.

Mais elle ne trompait personne, pas même elle ! La vie valait-elle la peine d'être vécue sans Dylan ? La réponse était non, définitivement non. Car renoncer à lui, c'était accepter que meure une part d'elle-même.

— Crois-tu que tu puisses retrouver avec un autre ce que tu partages avec lui ? demanda alors Amy.

Alisa réfléchit un long moment, puis, relevant la tête, elle déclara, l'air soudain résolu :

— Je vais me renseigner sur les vols en partance pour le Belize !

— Voilà qui est parlé ! la complimenta Kate.

Et elle leva son verre à sa décision.

— Tu sais, Alisa, précisa Amy, lorsque j'ai rencontré Justin, les sentiments que j'éprouvais pour lui m'effrayaient tellement que mon premier réflexe fut de partir en courant dans la direction opposée. Finalement, c'est vers lui que j'ai foncé et toutes mes peurs se sont évanouies.

Le cœur battant, Alisa décolla de St. Albans sur le vol de 5 h 30 en partance pour le Belize, le lendemain matin. Autant dire que la nuit fut courte ! Le voyage comportait trois escales, et ce fut finalement dans un petit coucou qu'elle rallia, à partir de Belize City, l'île d'Ambergris Cay, où Dylan avait acquis sa propriété !

Le romantisme de l'endroit attirait de nombreux couples d'amoureux. Soudain, des sueurs froides lui coulèrent dans le dos. Et si Dylan n'était pas seul, dans sa belle villa ? songea-t-elle avec effroi. Avec la rapidité de l'éclair, son esprit rejeta cette affreuse supposition. Elle avait pris un risque en entreprenant ce voyage, elle devait aller jusqu'au bout ! Impossible à présent de faire machine arrière.

La gorge serrée, elle jetait de temps à autre un coup d'œil à la carte de l'île dépliée sur le siège passager, tout en conduisant la voiture de location à travers un dédale de ruelles. Elle arriva enfin à la villa à deux étages, de style colonial, entourée de bougainvillées. L'air du large la surprit dès qu'elle sortit de la voiture. Le plus grand calme régnait dans la maison. Elle paria que Dylan devait être sur la plage.

Allongé dans un transat, au bar de la plage, Dylan sirotait une bière. Rien au monde n'égalait la brise du Belize, songea-t-il en fermant les yeux. Il voulait se convaincre de ses vertus thérapeutiques, espérait qu'elle panserait, ne serait-ce que provisoirement, ses bleus à l'âme. Car chaque fois qu'il pensait à Alisa, il se sentait terriblement malheureux.

— Devine qui est là !

Il sursauta. Voilà qu'à présent, il entendait des voix ! Car il aurait juré que c'était la voix d'Alisa qui venait de résonner à ses oreilles. Mais c'était impossible ! Cette dernière passait le week-end à St. Albans puisqu'elle s'était entêtée à refuser son invitation. Décidément, il avait besoin de se reposer bien plus qu'il ne le croyait.

— Comment es-tu venu hier soir de Belize City jusqu'à cette île de rêve ? A la nage ? Car il paraît que les petits coucous suspendent leur vol après la tombée du jour. Remarque, rien d'étonnant à cela…

Bonté divine ! Cette fois, il ouvrit grands les yeux. Alisa se matérialisa devant lui ! D'une main, elle portait sa valise et, de l'autre, bien qu'elle l'ignorât certainement, elle tenait son cœur. Il cligna plusieurs fois des yeux. N'était-ce pas une apparition tout droit surgie de son cerveau fatigué ?

— Si tu es un mirage, baby, je t'en prie, continue tout de même à parler.

— C'est bien moi, Dylan, en chair et en os. Bien réelle… et morte de trouille !

A ces mots, il se leva d'un bond et déclara d'une voix empreinte de douceur :

— De quoi as-tu si peur, mon cœur ? Sache que jamais je ne te donnerai de motif d'avoir peur.

Là-dessus, il l'enlaça tendrement, incapable de croire à son bonheur.

— Quand as-tu changé d'avis ? lui demanda-t-il à l'oreille.

— Après que je me suis disputée avec ma mère et que j'ai défendu avec conviction ta cause auprès d'elle. Après avoir eu, avec Amy et Kate, une petite discussion qui m'a ouvert les yeux.

Il retint son souffle, ne sachant plus très bien quoi faire de ce trop-plein de bonheur qui fusait sans crier gare dans son cœur. Il avait subitement l'impression de tenir un trésor en cristal dans ses mains et il craignait de le faire tomber. C'était si inattendu que c'en était presque douloureux.

— Après que je me suis rendu compte que tu étais le délicieux tourment qui guérirait mon cœur, poursuivit-elle. Sais-tu que je n'ai même pas encore pu dessiner Tonto, car chaque fois que je prends mes crayons et mes pinceaux, c'est toi qui surgis sous mes doigts. J'ai cru pouvoir te chasser de mon cœur, mais…

Il écarta légèrement la tête pour plonger son regard dans ses yeux verts brouillés de larmes.

— Mais tu n'as pas pu ? demanda-t-il en enserrant d'une main l'ovale de son visage.

— Non, fit-elle dans un souffle. J'ai compris à quel point je t'aimais. Tu es tout pour moi, un frère, un ami, un protecteur et un amant à la fois.

— Redis-moi ça, encore une fois, s'il te plaît !

Etait-ce bien vrai ? Il ne pouvait le croire. Même dans ses rêves les plus fous, il n'avait pas osé lui prêter de si sublimes paroles. Fébrile, il enfouit son visage dans ses cheveux, pour qu'elle ne vît pas les larmes d'émotion qui jaillirent à cet instant de ses yeux.

Puis il l'embrassa, approfondissant progressivement son baiser. Leurs larmes se mêlèrent sur leurs joues, et le goût salé de ces larmes fusionna dans leur bouche. Il savourait le sel de son être et voulait s'en repaître jusqu'à la fin de ses jours. Sur une impulsion, il la souleva de terre et l'emporta en courant vers sa villa. Du pied, il ouvrit la porte, sans cesser d'embrasser Alisa, puis la referma de la même façon.

L'émotion avait pris possession de lui, d'autant plus violente qu'il la contenait depuis longtemps. Et il entendait gronder dans son cœur le volcan de la passion.

Ils n'atteignirent pas la chambre… Il aurait fallu monter une volée de marches interminale, franchissable. Il préféra déposer sa compagne sur le sofa. Fébrile, il la dénuda, se dénuda à son tour, avec la même urgence, la même fièvre.

— Je t'aime, Alisa, lui dit-il en se couchant sur elle. Je veux être à toi pour toujours.

Brûlant, Dylan regarda le visage chéri, s'enivra de cette expression d'abandon, de confiance qui semblait dire : Viens. Conquis, vaincu, il plongea en elle pour sceller dans leur chair sa déclaration.

***

Deux mois plus tard, on célébrait le mariage de Dylan et d'Alisa à la chapelle du Foyer Granger, là où tout avait commencé. Il va sans dire que Justin, Amy et leur joyeuse ribambelle d'enfants assistaient à la cérémonie, ainsi que Michael, Kate et Michele. De grosses bulles de bonheur semblaient flotter dans l'air.

La mariée était ravissante dans sa robe fourreau en satin blanc, littéralement aux anges. Et elle l'était d'autant plus que sa mère avait fini par accepter Dylan comme gendre. Cela n'avait pas été tâche aisée. Difficile de se défaire de ses vieux préjugés ! Mais l'argumentation imparable d'Alisa et le charme de Dylan avaient fini par avoir raison de ce qu'il était convenu d'appeler de la mauvaise foi.

De son côté, Dylan se réjouissait bien plus qu'il ne voulait l'avouer de la présence de Grant à son mariage. Il rayonnait lui aussi dans son costume gris perle.

Après l'échange des vœux, les mariés et leurs invités se rendirent dans le restaurant d'un hôtel de luxe pour fêter l'événement en bonne et due forme.

La nourriture était exquise, le vin de qualité et la musique fort entraînante. C'était réellement un mariage réussi. Et le ravissement des mariés faisait tant plaisir à voir ! Lorsque, pour ouvrir le bal, Alisa lança son bouquet de mariée, il retomba sur les genoux du brillant chercheur Horace Jenkins…, qui, gêné, rougit jusqu'aux oreilles !

Discrètement, tandis que les convives évoluaient sur la piste de danse, Dylan entraîna Alisa hors de la salle de réception et ouvrit, dans le corridor, une porte qui donnait sur un grand placard. Il la poussa à l'intérieur et referma soigneusement derrière lui. D'un air malicieux, Alisa scruta les étagères remplies de linge propre et un fou rire la prit.

— Désires-tu me faire une confidence particulière ? parvint-elle enfin à demander. Et était-il réellement nécessaire de nous enfermer dans ce cagibi ?

— Oui ! Je voulais me retrouver en tête à tête avec toi pour te dire que cette journée est pour moi miraculeuse. Jamais encore personne ne m'avait aimé suffisamment pour me faire la promesse de rester avec moi toute la vie.

La gorge d'Alisa se serra sous le coup de l'émotion. Elle avait encore tant de choses à lui donner !

— Sais-tu que tu fais de moi la personne la plus heureuse de la terre ? lui dit-elle alors, les yeux pétillants de bonheur.

— Chuuut ! Tu n'es pas censée me dire ça.

— Mais… pourquoi ?

— Parce que c'est mon tour de te dire combien je t'aime et ce que tu signifies pour moi.

— Ah… Et quand est-ce que viendra mon tour ? demanda-t-elle en effleurant sa joue d'un doigt sensuel.

— Ce soir, dans ton lit, quand tu auras passé ce bout de soie noire que j'ai entraperçu dans un de tes tiroirs.

Elle lui sourit d'un air entendu. Bien qu'ils aient déjà fait plusieurs fois l'amour dans son lit à baldaquin, Dylan avait insisté pour qu'ils y passent leur nuit de noces. Manifestement, c'était un endroit qu'il appréciait.

— Est-ce que cela signifie que tu m'interdis de te dire, là, maintenant, tout de suite, à quel point je t'aime ?

— Non, répondit-il, sur un ton catégorique. Je veux réentendre ces mots, encore et toujours. Redis-les-moi sur tous les tons et laisse-moi te les dire aussi.

Retrouvez en août 2018, dans votre collection

♦ SAGAS ♦

Trilogie intégrale : L'HÉRITAGE DES MAYFLOWER - N°88

Le feu d'un regard, de Carole Mortimer

Iris Mayflower partage sa vie entre la chanson, sa passion, et la ferme dont elle hérité – avec ses sœurs – et qu'elle s'échine à sauver de la faillite. Une situation qui n lui laisse guère le temps de songer à l'amour. Jusqu'au soir où, en montant sur scène elle accroche le regard d'un bel inconnu. Un regard qui lui rappelle qu'elle est femm avant tout…

Étrange attirance, de Carole Mortimer

Capucine Mayflower est perplexe. Pourquoi Will Davenport, un homme d'affaire visiblement habitué au luxe, voudrait-il louer un studio vétuste dans la ferme familial ? Et, si le confort des lieux lui importe peu, quelles sont ses intentions ? Capucine es déterminée à le découvrir. Mais pour cela elle devra lutter contre l'attirance que lu inspire Will, bien malgré elle…

Troublant ennemi, de Carole Mortimer

En tant qu'aînée, Lila Mayflower s'est toujours démenée pour prendre soin de se sœurs. Aujourd'hui, elle est décidée à protéger la ferme familiale de la convoitise d promoteurs immobiliers sans scrupule. Comme ce Jude Marshall ! Jude, au charm duquel Lila voudrait tant rester insensible. Sauf que personne ne l'a encore jamai traitée avec autant d'attention que lui…

Trilogie intégrale : TROIS FRÈRES, TROIS DESTINS - N°89

Un troublant visiteur, d'Alice Sharpe

Qui est l'inconnu qui est entré par effraction chez elle ? Paige sent la panique l'envahi car elle est seule, dans ce chalet de montagne où elle s'est réfugiée après une pein de cœur. Mais, alors qu'elle s'apprête à s'enfuir, l'inconnu la retient. Il a besoin de so aide, lui dit-il, car il est blessé et… amnésique. Et la seule chose dont il soit sûr, c'es qu'il est en danger de mort…

Un refuge dans la tourmente, d'Alice Sharpe

Elle doit fuir Portland, Julie le sait : c'est sa seule chance de rester en vie. Car u homme a tenté de l'assassiner… Révoltée par la réaction de la police, qui refuse d la protéger, elle se résout à retourner dans le Montana, auprès du seul homme en qu elle ait confiance : Tyler, son ex-mari. Tyler, qui lui a pourtant dit qu'il ne voulait plu jamais la revoir…

En proie au doute, d'Alice Sharpe

Cole est désemparé. En séduisant Skylar Pope, il n'avait qu'un objectif : approche l'oncle de la jeune femme, un criminel qu'il traque depuis des mois. Pas un seul instar il n'avait imaginé tomber amoureux ! Pris au piège de ses sentiments, Cole se retrouv confronté à un cruel dilemme. Doit-il continuer à mentir à Skylar, ou lui avouer la vérité. au risque de la perdre ?

OFFRE DÉCOUVERTE !

Vous souhaitez découvrir nos collections ? Recevez **votre 1er colis gratuit*** **av** **2 cadeaux surprise !** Une fois votre colis de bienvenue reçu, si vous souhai continuer à recevoir nos livres, cela se fera automatiquement. Vous recevrez alc vos livres inédits** en avant première.

Vous n'avez aucune obligation d'achat et cette offre est sans engagement de duré

*1 livre offert + 2 cadeaux / 2 livres offerts pour la collection Azur + 2 cadeaux.
**Les livres Ispahan, Sagas, Hors-Série et Allegria sont des réédités.

☛ COCHEZ la collection choisie et renvoyez cette page au
Service Lectrices Harlequin – CS 20008 – 59718 Lille Cedex 9 – France

Collections	Références	Prix colis France* / Belgique*
❑ **AZUR**	Z8ZFA6/Z8ZF6B	6 livres par mois 28,19€ / 30,19€
❑ **BLANCHE**	B8ZFA3/B8ZF3B	3 livres par mois 23,20€ / 25,20€
❑ **LES HISTORIQUES**	H8ZFA2/H8ZF2B	2 livres par mois 16,29€ / 18,29€
❑ **ISPAHAN**	Y8ZFA3/Y8ZF3B	3 livres tous les deux mois 23,02€ / 25,02
❑ **HORS-SÉRIE**	C8ZFA4/C8ZF4B	4 livres tous les deux mois 31,65€ / 33,6
❑ **PASSIONS**	R8ZFA3/R8ZF3B	3 livres par mois 24,49€ / 26,49€
❑ **SAGAS**	N8ZFA4/N8ZF4B	4 livres tous les deux mois 33,69€ / 35,6
❑ **BLACK ROSE**	I8ZFA3/I8ZF3B	3 livres par mois 24,49€ / 26,49€
❑ **VICTORIA**	V8ZFA3/V8ZF3B	3 livres tous les deux mois 25,69€ / 27,6
❑ **ALLEGRIA**	A8ZFA2/A8ZF2B	2 livres tous les mois 16,37€ / 18,37€

N° d'abonnée Harlequin (si vous en avez un) ____________

Mme ❑ Mlle ❑ Nom : ____________

Prénom : ____________ Adresse : ____________

____

Code Postal : ____________ Ville : ____________

Pays : ____________ Tél. : ____________

E-mail : ____________

Date de naissance : ____________

❑ Oui, je souhaite recevoir par e-mail les offres promotionnelles des éditions Harlequin.
❑ Oui, je souhaite recevoir par e-mail les offres promotionnelles des partenaires des éditions Harlequin.

Date limite : 31 décembre 2018. Vous recevrez votre colis environ 20 jours après réception de ce bon. Offre soumise à acceptation et réservée aux personnes majeures, résidant en France métropolitaine et Belgique, dans la limite des stocks disponibles. Prix susceptibles de modification en cours d'année.Conformément à la loi Informatique et libertés du 6 janvier 1978, vous disposez d'un droit d'accès et de rectification aux données personnelles vous concernant. Par notre intermédiaire, vous pouvez être amenée à recevoir des propositions d'autres entreprises. Si vous ne le souhaitez pas, il vous suffit de nous écrire en nous indiquant vos nom, prénom et adresse à : Service Lectrices Harlequin CS 20008 59718 LILLE Cedex 9. Service Lectrices disponible du lundi au vendredi de 8h à 17h : 01 45 82 47 47 ou 33 1 45 82 47 47 pour la Belgique.

Composé et édité par HarperCollins France.

Achevé d'imprimer en mai 2018.

CPI
BLACK PRINT

Barcelone

Dépôt légal : juin 2018.

Pour limiter l'empreinte environnementale de ses livres, HarperCollins France s'engage à n'utiliser que du papier fabriqué à partir de bois provenant de forêts gérées durablement et de manière responsable.

Imprimé en Espagne.